俠客行

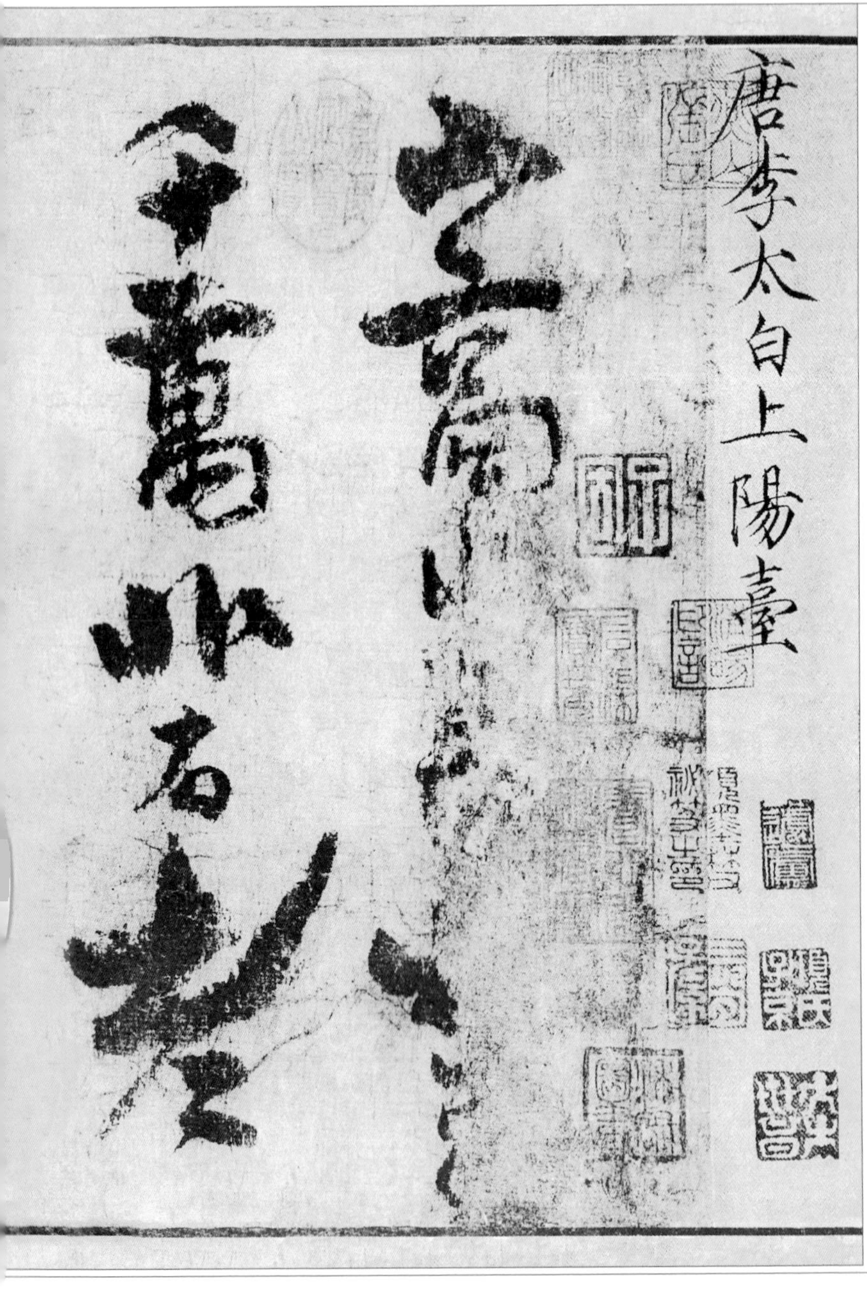

前頁圖／任頤「雪中送炭圖」——任頤（1840-1885），字伯年，浙江山陰（紹興）人，晚清傑出畫家。人物師陳洪綬，善於傳神，圖中小童以手呵凍，表現風寒凜冽的氣候，更顯得「雪中送炭」的可貴。

李白「上陽台帖」——此為世上所存李白書法的惟一真跡，字共五行：「山高水長，物象萬千，非有老筆，清壯何窮。十八日，上陽台書。太白。」前綾隔水上宋徽宗瘦金書標題「唐李太白上陽台」。

李白此書雄健飄逸，與顏真卿「劉中使帖」及張旭「肚痛帖」的筆意近似。

張大千「長江萬里圖」（部分）——
張先生此圖繪長江萬里，
東流入海，氣勢雄偉。本書圖中所示
為鎮江附近之長江形勢，
江邊寶塔畔即金山寺。
鎮江為本書所敘長樂幫總舵之所在。
（圖接後頁）

張大千「長江萬里圖」（部分）。

溥心畬「白雲居圖」——溥儒，字心畬，近代大畫家。此套冊頁原藏故宮，共十四幅，此圖為其中之一。

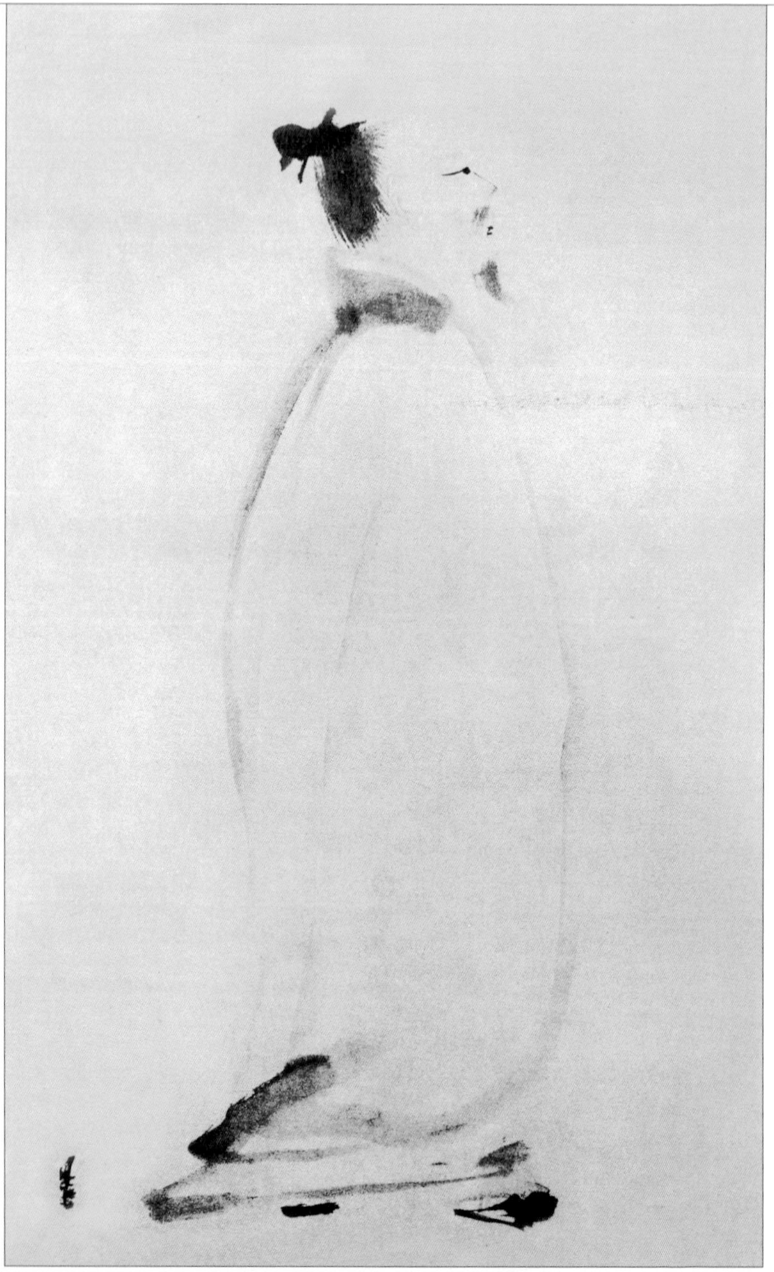

梁楷「李白行吟圖」——

梁楷，南宋大畫家，以潑墨人物著名。本圖現屬日本政府。

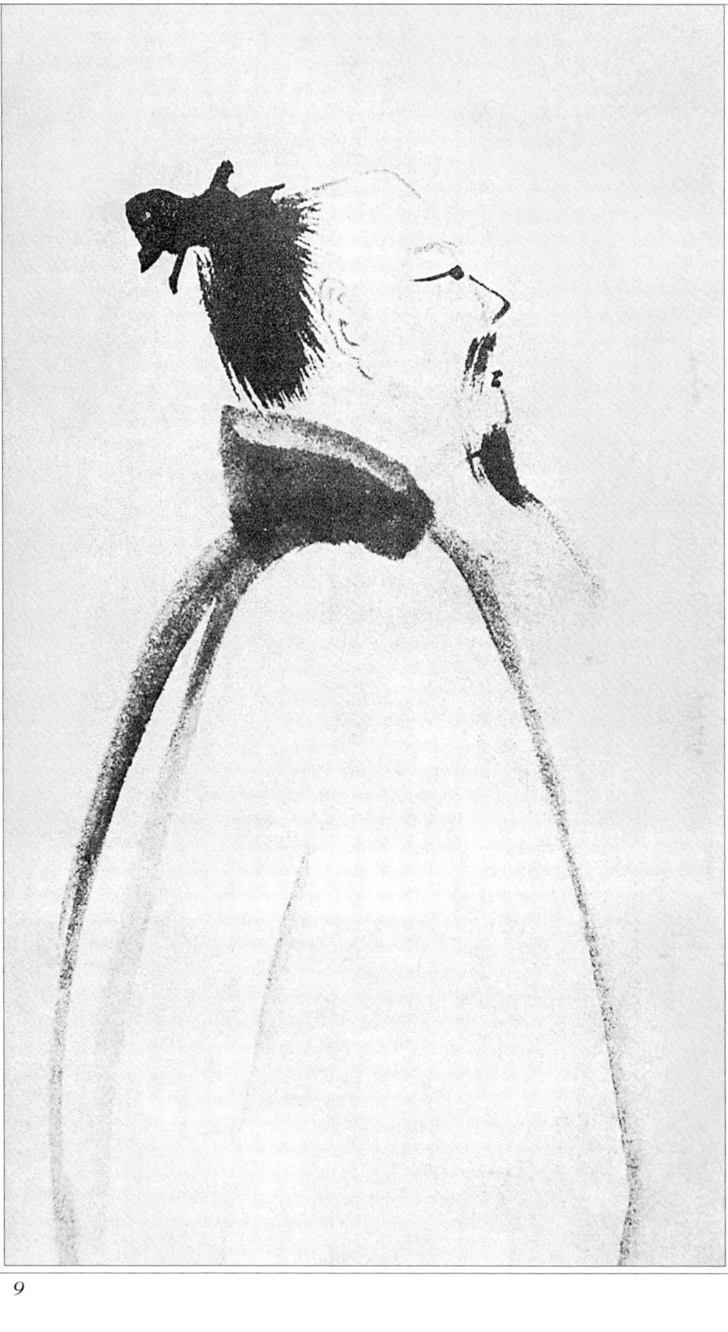

梁楷「李白行吟圖」（部分）。

當此心與
注意主
道人忘機
我忘言
田　月＊
十六九溪午
山沿滄浪
之　書葆

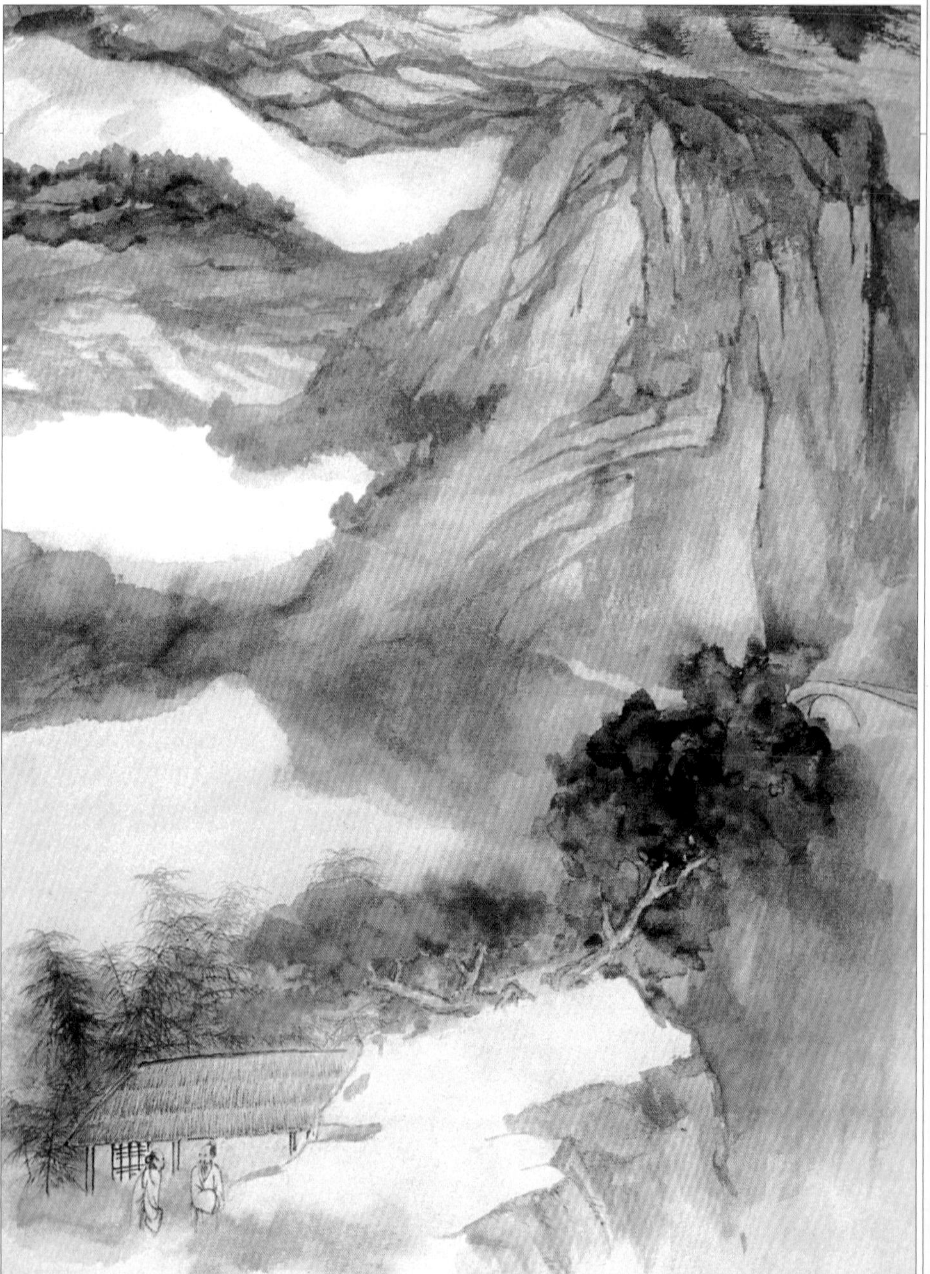

右頁圖／張大千「幽山忘言圖」。
左頁圖／宋文治「江南春朝」——宋文治，當代國畫家。圖中所繪為現代人物，但江南城鎮景象，當與石破天在長樂幫所居時無異。

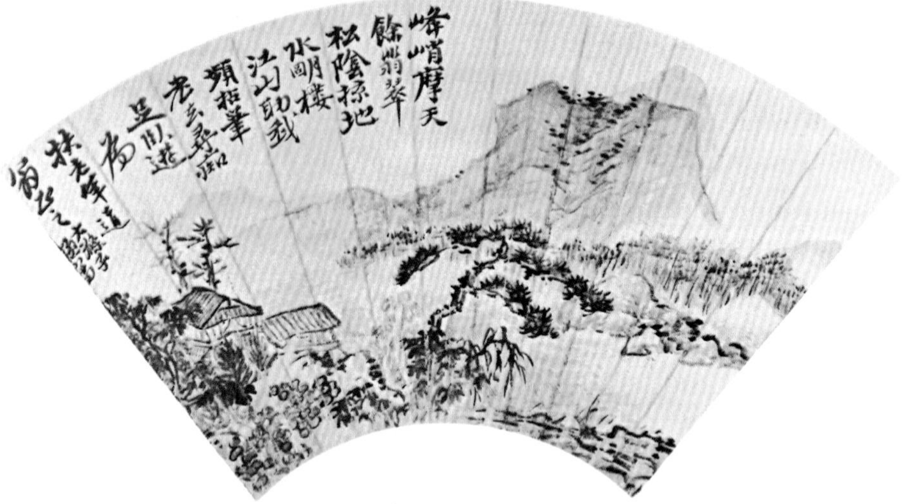

道濟「扇面」——
道濟，明末清初大畫家，
號「大滌子」。圖中寫「峯峭摩天」，
似有謝煙客所居摩天崖的意味。

范一辛「江畔帆影移」（套色木刻）——

范一辛，當代版畫家。

石破天和丁璫、丁不三

在長江中乘船，

情景或與此彷彿。

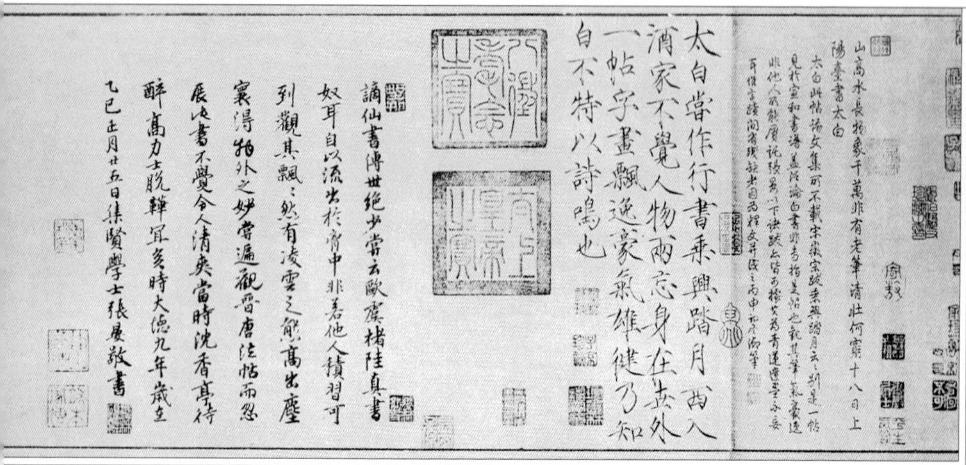

「李白上陽台帖題跋」之一——第一段是清乾隆皇帝題跋，第二段是宋徽宗題跋。

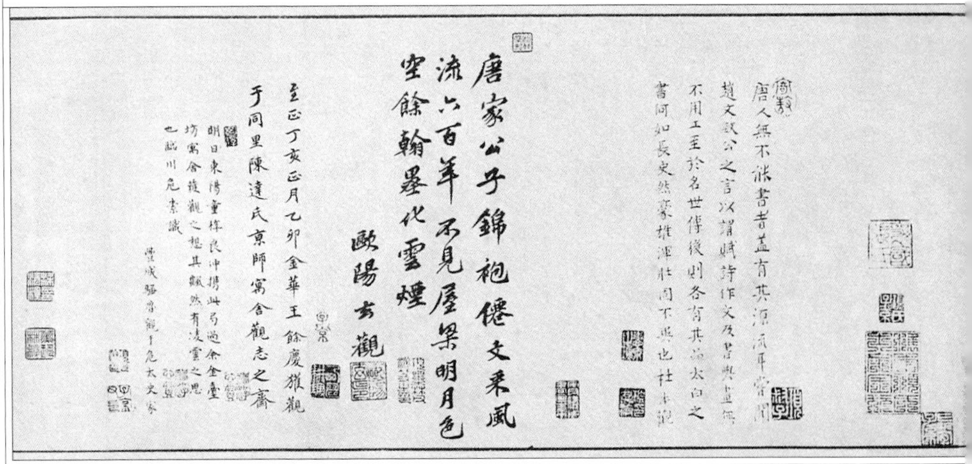

「李白上陽台帖題跋」之二——
其中題跋的危素，
是元末明初名士，
《儒林外史》中曾提到他，
後為朱元璋所殺。

開封鐵塔——北宋仁宗慶曆元年（公元一〇四一年）所建，在祐國寺，八角十三層，高五七・三四公尺，全部磚建，用鐵色琉璃鋪蓋，因此稱為鐵塔。石破天流浪至開封而得玄鐵令，或許見過此塔。

俠客行

金庸在遠流

封面裝幀紀錄

ODE TO THE GALLANTRY

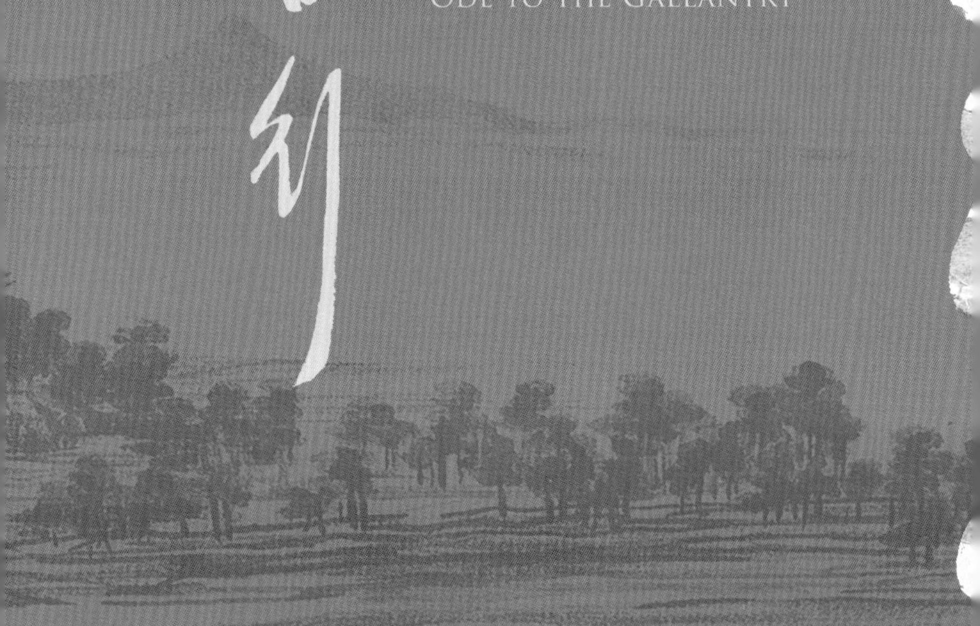

新修版

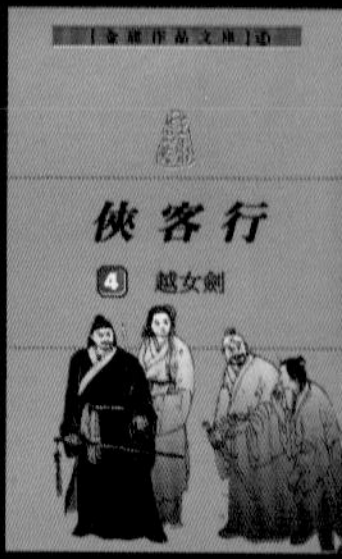

世紀新修版（富春山居）
2003-2006 年初版
設計師 霍榮齡

新修大字版
2003-2006 年初版
設計師 唐壽南

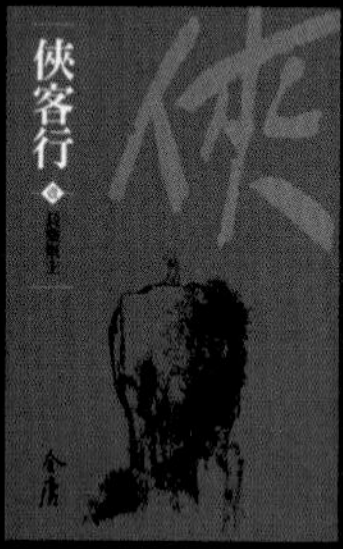

新修文庫版
2007-2008 年初版
設計師 楊雅棠

藏金映象新修版
2024 年初版
設計師 林秦華

修訂版

皮文庫版
90 年初版
計師 陳栩椿

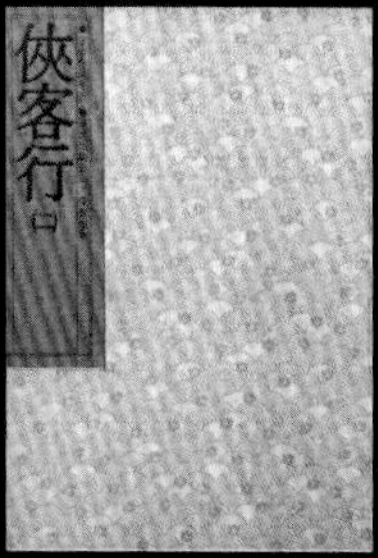

典藏版
1986 年初版
設計師 霍榮齡

皮版（富春山居）
97 年初版
計師 霍榮齡

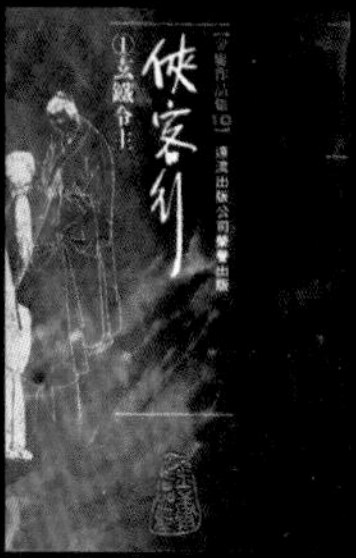

黑皮袖珍版
1986 年初版
設計師 李男

皮文庫版（富春山居）
98 年初版
計師 霍榮齡

黃山版
1986-1987 年初版
設計師 黃金鐘

彩映象版
22-2024 年初版
計師 林秦華

典藏版、黑皮袖珍版、黃山版、綠皮文庫版、花皮文庫版之封面圖為收藏家之初版原書拍照檔，謹此致謝。

俠客行
(一)

金庸

「金庸作品集」新序

小說是寫給人看的。小說的內容是人。

小說寫一個人、幾個人、一羣人、或成千成萬人的性格和感情。他們的性格和感情從橫面的環境中反映出來，從縱面的遭遇中反映出來，從人與人之間的交往與關係中反映出來。長篇小說中似乎只有《魯濱遜飄流記》，才只寫一個人，寫他與自然之間的關係，但寫到後來，終於也出現了一個僕人「星期五」。只寫一個人的短篇小說多些，尤其是近代與現代的新小說，寫一個人在與環境的接觸中表現他外在的世界、內心的世界，尤其是內心世界。有些小說寫動物、神仙、鬼怪、妖魔，但也把他們當作人來寫。

西洋傳統的小說理論分別從環境、人物、情節三個方面去分析一篇作品。由於小說作者不同的個性與才能，往往有不同的偏重。

基本上，武俠小說與別的小說一樣，也是寫人，只不過環境是古代的，主要人物是有武功的，情節偏重於激烈的鬥爭。任何小說都有它所特別側重的一面。愛情小說寫男女之間與性有關的感情和行動，寫實小說描繪一個特定時代的環境與人物，《三國演義》與《水滸》一類小說敘述大羣人物的鬥爭經歷，現代小說的重點往往放在人物的心理過程上。

小說是藝術的一種，藝術的基本內容是人的感情和生命，主要形式是美，廣義的、美學上的美。在小說，那是語言文筆之美、安排結構之美，關鍵在於怎樣將人物的內心世界通過某種形式而表現出來。甚麼形式都可以，或者是作者主觀的剖析，或者是客觀的敘述故事，從人物的行動和言語中客觀的表達。

讀者閱讀一部小說，是將小說的內容與自己的心理狀態結合起來。同樣一部小說，有的人感到強烈的震動，有的人卻覺得無聊厭倦。讀者的個性與感情，與小說中所表現的個性與感情相接觸，產生了「化學反應」。

武俠小說只是表現人情的一種特定形式。作曲家或演奏家要表現一種情緒，用鋼琴、小提琴、交響樂、或歌唱的形式都可以，畫家可以選擇油畫、水彩、水墨、或版畫的形式。問題不在採取甚麼形式，而是表現的手法好不好，能不能和讀者、聽者、觀賞者的心靈相溝通，能不能使他的心產生共鳴。小說是藝術形式之一，有好的藝術，也有不好的藝術。

好或者不好，在藝術上是屬於美的範疇，不屬於真或善的範疇。判斷美的標準是美，是感情，不是科學上的真或不真（武功在生理上或科學上是否可能），道德上的善或不善，也不是經濟上的值錢不值錢，政治上對統治者的有利或有害。當然，任何藝術作品都會發生社會影響，自也可以用社會影響的價值去估量，不過那是另一種評價。

在中世紀的歐洲，基督教的勢力及於一切，所以我們到歐美的博物院去參觀，見到所有中世紀的繪畫都以聖經故事為題材，表現女性的人體之美，也必須通過聖母的形象。直到文藝復興之後，凡人的形象才大量在繪畫和文學中表現出來，所謂文藝復興，是在文藝上復興希臘、羅馬時代對「人」的描寫，而不再集中於描寫天使與聖人。

中國人的文藝觀，長期以來是「文以載道」，那和中世紀歐洲黑暗時代的文藝思想是一致的，用「善或不善」的標準來衡量文藝。《詩經》中的情歌，要牽強附會地解釋為諷刺君主或歌頌后妃。對於陶淵明的〈閒情賦〉，司馬光、歐陽修、晏殊的相思愛戀之詞，或惋惜地評之為白璧之玷，或好意地解釋為另有所指。他們不相信文藝所表現的是感情，認為文字的唯一功能只是為政治或社會價值服務。

我寫武俠小說，只是塑造一些人物，描寫他們在特定的武俠環境（中國古代的、缺乏法治的、以武力來解決爭端的不合理社會）中的遭遇。當時的社會和現代社會已大不相同，人的性格和感情卻沒有多大變化。古代人的悲歡離合、喜怒哀樂，仍能在現代讀者的心靈中引起相應的情緒。讀者們當然可以覺得表現的手法拙劣，技巧不夠成熟，描寫殊不深刻，以美學觀點來看是低級的藝術作品。無論如何，我不想載甚麼道。我在寫武俠小說的同時，也寫政治評論，也寫與歷史、哲學、宗教有關的文字，那與武俠小說完全不同。涉及思想的文字，是訴諸讀者理智的，對這些文字，才有是非、真假的判斷，讀者或許同意，或許只部份同意，或許完全反對。

對於小說，我希望讀者們只說喜歡或不喜歡，只說受到感動或覺得厭煩。我最高興的是讀者喜愛或憎恨我小說中的某些人物，如果有了那種感情，表示我小說中的人物已和讀者的心靈發生聯繫了。小說作者最大的企求，莫過於創造一些人物，使得他們在讀者心中變成活生生的、有血有肉的人。藝術是創造，音樂創造美的聲音，繪畫創造美的視覺形象，小說是想創造人物、創造故事，以及人的內心世界。假使只求如實反映外在世界，那麼有了錄音機、照相機，何必再要音樂、繪畫？有了報紙、歷史書、記錄電視片、社會調查統計、醫生的病歷紀錄、黨部與警察局的人事檔案，何必再要小說？

武俠小說雖說是通俗作品，以大眾化、娛樂性強為重點，但對廣大讀者終究是會發生影響的。我希望傳達的主旨，是：愛護尊重自己的國家民族，也尊重別人的國家民族；和平友好，互相幫助；重視正義和是非，反對損人利己；注重信義，歌頌純真的愛情和友誼；歌頌奮不顧身的為了正義而奮鬥；輕視爭權奪利、自私可鄙的思想和行為。武俠小說並不單是讓讀者在閱讀時做「白日夢」而沉緬在偉大成功的幻想之中，而希望讀者們在幻想之時，想像自己是個好人，要努力做各種各樣的好事，想像自己要愛國家、愛社會、幫助別人得到幸福，由於做了好事、作出積極貢獻，得到所愛之人的欣賞和傾心。

武俠小說並不是現實主義的作品。有不少批評家認定，文學上只可肯定現實主義一個流派，除此之外，全應否定。這等於是說：少林派武功好得很，除此之外，甚麼武當派、崆峒派、太極拳、八卦掌、彈腿、白鶴派、空手道、跆拳道、柔道、西洋拳、泰拳等等全部應當廢除取消。我們主張多元主義，既尊重少林武功是武學中的泰山北斗，而覺得別的小門派也不妨並存，它們或許並不比少林派更好，但各有各的想法和創造。愛好廣東菜的人，不必主張禁止京菜、川菜、魯菜、徽菜、湘菜、維揚菜、杭州菜、法國菜、意大利菜等等派別，所謂「蘿蔔青菜，各有所愛」是也。不必把武俠小說提得高過其應有之份，也不必一筆抹殺。甚麼東西都恰如其份，也就是了。

我寫這套總數三十六冊的《作品集》，是從一九五五年到七二年，前後約十五、六年，包括十二部長篇小說，兩篇中篇小說，一篇短篇小說，一篇歷史人物評傳，以及若干篇歷史考據文字。出版的過程很奇怪，不論在香港、臺灣、海外地區，還是中國大陸，都是先出各種各樣翻版盜印本，然後再出版經我校訂、授權的正版本。在中國大陸，在「三聯版」出版之前，只有天津百花文藝出版社一家，是經我授權而出版了《書劍恩仇錄》。他們校印認真，依足合同支付版稅。我依足法例繳付所得稅，餘數捐給了幾家文化機構及支助圍棋活動。這是一個愉快的經驗。除此之外，完全是未經授權的，直到正式授權給北京三聯書店出版。「三聯版」的版權合同到二〇〇一年年底期滿，以後中國內地的版本由廣州出版社出版，主因是港粵鄰近，業務上便於溝通合作。

翻版本不付版稅，還在其次。許多版本粗製濫造，錯訛百出。還有人借用「金庸」之名，撰寫及出版武俠小說。寫得好的，我不敢掠美；至於充滿無聊打鬥、色情描寫之作，可不免令人不快了。也有些出版社翻印香港、臺灣其他作家的作品而用我筆名出版發行。我收到過無數讀者的來信揭露，大表憤慨。也有人未經我授權而自行點評，除馮其庸、嚴家炎、陳墨三位先生功力深厚、兼又認真其事，我深為拜嘉之外，其餘的點評大都與作者原意相去甚遠。好在現已停止出版，出版者道歉賠償，糾紛已告結束。

有些翻版本中，還說我和古龍、倪匡合出了一個上聯「冰比冰水冰」徵對，真正是大開玩笑了。漢語的對聯有一定規律，上聯的末一字通常是仄聲，以便下聯以平聲結尾，但「冰」字屬蒸韻，是平聲。我們不會出這樣的上聯徵對。大陸地區有許許多多讀者寄了下聯給我，大家浪費時間心力。

為了使得讀者易於分辨，我把我十四部長、中篇小說書名的第一個字湊成一副對聯：「飛雪連天射白鹿，笑書神俠倚碧鴛」。（短篇《越女劍》不包括在內，偏偏我的圍棋老師陳祖德先生說他最喜愛這篇《越女劍》。）我寫第一部小說時，根本不知道會不會再寫第二部；寫第二部時，也完全沒有想到第三部小說會用甚麼題材，更加不知道會用甚麼書名。所以這副對聯當然說不上工整，「飛雪」不能對「笑書」，「連天」不能對「神俠」，「白」與「碧」都是仄聲。但如出一個上聯徵對，用字完全自由，總會選幾個比較有意思而合規律的字。

有不少讀者來信提出一個同樣的問題：「你所寫的小說之中，你認為哪一部最好？最喜歡哪一部？」這個問題答不了。我在創作這些小說時有一個願望：「不要重複已經寫過的人物、情節、感情，甚至是細節。」限於才能，這願望不見得能達到，然而總是朝著這方向努力，大致來說，這十五部小說是各不相同的，分別注入了我當時的感情和思想，主要是感情。我喜愛每部小說中的正面人物，為了他們的遭遇而快樂或惆悵、悲傷，有時會非常悲傷。至於寫作技巧，後期比較有些進步。但技巧並非最重要，所重視的是個性和感情。

這些小說在香港、臺灣、中國內地、新加坡曾拍攝為電影和電視連續集，有的還拍了三、四個不同版本，此外有話劇、京劇、粵劇、音樂劇等。跟著來的是第二個問題：「你認為哪一部電影或電視劇改編演出得最成功？劇中的男女主角哪一個最符合原著中的人物？」電影和電視的表現形式和小說根本不同，很難拿來比較。電視的篇幅長，較易發揮；電影則受到更大限制。再者，閱讀小說有一個作者和讀者共同使人物形象化的過程，許多人讀同一部小說，腦中所出現的男女主角卻未必相同，因為在書中的文字之外，又加入了讀者自己的經歷、個性、情感和喜憎。你會在心中把書中的男女主角和自己或自己的情人融而為一，而每個讀者性格不同，他的情人肯定和你的不同。電影和電視卻把人物的形象固定了，觀眾沒有自由想像的餘地。我不能說那一部最好，但可以說：把原作改得面目全非的最壞，最自以為是，最瞧不起原作者和廣大讀者。

武俠小說繼承中國古典小說的長期傳統。中國最早的武俠小說，應該是唐人傳奇的《虬髯客傳》、《紅線》、《聶隱娘》、《崑崙奴》等精彩的文學作品。其後是《水滸傳》、《三俠五義》、《兒女英雄傳》等等。現代比較認真的武俠小說，更加重視正義、氣節、捨己為人、鋤強扶弱、民族精神、中國傳統的倫理觀念。讀者不必過份推究其中某些誇張的武功描寫，有些事實上是不可能的，只不過是中國武俠小說的傳統。聶隱娘縮小身體潛入別人的肚腸，然後從他口中躍出，誰也不會相信是真事，然而聶隱娘的故事，千餘年來一直為人所喜愛。

我初期所寫的小說，漢人皇朝的正統觀念很強。到了後期，中華民族各族一視同仁的觀念成為基調，那是我的歷史觀比較有了些進步之故。這在《天龍八部》、《白馬嘯西風》、《鹿鼎記》中特別明顯。韋小寶的父親可能是漢、滿、蒙、回、藏任何一族之人。即使在第一部小說《書劍恩仇錄》中，主角陳家洛後來也對回教增加了認識和好感。每一個種族、每一門宗教、某一項職業中都有好人壞人。有壞的皇帝，也有好皇帝；有很壞的大官，也有真正愛護百姓的好官。書中漢人、滿人、契丹人、蒙古人、西藏人……都有好人壞人。和尚、道士、喇嘛、書生、武士之中，也有各種各樣的個性和品格。有些讀者喜歡把人一分為二，好壞分明，同時由個體推論到整個羣體，那決不是作者的本意。

歷史上的事件和人物，要放在當時的歷史環境中去看。宋遼之際、元明之際、明清之際，漢族和契丹、蒙古、滿族等民族有激烈鬥爭；蒙古、滿人利用宗教作為政治工具。小說所想描述的，是當時人的觀念和心態，不能用後世或現代人的觀念去衡量。我寫小說，旨在刻畫個性，抒寫人性中的喜愁悲歡。小說並不影射甚麼，如果有所斥責，那是人性中卑污陰暗的品質。政治觀點、社會上的流行理念時時變遷，不必在小說中對暫時性的觀念作價值判斷。人性卻變動極少。

在劉再復先生與他千金劉劍梅合寫的《父女兩地書》（共悟人間）中，劍梅小姐提到她曾和李陀先生的一次談話，李先生說，寫小說也跟彈鋼琴一樣，沒有任何捷徑可言，是一級一級往上提高的，要經過每日的苦練和積累，讀書不夠多就不行。我很同意這個觀點。我每日讀書至少四五小時，從不間斷，在報社退休後連續在中外大學中努力進修。這些年來，學問、知識、見解雖有長進，才氣卻長不了，因此，這些小說雖然改了三次，相信很多人看了還是要嘆氣。正如一個鋼琴家每天練琴二十小時，如果天份不夠，永遠做不了蕭邦、李斯特、拉赫曼尼諾夫、巴德魯斯基，連魯賓斯坦、霍洛維茲、阿胥肯那吉、劉詩昆、傅聰也做不成。

這次第三次修改，改正了許多錯字訛字、以及漏失之處，多數由於得到了讀者們的指正。有幾段較長的補正改寫，是吸收了評論者與研討會中討論的結果。仍有許多明顯的缺點無法補救，限於作者的才力，那是無可如何的了。讀者們對書中仍然存在的失誤和不足之處，希望寫信告訴我。我把每一位讀者都當成是朋友，朋友們的指教和關懷，自然永遠是歡迎的。

二〇〇二年·四月 於香港

金庸

#《俠客行》目錄

那小丐只吃了一口燒餅，
忽見那死屍站了起來，
兩根鋼鉤兀自插在他腹中。
那小丐大吃一驚，不敢稍動，
只見那死屍彎下雙腿，
伸手在地下摸索，摸到一個燒餅。

一 燒餅餡子

「趙客縵胡纓，吳鉤霜雪明。銀鞍照白馬，颯沓如流星。
十步殺一人，千里不留行。事了拂衣去，深藏身與名。
閑過信陵飲，脫劍膝前橫。將炙啖朱亥，持觴勸侯嬴。
三杯吐然諾，五嶽倒爲輕。眼花耳熱後，意氣素霓生。
救趙揮金鎚，邯鄲先震驚。千秋二壯士，烜赫大梁城。
縱死俠骨香，不慚世上英。誰能書閣下，白首太玄經？」

李白這一首《俠客行》古風，寫的是戰國時魏國信陵君門客侯嬴和朱亥的故事，千載之下讀來，英銳之氣，兀自虎虎有威。那大梁城鄰近黃河，後稱汴梁，即今河南開封。該地雖數爲京城，卻民風質樸，古代悲歌慷慨的豪俠氣概，後世迄未泯滅。

開封東門十二里處，有個小市鎮，叫做侯監集。這小鎮便因侯嬴而得名。當年侯嬴爲大梁夷門監者。大梁城東有山，山勢平夷，稱爲夷山，東城門便稱爲夷門。夷門監者就是大梁東門的看守小吏。

每月初一十五，四鄉鄉民到鎮上趕集。這一日已是傍晚時分，四處前來趕集的鄉民正自挑擔的挑擔、提籃的提籃，紛紛歸去，突然間東北角上隱隱響起了一陣馬蹄聲。蹄聲漸近，竟是大隊人馬，少說也有二百來騎，蹄聲奔騰，乘者縱馬疾馳。衆人相顧說道：「多半是官軍到了。」有的說道：「快讓開些，官兵馬匹衝來，踢翻擔子，那也罷了，便踩死了你，也是活該。」

猛聽得蹄聲之中夾雜著陣陣唿哨。過不多時，唿哨聲東呼西應、南作北和，竟四面八方都是哨聲，似乎將侯監集團團圍住了。衆人駭然失色，有些見識較多之人，不免心中嘀咕：「遮莫是強盜？」

鎮頭雜貨鋪中一名夥計伸了伸舌頭，道：「啊喲，只怕是……我的媽啊，那些老哥們來啦！」王掌櫃臉色已然慘白，舉起了一隻不住發抖的肥手，作勢要往那夥計頭頂拍落，喝道：「你奶奶的，說話也不圖個利市，甚麼老哥小哥的。當眞線上的大爺們來了，那還有你……你的小命？再說，也沒聽說光天白日就有人幹這調調兒的！啊喲，這……這可有點兒邪……」

他說到一半，口雖張著，卻沒了聲音，只見市集東頭四五匹健馬直搶過來。馬上乘者一色黑衣，頭戴范陽斗笠，手中各執明晃晃的鋼刀，大聲叫道：「老鄉們，大夥兒各站原地，動一下子的，可別怪刀子不生眼睛。」嘴裏吆喝，拍馬往西馳去。馬蹄鐵踹在青石板上，錚錚直響，可令人心驚肉跳。

蹄聲未歇，西邊廂又有七八匹馬衝來，馬上健兒也一色黑衣，頭戴斗笠，帽簷壓得低低的。這些人一般吆喝：「乖乖的不動，那就沒事，愛吃板刀麵的就出來！」

雜貨鋪那夥計嘿的一聲笑，說道：「板刀麵有甚麼滋味……」這人貧嘴貧舌的，想要說句笑話，豈知一句話沒完，馬上一名大漢馬鞭揮出，甩進櫃台，勾著那夥計的脖子，順手甩帶，砰的一聲，將他重重摔在街上。那大漢的坐騎一股勁兒向前馳去，將那夥計拖地而行。後邊一匹馬趕將上來，前蹄踩落，正踩中他大腿，那夥計大聲哀號，仰天躺著，爬不起身。

旁人見這夥人如此兇橫，那裏還敢動彈？有的本想去上了門板，這時雙腳便如釘牢在地上一般，只全身發抖，要他當眞絲毫不動，卻也幹不了。

離雜貨鋪五六間門面處有家燒餅油條店，油鍋中熱油滋滋價響，鐵絲架上擱著七八根油條。一個花白頭髮的老者彎著腰，將麵粉捏成一個個小球，又將小球壓成圓圓的一片，對眼前驚心動魄的慘事竟如視而不見。他在麵餅上洒些葱花，對角一摺，捏上了邊，在一隻黃砂碗中抓些芝麻，洒在餅上，然後用鐵鉗夾起，放入烘爐。

這時四下裏嗯哨聲均已止歇，馬匹也不再行走，一個七八百人的市集上鴉雀無聲，本在啼哭的小兒，也給父母按住了嘴巴，不再發出聲息。各人凝氣屏息之中，只聽得一個人喀、喀、喀的皮靴聲，從西邊沿著大街響將過來。

這人走得甚慢，沉重的腳步聲一下一下，便如踏在每個人心頭之上。腳步聲漸漸近來，其時太陽正要下山，一個長長的人影映在大街之上，隨著腳步聲慢慢逼近。街上人人都似嚇得呆了，只那賣餅老者仍做他的燒餅。皮靴聲響到燒餅鋪外忽而停住，那人上上下下的打量賣餅老者，突然間嘿嘿嘿的冷笑三聲。

賣餅老者緩緩抬頭，見面前那人身裁甚高，一張臉孔如橘皮般凹凹凸凸，滿是疙瘩。賣餅老者說道：「大爺，買餅麼？一文錢一個。」拿起鐵鉗，從烘爐中夾了個熱烘烘的燒餅出來，放在白木板上。那高個兒又一聲冷笑，說道：「拿來！」伸出左手。那老者瞇著眼睛道：「是！」拿起那新焙的燒餅，放入他掌中。

那高個兒雙眉豎起，大聲怒道：「到這當兒，你還在消遣大爺！」將燒餅劈面向老者擲去。賣餅老者緩緩側頭，燒餅從他臉畔擦過，啪的一聲響，落在路邊的一條泥溝旁。

高個兒擲出燒餅，隨即從腰間抽出一對雙鉤，鉤頭映著夕陽，藍印印地寒氣逼人，說道：「到這時候還不拿出來？姓吳的，你到底識不識時務？」賣餅老者道：「大爺認錯人啦，老漢姓王。賣餅王老漢，侯監集上人人認得。」高個兒冷笑道：「他奶奶的！我們早查得清清楚楚，你喬裝改扮，躲得了一年半載，可躲不得一輩子。」

賣餅老者瞇著眼睛，慢條斯理的說道：「素聞金刀寨安寨主劫富濟貧，江湖上提起來，都要翹起大拇指，讚一聲：『好！仁義俠盜！』怎麼派出來的弟兄，卻向賣燒餅的窮老漢打起主意來啦？」他說話似乎有氣無力，這幾句話卻說得清清楚楚。

高個兒怒喝：「吳道通，你是決計不交出來的啦？」賣餅老者臉色微變，左頰上的肌肉牽動了幾下，隨即又是一副懶洋洋神氣，說道：「你既知道吳某名字，卻仍對我這般無禮，未免太大膽了些罷？」那高個兒罵道：「你老子膽大膽小，你到今天才知嗎？」左鉤一起，一招「手到擒來」，疾向吳道通左肩鉤落。

吳道通向右略閃。高個兒鋼鉤落空，左腕隨即內勾，鋼鉤拖回，便向吳道通後心鉤到。吳道通矮身避開，跟著右足踢出，卻踢在那座炭火燒得正旺的烘爐之上。滿爐紅炭斗地向那高個兒身上飛去，同時一鑊炸油條的熱油也猛向他頭頂澆落。

那高個兒吃了一驚，急忙後躍，避開了紅炭，卻避不開滿鑊熱油，「啊喲」一聲，滿鍋熱油已潑上他雙腿，只痛得他哇哇怪叫。

吳道通雙足力蹬，沖天躍起，已竄上了對面屋頂，手中兀自抓著那把烤燒餅的鐵鉗。猛地裏青光閃動，一柄單刀迎頭劈來，吳道通舉鐵鉗擋去，噹的一聲響，火光四濺。他那鐵鉗雖黑黝黝地毫不起眼，其實乃純鋼所鑄，竟將單刀擋回，便在此時，左側一根短槍、右側雙刀同時攻到。原來四周屋頂上都已布滿了人。吳道通哼了一聲，叫道：「好不要臉，以多取勝麼？」身形一長，雙手分執鐵鉗兩股，左擋短槍，右架雙刀，竟將鐵鉗拆開，變成了一對點穴雙筆。原來他這烤燒餅的鐵鉗，由一對類似判官筆的短兵刃合成，雙筆之間用鋼扣扣住。

吳道通雙筆使開，招招取人穴道，以一敵三，仍佔上風。他一聲猛喝：「著！」使短槍的「啊」的一聲，左腿中筆，骨溜溜的從屋簷上滾落。

西北角屋頂上站著一名矮瘦老者，雙手叉在腰間，冷冷的瞧著三人相鬥。

白光閃動之中，使單刀的忽給吳道通右腳踹中，一個觔斗翻落街中。那使雙刀的怯意陡生，兩把刀使得如同一團雪花相似，護在身前，只守不攻。

那矮瘦老者慢慢踱將過來，走近身前，右手食指陡地戳出，逕取吳道通左眼。這一招迅捷無比，吳道通忙回筆打他手指。那老者手指略歪，避過鐵筆，改戳他咽喉。吳道通筆勢已老，無法變招，只得退了一步。

那老者跟著上前，右手又伸指戳出，點向他小腹。吳道通右筆反轉，砸向敵人頭頂。那老者向前直衝，幾欲撲入吳道通懷裏，便這麼兩步急衝，已將他鐵筆避過，同時雙手向他胸口抓去。吳道通疾向後退，嗤的一聲，胸口已為對方抓下一長條衣服。吳道通百忙中不及察看是否受傷，雙臂合攏，倒轉鐵筆，一招「環抱六合」，雙筆筆柄向那老者兩邊太陽穴中砸去。

那老者不閃不架，又向前疾衝，雙掌紮紮實實的擊在對方胸口。喀喇喇的一聲響，也不知斷了多少根肋骨，吳道通從屋頂上翻跌而下。

那高個兒兩條大腿遭熱油炙得全是火泡，正自暴跳如雷，只雙腿受傷不輕，無力縱上屋頂和敵人拚命，又知那矮瘦老者周牧高傲自負，他既已出手，就不喜旁人相助，是以只仰著脖子，觀看二人相鬥。見吳道通從屋頂摔下，那高個兒大喜，急躍而前，不待他掙扎著站起，雙鉤扎落，刺入吳道通肚腹。他得意之極，仰起頭來縱聲長笑。

周牧急叫：「留下活口！」但終於慢了一步，雙鉤已然入腹。

突然那高個兒縱聲大叫：「啊……」踉踉蹌蹌倒退幾步，只見他胸口插了兩枝鐵筆，自前胸直透至後背，鮮血從四個傷口中前後直湧，身子晃了幾晃，便即摔倒。吳道通臨死時奮力一擊，那高個兒猝不及防，竟為雙筆插中要害。金刀寨夥伴忙伸手扶起，卻已氣絕。

周牧不去理會高個兒的生死，嘴角邊露出鄙夷之色，抓起吳道通身子，見也已停了呼吸。他眉頭微皺，喝道：「剝了他衣服，細細搜查。」

四名下屬應道：「是！」立即剝去吳道通的衣衫，見他長衣之下背上負著個包裹。兩名黑衣漢子迅速打開包裹，見包中有包，一層層裹著油布，每打開一層，周牧臉上的喜意便多了一分。一共解開了十來層油布，包裹越來越小，周牧臉色漸漸沮喪，眼見最後已成為一個三寸許見方、兩寸來厚的小包，當即伸手攫過，捏了一捏，怒道：「他奶奶的！騙人的玩意，不用看了！快到屋裏搜去。」

十餘名黑衣漢子應聲入內。燒餅店前後不過兩間房，十幾人擠在裏面，乒乒乓乓、嗆啷嗆啷，店裏的碗碟、床板、桌椅、衣物一件件給摔了出來。

周牧只叫：「細細的搜，甚麼地方都別漏過了！」

鬧了半天，已黑沉沉地難以見物，衆漢子點起火把，將燒餅店牆壁、灶頭也都拆爛了。嗆啷一聲響，一隻瓦缸摔入了街心，跌成碎片，缸中麵粉四散得滿地都是。

暮靄蒼茫中，一隻污穢的小手從街角邊偷偷伸過來，抓起水溝旁那個燒餅，慢慢縮手。

那是個十二三歲的小丐。他已餓了一整天，有氣沒力的坐在牆角邊。那高個兒接過吳道通遞來的燒餅，擲在水溝之旁，小丐的一雙眼睛便始終沒離開過這燒餅。他早想去拿來吃了，但見到街上那些凶神惡煞般的漢子，卻嚇得絲毫不敢動彈。那雜貨鋪夥計半死不活的身子便躺在燒餅之旁。後來，吳道通和那高個兒的兩具屍首，也躺在燒餅不遠之處。

直到天色黑了，火把的亮光照不到水溝邊，那小丐終於鼓起勇氣，抓起燒餅。他飢火中燒，顧不得餅上沾了臭水爛泥，輕輕咬了一口，含在口裏，卻不敢咀嚼，生恐咀嚼的微聲給那些手執刀劍的漢子們聽見了。口中銜著一塊燒餅，雖未吞下，肚裏似乎已舒服得多。

這時衆漢子已將燒餅鋪中搜了個天翻地覆，連地下的磚頭也已一塊塊挖起來查過。周牧見再也查不到甚麼，喝道：「收隊！」

唿哨聲連作，跟著馬蹄聲響起，金刀寨盜夥一批批出了侯監集。兩名盜夥抬起那高個兒的屍身，橫著放上馬鞍，片刻間走了個乾淨。

直等馬蹄聲全然隱沒，侯監集上才有些輕微人聲。鎮人怕羣盜去而復回，誰也不敢大聲說話。雜貨鋪掌櫃和另一個夥計抬了那夥伴入店，給他接上斷腿，上了門板，再也不敢出來。但聽得東邊噼噼啪啪，西邊咿咿呀呀，不是上排板，便是關門，過不多時，街上再無人影，亦沒半點聲息。

那小丐見吳道通的屍身兀自橫臥在地，沒人理睬，心下有些害怕，輕輕嚼了幾口，將一小塊燒餅咽下，正待再咬，忽見吳道通的屍身一動。那小丐大吃一驚，揉了揉眼睛，卻見那死屍慢慢坐起。小丐嚇得呆了，心中怦怦亂跳，但見那死屍雙腿一挺，竟站起身來。答答兩聲輕響，那小丐牙齒相擊。

死屍回過頭來，幸好那小丐縮在牆角之後，死屍見他不到。這時冷月斜照，小丐卻瞧得清楚，見那死屍嘴角邊流下一道鮮血，兩根鋼鉤兀自插在他腹中，小丐死命咬住牙齒，不令發出聲響。

只見那死屍彎下雙腿，伸手在地下摸索，摸到一個燒餅，捏了一捏，雙手撕開，隨即拋下，又摸到一個燒餅，撕開來卻又拋去。小丐只嚇得一顆心幾乎要從口腔中跳將出來，見那死屍不住在地下摸索，摸到任何雜物，都不理會，一摸到燒餅，便撕開拋去，一面摸，一面走近水溝。羣盜搜索燒餅鋪時，將木板上二十來個燒餅都掃在地下，這時那死屍拾起來一個個撕開，卻又不吃，撕成兩半，便往地下一丟。

小丐眼見那死屍一步步移近牆角，大駭之下，只想發足奔逃，但全身嚇得軟了，一雙腳那裏提得起來？那死屍行動遲緩，撕開二十來個燒餅，足足花了一炷香時光。他在地下再也摸不到燒餅，緩緩轉頭，似在四處找尋。小丐轉過頭來，不敢瞧他，突然間嚇得魂飛魄散。原來他身子雖躲在牆角之後，但月光從身後照來，將他蓬頭散髮的影子映在那死屍腳旁。小丐見那死屍雙腳又動，大聲驚呼，發足便跑。

那死屍嘶啞著嗓子叫道：「燒餅！燒餅！」騰騰騰的追來。

小丐在地下一絆，摔了個觔斗。那死屍彎腰伸手，便來按他背心。小丐一個打滾，避在路旁，發足又奔。那死屍一時站不直身子，支撐了一會這才站起，他腳長步大，雖行路蹣跚，搖搖擺擺的猶如醉漢，只十幾步，便追到了小丐身後，一把抓住他後頸，提了起來。

只聽得那死屍問道：「你……你偷了我燒餅？」在這當口，小丐如何還敢抵賴，只得點了點頭。那死屍又問：「你……你已經吃了？」小丐又點了點頭。那死屍右手伸出，嗤的一聲，扯破小丐衣衫，露出胸口和肚腹的肌膚。那死屍道：「割開你的肚子，挖出來！」小丐直嚇得魂不附體，顫聲道：「我……我……我只咬了一口。」

原來吳道通給周牧雙掌擊中胸口，又給那高個兒雙鉤插中肚腹，一時閉氣暈死，過得良久，卻又悠悠醒轉。肚腹雖是要害，但縱然受到重傷，一時卻不便死，他心中念念不忘的只是那件物事，待得醒轉，發覺金刀寨人馬已經離去，竟顧不得胸腹重傷，先要尋回藏在燒餅中的物事。

他扮作個賣餅老人，在侯監集隱居。一住三載，幸得平安無事，但設法想見那物的原主，卻也始終找尋不到。待聽得唿哨聲響，二百餘騎四下合圍，他雖不知這羣盜夥定是衝著自己而來，終究覺察到局面凶險，倉卒間無處可藏，無可奈何之際，便將那物隨手放入燒餅。那高個兒一現身，伸手說道：「拿來！」吳道通行著險棋，索性便將這燒餅放入他手中，果然不出所料，那高個兒大怒之下，便將燒餅擲開。

吳道通重傷之後醒轉，自認不出那一個燒餅中藏有那物，一個個撕開來找尋，全無影蹤，最後終於抓著那個小丐。他想這小叫化餓得狠了，多半是連餅帶物一齊吞入腹中，當下便要剖開他肚子來取物。一時尋不到利刃，情勢緊迫，他咬一咬牙，伸手拔出自己肚上一根鋼鉤，倒轉鉤頭，便往小丐肚上劃去。

鋼鉤拔離肚腹，他猛覺得一陣劇痛，傷口血如泉湧，鉤頭雖已碰到小丐肚子，但提著小丐的左手突然沒了力氣，五指鬆開，小丐身子落地，吳道通右手鋼鉤向前送出，卻刺了個空。吳道通全身虛脫，仰天摔倒，雙足挺了幾下，這才眞的死了。

那小丐摔在地下，拚命掙扎著爬起，轉身狂奔。剛才嚇得實在厲害，只奔出幾步，腿膝酸軟，翻了個觔斗，就此暈去，右手卻兀自牢牢的抓著那個只咬過一口的燒餅。

淡淡的月光照上吳道通的屍身，慢慢移到那小丐身上，東南角上又隱隱傳來馬蹄之聲。

這一次的蹄聲來得好快，剛只聽到聲響，倏忽間已到了近處。侯監集的居民已成驚弓之鳥，靜夜中又聽到馬蹄聲，不自禁的膽戰心驚，躲在被窩中只管發抖。但這次奔來的馬只有兩匹，也沒唿哨之聲。

這兩匹馬形相甚奇。一匹自頭至尾都是黑毛，四蹄卻是白色，那是「烏雲蓋雪」的名駒；另一匹四蹄卻是黑色，通體雪白，馬譜中稱爲「墨蹄玉兔」，中土尤爲罕見。白馬上騎著的是個白衣女子，若不是鬢邊戴了朵紅花，腰間又繫著一條猩紅飄帶，幾乎便如服喪，紅帶上掛了柄白鞘長劍。黑馬乘客是個中年男子，一身黑衫，頭戴黑色軟帽，腰間繫著的長劍插在黑色劍鞘之中。兩乘馬並肩疾馳而來。

頃刻間兩人都看到了吳道通的屍首以及滿地損毀的傢生雜物，同聲驚噫：「咦！」黑衫男子馬鞭揮出，捲在吳道通屍身頸項之中，拉起數尺，月光便照在屍身臉上。那女子道：「是吳道通！看來安金刀已得手了。」那男子馬鞭振出，將屍身擲在道旁，道：「吳道通死去不久，傷口血跡未凝，趕得上！」那女子點了點頭。

兩匹馬並肩向西馳去。八隻鐵蹄落在青石板上，蹄聲答答，竟如一匹馬奔馳一般。兩匹馬前蹄後蹄都同起同落，整齊之極，也美觀之極，不論是誰見了，都想得到這兩匹馬曾長期同受操練，是以奮蹄急馳，竟也雙駒同步，絕無參差。

兩匹馬越跑越快，一掠過汴梁城郊，道路狹窄，便不能雙騎並馳。那女子微一勒馬，讓那男子先行。那男子側頭一笑，縱馬而前，那女子跟隨在後。

兩匹駿馬腳力非凡，按照吳道通死去的情狀推想，這當兒已該當趕上金刀寨人馬，但始終影蹤毫無。他們不知吳道通雖氣絕不久，金刀寨的人衆卻早去得遠了。

馬不停蹄的趕了一個多時辰。二人下馬讓坐騎稍歇，上馬又行，將到天明時分，驀見遠處曠野中有幾個火頭升起。兩人相視一笑，同時飛身下馬。那女子接過那男子手中馬韁，將兩匹馬都繫在一株大樹上。兩人展開輕身功夫，向火頭奔去。

火頭在平野之間看來似乎不遠，其實相距尚有數里之遙。兩人在草地上便如一陣風般滑行過去。將到臨近，見一大羣人分別圍著十幾堆火，隱隱聽得稀裏呼嚕之聲此起彼應，衆人捧著碗在吃麵。兩人本想先行窺探，但平野之地無可藏身，離這羣人約十數丈，便放慢了腳步，並肩走近。

人羣中有人喝問：「甚麼人？幹甚麼的？」

那男子踏上一步，抱拳笑道：「安寨主不在麼？是那位朋友在這裏？」

那矮老者周牧抬眼瞧去，火光照耀下見來人一男一女，一黑一白，並肩而立。兩人都是中年，男的丰神俊朗，女的文秀清雅，衣衫飄飄，腰間都掛著柄長劍。

周牧心中一凜，隨即想起兩個人來，挺腰站起，抱拳說道：「原來是江南玄素莊石莊主夫婦大駕光臨！」跟著大聲喝道：「衆弟兄，快起來行禮，這兩位是威震大江南北的石莊主夫婦。」衆漢子轟然站起，都微微躬身，示意禮敬。周牧心下嘀咕：「石清、閔柔夫婦跟我們金刀寨可沒糾葛樑子，大清早找將上來，不知想幹甚麼，難道也為了這件物事？」遊目往四下裏瞧去，一望平野，更無旁人，心想：「雖聽說他夫婦雙劍厲害，終究好漢敵不過人多，又怕他何來。」

石氏夫婦同時還禮。石夫人閔柔輕聲說道：「師哥，這位是鷹爪門的周牧周老爺子。」

她話聲雖低，周牧卻也聽見了，不禁微感得意：「冰雪神劍居然知道我名頭。」忙接口道：「不敢，金刀寨周牧拜見石莊主、石夫人。」說著又彎了彎腰，抱拳行禮。

石清拱手微笑道：「衆位朋友正用早膳，這可打攪了，請坐，請坐。」轉頭對周牧道：「周朋友不必客氣，愚夫婦和貴門『一飛沖天』莊震中莊兄曾有數面之緣，說起來大家也都不是外人。」

周牧道：「『一飛沖天』是在下師叔。」暗道：「你年紀比我小著一大截，卻稱我莊師叔為莊兄，那不是明明以長輩自居嗎？」想到此節，更覺對方此來只怕不懷好意，心下更多了一層戒備。武林中於「輩份」兩字看得甚重，晚輩遇上了長輩固然必須恭敬，而長輩吩咐下來，晚輩也輕易不得違拗，否則給人說一聲以下犯上，先就理虧。

石清見他臉色微沉，已知其意，笑道：「這可得罪了！當年嵩山相會，曾聽莊兄說起貴門武功，愚夫婦佩服得緊。我忝在世交，有個不情之請，周世兄莫怪。」他改口稱之為「周世兄」，更是以長輩自居了。

周牧道：「倘若是在下自己的事，衝著兩位的金面，只要力所能及，兩位吩咐下來，自然無有不遵。但若是敝寨的事，在下職位低微，可做不得主了。」

石清心道：「這人老辣得緊，沒聽我說甚麼，先來推個乾乾淨淨。」說道：「那跟貴寨毫無干係。我要向周世兄打聽一件事。愚夫婦追尋一個人，此人姓吳名道通，兵器使的是一對判官筆，身材甚高，聽說近年來扮成了個老頭兒，隱姓埋名，潛居在汴梁附近。不知周世兄可曾聽到過他訊息嗎？」

他一說出吳道通的名字，金刀寨人衆登時聳動，有些立時放下了手中捧著的麵碗。

周牧心想：「你從東而來，當然已見到了吳道通的屍身，我若不說，反顯得不夠光棍了。」當即打個哈哈，說道：「那當眞好極了，石莊主、石夫人，說來也是眞巧，姓周的雖武藝低微，卻碰上給賢夫婦效了一點微勞。這吳道通得罪了賢夫婦，我們金刀寨已將他料理啦。」說這幾句話時，雙目凝視石清的臉，瞧他是喜是怒。

石清又微微一笑，說道：「這吳道通跟我們素不相識，說不上得罪了愚夫婦甚麼。我們追尋此人，說來倒教周世兄見笑，是爲了此人所攜帶的一件物事。」

周牧臉上肌肉牽動了幾下，隨即鎭定，笑道：「賢夫婦消息也眞靈通，這個訊息嘛，我們金刀寨也聽到了。不瞞石莊主說，在下這番帶了這些兄弟們出來，也就是爲了這件物事。唉，不知是那個狗雜種造的謠，卻累得雙筆吳道通枉送了性命。我們二百多人空走一趟，那也罷了，只怕安大哥還要怪在下辦事不力呢。江湖上向來謠言滿天飛，倘若以爲那件物事是金刀寨得了，都向我們打起主意來，這可不冤麼？張兄弟，咱們怎麼打死那姓吳的，怎樣搜查那間燒餅鋪，你詳詳細細的稟告石莊主、石夫人兩位。」

一個短小精悍的漢子站起身來，說道：「那姓吳的武功甚爲了得，我們李大元李頭領的性命送在他手下。後來周頭領出手，雙掌將那姓吳的震下屋頂，當時便將他震得全身筋折骨斷，五臟粉碎……」此人口齒靈便，加油添醬，將衆盜夥如何撬開燒餅鋪地下的磚頭、如何翻倒麵缸、如何拆牆翻炕，說了一大篇，可便是略去了周牧取去吳道通背上包裹一節。

石清點了點頭，心道：「這周牧一見我們，便即全神戒備，惴惴不安。玄素莊和金刀寨向無過節，若不是他已得到了那物事，又何必對我們夫婦如此提防？」他知這夥人得不到此物便罷，倘若得了去，定是在周牧身邊，一瞥之間，見金刀寨二百餘人個個壯健剽悍，料來雖無一流好手，究竟人多難鬥。適才周牧言語說得客氣，其中所含的骨頭著實不少，全無友善之意，自也是恃了人多勢衆，當下臉上仍微微含笑，手指左首遠處樹林，說道：「我有一句話，要單獨跟周世兄商量，請借一步到那邊林中說話。」

周牧怎肯落單，立即道：「我們這裏都是好兄弟、好朋友，事無不可……」下面「對人言」三字尚未出口，突覺左腕一緊，已讓石清伸手握住，跟著半身酸麻，右手也已毫無勁力。周牧又驚又怒，自從石清、閔柔夫婦現身，他便凝神應接，不敢有絲毫怠忽，那知石清說動手便動手，竟捷如閃電般抓住了自己手腕。擒拿手法本是他鷹爪門的拿手本領，不料一招未交，便落入對方手中，急欲運力掙扎，但身上力氣竟忽然間無影無蹤，知要穴已爲對方所制，額頭立時便冒出了汗珠。

石清朗聲說道：「周世兄既允過去說話，那最好也沒有了。」回頭向閔柔道：「師妹，我和周世兄過去說句話兒，片刻即回，請師妹在此稍候。」說著緩步而行。閔柔斯文文的道：「師哥請便。」他兩人雖為夫婦，卻師兄妹相稱。

金刀寨眾人見石清笑嘻嘻地與周牧同行，似無惡意，他夫人又留在當地，誰也想不到周牧如此武功，竟會不聲不響的受人挾持而去。

石清抓著周牧手腕，越行越快，周牧只要腳下稍慢，立時便會摔倒，只得拚命奔跑。從火堆到樹林約有里許，兩人倏忽間便穿入了林中。

石清放脫了他手腕，笑道：「周世兄……」周牧怒道：「你這是幹甚麼？」右手成抓，一招「搏獅手」，便往石清胸口狠抓下去。

石清左手在他身前自右而左劃了過來，在他手腕上輕輕一帶，已將他右臂帶向身後，左手一把抓攏，竟一手將他兩隻手腕都反抓在背後。周牧驚怒之下，右足向後力踹。

石清笑道：「周世兄又何必動怒？」周牧只覺右腿「伏兔」「環跳」兩處穴道中一麻，踹出的一腳力道尚未使出，已軟軟垂下。這一來，他只一隻左腳著地，若再向後踹，身子便非向前俯跌不可，不由得滿臉脹得通紅，怒道：「你……你……你……」

石清道：「吳道通身上的物事，周世兄既已取到，我想借來一觀。請取出來罷！」

周牧道：「那東西是有的，卻不在我身邊。你既要看，咱們回到那邊去便了。」他想騙石清回到火堆之旁，那時一聲號令，眾人羣起而攻，石清夫婦武功再強，也難免寡不敵眾。

石清笑道：「我可信不過，卻要在周世兄身邊搜搜！得罪莫怪。」

周牧怒道：「你要搜我？當我是甚麼人了？」

石清不答，一伸手便除下了他左腳的皮靴。周牧「啊」的一聲，只見他已從靴筒中倒了一個小包出來，正是得自吳道通身上之物。周牧又驚又怒，又是詫異：「這……這……他怎地知道？難道是見到我藏進去的？」其實石清一說要搜，便見他目光自然而然的向左腳一瞥，眼光隨即轉開，望向遠處，猜想此物定是藏在他左足靴內，果然一搜便著。

石清心想：「適才那人敘述大搜燒餅鋪的情景，顯非虛假，而此物卻在你身上搜出，當然是你意圖瞞過眾人，私下吞沒。」左手三指在那小包外捏了幾下，臉色微變。

周牧急得脹紅了臉，一時拿不定主意是否便要呼叫求援。石清冷冷的道：「你背叛安寨主，可願將此事當眾抖將出來，受那斬斷十指的刑罰麼？」周牧大驚，情不自禁的顫聲道：「你……你怎知道？」石清道：「我自然知道。」鬆指放開了他雙手，說道：「安金刀何等精明，你連我也瞞不過，又怎瞞得過他？」

便在此時，只聽得嚓嚓嚓幾下腳步聲輕響，有人到了林外。一個粗豪的聲音哈哈大笑，朗聲說道：「多承石莊主誇獎，安某這裏謝過了。」話聲方罷，三個人闖進林來。

周牧一見，登時面如土色。這三人正是金刀寨的大寨主安奉日、二寨主馮振武、三寨主元澄道人。周牧奉命出來追尋吳道通之時，安寨主並沒說要派人前來接應，不知如何，竟親自下寨。周牧心想自己吞沒此物的圖謀固然已成畫餅，而且身敗名裂，說不定性命也將難保，情急之下，忙道：「安大哥，那……那……東西給他搶去了。」

安奉日拱手向石清行禮，說道：「石莊主名揚天下，安某仰慕得緊，一直無緣親近。敝寨便在左近，便請石莊主和夫人同去盤桓數日，使兄弟得以敬聆教訓。」

石清見安奉日環眼虬髯，身材矮壯，一副粗豪的神色，豈知說話卻甚得體，一句不提自己搶去物事，卻邀請前赴金刀寨盤桓。可是這一上寨去，那裏還能輕易脫身？拱手還禮之後，順手便要將那小包揣入懷中，笑道：「多謝安寨主盛情……」

突然間青光閃動，元澄道人長劍出鞘，劍尖刺向石清手腕，喝道：「先放下此物！」這一下來得好快，豈知他快石清更快，身子一側，已欺到了元澄道人身旁，隨手將那小包遞出，放入他左手，笑道：「給你！」元澄道人大喜，不及細想他用意，便即拿住，不料右腕一麻，手中長劍已讓對方奪去。

石清倒轉長劍，斫向元澄左腕，喝道：「先放下此物！」元澄大吃一驚，眼見寒光閃閃，劍鋒離左腕不及五寸，縮手退避，均已不及，只得反掌將那小包擲回。

馮振武叫道：「好俊功夫！」不等石清伸手去接小包，展開單刀，著地滾去，逕向他腿上砍去。石清長劍嗤的一聲刺落，這一招後發先至，馮振武單刀尚未砍到他右腿，他長劍其勢便要將馮振武的腦袋釘在地下。

安奉日見情勢危急，大叫：「請留……」石清長劍繼續前刺，馮振武心中一涼，閉目待死，只覺頰上微微一痛，石清的長劍卻不再刺下，原來他劍下留情，劍尖碰到了馮振武的面頰，立刻收勢，其間方位、力道，竟半分也相差不得。跟著聽得搭的一聲輕響，石清長劍拍回小包，伸手接住，安奉日那「情」字這才出口。

石清收回長劍，說道：「得罪！」退開了兩步。

馮振武站起身來，倒提單刀，滿臉愧色，退到了安奉日身後，口中喃喃說了兩句，不知是謝石清劍下留情，還是罵他出手狠辣，那只有自己知道了。

安奉日伸手解開胸口銅扣，將單刀從背後取下，拔刀出鞘。其時朝陽初升，日光從林間空隙照射進來，金刀映日，閃閃耀眼，厚背薄刃，果然好一口利器！安奉日金刀一立，說道：「石莊主技藝驚人，佩服，佩服，兄弟要討教幾招！」

石清笑道：「今日得會高賢，幸也何如！」一揚手，將那小包擲了出去。四人一怔之間，只聽得颼的一聲，石清手中奪自元澄道人的長劍跟著擲出，那小包剛撞上對面樹幹，長劍已然趕上，將小包釘入樹中。劍鋒只穿過小包一角，卻不損及包中物事，手法之快，運勁之巧，落劍之準，實不亞於適才連敗元澄道人、馮振武的那兩招。長劍釘著小包高高掛起，離地丈許，若有人躍高欲取，劍柄又高了數尺，伸手拔劍便極不容易，而身子躍高，後心便賣了敵人，敵招攻來，難以抵擋。

四人的眼光從樹幹再回到石清身上時，只見他手中已多了一柄通體墨黑的長劍，只聽他說道：「墨劍會金刀，點到爲止。是誰佔先一招半式，便得此物如何？」

安奉日見他居然將已得之物釘在樹上，再以比武較量來決定此物誰屬，絲毫不佔便宜，心下好生佩服，說道：「石莊主請！」他早就聽說玄素莊石清、閔柔夫婦劍術精絕，適才見他制服元澄道人和馮振武，當眞名下無虛，心中絲毫不敢托大，唰唰唰三刀，盡是虛劈，既表禮敬，又是不敢貿然進招。

石清劍尖向地，全身紋風不動，說道：「進招罷！」

安奉日這才揮刀斜劈，招未使老，已倒翻上來。他一出手便是生平絕技七十二路「劈卦刀」，招中藏套，套中含式，變化多端。石清使開墨劍，初時見招破招，守得甚爲嚴謹，三十餘招後，一聲清嘯，陡地展開搶攻，那便一劍快似一劍。安奉日接了三十餘招後，已全然看不清對方劍勢來路，暗暗驚慌，唯有舞刀護住要害。

兩人拆了七十招，刀劍始終不交，忽聽得叮的一聲輕響，墨劍的劍鋒已貼住了刀背，順勢滑下。這一招「順流而下」，原是以劍破刀的尋常招數，若使刀者武功了得，安奉日只須刀身外掠，立時便將來劍盪開。但石清的墨劍來勢奇快，安奉日翻刀欲盪，劍鋒已涼颼颼的碰到了他食指。安奉日大驚：「我四根手指不保！」便欲撒刀後退，也已不及。心念電轉之際，石清長劍竟硬生生收住，非但不向前削，反向後挪了數寸。安奉日知他手下容情，此際欲不撒刀，也不成話，只得鬆手放開刀柄。

那知墨劍一翻，轉到了刀下，卻將金刀托住，不令落地，只聽石清朗聲道：「你我勢均力敵，難分勝敗。」墨劍微微一震，金刀躍起。

安奉日好生感激，五指又握緊了刀柄，知他取勝之後，尙給自己保存顏面，忙舉刀一立，恭恭敬敬行了一禮，正是「劈卦刀」的收刀勢「南海禮佛」。

他這一招使出，心下更驚，不由得臉上變色，原來他一招一式的使將下來，此時剛好將七十二路「劈卦刀」刀法使完，顯是對方於自己這門拿手絕技知之已稔，直等自己的刀法使到第七十一路上，這才將自己制住，倘若他一上來便即搶攻，自己能否擋得住他十招八招，也殊無把握。

安奉日正想說幾句感謝的言語，石清還劍入鞘，抱拳說道：「姓石的交了安寨主這個朋友，咱們不用再比。何時路過敝莊，務請來盤桓幾日。」安奉日臉色慘然，道：「自當過來拜訪。」縱身近樹，面向石清，躍起身來，反手拔起元澄道人長劍，接住小包，將一刀一劍都插在地下，雙手捧了那小包，走到石清身前，說道：「石莊主請取去罷！」這件要物他雖得而復失，但石清顧全自己面子，保全了自己四根手指，卻也十分承他的情。

不料石清雙手一拱，說道：「後會有期！」轉身便走。

安奉日叫道：「石莊主請留步。莊主顧全安某顏面，安某豈有不知？安某明明是大敗虧輸，此物務請石莊主取去，否則豈不是將安某當作不識好歹的無賴小人了。」石清微笑道：「安寨主，今日比武，勝敗未分。安寨主的青龍刀、攔路斷門刀等等精妙刀法都尚未施展，怎能便說輸了？再說，這小包中並無那物在內，只怕周世兄是上了人家的當。」

安奉日一怔，說道：「並無那物在內？」急忙打開小包，拆了一層又一層，拆了五層之後，只見包內有三個銅錢，凝神再看，外圓內方，其形扁薄，卻不是三枚制錢是甚麼？一怔之下，不由得驚怒交集，當下強自抑制，轉頭問周牧道：「周兄弟，這……這到底開甚麼玩笑？」周牧囁嚅道：「我……我也不知道啊。在那吳道通身上，便只搜到這個小包。」

安奉日心下雪亮，情知吳道通不是將那物藏在隱秘異常之處，便是已交給了旁人，此番不但空勞跋涉，反而大損金刀寨威風，將紙包往地下一擲，向石清道：「倒教石莊主見笑了，卻不知石莊主何由得知？」

石清適才奪到那個小包之時，隨手一捏，便已察覺是三枚圓形之物，雖不知定是銅錢，卻已確定絕非心目中欲取的物件，微笑道：「在下也只胡亂猜測而已。咱們同是受人之愚，盼安寨主大量包涵，一笑置之便了。」一抱拳，轉身向馮振武、元澄道人、周牧拱了拱手，快步出林。

石清走到火堆之旁，向閔柔道：「師妹，走罷！」兩人上了坐騎，又向來路回去。閔柔看了丈夫的臉色，不用多問，便知此事沒成功，心中一酸，不由得淚水一滴滴的落上衣襟。石清道：「金刀寨也上了當。咱們再到吳道通屍身上去搜搜，說不定金刀寨的朋友們漏了眼。」閔柔明知無望，卻不違拗丈夫之意，哽咽道：「是。」

黑白雙駒腳力快極，沒到晌午時分，又已回到了侯監集。

鎮民驚魂未定，沒一家店鋪開門。羣盜殺人搶劫之事，已由地方保甲向汴梁官衙稟報，官老爺還在調兵遣將，不敢便來，顯是打著「遲來一刻便多一分平安」的主意。

石清夫婦縱馬來到吳道通屍身之旁，見牆角邊坐著個十二、三歲的小丐，此外四下裏更無旁人。石清當即在吳道通身上細細搜尋，連他髮髻也拆散了，鞋襪也除了來看過。閔柔則到燒餅鋪去再查了一次。

兩夫婦相對黯然，同時嘆了口氣。閔柔道：「師哥，看來此仇已注定難報。這幾日來也真累了你啦。咱們到汴梁城中散散心，看幾齣戲文，聽幾場鼓兒書。」石清知妻子素來愛靜，不喜觀劇聽曲，到汴梁散散心云云，全是體貼自己，便說道：「也好，既然來到河南，總得到汴梁逛逛。汴梁龍鬚麵是天下一絕，一斤麵能拉成好幾里長，卻又不斷，倒不可不嘗。又聽說汴梁的銀匠是高手，去揀幾件首飾也好。」閔柔素以美色馳名武林，本來就喜愛打扮，人近中年，對容貌修飾更加注重。她淒然一笑，說道：「自從堅兒死後，這十三年來你給我買的首飾，足夠開家珠寶鋪子啦！」

她說到「自從堅兒死後」一句話，淚水又已涔涔而下，一瞥眼間，見那小丐坐在牆角邊，猥猥葸葸，污穢不堪，不禁起了憐意，問道：「你媽媽呢？怎麼做叫化子了？」小丐道：「我……我……我媽媽不見了。」閔柔嘆了口氣，從懷中摸出一小錠銀子，擲在他腳邊，說道：「買餅兒去吃罷！」提韁便行，回頭問道：「孩子，你叫甚麼名字？」

那小丐道：「我……我叫『狗雜種』！」

閔柔一怔，心想：「怎能叫這樣的名字？」石清搖了搖頭，道：「是個白痴！」閔柔道：「是，怪可憐見兒的。」兩人縱馬向汴梁城馳去。

那小丐自給吳道通的死屍嚇得暈了過去，直到天明才醒，這一下驚嚇實在厲害，睜眼見到吳道通的屍體血肉模糊的躺在自己身畔，竟不敢起身逃開，迷迷糊糊的醒了又睡，睡了又醒。石清到來之時，他神智已然清醒，正想離去，卻見石清翻弄屍體，又嚇得不敢動了，沒想到那個美麗女子竟會給自己一錠銀子。他心道：「餅兒麼？我自己也有。」

他提起右手，手中兀自抓著那咬過一口的燒餅，驚慌之心漸去，登感飢餓難忍，張口往燒餅上用力咬下，只聽得卜的一聲響，上下門牙大痛，似是咬到了鐵石。那小丐一拉燒餅，口中已多了一物，忙吐在左手掌中，見是黑黝黝的一塊鐵片。

那小丐看了一眼，也不去細想燒餅中何以會有鐵片，也來不及拋去，見餅中再無異物，當即大嚼起來，一個燒餅頃刻即盡。他眼光轉到吳道通屍體旁那十幾枚撕破的燒餅上，尋思：「給殭屍撕過的餅子，不知吃不吃得？」

正打不定主意，忽聽得頭頂有人叫道：「四面圍住了！」那小丐一驚，抬起頭來，只見屋頂上站著三個身穿白袍的男子，跟著身後颼颼幾聲，有人縱近。小丐轉過身來，但見四名白袍人手中各持長劍，分從左右掩將過來。

驀地裏馬蹄聲響，一人飛騎而至，大聲叫道：「是雪山派的好朋友麼？來到河南，恕安某未曾遠迎。」頃刻間一匹黃馬直衝到身前，馬上騎著個虬髯矮胖子，也不勒馬，突然躍下馬背。那黃馬斜刺裏奔了出去，兜了個圈子，便遠遠站住，顯是教熟了的。

屋頂上三名白袍男子同時縱下地來，都手按劍柄。一個三十來歲的魁梧漢子說道：「是金刀安寨主嗎？幸會，幸會！」一面說，一面向站在安奉日身後的白袍人連使眼色。

原來安奉日爲石清所敗，甚是沮喪，但跟著便想：「石莊主夫婦又去侯監集幹甚麼？是了，周四弟上了當，沒取到眞物，他夫婦定是又去尋找。我是他手下敗將，他若取到，我只有眼睜睜的瞧著。但若他尋找不到，我們難道便不能再找一次，碰碰運氣？此物倘若眞是曾在吳道通手中，他定是藏在隱秘萬分之所，搜十次搜不到，再搜第十一次又有何妨？」當即跨黃馬追趕上來。

他坐騎腳力遠不及石氏夫婦的黑白雙駒，又不敢過份逼近，是以直至石清、閔柔細搜過吳道通的屍身與燒餅鋪後離去，這才趕到侯監集。他來到鎮口，遠遠瞧見屋頂有人，三個人都身穿白衣，背懸長劍，這般裝束打扮，除了藏邊的雪山派弟子外更無旁人，馳馬稍近，更見三人全神貫注，如臨大敵。他還道這三人要去偷襲石氏夫婦，念著石清適才賣的那個交情，心中當了他是朋友，便縱聲叫了出來，要警告他夫婦留神。不料奔到近處，沒見石氏夫婦影蹤，雪山派七名弟子所包圍的竟是個小乞兒。

安奉日大奇，見那小丐年紀幼小，滿臉泥污，不似身有武功模樣，待見眼前那白衣漢子連使眼色，他又向那小丐望了一眼。

這一望之下，登時心頭大震，只見那小丐左手拿著一塊鐵片，黑黝黝地，似乎便是傳說中的那枚「玄鐵令」，待見身後那四名白衣人長劍閃動，竟是要上前搶奪的模樣，當下不及細想，立即反手拔出金刀，使出「八方藏刀勢」，身形轉動，滴溜溜地繞著那小丐轉了一圈，金刀左一刀，右一刀，前一刀，後一刀，霎時之間，八方各砍三刀，三八二十四刀，刀刀不離小丐身側半尺之外，將那小丐全罩在刀鋒之下。

那小丐只覺刀光刺眼，全身涼颼颼地，哇的一叫，放聲大哭。

便在此時，七個白衣人各出長劍，幻成一道光網，在安奉日和小丐身周圍了一圈。白光是個大圈，大圈內有個金色小圈，金色小圈內有個小叫化眼淚鼻涕的大哭。

忽聽得馬蹄聲響，一匹黑馬、一匹白馬從西馳來，卻是石清、閔柔夫婦去而復回。原來他二人馳向汴梁，行出不久，便發現了雪山派弟子的蹤跡，兩人商量了幾句，當即又策馬趕回。石清望見八人刀劍揮舞，朗聲叫道：「雪山派眾位朋友，安寨主，大家是好朋友，有話好說，不可傷了和氣。」

雪山派那魁梧漢子長劍一豎，七人同時停劍，卻仍團團圍在安奉日身周。

石清與閔柔馳到近處，驀地見到那小丐左手拿著的鐵片，同時「咦」的一聲，只不知是否便是心目中那物，二人心中都怦怦而跳。石清飛身下鞍，走上幾步，說道：「小兄弟，你手裏拿著的是甚麼東西，給我瞧瞧成不成？」饒是他素來鎮定，說這兩句話時卻語音微微發顫。他已打定主意，料想安奉日不會阻攔，只須那小丐一伸手，立時便搶入劍圈中奪將過來，諒那一眾雪山派弟子也攔不住自己。

那白衣漢子道：「石莊主，是我們先見到的。」

閔柔這時也已下馬走近，說道：「耿師兄，請你問問這位小兄弟，他腳旁那錠銀子，是不是我給的？」這句話甚是明白，她既已給過銀子，自比那些白衣人早見到那小丐了。

那魁梧漢子姓耿，名萬鍾，是當今雪山派第二代弟子中的好手，說道：「石夫人，或許是賢伉儷先見到這個小兄弟，但這枚『玄鐵令』呢，卻是我們兄弟先見到的了。」

一聽到「玄鐵令」這三字，石清、閔柔、安奉日三人心中都是一凜：「果然便是『玄鐵令』！」雪山派其餘六人也各露出異樣神色。其實他七人誰都沒細看過那小丐手中拿著的鐵片，只見石氏夫婦與金刀寨寨主都如此鄭重其事，料想必是此物；而石、閔、安三人也是一般的想法：雪山派耿萬鍾等七人並非尋常人物，既看中了這塊鐵片，當然不會錯的了。

十個人一般的心思，忽然不約而同的一齊伸出手來，說道：「小兄弟，給我！」十個人互相牽制，誰也不敢出手搶奪，知道只要誰先用強，大利當前，旁人立即會攻己空門，只盼那小丐自願將鐵片交給自己。

那小丐又怎知道這十人所要的，便是險些兒崩壞了他牙齒的這塊小鐵片，這時雖已收淚止哭，卻茫然失措，見身周刀劍晃動，白光閃閃，心下害怕，淚水在眼眶中滾來滾去，隨時便能又再流下。

忽聽得一個低沉的聲音說道：「還是給我！」

一個人影閃進圈中，一伸手，便將那小丐手中的鐵片拿了過去。

「放下！」「幹甚麼？」「好大膽！」「混蛋！」齊聲喝罵聲中，九柄長劍一把金刀同時向那人影招呼過去。安奉日離那小丐最近，金刀揮出，便是一招「白虹貫日」，砍向那人腦袋。雪山派弟子習練有素，同時出手，七劍分刺那人七個不同方位，叫他避得了肩頭，閃不開大腿，擋得了中盤來招，便卸不去攻他上盤的劍勢。石清與閔柔一時看不清來人是誰，不肯便使殺手取他性命，雙劍各圈了半圓，劍光霍霍，將他罩在玄素雙劍之下。

卻聽得叮噹、叮噹一陣響，那人雙手連振，也不知使了甚麼手法，霎時間竟將安奉日的金刀、雪山七名弟子的長劍盡數奪在手中。

石清和閔柔只覺得虎口一麻，長劍便欲脫手飛出，忙向後躍開。石清登時臉如白紙，閔柔卻滿臉通紅。玄素莊石莊主夫婦雙劍合璧，並世能與之抗手不敗的已寥寥無幾，但給那人伸指在劍身上分別一彈，兩柄長劍都險些脫手，那是兩人臨敵以來從未遇到過之事。

看那人時，只見他昂然而立，一把金刀、七柄長劍都插在他身周。那人青袍短鬚，約莫五十來歲年紀，容貌清癯，臉上隱隱有一層青氣，目光中流露出一股說不盡的歡喜之意。石清驀地想到一人，脫口而出：「尊駕莫非便是這玄鐵令的主人麼？」

那人嘿嘿一笑，說道：「玄素莊黑白雙劍，江湖上都道劍術了得，果然名不虛傳。老夫適才以一分力道對付這八位朋友，以九分力道對付賢伉儷，居然仍奪不下兩位手中兵刃。唉，我這『彈指神通』功夫，『彈指』是有了，『神通』二字如何當得？看來非得再下十年苦功不可。」

石清一聽，更無懷疑，抱拳說道：「愚夫婦此番來到河南，原想上摩天崖來拜見尊駕。雖所盼成空，總算有緣見到金面，卻也不虛此行了。愚夫婦這幾手三腳貓的粗淺劍術，在尊駕眼中自不值一笑。尊駕今日親手收回玄鐵令，可喜，可賀。」

雪山派羣弟子聽了石清之言，均暗暗嘀咕：「這青袍人便是玄鐵令的主人謝煙客？他於一招之間便奪了我們手中長劍，若不是他，恐怕也沒第二個了。」七人你瞧瞧我，我瞧瞧他，都默不作聲。

安奉日武功並不甚高，江湖上的閱歷卻遠勝於雪山派七弟子，當即拱手說道：「適才多有冒犯，在下這裏謹向謝前輩謝過，還盼恕過不知之罪。」

那青袍人正是摩天崖謝煙客。他又哈哈一笑，道：「照我平日規矩，你們這般用兵刃向我身上招呼，我自非一報還一報不可，你用金刀砍我左肩，我當然也要用這把金刀砍你左肩才合道理。」他說到這裏，左手將那鐵片在掌中一拋一拋，微微一笑，又道：「不過碰到今日老夫心情甚好，這一刀便寄下了。你刺我胸口陰都穴，你刺我頭頸天鼎穴，你刺我大腿環跳穴，你刺我左腰，你斬我小腿……」他口中說著，右手分指雪山派七弟子。

那七人聽他將剛才自己的招數說得分毫不錯，更爲駭然，在這電光石火般的一瞬之間，他受十人圍攻，情勢凶險，竟將每一人出招的方位看得明明白白，又記得清清楚楚，只聽他又道：「這也通統記在帳上，幾時碰到我脾氣不好，便來討債收帳。」

雪山派中一個矮個子大聲道：「我們藝不如人，輸了便輸了，你又說這些風涼話作甚？你記甚麼帳？爽爽快快刺我一劍便是，誰又耐煩把這筆帳掛在心頭？」此人名叫王萬仞，其時他兩手空空，說這幾句話，擺明是要將性命交在對方手裏了。他同門師兄弟齊聲喝止，他卻已一口氣說了出來。

謝煙客點了點頭，道：「好！」拔起王萬仞的長劍，挺劍直刺。王萬仞急向後躍，想要避開，豈知來劍快極，王萬仞身在半空，劍尖已及胸口。謝煙客手腕一抖，便即收劍。

王萬仞雙腳落地，只覺胸口涼颼颼地，低頭一看，不禁「啊」的一聲，但見胸口露出一個圓孔，約有茶杯口大小，正好對準了他胸口的「陰都穴」。原來謝煙客手腕微轉，已用劍尖在他衣服上劃了個圓圈，自外而內，三層衣衫盡皆劃破，露出了肌膚。他手上只須使勁稍重，一顆心也給他剜出來了。

王萬仞臉如土色，驚得呆了。安奉日衷心佩服，忍不住喝采：「好劍法！」

說到出劍部位之準，勁道拿捏之巧，謝煙客適才這一招，石清夫婦勉強也能辦到，但劍勢之快，令對方明知刺向何處，仍然閃避不得，石清、閔柔自知便萬萬及不上了。二人對望一眼，均想：「此人武功精奇，果然匪夷所思。」

謝煙客哈哈大笑，拔步便行。

雪山派中一個少年女子突然叫道：「謝先生，且慢！」謝煙客回頭問道：「幹甚麼？」那女子道：「尊駕手下留情，沒傷我王師哥，雪山派同感大德。請問謝先生，你拿去的那塊鐵片，便是玄鐵令嗎？」謝煙客哼了一聲，道：「沒上沒下的野丫頭，憑你也來向我問東問西？」

那女子臉上一紅。閔柔忙道：「這位想必是雪山派的『寒梅女俠』花萬紫花師妹，年紀雖輕，劍術是挺高明的。」謝煙客滿臉傲色，說道：「年紀倒輕，劍術我看還差著這麼一大截。也罷，這是玄鐵令又怎樣？不是又怎樣？」花萬紫雖給謝煙客搶白了幾句，仍鼓勇而道：「倘若不是玄鐵令，大夥再去找找。但若當眞是玄鐵令，這卻是尊駕的不是了。」

只見謝煙客臉上陡然青氣一現，隨即隱去，耿萬鍾喝道：「花師妹，不可多口。」衆人素聞謝煙客生性殘忍好殺，爲人忽正忽邪，行事全憑一己好惡，不論黑道或白道，喪生於他手下的好漢指不勝屈。今日他受十人圍攻而居然不傷一人，那可說破天荒的大慈悲了。不料師妹花萬紫性子剛硬，又復不知輕重，竟出言衝撞，不但雪山派的同門心下震駭，石氏夫婦也不禁爲她揑了一把冷汗。

謝煙客高舉鐵片，朗聲唸道：「玄鐵之令，有求必應。」將鐵片翻了過來，又唸道：「摩天崖謝煙客。」頓了一頓，說道：「這等玄鐵刀劍不損，天下罕有。」拔起地下一柄長劍，順手往鐵片上斫去，叮的一聲，長劍斷爲兩截，上半截彈了出去，那黑黝黝的鐵片竟絲毫無損。他臉色一沉，厲聲道：「怎麼是我的不是了？」

花萬紫道：「小女子聽得江湖上的朋友們言道：謝先生共有三枚玄鐵令，分贈三位當年於謝先生有恩的朋友，說道只須持此令來，親手交在謝先生手中，便可請你做一件事，不論如何艱難凶險，謝先生也必代他做到。那話不錯罷？」謝煙客道：「不錯。此事武林中人，有誰不知？」言下甚有得色。花萬紫道：「聽說這三枚玄鐵令，有兩枚已歸還謝先生之手，武林中也因此發生了兩件驚天動地的大事。這玄鐵令便是最後一枚了，不知對不對？」

謝煙客聽她說「武林中也因此發生了兩件驚天動地的大事」，臉色便略轉柔和，說道：「不錯。得了我這枚玄鐵令的朋友武功高強，沒甚麼難辦之事，這令牌於他也無用處。他沒子女，逝世之後令牌不知去向。這幾年來，大家都在拚命找尋，想來叫我姓謝的代他幹一件大事。嘿嘿，想不到今日輕輕易易的卻給我自己收回了。這樣一來，江湖上朋友不免有些失望，可也反而給你們消災免難。」一伸足將吳道通的屍身踢出數丈，又道：「譬如此人罷，縱然得了令牌，要見我臉卻也挺難，在將令牌交到我手中之前，自己便先成衆矢之的。武林中哪一個不想殺之而後快？哪一個不想奪取令牌到手？以玄素莊石莊主夫婦之賢，尚且未能免俗，何況旁人？嘿嘿！嘿嘿！」最後這幾句話，已大有譏嘲之意。

石清一聽，不由得面紅過耳。他雖一向對人客客氣氣，但武功既強，名氣又大，說出話來很少有人敢予違拗，不料此番面受謝煙客的譏嘲搶白，論理論力，均無可與之抗爭，他平素高傲，忽受挫折，實覺無地自容。閔柔只看著石清神色，丈夫若露拔劍齊上之意，立時便要跟謝煙客拚了，雖明知不敵，這口氣卻也咽不下去。

卻聽謝煙客又道：「石莊主夫婦是英雄豪傑，這玄鐵令若教你們得了去，不過叫老夫做一件爲難之事，奔波勞碌一番，那也罷了。但若給無恥小人得了去，竟要老夫自殘肢體，逼得我不死不活，甚至於來求我自殺，我若不想便死，豈不是毀了這『有求必應』四字誓言？總算老夫運氣不壞，毫不費力的便收回了。哈哈，哈哈！」縱聲大笑，聲震屋瓦。

花萬紫朗聲道：「聽說謝先生當年曾發下毒誓，不論從誰手中接過這塊令牌，都須依彼所求，辦一件事，即令對方是七世的冤家，也不能伸一指加害於他。這令牌是你從這小兄弟手中接過去的，你又怎知他不會出個難題給你？」謝煙客「呸」的一聲，道：「這小叫化是甚麼東西？我謝煙客去聽這小化子的話，哈哈，那不是笑死人麼？」花萬紫朗聲道：「衆位朋友聽了，謝先生說小化子原來不是人，算不得數。」她說的若是旁人，餘人不免便笑出聲來，至少雪山派同門必當附和，但此刻四周卻靜無聲息，只怕一枚針落地也能聽見。

謝煙客臉上又青氣一閃，心道：「這丫頭用言語僵住我，叫人在背後說我謝某言而無信。」突然心頭一震：「啊喲，不好，莫非這小叫化是他們故意布下的圈套，我既已伸手將令牌搶到，再要退還他也不成了。」他幾聲冷笑，傲然道：「天下又有甚麼事，能難得倒姓謝的了。小叫化兒，你跟我去，有甚麼事求我，可不跟旁人相干。」攜著那小丐的手拔步便行。他雖沒將身前這些人放在眼裏，但生怕這小丐背後有人指使，當衆出個難題，要他自斷雙手之類，那便不知如何是好了，是以要將他帶到無人之處，細加盤問。

花萬紫踏上一步，柔聲道：「小兄弟，你是個好孩子。這位老伯伯最愛殺人，你快求他從今以後，再也別殺——」一句話沒說完，突覺一股勁風撲面而至，下面「一個人」三字登時咽入了腹中，再也說不出口。

原來花萬紫知謝煙客言出必踐，自己適才挺劍向他臉上刺去，他說記下這筆帳，以後隨時討債，總有一日要給他在自己臉頰刺上一劍，何況六個師兄中，除王萬仞外，誰都欠了他一劍，這筆債還起來，非有人送命不可。因此她干冒奇險，不惜觸謝煙客之怒，要那小叫化求他此後不可再殺一人。只須小丐說了這句話，謝煙客不得不從，自己與五位師兄的性命便都能保全了。不料謝煙客識破她用意，袍袖拂出，勁風逼得她難以畢辭。只聽他大聲怒喝：「要你這丫頭囉唆甚麼？」又一股勁風撲至，花萬紫立足不定，便即摔倒。

花萬紫背脊一著地，立即躍起，想再叫嚷時，卻見謝煙客早已拉著小丐之手，轉入了前面小巷之中，顯然他不欲那小丐再聽到旁人的教唆言語。

眾人見謝煙客在丈許外只衣袖一拂，便將花萬紫摔了一交，盡皆駭然，又有誰敢再追上前去囉唕？

忽見一條軟鞭從轎中揮將出來，
捲住王萬仞左腿，將他身子甩飛，
奪了他手中墨劍。
花萬紫白劍出鞘，往軟鞭上撩去，
轎中突然飛出一粒暗器，打中了她手腕。

荒唐無恥

二

石清走上兩步，向耿萬鍾、王萬仞抱拳道：「耿賢弟、王賢弟，花師妹膽識過人，勝於鬚眉，『寒梅女俠』四字，名不虛傳。其餘四位師兄，請耿賢弟引見。」

耿萬鍾板起了臉，竟不置答，說道：「在這裏遇上石莊主夫婦，那再好也沒有了，省了我們上江南走一遭。」

石清見這七人神色頗為不善，初時只道他們在謝煙客手下栽了觔斗，致感難堪，但耿萬鍾與自己素來交好，異地相逢，該當歡喜才是，怎麼神氣如此冷漠？他一向稱自己為「石大哥」，又怎麼忽爾改了口？心念一動：「莫非我那寶貝兒子闖了禍？」忙道：「耿賢弟，我那小頑童惹得賢弟生氣了麼？小兄夫婦給你賠禮，來來來，小兄做個東道，請七位到汴梁城裏去喝幾杯。」

安奉日見石清言詞之中對雪山派弟子甚為親熱，而這些雪山派弟子對自己卻大剌剌地，正眼也不瞧上一眼，更不用說通名招呼了，自己站在一旁沒人理睬，一來沒趣，二來有氣，心想：「哼，雪山派有甚麼了不起？要如石莊主這般仁義待人，那才真的讓人佩服。」向石清、閔柔抱拳道：「石莊主、石夫人，安某告辭了。」石清拱手道：「安寨主莫怪。犬子石中玉在雪山派封師兄門下學藝，在下詢及犬子，竟對安寨主失了禮數。」安奉日心道：「石莊主行事，果然叫人心服。這倒怪你不得。」說道：「好說，好說！後會有期。」拱了拱手，轉身而去。

耿萬鍾等七人始終一言不發，待安奉日走遠，仍你看看我，我看看你，臉上流露出既尷尬又為難、既氣惱又鄙夷的神氣，似乎誰都不願先開口說話。

石清將兒子送到雪山派大弟子「風火神龍」封萬里門下學藝，固然另有深意，卻也因此子太過頑劣，閔柔又諸多迴護，自己實難管教之故，眼看耿萬鍾等的模樣，只怕兒子這亂子鬧得還眞不小，陪笑道：「白老爺子、白老太太安好，風火神龍封師兄安好。」

王萬仞再也忍耐不住，大聲道：「我師父、師娘沒給你的小……小……小……氣死，總算福份不小。」他本想大罵「小雜種」，但瞥眼間見到閔柔楚楚可憐、擔心關懷的臉色，連說了三個「小」字，終於懸崖勒馬，硬生生將「雜種」二字咽下。但他罵人之言雖然忍住，人人都已知道他本意，這不罵也等於已破口大罵。

閔柔眼圈一紅，說道：「王大哥，我那玉兒的確頑皮得緊，得罪了諸位，我……我……萬分抱歉，先給各位賠禮了。」說著盈盈福了下去。

雪山派七弟子急忙還禮。王萬仞大聲道：「石大嫂，你生的這小……小……傢伙實在太不成話，只要有半分像你們大哥大嫂兩位，那……那還有甚麼話說？這也不算是得罪了我，再說，得罪了我王萬仞這草包有甚打緊？衝著兩位金面，我最多抓住小子拳打足踢一頓，也就罷了。但他得罪了我師父、師娘，我那白師哥又是這等烈性子。石莊主，不是我吃裏扒外，想來總得通知你一聲，我白師哥要來燒你們的玄素莊，你……你兩位可得避避。我跟你兩位的過節，咱們一筆帶過，我就擱開了不算，誰教咱們從前有交情呢。但你這杯酒，我說甚麼也不能喝，要是給白師哥知道了，他不跟我翻臉絕交才怪。」

他嘮嘮叨叨的一大堆，始終沒說到石中玉到底幹了甚麼錯事。石清、閔柔二人卻越聽越驚，心想我們跟雪山派數代交好，怎地白萬劍居然惱到要來燒玄素莊？不住口的道：「這孽障大膽胡鬧，該死！怎麼連老太爺、老太太也敢得罪了？」

耿萬鍾道：「這裏是非之地，多留不便，咱們借一步說話。」當下拔起地下的長劍，道：「石莊主請，石夫人請。」

石清點了點頭，與閔柔向西走去，兩匹坐騎緩緩在後跟來。路上耿萬鍾爲五個師弟妹引見，五人分別和石清夫婦說了些久仰的話。

一行人行出七八里地，見大路旁三株栗樹，亭亭如蓋。耿萬鍾道：「石莊主，咱們到那邊說話如何？」石清道：「甚好。」九個人來到樹下，在大石和樹根上分別坐下。

石清夫婦心中甚爲焦急，卻並不開口詢問。

耿萬鍾道：「石莊主，我本來不配做你朋友，但承你瞧得起，和你叨在交好，有一句不中聽的話，直言莫怪。依在下之見，莊主還是將令郎交由我們帶去，在下竭力向師父、師母及白師兄夫婦求情，未始不能保全令郎性命。就算是廢了他武功，也勝於兩家反臉成仇，大動干戈。」

石清奇道：「小兒到了貴派之後，三年來我未見過他一面，種種情由，在下確然全不知情，還盼耿兄見告，不必隱瞞。」他本來稱他「耿賢弟」，眼見對方怒氣沖沖，這「賢弟」二字再叫出去，只怕給他頂撞回來，立時碰上個大釘子。

耿萬鍾道：「石莊主當眞不知？」石清道：「不知！」

耿萬鍾素知他爲人，以玄素莊主如此響亮的名頭，決不能謊言欺人，他說不知，那便是真的不知了，說道：「原來石莊主全無所悉……」

閔柔忍不住打斷他話頭，問道：「玉兒不在凌霄城嗎？」耿萬鍾點點頭。王萬仞道：「這小……小傢伙這會兒若在凌霄城，便有一百條性命，也都不在了。」

石清心下暗暗生氣，尋思：「我命玉兒投入你們門下學武，只因敬重白老爺子和封師兄的爲人，看重雪山派的武功。就算玉兒年紀幼小，生性頑劣，犯了你們甚麼門規，衝著我夫婦的臉面，也不能要殺便殺。就算你雪山派武功高強，人多勢衆，難道江湖上眞沒道理講了麼？」他仍不動聲色，淡淡的道：「貴派門規素嚴，這個在下早知道的。我送犬子到凌霄城學藝，原本想要他多學一些好規矩。」

耿萬鍾臉色微微一沉，道：「石莊主言重了。石中玉這小子如此荒唐無恥，窮凶極惡，卻不是我們雪山派教的。」石清淡淡的道：「諒他小小年紀，無知頑皮、犯規胡鬧定是有的，這『荒唐無恥，窮凶極惡』八字考語，卻從何說起？」

耿萬鍾轉頭向花萬紫道：「花師妹，請你到四下裏瞧瞧，看有人來沒有？」花萬紫道：「是！」提劍遠遠走開。石清夫婦對望了一眼，均知他將花萬紫打發開去，是爲了有些言語不便在女子之前出口，心下不禁又多了一層憂慮。

耿萬鍾嘆了口氣，道：「石莊主、石大嫂，我白師哥沒兒子，只一個女兒，你們是知道的。我那師姪女今年還只一十三歲，聰明伶俐，天眞可愛，白師哥固然愛惜之極，我師父、師娘更當她心肝肉一般。我這師姪女簡直便是大雪山凌霄城的小公主，我們師兄弟姊妹們，自然也像鳳凰一般捧著她了。」

石清點了點頭，道：「我那不肖的兒子得罪了這位小公主啦，是不是？」

耿萬鍾道：「『得罪』二字，卻忒也輕了。他……他……他委實膽大妄爲，竟將我們師姪女綁住了手足，將她剝得一絲不掛，想要強姦。」

石清和閔柔「啊」的一聲，一齊站起身來。閔柔臉色慘白。石清說道：「那……那有此事？中玉還只一十五歲，這中間必有誤會。」

耿萬鍾道：「咱們也說實在太過荒唐。可是此事千眞萬確，服侍我那小姪女的兩個丫鬟聽到爭鬧掙扎之聲，趕進房來，便即呼救，一個給他斬了一條手臂，一個給他砍去了一條大腿，都暈了過去。幸好這麼一來，這小子受了驚，沒敢再侵犯我小姪女，就此逃了。」

武林之中，向以色戒爲重，黑道上的好漢打家劫舍、殺人放火視爲家常便飯，但若犯了這個「淫」字，便爲同道衆所不齒。強姦婦女之事，連綠林盜賊也不敢輕犯，何況是俠義道的人物。閔柔只急得花容失色，拉著丈夫衣袖道：「師哥，那……那便如何是好？」

石清乍聞噩耗，也心緒煩亂。倘若他聽到兒子殺人闖禍犯了事，再大的難題也要接了下來，但這樣的事卻不知如何處理才是。他定了定神，說道：「如此說來，老天爺保佑，白小姑娘還是冰清玉潔之身，沒讓我那不肖的孽子玷污了？」

耿萬鍾搖頭道：「沒有！雖然如此，那也沒多大分別。我師父他老人家的脾氣你是知道的，立即命人追尋這小子，吩咐是誰見到，立即殺了，不用留活口。」王萬仞接口道：「我師父言道：他老人家跟你交情不淺，倘若把這小子抓了回來，他老人家衝著你面子，倒不便取他性命了，不如在外面一劍殺了，乾乾淨淨。」耿萬鍾橫了他一眼，似嫌他多口。王萬仞道：「師父確是這般吩咐的，難道我說錯了麼？」

耿萬鍾不去理他，續道：「倘若只傷了兩個丫鬟，本來也不是甚麼大事，可是我們那小姪女年紀雖小，性子卻十分剛烈，不幸遭此羞辱，自覺從此沒面目見人，哭了兩天，第三天晚上，竟悄悄從後窗縱了出去，跳下了萬丈深谷。」

石清與閔柔又「啊」的一聲。石清顫聲道：「可……可救轉了沒有？」

耿萬鍾道：「我們凌霄城外的深谷，石莊主是知道的，別說是人，就是一塊石子掉了下去，也跌成了石粉。這樣嬌嬌嫩嫩的一個小姑娘跳了下去，還不成了一團肉漿？」

一個二十七八歲的雪山派弟子名叫柯萬鈞的說道：「最冤枉的可算是大師哥啦，無端端的給師父砍去了一條右臂。」說時氣憤之極。石清驚道：「風火神龍？」柯萬鈞道：「可不是麼？我師父痛惜孫女，又捉不到你兒子，在大廳上大發脾氣，罵封師兄管教弟子不嚴，說他淨吃飯不管事，當甚麼狗屁師父，越罵越怒，忽然抽出封師兄腰間佩劍，便砍去了他一條臂膀。我師母出言責備師父，說他不該如此暴躁，遷怒於人。兩位老人家當著弟子之面吵起嘴來，越說越僵，不知又提到了甚麼舊事，師父竟出手打了師母一個巴掌。我師母大怒，衝出門去，說道再踏進凌霄城一步便不是人。」

石清慚愧無地，心想：「我欽佩封萬里的武功，令獨生兒子拜在他門下，那知竟累得他成為廢人。封萬里劍法凌厲迅捷，如狂風，如烈火，這才得了個風火神龍的外號。

此人性子剛猛，仇家甚多，武功一失，恐怕這一生是一步不敢下大雪山了。唉，當眞是愧對良友。」

卻聽王萬仞道：「柯師弟，你說大師哥冤枉，難道咱們白師哥便不冤枉嗎？女兒給人害死了，白師嫂卻又發了瘋。」

石清、閔柔越聽越驚，只盼有個地洞，就此鑽了下去，眞不知凌霄城經自己兒子這麼一鬧，更有甚麼慘事生了出來。石清硬起頭皮問道：「白夫人又怎地……怎地心神不定了？」

王萬仞道：「還不是給你那寶貝兒子氣瘋的！我們小姪女一死，白師哥不免怨責師嫂，怪她爲甚麼不好好看住女兒，竟會給她跳出窗去。白師嫂本在自怨自艾，聽丈夫這麼一說，不住口的叫：『阿綉啊，是娘害死你的啊！阿綉啊，是娘害死你的啊！』從此就神智胡塗了，說話做事顚顚倒倒。兩位師姊寸步不離的看住她，只怕她也跳下了那深谷去。石莊主，我白師哥要來燒玄素莊，你說該是不該？」

石清道：「該燒，該燒！我夫婦慚愧無地，便走遍天涯海角，也要擒到這孽子，親自送上凌霄城來，在白姑娘靈前凌遲處死……」閔柔聽到這裏，突然「嚶」的一聲，暈了過去，倒在丈夫懷裏。石清連連捏她人中，過了良久，閔柔才悠悠醒轉。

王萬仞道：「石莊主，我雪山派還有兩條人命，只怕也得記在你玄素莊的帳上。」

石清驚道：「還有兩條人命？」他一生飽經大風大浪，但遭遇之酷，實以今日爲甚，當年次子中堅爲仇家所殺，雖傷心氣惱到了極處，卻不似今日之又是慚愧，又是惶恐，說出話來，不由得聲音也啞了。

王萬仞道：「雪山派遭此變故，師父便派了一十八名弟子下山，一路由白師哥率領，是到江南去燒你莊子的，還說……還說要……」說到這裏，呑呑吐吐的說不下去，耿萬鍾連使眼色阻止。

石清鑒貌辨色，已猜到王萬仞想說的言語，便道：「那是要擒在下夫婦到大雪山去，給白姑娘抵命了。」

耿萬鍾忙道：「石莊主言重了。別說我們不敢，就算眞有這份膽量，憑我們幾手粗淺功夫，又如何請得動莊主夫婦大駕？我師父言道：無論如何要尋到令郎，只是他年紀雖小，人卻機靈得緊，否則凌霄城地勢險峻，又有這許多人追尋，怎會給他走得無影無蹤？」閔柔垂淚道：「玉兒一定死了，一定也摔在谷中死了。」耿萬鍾搖頭道：「不是，他的腳印在雪地裏一路下山，後來山坡上又見到雪橇的印子。說來慚愧，我們這許多大人，竟抓不到一個十五歲的少年。我師父確是想邀請兩位上凌霄城去，商議善後之策。」

石清淡淡的道：「說來說去，那是要我給白姑娘抵命了。王師兄說還有兩條人命，卻又是甚麼事？」

王萬仞道：「我剛才說一十八名弟子兵分兩路，第一路九個人去江南，另一路由耿師哥率領，在中原各地尋訪你兒子的下落。倒起霉來，也眞會禍不單行……」耿萬鍾截住他的話頭，道：「王師弟，不必說了，這件事確然跟石莊主無關。」王萬仞道：「怎麼無關？若不是爲了那小子，孫師哥、褚師弟又怎會不明不白的送了性命？再說，到底對頭是誰，咱們也不知道，回到山上，你怎生回稟師父？師父一生氣，恐怕你這條手臂也保不住啦。石莊主夫婦交遊廣闊，跟他二位打聽打聽，有甚麼不可？」

耿萬鍾想起封師兄斷臂之慘，自忖這件事的確沒法交代，向石清夫婦打聽一下，倒也不失爲一條路子，便道：「好罷，你愛說便說。」

王萬仞道：「石莊主，三日之前，我們得到訊息，說有個姓吳的人得到了玄鐵令，躲在汴梁城外侯監集上賣燒餅。我師兄弟九人便悄悄商量，都說能不能拿到石中玉那小子，也只有碰運氣的了，人海茫茫，又從那裏找去？十年找不到，只怕哥兒們十年便不能回凌霄城，倘若能將那玄鐵令得來，就算拿不到你兒子，也好請那姓謝的代找，回去對師父也算有了交代。商議之際，不免便有人罵你兒子，說他小小年紀，如此荒唐大膽，當眞該死。正在這時，忽然有個蒼老聲音哈哈大笑，說道：『妙極，妙極！這樣的好少年天下少有，鬧得雪山派束手無策，一籌莫展，良才美質，曠世難逢！』」

石清和閔柔對瞧了一眼，別人如此誇獎自己兒子，眞比聽人破口大罵還要難受。

王萬仞續道：「那時我們是在一家客店之中說話，那上房四壁都是磚牆，可是這聲音透牆而來，十分清晰，便像是對面說話一般。我們九個人說話並不響，不知如何又都給他聽了去。」

石清和閔柔心頭都是一震，尋思：「隔著磚牆而將旁人的說話聽了下去，說不定牆上有孔有縫，說不定是在窗下偷聽而得，也說不定有些人大叫大嚷，卻自以爲說得甚輕，倒也沒甚麼奇怪。但隔牆說話，令人聽來清晰異常，那必是內功十分深厚。這些人途中又逢高人，當眞一波未平，一波又起。」

柯萬鈞道：「我們聽到說話聲音，都呆了一呆。王師哥便喝道：『是誰活得不耐煩了，卻來偷聽我們說話？』王師哥一喝問，那邊便沒聲響了。可是過不了一會，聽得那老賊說道：『阿璫，這些人都是雪山派的，他們那個師父白老頭兒，是你爺爺生平最討厭的傢伙。一個小娃娃居然將雪山派的老……攪得妻離子散，家破人亡，豈不有趣？嘿嘿，嘿嘿！妙極，妙極！笑死我啦！開心死我啦！爺爺可要在江湖上大大宣揚宣揚！』我們一聽，立時便要發作，但耿師哥不住搖手，命大夥兒別作聲。

「只聽得一個小姑娘的聲音笑道：『有趣，有趣，就可惜沒氣死了那老……還不算頂有趣。』她又說了幾句甚麼鬼話，這女孩子的聲音隔著牆壁，便聽不大清楚了。那老賊咳嗽了幾聲，說道：『氣死了老……可又不有趣了，幾時爺爺有空，帶你上大雪山凌霄城去，親自把這老……氣死了給你看，那才有趣呢。』」他說到「老」字，底下兩字都含糊了過去，想必那人提到他師父之時，言語甚是難聽，他不便複述。

石清道：「此人無禮之極，竟敢對白老爺子如此不敬，到底是仗著甚麼靠山？咱們可放他不過。」

王萬仞道：「是啊，這老賊如此目中無人，我們便豁出了性命不要，也要跟他拚了。我們正在怒氣難忍的當兒，只聽『咿呀』一聲響，一間客房中有人開門出來，兩人走進院子之中。大夥兒都拔出劍來，便要衝進院子去。耿師哥搖搖手，叫大家別心急。

卻聽那老賊說道：『阿瑠，今兒咱們殺過幾個人哪？』那小女鬼道：『還只殺了一個。』那老賊道：『那麼還可再殺兩個。』」

石清「啊」的一聲，說道：「『一日不過三』！」

耿萬鍾一直不作聲，此時急問：「石莊主，你可識得這老賊麼？」石清搖頭道：「我不認得他，只是曾聽先父說起，武林中有這麼一號人物，外號叫作甚麼『一日不過三』，自稱一日之中最多只殺三人，殺了三人之後，心腸就軟了，第四人便殺不下手去。」王萬仭罵道：「他奶奶的，一天殺三個人還不夠？這等邪惡毒辣的奸徒，居然能讓他活到如今。」

石清默然，心中卻想：「聽說這位姓丁的前輩行事在邪正之間，雖殘忍好殺，卻也沒聽說有甚麼重大過惡，所殺之人往往罪有應得。」只是這句話不免得罪雪山派，是以忍住了不說出口。

耿萬鍾又問：「不知這老賊叫甚麼名字？是何門何派？」石清道：「聽說此人姓丁，眞名也不知叫甚麼，他外號叫『一日不過三』，老一輩的人大都叫他爲丁不三。」柯萬鈞氣憤憤的道：「這老賊果然是不三不四。」

石清道：「聽說此人有三兄弟，他有個哥哥叫丁不二，有個弟弟叫丁不四。」王萬仭罵道：「他奶奶的，不二不三，不三不四，居然取這樣的狗屁名字。」耿萬鍾道：「王師弟，在石大嫂面前，不可口出粗言。」王萬仭道：「是。」轉頭對閔柔道：「石大嫂，對不住。」閔柔微微一笑，說道：「想來那三個都是外號，不會當眞取這樣的古怪名兒。」

石清道：「丁不二原是老大，他說：『我不是老二，因此叫丁不二！』」王萬仞哈哈大笑，說道：「我知道啦，丁不三是老二，他不是老三，就叫丁不三！丁不四也是這樣！」石清道：「丁氏三兄弟武藝高強，在武林中名頭也算不小，爲人處世，卻當眞有點不二不三、不三不四。想來白老爺子跟他們有點兒過節，不願提起他們名字，是以衆位師兄不知。後來怎樣了？」

王萬仞道：「只聽那老賊放屁道：『有一個叫孫萬年的沒有？有一個叫褚萬春的沒有？兩個王八蛋給我滾出來。』那時我們怎忍得住，九個人一擁而出。可是說也奇怪，院子中竟一個人也沒有。大家四下找尋，我上屋頂去看，都不見人。柯師弟便闖進那間板門半掩的客房去看。只見桌上點著枝蠟燭，房裏卻一隻鬼也沒有。

「我們正覺奇怪，忽聽得我們自己房中有人說話，正是那老賊的聲音。聽他說道：『孫萬年、褚萬春，你們兩隻王八蛋在涼州道上，幹麼目不轉睛的瞧著我這小孫女，又指指點點的胡說風話，臉上色迷迷的不懷好意。我這小孫女年紀雖小，長得可眞不含糊。你兩隻狗畜生，心中定是打了髒主意，那可不是冤枉你們罷？給我滾進來罷！』孫師哥、褚師哥越聽越怒，雙雙挺劍衝入房去。耿師哥叫道：『小心！大夥兒齊上。』只見房中燈火熄了，沒半點聲息。我大叫：『孫師哥，褚師哥！』他二人既不答應，房中也沒兵刃相鬥的聲音。

「我們都心中發毛，忙晃亮火摺，只見兩位師哥直挺挺跪在地下，長劍放在身旁。耿師哥和我搶進房去，一拉他二人，孫師哥和褚師哥隨手而倒，竟已氣絕而死，周身卻沒半點傷痕，也不知那老賊是用甚麼妖法害死了他們。說來慚愧，自始至終，我們沒一個見到那老賊和小女賊的影子。」

柯萬鈞道：「在涼州道上，我們可沒留神曾見過他一老一小。孫師哥、褚師哥就算瞧了他孫女幾眼，又有甚麼大不了啦。」石清、閔柔夫婦都點了點頭。眾人半晌不語。

石清道：「耿兄，小孽障在凌霄城闖下這場大禍，是那一日的事？」

耿萬鍾道：「十二月初十。」

石清點了點頭，道：「今日三月十二，白師哥離凌霄城已三個月啦，這會兒想來玄素莊也早讓他燒了，那是該當如此，不必再提。就算白師哥還沒燒，我回去先自己燒了，向白老爺子和封師哥謝罪。耿兄，王兄，眾位師兄，我夫婦一來須得找尋小孽障的下落，拿住了他後，綁縛了親來凌霄城向白老爺子、封師兄、白師兄請罪；如眞的找他不到，我石清自行投到，請白老爺子處罰。請七位這樣向白老爺子回報，也算有個交代。二來要打聽一下那個『一日不過三』丁不三的去向，小弟夫婦縱然惹他不動，也好向白老爺子報訊，請他老人家親自出馬，料理此事。累得各位風霜奔波，小弟夫婦萬分過意不去，這裏先行謝罪，日後如有機會，當再設法補報。」說著抱拳躬身，深深行禮。閔柔也在旁行禮。

柯萬鈞道：「你……你……你交代了這幾句話，就此拍手走了不成？」石清道：「柯師兄更有甚麼說話？」柯萬鈞道：「我們找不到你兒子，只好請你夫妻同去凌霄城，見見我師父，才好交代這件事。」石清道：「凌霄城自然是要來的，卻總得諸事有了些眉目再說。」

柯萬鈞向耿萬鍾看看，又向王萬仞看看，氣忿忿道：「師父得知我們見了石莊主夫婦，卻請不動你二人上山，那……那……豈不是……」

石清早知他用意，竟想倚多為勝，硬架自己夫婦上大雪山去，捉不到兒子，便要老子抵命，說道：「白老爺子德高望重，威鎮西陲，在下對他老人家向來敬如師長，倘若白師哥或封師哥在此，奉了白老爺子之命，要在下上凌霄城去，在下自非遵命不可，現下呢，嗯，這樣罷！」解下腰間黑鞘長劍，向閔柔道：「師妹，你的劍也解下來罷。」閔柔依言解劍。石清兩手橫托雙劍，遞向耿萬鍾道：「耿兄，請你將小弟夫婦的兵刃扣押了去。」

耿萬鍾素知這對黑白雙劍是武林中罕見的神兵利器，他夫婦愛如性命，這時候居然解劍繳納，可說已給雪山派極大面子，他們為了這對寶劍，那是非上凌霄城來取回不可，便想說幾句謙遜的言語，這才伸手接過。

柯萬鈞卻大聲道：「我小姪女一條性命，封師哥的一條臂膀，還有師娘下山，白師嫂發瘋，再加上孫師哥、褚師哥死於非命，豈是你兩口鐵劍便抵得過的！耿師哥、王師哥跟你先前有交情，我姓柯的卻不識得你！姓石的，你今日去凌霄城也得去，不去也得去！」

石清微笑道：「小兒得罪貴派已深，在下除了賠罪致歉之外，更沒話說。柯師兄是雪山派的後起之秀，武功高強，在下雖未識荊，卻也素所仰慕。」雙手仍托著雙劍，等耿萬鍾伸手接過。

柯萬鈞心想：「我們要拿這二人上大雪山去，不免有一場劇鬥。他既自行呈上兵刃，那再好也沒有了，這眞叫『自作孽，不可活』。」生怕石清忽然反悔，再將長劍收回，當即搶上兩步，雙手齊出，使出本門的擒拿功夫，將兩柄長劍牢牢抓住，說道：「那便先繳了你的兵器。」縮臂便要取過，突然之間，只覺石清掌心中似有一股強韌之極的黏力，黏住了雙劍，竟拿不過來。

柯萬鈞大吃一驚，勁運雙臂，喝一聲：「起！」運起平生之力，出勁拉扯。不料霎時間石清掌中黏力消失得無影無蹤，柯萬鈞這數百斤向上急提的勁力登時沒了著落處，盡數吃在自己手腕之上，只聽得「喀喇」一聲響，雙腕同時脫臼，「啊」的一聲大叫，手指鬆開，雙劍又跌入石清掌中。

旁觀衆人瞧得明明白白，石清雙掌平攤，連小指頭也沒彎曲一下，柯萬鈞全是自己使力岔了，等於是以數百斤的大力折斷了自己手腕一般。柯萬鈞又痛又怒，右腿飛出，猛向石清小腹踢去。

耿萬鍾急道：「不得無禮！」伸手抓住柯萬鈞背心，將他向後扯開，這一腳才沒踢到石清身上。

耿萬鍾心知石清內力厲害，這一腳倘若踢實了，柯萬鈞的右腿又非折斷不可。他武功見識卻高得多了，當下吸一口氣，內勁運到了十根手指之上，緩緩伸過去拿劍。手指尖剛觸到雙劍劍身，登時全身劇震，猶如觸電，一陣熱氣直傳到胸口，顯然石清的內力藉著雙劍傳了過來。

耿萬鍾暗叫：「不好！」心想石清安下這個圈套，引誘自己跟他比拚內力。練武之人比拚內力，最爲凶險，強存弱亡，實無半分迴旋餘地，兩人若內力相差不遠，往往要鬥到至死方休，到後來即使存心罷手或故意退讓，也已有所不能。當其時形格勢禁，已無迴旋餘地，只得運內勁抵禦，不料自己內勁和石清的內勁一碰，立即彈回。石清雙掌輕翻，將雙劍放入耿萬鍾掌中，笑道：「咱們自己兄弟，還能傷了和氣不成！告辭了！」

刹那之間，耿萬鍾背上出了一身冷汗，知道自己功力和石清相比委實差得遠了，適才自己的內勁撞到對方內勁之上，一碰即回，那裏是他對手？當眞比拚內力，自己頃刻間便即送命，別說他饒了自己性命，單只不令自己受傷出醜，便是大大的手下容情。耿萬鍾呆呆捧著雙劍，滿臉羞慚，心中感激，不知說甚麼好。

石清回頭道：「師妹，咱們還是去汴梁城罷。」閔柔眼圈一紅，道：「師哥，孩兒……」石清搖了搖頭，道：「寧可像堅兒這樣，一刀給人家殺了，倒也爽快。」

閔柔淚水涔涔而下，泣道：「師哥，你……你……」石清牽了她手，扶她到白馬之旁，再扶她上馬。雪山派弟子見到她這等嬌怯怯的模樣，眞難相信她便是威震江湖的「冰雪神劍」。

花萬紫見玄素雙劍並騎馳去，便奔了回來，見耿萬鍾已給柯萬鈞接上手腕，柯萬鈞卻在一句「老子」、一句「他娘」的破口大罵。花萬紫問明情由，雙眉微蹙，說道：「耿師哥，此事恐怕不妥。」

耿萬鍾道：「怎麼不妥？對方武功太強，咱們便合七人之力，也決計留不下人家。這叫做技不如人，無可奈何。總算扣押了他們的兵器，回凌霄城去也有個交代。」說著拔劍出鞘，但見白劍如冰、黑劍似墨，寒氣逼人，只侵得肌膚隱隱生疼，果然是兩口生平罕見的寶刃，說道：「劍可不是假的！」

花萬紫道：「劍自然是眞的。咱們留不下人，可不知有沒能耐留得下這兩口寶劍？」耿萬鍾心頭一凜，問道：「花師妹以爲怎樣？」花萬紫道：「去年有一日，小妹曾和白師嫂閒談，說到天下的寶刀寶劍，石中玉那小賊在旁多嘴，誇稱他父母的黑白雙劍乃天下一等一的利器；說他父母捨得將他送到大雪山來學藝，數年不見，倒也不怎麼在乎，卻不捨得有一日離開這對寶劍。此刻石莊主將兵刃交在咱們手中，倘若過得幾天又使甚麼鬼門道，將寶劍盜了回去，日後卻到凌霄城來向咱們要劍，那可不易應付了。」

柯萬鈞道：「咱們七人眼睜睜的瞧著寶劍，總不成寶劍眞會通靈，插翅兒飛了去。」耿萬鍾沉吟半晌，道：「花師妹這話，倒也不是過慮。石清這人實非泛泛之輩，咱們加意提防便是，莫要在他手裏再摔個大觔斗。」王萬仞道：「小心謹愼，總錯不了。打從今兒起，咱們六個男人每晚輪班看守這對鬼劍便是。」頓了一頓，問道：「耿師哥，這姓石的這會兒正在汴梁，咱們去不去？」

耿萬鍾心想若說不去汴梁，未免太過怯敵，路經中州名都，居然過門不入，同門師兄弟日後說起來，不免臉上無光，但明知石清夫婦在汴梁，自己再攜劍入城，當眞冒險之極，一時沉吟未決。

忽聽得一陣叱喝之聲，大路上來了一隊官差，四名轎夫抬著一座綠呢大轎，卻是官府到了。

耿萬鍾心想侯監集剛出了大盜行兇殺人的命案，自己七人手攜兵刃聚在此處，不免引人生疑，和官府打上了交道可麻煩之極，向衆人使個眼色，說道：「走罷！」

七人正要快步走開，一名官差忽然大聲嚷了起來：「別走了殺人強盜，殺人強盜要逃走哪！」耿萬鍾不加理會，揮手催各人快走。忽聽得那官差叫道：「殺人兇手名叫白自在，是雪山派的老不死掌門人。無威無德白自在，你謀財害命，好不兇惡哪！」

雪山派七弟子一聽，無不又驚又怒。他們師父白自在外號「威德先生」，這官差直呼其名已大大不敬，竟膽敢稱之爲「無威無德」。王萬仞唰的一聲，拔出長劍，叫道：「狗官無禮，割去了他的舌頭再說。」耿萬鍾道：「王師弟且慢，官府中人怎能知道師父的外號名諱？定然有人指使。」當即縱身向前，抱拳一拱，問道：「是那一位官長駕臨？」

猛聽得嗤的一聲響，轎中飛出一粒暗器，正好打在他右腿的「伏兔穴」上。這粒暗器甚爲細小，力道卻強勁之極。耿萬鍾右腿一軟，當即摔倒，提起手中長劍，運勁向轎中擲去。他人雖摔倒，這一招「鶴飛九天」仍使得既狠且準，颼的一聲，長劍破轎帷而入，顯已刺中了轎內放射暗器之人。

他心中一喜，卻見那四名轎夫仍抬了轎子飛奔，忽見一條長長的軟鞭從轎中揮將出來，捲向王萬仞左腿，一拉一揮，王萬仞的身子便即飛出，他手中捧著的墨劍卻給軟鞭奪了過去。

花萬紫叫道：「是石莊主麼？」白劍出鞘，揮劍往軟鞭上撩去，嗤的一聲輕響，轎中又飛出一粒暗器，打在她手腕之上。她手腕劇痛，捽落白劍，旁邊一名同門師兄忙伸足往白劍上踹去，突然間轎中飛出一物，已罩住了他腦袋。那人登時眼前漆黑一團，大驚之下忙向後躍，再抓起罩在頭上之物，用力擲落，卻是一頂官帽，只見轎中伸出的軟鞭捲起了白劍，縮入轎中。

柯萬鈞等眾人大呼追去。轎中暗器嗤嗤嗤的不絕射出，有的打中臉面，有的打中腰間，竟誰也沒能避過。這些暗器都沒打中要害，但中在身上卻甚疼痛，各人看那暗器時，原來只是一粒粒黃銅扣子，顯是剛從衣服摘下來的。雪山派羣弟子料得轎中那人必是石清，說不定他夫婦二人都坐在轎中，倘若趕上去動武，還不是鬧個灰頭土臉？

柯萬鈞氣得哇哇大叫：「這姓石的一家，小的無恥荒唐，大的荒唐無恥，女的呢，咱們這就不說了。說把兵刃留下來，一轉眼卻又奪了回去。」

王萬仞指著轎子背影，雙腳亂跳，戟手「直娘賊，狗雜種」的亂罵，心中痛恨已極，雖在師妹面前污言穢語，卻也無所顧忌。

耿萬鍾道：「此事宣揚出去，於咱們雪山派的聲名沒甚麼好處。大家把口收著些兒，回山去稟明師父再說。」想到此行不斷碰壁，平素在大雪山凌霄城中自高自大，只覺雪山派武功天下無敵，豈知一到用上，竟處處縛手縛腳，無往而不失利，自己是一行人的首領，不由得一聲長嘆，心下黯然。

謝煙客見道旁三株棗樹，結滿了紅紅的大棗子，指著棗子說道：「這裏的棗子很好。」

那小丐道：「大好人，你想吃棗子，是麼？」

謝煙客奇問：「你叫我甚麼大好人？」

三 不求人

那乘轎子行了數里，轉入小路。抬轎之人只要腳步稍慢，轎中軟鞭揮出，唰唰幾下，重重打在前面的轎伕背上，在前的轎伕不敢慢步，在後的轎伕也只得跟著飛奔，幾名官差跟隨在後。又奔了四五里路，轎中人才道：「好啦，停下來。」四名轎伕如得大赦，氣喘吁吁的放下轎來，帷子掀開，出來一個老者，左手拉著那個小丐，竟是玄鐵令主人謝煙客。

他向幾名官差喝道：「回去向你們的狗官說，今日之事，不得聲張。我只要聽到甚麼聲息，把你們的腦袋瓜子都摘了下來，把狗官的官印拿去丟在黃河裏。」

幾名官差連連哈腰，道：「是，是，小的萬萬不敢多口，老爺慢走！」謝煙客道：「叫我慢走，你想叫官兵來捉拿我麼？」一名官差忙道：「不敢，不敢。萬萬不敢。」謝煙客道：「我叫你去跟狗官說的話，你都記得麼？」那官差道：「小人記得，小人說，我們大夥兒親眼目睹，侯監集上那個賣燒餅的老兒，還有幾個人，都是給一個名叫白自在的老兒所殺。他是雪山派的掌門人，外號威德先生，其實無威無德。兇器是一把刀，刀上有血，人證物證俱在，諒那老兒也抵賴不了。」那官差先前讓謝煙客打得怕了，為了討好他，添上甚麼人證物證，至於弄一把刀來做證據，原是官府中胥吏的拿手好戲。

謝煙客一笑，說道：「這白老兒使劍不用刀。」那官差道：「是，是！那姓白的兇犯手持青鋼劍，在那賣燒餅的老兒身上刺了進去。侯監集上，人人都瞧得清清楚楚的。」

謝煙客暗暗好笑，心想威德先生白自在真要殺吳道通，又用得著甚麼兵器？當下也不再去理會官差，左手攜著小丐，右手拿著石清夫婦的黑白雙劍，揚長而去，心下甚是得意。

原來他帶走那小丐後，總疑心石清夫婦和雪山派弟子暗中有對己不利的圖謀，奔出數里，將小丐點倒後丟入草叢，又悄悄回來偷聽，他武功比之石清等人高出甚多，伏在樹後，竟連石清、閔柔這等大行家也沒察覺，耿萬鍾他們更加不用說了。他聽明原委，卻與己全然無干，見石清將雙劍交給了耿萬鍾，心想石清夫婦對己恭謹有禮，又素知他夫婦名聲甚好，雪山派的人卻傲慢無禮，便想暗中相助石清，決意去奪回雙劍。回到草叢拉起小丐，解開了他穴道，恰好在道上遇到前來侯監集查案的知縣，當即揪出知縣，威逼官差、轎伕，抬了他和小丐去奪了雙劍。他所使的「軟鞭」，其實只是轎子中放著的一根粗索，官差帶了來準擬綑綁人犯的。耿萬鍾等沒見到他面目，自然認定是石清夫婦使的手腳了。

謝煙客攜著小丐，只向僻靜處行去，來到一條小河邊上，見四下無人，放下小丐的手，拔出閔柔的白劍在他頸中一比，厲聲問道：「你到底是受了誰的指使？若有半句虛言，立即把你殺了。」說著揮起白劍，嚓的一聲輕響，將身旁一株小樹砍爲兩段。半截樹幹連枝帶葉掉在河中，順水飄去。

那小丐結結巴巴的道：「我……我……甚麼……指使……我……」謝煙客取出玄鐵令，喝問：「是誰交給你的？」小丐道：「我……我……吃燒餅……吃出來的。」

謝煙客大怒，左掌反手便向他臉頰擊了過去，手背將要碰到他的面皮，突然想起自己當年發過的毒誓，決不可以一指之力，加害於將玄鐵令交在自己手中之人，當即硬生生凝住手掌，喝道：「胡說八道，甚麼吃燒餅？我問你，這塊東西是誰交給你的？」

小丐道：「我在地下撿個燒餅吃，咬了一口，險……險……險些兒咬崩了我牙齒……」

謝煙客心想：「莫非吳道通那廝將此令藏在燒餅之中？」轉念又想：「天下怎會有如此碰巧之事？那廝得了此令，眞比自己性命還寶貴，怎肯放在燒餅裏？」他卻不知當時情景異常緊迫，金刀寨人馬突如其來，將侯監集四面八方圍住了，吳道通更無餘暇覓地妥藏，無可奈何之際，便即行險，將玄鐵令嵌入燒餅，遞給了金刀寨的頭領。那人大怒，隨手拋擲。金刀寨盜夥雖將燒餅鋪搜得天翻地覆，卻又怎會去地下撿一個髒燒餅撕開來瞧瞧。

謝煙客凝視小丐，問道：「你叫甚麼名字？」小丐道：「我……我叫狗雜種。」謝煙客大奇，問道：「甚麼？你叫狗雜種？」小丐道：「是啊，我媽媽叫我狗雜種。」

謝煙客一年之中也難得笑上幾次，聽小丐那麼說，忍不住捧腹大笑，心道：「世上爲孩兒取個賤名，盼他快高長大，以免鬼妒，那也平常，甚麼阿狗、阿牛、豬屎、臭貓，都不希奇，卻那裏有將孩子叫爲狗雜種的？是他媽媽所叫，可就更加奇了。」

那小丐見他大笑，便也跟著他嘻嘻而笑。

謝煙客忍笑又問：「你爸爸叫甚麼名字？」小丐搖頭道：「我爸爸？我……我沒爸爸。」謝煙客道：「那你家裏還有甚麼人？」小丐道：「就是我，我媽媽，還有阿黃。」

謝煙客道：「阿黃是甚麼人？」小丐道：「阿黃是一條黃狗。我媽媽不見了，我出來尋媽媽，阿黃跟在我後面，後來牠肚子餓了，走開去找東西吃，也不見了，我找來找去找不到。」

謝煙客心道：「原來是個傻小子，看來他得到這枚玄鐵令當眞全是碰巧。我叫他來求我一件小事，應了昔年此誓，那就完了。」問道：「你想求我……」下面「甚麼事」三字還沒出口，突然縮住，心想：「這傻小子倘若要我替他去找媽媽，甚至要我找那隻阿黃，卻到那裏找去？他媽媽定是跟人跑了，那隻阿黃多半給人家殺來吃了，這樣的難題可千萬不能惹上身來。要我去殺十個八個武林高手，可比找他那隻阿黃容易得多。」微一沉吟，已有計較，說道：「很好，我對你說，不論有誰叫你向我說甚麼話，你都不可說，要不然我立即便砍下你的頭來。知不知道？」那小丐將玄鐵令交在自己手中之事，不多久便會傳遍武林，只怕有人騙得小丐來向自己求懇甚麼事，限於當年誓言，可不能拒卻。

小丐點頭道：「是了。」謝煙客不放心，又問：「你記不記得？是甚麼了？」小丐道：「你說，有人叫我來向你說甚麼話，我不可開口，我說一句話，你就殺我頭。」謝煙客道：「不錯，傻小子倒也沒傻到家，記心倒好，倘使眞是個白痴，卻也難弄。你跟我來。」

當下又從僻靜處走上大路，來到路旁一間小麵店中。謝煙客買了兩個饅頭，張口便吃，斜眼看那小丐。他慢慢咀嚼饅頭，連聲讚美：「眞好吃，味道好極！」左手拿著另外那個饅頭，在小丐面前晃來晃去，心想：「這小叫化向人乞食慣了的，見我吃饅頭，焉有不饞涎欲滴之理？只須他出口向我乞討，我把饅頭給了他，玄鐵令的諾言就算是遵守了。從此我逍遙自在，再不必為此事掛懷。」雖覺以玄鐵令如此大事，只以一個饅頭來了結，未免兒戲，但想應付這種小丐，原也只一枚燒餅、一個饅頭之事。

那知小丐眼望饅頭，不住的口咽唾沫，卻始終不出口乞討。謝煙客等得頗不耐煩，一個饅頭已吃完了，第二個饅頭又送到口邊，正要再向蒸籠中去拿一個，小丐忽然向店主人道：「我也吃兩個饅頭。」伸手向蒸籠去拿。

店主人眼望謝煙客，瞧他是否認數，謝煙客心下一喜，點了點頭，心想：「待會那店家向你要錢，瞧你求不求我？」只見小丐吃了一個，又是一個，一共吃了四個，才道：「飽了，不吃了。」

謝煙客吃了兩個，便不再吃，問店主人道：「多少錢？」那店家道：「兩文錢一個，六個饅頭，一共十二文。」謝煙客道：「不，各人吃的，由各人給錢。我吃兩個，給四文錢便是。」伸手入懷，去摸銅錢。這一摸卻摸了個空，原來日間在汴梁城裏喝酒，將銀子和銅錢都使光了，身上雖帶得不少金葉子，卻忘了在汴梁兌換碎銀，這路旁小店，又怎兌換得出？正感為難，那小丐忽從懷中取出一錠銀子，交給店家，道：「一共十二文，都是我給。」

謝煙客一怔，道：「甚麼？要你請客？」那小丐笑道：「你沒錢，我有錢，請你吃幾個饅頭，打甚麼緊？」那店家也大感驚奇，找了幾塊碎銀子，幾串銅錢。那小丐揣在懷裏，瞧著謝煙客，等他吩咐。

謝煙客不禁苦笑，心想：「謝某狷介成性，向來一飲一飯，都不肯平白受人之惠，想不到今日反讓這小叫化請我吃饅頭。」問道：「你怎知我沒錢？」小丐笑道：「這幾天我在市上，每見人伸手入袋取錢，半天摸不出來，臉上卻神氣古怪，那便是沒錢了。我聽店裏的人說道，存心吃白食之人，個個這樣。」

謝煙客又不禁苦笑，心道：「你竟將我當作是吃白食之人。」問道：「你這銀子是那裏偷來的？」小丐道：「怎麼偷來的？剛才那個穿白衣服的觀音娘娘太太給我的。」謝煙客道：「穿白衣服的觀音娘娘太太？」隨即明白是閔柔，心想：「這女子婆婆媽媽，可壞了我的事。」

兩人並肩而行，走出數十丈，謝煙客提起閔柔的那口白劍，道：「這劍鋒利得很，剛才我輕輕一劍，便將樹砍斷了，你喜不喜歡？你向我討，我便給了你。」他實不願和這骯髒的小丐多纏，只盼他快快出口求懇一件事，了此心願。小丐搖頭道：「我不要。這劍是那個觀音娘娘太太的，她是好人，我不能要她的東西。」

謝煙客抽出黑劍，隨手揮出，將道旁一株大樹攔腰斬斷，道：「好罷，那麼我將這口黑劍給你。」小丐仍是搖頭，道：「這是黑衣相公的。黑衣相公和觀音娘娘做一道，我也不能要他的東西。」

謝煙客呸了一聲，說道：「狗雜種，你倒挺講義氣哪。」小丐不懂，問道：「甚麼叫講義氣？」謝煙客哼了一下，不去理他，心想：「這種事你既然不懂，跟你說了也是白饒。」小丐道：「原來你不喜歡講義氣，你……你是不講義氣的。」

謝煙客大怒，臉上青氣一閃，舉掌便要向那小丐天靈蓋擊落，待見到他天眞爛漫的神氣，隨即收掌，心想：「我怎能以一指加於他身？何況他既不懂甚麼是義氣，便不是故意來譏刺我了。」說道：「我怎麼不講義氣？我當然講義氣。」小丐問道：「講義氣好不好？」謝煙客道：「好得很啊，講義氣自然是好事。」小丐道：「我知道啦，做好事的是好人，做壞事的是壞人，你老是做好事，因此是個大大的好人。」

這句話若是出於旁人之口，謝煙客認定必是譏諷，想也不想，舉掌便將他打死了。他一生之中，從來沒人說過他是「好人」，雖然偶爾也做幾件好事，卻是興之所至，隨手而爲，與生平所做壞事相較，這寥寥幾件好事簡直微不足道，這時聽那小丐說得語氣眞誠，不免大有啼笑皆非之感，心道：「這小傢伙說話顚顚蠢蠢，既說我不講義氣，又說我是個大大的好人。這些話若給我的對頭在旁聽見了，豈不成爲武林中的笑柄？謝某這張臉往那裏擱去？須得乘早了結此事，別再跟他胡纏。」

那小丐既不要黑白雙劍，謝煙客取出一塊青布包袱將雙劍包了，負在背上，尋思：「引他向我求甚麼好？」正沉吟間，忽見道旁三株棗樹，結滿了紅紅的大棗子，指著棗子說道：「這裏的棗子很好。」眼見三株棗樹都高，只須那小丐求自己採棗，便算是求懇過了，不料那小丐道：「大好人，你想吃棗子，是不是？」

謝煙客奇問：「你叫我甚麼大好人？」小丐道：「你是大大的好人，我便叫你大好人。」謝煙客臉一沉，道：「誰說我是好人來著？」小丐道：「不是好人，便是壞人，那麼我叫你大壞人。」謝煙客道：「我也不是大壞人。」小丐道：「這倒奇了，又不是好人，又不是壞人，啊，是了，你不是人！」謝煙客大怒，喝道：「你說甚麼？」小丐道：「你本事很大，是不是神仙？」謝煙客道：「不是！」語氣已不似先前嚴峻，跟著道：「胡說八道！」

小丐搖了搖頭，自言自語：「這也不是，那也不是，可不知是甚麼。」突然奔到棗樹底下，雙手抱住樹幹，兩腳撐了幾下，便爬上了樹。

謝煙客見他雖不會武功，爬樹的身手卻極靈活，只見他揀著最大的棗子，不住採著往懷中塞去，片刻間胸口便高高鼓起。他溜下樹來，雙手捧了一把，遞給謝煙客，道：「吃棗子罷！你不是人，不是鬼，又不是神仙，難道是菩薩？我看卻也不像。」

謝煙客不去理他，吃了幾枚棗子，清甜多汁，的是上品，心想：「他沒來求我，反而變成了我去求他。」說道：「你想不想知道我是誰？你只須求我一聲，說：『請你跟我說，你到底是誰？你是不是神仙菩薩？』我便跟你說。」

小丐搖頭道：「我不求人家的。」謝煙客心中一凜，忙問：「為甚麼不求人？」小丐道：「我媽媽常跟我說：『狗雜種，你這一生一世，可別去求人家甚麼。人家心中想給你，你不用求，人家自然會給你；人家不肯的，你便苦苦哀求也沒用，反惹得人家討厭，給人家心裏瞧不起。』我媽媽有時吃香的甜的東西，倘若我問她要，她非但不給，反狠狠打我一頓，罵我：『狗雜種，你求我幹甚麼？幹麼不求你那個嬌滴滴的小賤人去？』因此我是決不求人家的。」

謝煙客問道：「『嬌滴滴的小賤人』是誰？」小丐道：「我不知道啊。」

謝煙客又奇怪，又失望，心想：「這小傢伙倘若眞的甚麼也不向我乞求，當年這心願如何完法？他母親只怕是個顚婆，怎麼兒子向她討食物吃便要挨打？她罵甚麼『嬌滴滴的小賤人』，多半是她丈夫喜新棄舊，拋棄了她，於是她滿心惡氣都發在兒子頭上。鄉下愚婦，原多如此。」又問：「你是個小叫化，不向人家討飯討錢麼？」

小丐搖頭道：「我從來不討，人家給我，我就拿了。有時候人家不給，他一個轉身沒留神，我也拿了，趕快溜走。」謝煙客淡淡一笑，道：「那你不是小叫化，你是小賊！」小丐問道：「甚麼叫小賊？」謝煙客道：「你眞的不懂呢，還是裝傻？」小丐道：「我當然眞的不懂，才問你啦。甚麼叫裝傻？」

謝煙客向他臉上瞧了幾眼，見他雖滿臉污泥，一雙眼睛卻晶亮漆黑，全無愚蠢之態，道：「你又不是三歲娃娃，活到十幾歲啦，怎地甚麼事也不懂？」

小丐道：「我媽媽不愛跟我說話，她說見到了我就討厭，常常十天八天不理我，我只好跟阿黃去說話了。阿黃只會聽，不會說，牠又不會跟我說甚麼是小賊、甚麼是裝傻。」

謝煙客見他目光中毫無狡譎之色，心想：「這小子不是繞彎子罵我罷？」又問：「那你不會去和鄰居說話？」小丐道：「甚麼叫鄰居？」謝煙客好生厭煩，說道：「住在你家旁邊的人，就是鄰居了。」小丐道：「住在我家旁邊的？嗯，共有十一株大松樹，樹上有許多松鼠，草裏有山雞、野兔，那些是鄰居麼？牠們只會吱吱的叫，卻都不會說話。」謝煙客道：「你長到這麼大，難道除了你媽媽之外，沒跟人說過話？」

小丐道：「我一直在山上家裏，走不下來，只跟媽媽說話，再沒第二個人了。前幾天媽媽不見了，我找媽媽時從山上掉了下來，後來阿黃又不見了，我問人家，我媽媽那裏去了，阿黃那裏去了，人家說不知道。那算不算說話？」

謝煙客心道：「原來你在荒山上住了一輩子，你母親又不來睬你，難怪這也不懂，那也不懂。」便道：「那也算說話罷。那你又怎知道銀子能買饅頭吃？」小丐道：「我見人家買過的。你沒銀子，我有銀子，你想要，是不是？我給你好了。」從懷中取出那幾塊碎銀子來遞給他。謝煙客搖頭道：「我不要。」心想：「這小子渾渾沌沌，倒不是個小氣傢伙。」說了這一陣子話，漸感放心，相信他不是別人安排了來對付自己的圈套，又見他性子慷慨，戒心既去，倒對他有了點好感。

只聽小丐又問：「你剛才說我不是小叫化，是小賊。到底我是小叫化呢，還是小賊？」謝煙客微微一笑，道：「你向人家討吃的，討銀子，人家肯給才給你，你便是小叫化。倘若你不理人家肯不肯給，偷偷的伸手拿了，那便是小賊了。」

那小丐側頭想了一會，道：「我從來不向人家討東西，不管人家肯不肯給，就拿來吃了，那麼我是小賊。是了，你是老賊。」

謝煙客吃一驚，怒道：「甚麼？你叫我甚麼？」

小丐道：「你難道不是老賊？這兩把劍人家明明不肯給你，你卻去搶了來，你不是小孩子，自然是老賊了。」

謝煙客不怒反笑，說道：「『小賊』兩個字是罵人的話，『老賊』也是罵人的話，你不能隨便罵我。」小丐道：「那你怎麼罵我？」謝煙客笑道：「好，我也不罵你。你不是小叫化，也不是小賊，我叫你小娃娃，你就叫我老伯伯。」小丐搖頭道：「我不叫小娃娃，我叫狗雜種。」謝煙客道：「狗雜種的名字不好聽，你媽媽可以叫你，別人可不能叫你。你媽媽也眞奇怪，怎麼叫自己的兒子做狗雜種？」

小丐道：「狗雜種爲甚麼不好？我的阿黃就是隻狗。牠陪著我，我就快活，好像你陪著我一樣。不過我跟阿黃說話，牠只會汪汪的叫，你卻也會說話。」說著便伸手在謝煙客背上撫摸幾下，落手輕柔，神態和藹，便像是撫摸狗兒的背毛一般。

謝煙客將一股內勁運到了背上，那小丐全身一震，猶似摸到了一塊燒紅的赤炭，急忙放開手，胸腹間說不出的難受，幾欲嘔吐。謝煙客似笑非笑的瞧著他，心道：「誰叫你對我無禮，這一下可夠你受的了！」

那小丐手撫胸口，說道：「老伯伯，你在發燒，快到那邊樹底下休息一會，我去找些水給你喝。你甚麼地方不舒服？你燒得好厲害，只怕這場病不輕。」說話時滿臉關切之情，伸手去扶他手臂，要他到樹下休息。

這一來，謝煙客縱然乖戾，見他對自己一片眞誠，便也不再運內力傷他，說道：「我好端端的，生甚麼病？你瞧，我不是退燒了麼？」說著拿過他小手來，在自己額頭摸了摸。

小丐一摸之下，覺他額頭涼印印地，急道：「啊喲，老伯伯，你快死了！」謝煙客怒道：「胡說八道，我怎麼快死了？」小丐道：「我媽媽有一次生病，也是這麼又發燒又發冷，她不住叫：『我要死了，快死了，沒良心的，我還是死了的好！』後來果然險些死了，在床上睡了兩個多月才好。」謝煙客微笑道：「我不會死的。」那小丐微微搖頭，似乎不信。

兩人向著東南方走了一陣，小丐望望天上烈日，忽然走到路旁去採了七八張大樹葉。謝煙客只道他小孩喜玩，也不加理睬，那知他將這些樹葉編織成了一頂帽子，交給謝煙客，說道：「太陽晒得厲害，你有病，把帽兒戴上罷。」

謝煙客給他鬧得啼笑皆非，不忍拂他一番好意，便把樹葉帽兒戴在頭上。炎陽之下，戴上了這頂帽子，倒也涼快舒適。他向來只有人怕他恨他，從未有人如此對他這般善意關懷，不由得心中感到一陣溫暖。

不久來到一處小市鎮上，那小丐道：「你沒錢，這病說不定是餓壞了的，咱們上飯館子去吃個飽飽的。」拉著謝煙客之手，走進一家飯店。那小丐一生之中從沒進過飯館，也不知如何叫菜，把懷裏的碎銀和銅錢都掏出來放在桌上，對店小二道：「我和老伯伯要吃飯吃肉吃魚，把錢都拿去好了。」銀子足足三兩有餘，便整治一桌上好筵席也夠了。

店小二大喜，忙吩咐廚房烹煮雞肉魚鴨，不久菜餚陸續端上。謝煙客叫再打兩斤白酒。那小丐喝了一口酒，吐了出來，道：「辣得很，不好吃。」自管吃肉吃飯。

謝煙客心想：「這小子雖不懂事，卻天生豪爽，看來人也不蠢，若加好好調處，倒可成爲武林中一把好手。」轉念又想：「唉，世人忘恩負義的多，我那畜生徒弟資質之佳，世上難逢，可是他害得我還不夠？怎麼又生收徒之念？」一想到他那孽徒，登時怒氣上沖，將兩斤白酒喝乾，吃了些菜餚，說道：「走罷！」

那小丐道：「老伯伯，你好了嗎？」謝煙客道：「好啦！」心想：「這會兒你銀子花光了，再要吃飯，非得求我不可。咱們找個大市鎮，把金葉子兌了再說。」

當下兩人離了市鎮，又向東行。謝煙客問道：「小娃娃，你媽媽姓甚麼？她跟你說過沒有？」小丐道：「媽媽就是媽媽了，媽媽也有姓的麼？」謝煙客道：「當然啦，人人都是有姓的。」小丐道：「那麼我姓甚麼？」謝煙客道：「我就是不知道。狗雜種太難聽，要不要我給你取個姓名？」

倘若小丐說道：「請你給我取個姓名罷。」那就算求他了，隨便給他取個姓名，便完心願。不料小丐道：「你愛給我取名，那也好。不過就怕媽媽不喜歡。她叫慣我狗雜種，我換了名字，她就不高興了。狗雜種為甚麼難聽？」謝煙客皺了皺眉頭，心想：「『狗雜種』三字為甚麼難聽，一時倒也不易向他解說得明白。」

便在此時，只聽得左首前面樹林之中傳來叮叮幾下兵刃相交之聲。謝煙客心下一凜：「有人在那邊交手？這幾人出手甚快，武功著實不低。」低聲向小丐道：「咱們到那邊去瞧瞧，你可千萬不能出聲。」伸手在小丐後脖一托，展開輕功，奔向兵刃聲來處，幾個起落，已到了一株大樹之後。那小丐身子猶似騰雲駕霧一般，只覺好玩無比，想要笑出聲來，想起謝煙客的囑咐，忙伸手按住了嘴巴。

兩人在樹外瞧去，只見林中四人縱躍起伏，惡鬥方酣，乃三人夾攻一人。受圍攻的是個紅面老者，白髮拂胸，空著雙手，一柄單刀落在遠處地下，刀身曲折，顯是給人擊落了的。謝煙客認得他是白鯨島的大悲老人，當年曾在自己手底下輸過一招，武功著實了得。夾擊的三人一個是身材甚高的瘦子，一個是黃面道人，另一個相貌極怪，兩條大傷疤在臉上交叉而過，劃成個十字。那瘦子使長劍，道人使鏈子鎚，醜臉漢子則使鬼頭刀。這三人謝煙客卻不認得，武功均非泛泛，那瘦子尤爲了得，劍法飄逸無定，輕靈沉猛。

謝煙客見大悲老人已然受傷，身上點點鮮血不住的濺將出來，雙掌翻飛，仍十分勇猛。他繞著一株大樹東閃西避，藉著大樹以招架三人的兵刃，左手擒拿，右手或拳或掌，運勁推帶，牽引三人的兵刃自行碰撞。謝煙客不禁起了幸災樂禍之意：「大悲老兒枉自平日稱雄逞強，今日虎落平陽被犬欺，我瞧你難逃此劫。」

那道人的鏈子鎚常常繞過大樹，去擊打大悲老人的側面，醜漢子則膂力甚強，鬼頭刀使將開來，風聲呼呼。謝煙客暗暗心驚：「我許久沒涉足江湖，中原武林中幾時出了這幾個人物？怎地這三人的招數門派我竟一個也認不出來。若非這三把好手，大悲老人也不至敗得如此狼狽。」

只聽那道人嘶啞著嗓子道：「白鯨島主，我們長樂幫跟你原無仇怨。我們司徒幫主仰慕你是號人物，好意以禮相聘，邀你入幫，你何必口出惡言，辱罵我們幫主？你只須答應加盟本幫，咱們立即便是好兄弟、好朋友，前事一概不究。又何必苦苦支撐，白白送了性命？咱們攜手並肩，對付俠客島的『賞善罰惡令』，共渡劫難，豈不是好？」

謝煙客聽到他最後這句話時，心頭一陣劇震，尋思：「難道俠客島的『賞善罰惡令』又重現江湖了？」

只聽大悲老人怒道：「我堂堂好男兒，豈肯與你們這些無恥之徒為伍？我寧可手接『賞善罰惡令』，去死在俠客島上，要我加盟為非作歹的惡徒邪幫，卻萬萬不能。」左手倏地伸出，抓向那醜漢子肩頭。

謝煙客暗叫：「好一招『虎爪手』！」這一招去勢極快，那醜漢子沉肩相避，還是慢了少些，已給大悲老人五指抓住了肩頭。只聽得嗤的一聲，那醜漢子右肩肩頭的衣服給扯了一大塊，肩頭鮮血淋漓，竟遭抓下了一大片肉來。那三人大怒，加緊招數。

謝煙客暗暗稱異：「長樂幫是甚麼幫會？幫中既有這等高手在內，我怎麼從沒聽見過它的名頭？多半是新近才創立的。司徒幫主又是甚麼人了？難道便是『快馬』司徒橫？武林中姓司徒的好手，除司徒橫之外可沒第二人了。」

但見四人越鬥越狠。那醜漢子狂吼一聲，揮刀橫掃過去。大悲老人側身避開，向那道人打出一拳，唰的一聲響，醜漢的鬼頭刀已深深砍入樹幹之中，運力急拔，一時竟拔不出來。大悲老人右肘疾沉，向他腰間撞了下去。

大悲老人在這三名好手圍攻下苦苦支撐，已知無倖，他苦鬥之中，眼觀八方，隱約見到樹後藏得有人，料想又是敵人。眼前三人已無法打發，何況對方更來援兵。眼前三個敵手之中，以那醜臉的漢子武功最弱，唯有先行除去一人，才有脫身之機，是以這一下肘鎚使足了九成力道。

但聽得砰的一聲，肘鎚已擊中那醜漢子腰間，大悲老人心中一喜，搶步便即繞到樹後，便在此時，那道人的鏈子鎚從樹後飛擊過來。大悲老人左掌在鏈子上斬落，眼前白光忽閃，急忙向右讓開時，不料他年紀大了，酣戰良久之後，精力已不如盛年充沛，本來腳下這一滑足可讓開三尺，這一次卻只滑開了二尺七八寸，嗤的一聲輕響，瘦子的長劍刺入了他左肩，竟將他牢牢釘上了樹幹。

這一下變起不意，那小丐忍不住「咦」的一聲驚呼，當那三人圍這老人時，他心中已大爲不平，眼見那老人受制，更是驚怒交集。

只聽那瘦子冷冷的道：「白鯨島主，敬酒不吃吃罰酒，現下可降了我長樂幫罷。」大悲老人圓睜雙眼，怒喝：「你既知我是白鯨島島主，難道我白鯨島上有屈膝投降的懦夫嗎？」左肩力掙，寧可廢了一隻肩膀，也要掙脫長劍，與那瘦子拚命。

那道人右手揮動，鏈子鎚飛出，鋼鍊在大悲老人身上繞了數匝，砰的一響，鎚頭重重撞上他胸口，大悲老人長聲大叫，側過頭來，口中狂噴鮮血。

那小丐再也忍不住，急衝而出，叫道：「喂，你們三個壞人，怎麼一起打一個好人？」謝煙客眉頭微皺，心想：「這娃娃去惹事了。」隨即心下歡喜：「那也好，便借這三人之手將他殺了，我見死不救，不算違了誓言；要不然那小娃娃出聲向我求救，我就幫他料理了那三人。」

只見那小丐奔到樹旁，擋在大悲老人身前，叫道：「你們可不能再難爲這老伯伯。」

那瘦子先前已察覺樹後有人，見這少年奔跑之時身上全無武功，卻如此大膽，定是受人指使，心想：「我嚇嚇這小鬼，諒他身後之人不會不出來。」伸手拔下了嵌在樹幹上的鬼頭刀，喝道：「小鬼頭，是誰叫你來管老子閒事？我要殺這老傢伙了，你滾不滾開？」揚起大刀，作勢橫砍。

那小丐道：「這老伯伯是好人，你們都是壞人，我一定幫好人。你砍好了，我當然不滾開。」他母親心情較好之時，偶爾也說些故事給他聽，故事中必有好人壞人，在那小孩子心中，幫好人打壞人，乃天經地義之事。

那瘦子怒道：「你認得他麼？怎知他是好人？」

那小丐道：「老伯伯說你們是甚麼惡徒邪幫，死也不肯跟你們作一道，你們自然是壞人了。」轉過身去，伸手要解那根鏈子鎚下來。

那道人反手出掌，啪的一響，只打得那小丐頭昏眼花，左邊臉頰登時高高腫起，五根手指的血印像一隻血掌般爬在他臉上。

那小丐實不知天高地厚。昨日侯監集上金刀寨人衆圍攻吳道通，一來他不知吳道通是好人還是壞人，二來這幾人在屋頂惡鬥，吳道通從屋頂摔下便給那高個兒雙鉤刺入小腹，否則說不定他當時便要出來干預，至於是否會危及自身，他壓根兒便不懂。

那瘦子見這小丐有恃無恐、毫不畏懼的模樣，心下登即起疑：「這小鬼到底仗了甚麼大靠山，居然敢在長樂幫的香主面前囉唣？」側身向大樹後望去時，瞥眼見到謝煙客清癯的形相，登時想起一個人來：「這人與江湖上所說的玄鐵令主人、摩天居士謝煙客有些相似，莫非是他？」當下舉起鬼頭刀，喝道：「我不知你是甚麼來歷，不知你師長門派，你來搗亂，只當你是個無知的小叫化，一刀殺了，打甚麼緊？」呼的一刀，向那小丐頭中劈了下去。不料那小丐一來強項，二來不懂凶險，竟一動也不動。那瘦子一刀劈到離他頭頸數寸之處，這才收刀，讚道：「好小子，膽子倒也不小！」

那道人性子暴躁，右手又是一掌，這次打在那小丐右頰之上，下手比上次更加沉重。那小丐痛得哇的一聲，大哭起來。那瘦子道：「你怕打，那便快些走開。」那小丐哭喪著臉道：「你們先走開，不可難爲這老伯伯，我便不哭。」那瘦子倒笑了起來。那道人飛腳將小丐踢倒在地。那小丐跌得鼻青目腫，爬起身來，仍護在大悲老人身前。

大悲老人性子孤僻，生平極少知己，見這少年和自己素不相識，居然捨命相護，自是好生感激，說道：「小兄弟，你跟他們鬥，還不是白饒一條性命。程某垂暮之年，交了你這位小友，這一生也不枉了，你快快走罷。」甚麼「垂暮之年」、甚麼「這一生也不枉了」，那小丐全然不懂，只知他是催自己走開，大聲道：「你是好人，不能給他們壞人害死。」

那瘦子尋思：「這小娃娃來得古怪之極，那樹後之人也不知是不是謝煙客，我們犯不著多結冤家，但若給這小娃娃幾句話一說便即退走，豈不是顯得咱長樂幫怕了人家？」當即舉起鬼頭刀，說道：「好，小娃娃，我來試你一試，我連砍你三十六刀，你如一動也不動，我便算服了你。你怕不怕？」

小丐道：「你接連砍我三十六刀，我自然怕。」瘦子道：「你怕了便好，那麼快給我走罷。」小丐道：「我心裏怕，可是我偏偏就不走。」瘦子大拇指一翹，道：「好，有骨氣，看刀！」颼的一刀從他頭頂掠去。

謝煙客在樹後聽得明白，看得清楚，見那瘦子這刀橫砍，刀勢輕靈，使的全是腕上之力，乃是以劍術運刀，雖不知他這一招甚麼名堂，但見一柄沉重的鬼頭刀在他手中使來，輕飄飄地猶如無物，刀刃齊著那小丐的頭皮貼肉掠過，登時削下他一大片頭髮來。那小丐竟十分硬朗，挺直了身子，居然動也不動。

但見刀光閃爍吞吐，猶似靈蛇遊走，左一刀右一刀，刀刀不離那小丐的頭頂，頭髮紛紛而下，堪堪砍到三十二刀，那瘦子一聲叱喝，鬼頭刀自上而下直劈，嗤的一聲，將那小丐的右手衣袖削下了一片，接著又將他左袖削下一片，接著左邊褲管、右邊褲管，均在轉瞬之間被他兩刀分別削下了一條。那瘦子一收刀，刀柄順勢在大悲老人胸腹間的「膻中穴」上重重一撞，哈哈大笑，說道：「小娃娃，眞有你的，眞是了得！」

謝煙客見他以劍使刀，三十六招連綿圓轉，竟沒半分破綻，不由得心下暗暗喝采，待見他收招時以刀柄撞了大悲老人的死穴，心道：「此人下手好辣！」只見那小丐一頭蓬蓬鬆鬆的亂髮給他連削三十二刀，稀稀落落的更加不成模樣。

適才這三十二刀在小丐頭頂削過，他一半固然竭力硬挺，以維護大悲老人，另一半卻是嚇得呆了，倒不是硬挺不動，而是不會動了，待瘦子三十六刀砍完，他伸手一摸自己腦袋，宛然完好，這才長長的喘出一口氣來。

那道人和那醜臉漢子齊聲喝采：「米香主，好劍法！」那瘦子笑道：「衝著小朋友這份肝膽，今日咱們便讓他一步！兩位兄弟，這便走罷！」那道人和醜臉漢子見大悲老人吃了這一刀柄後，氣息奄奄，轉眼便死，當下取了兵刃，邁步便行。醜臉漢子腳步蹣跚，受傷著實不輕。那瘦子伸右掌往樹上推去，嚓的一響，深入樹幹尺許的長劍爲他掌力震激，帶著大悲老人肩頭的鮮血躍將出來。那瘦子左手接住，長笑而去，竟沒向謝煙客藏身處看上一眼。

謝煙客尋思：「原來這瘦子姓米，是長樂幫的香主，他露這兩手功夫，顯然是要給我看的。此人劍法輕靈狠辣，兼而有之，但比之玄素莊石清夫婦尙頗不如，憑這手功夫便想在我面前逞威風嗎？嘿嘿！」依著他平素脾氣，這姓米的露這兩手功夫，在自己面前炫耀，定要上前教訓教訓他，對方只要稍有不敬，便順手殺了。只玄鐵令的心願未了，實不願在此刻多惹事端，當下只冷眼旁觀，始終隱忍不出。

那小丐向大悲老人道：「老伯伯，我來給你包好了傷口。」拾起自己給那瘦子削下的衣袖，要去給大悲老人包紮肩頭的劍傷。

大悲老人雙目緊閉，說道：「不……不用了！我袋裏……有些泥人兒……給了你……你罷……」一句話沒說完，腦袋突然垂落，便已死去，一個高大的身子慢慢滑向樹根。

小丐驚叫：「老伯伯，老伯伯！」伸手去扶，卻見大悲老人縮成一團，動也不動了。

謝煙客走近身來，問道：「他臨死時說些甚麼？」小丐道：「他說……他說……他袋裏有些甚麼泥人兒，都給了我。」

謝煙客心想：「大悲老人是武林中一代怪傑，武學修爲，跟我也差不了多少。此人身邊說不定有些甚麼要緊物事。」但他自視甚高，決不願在死人身邊去拿甚麼東西，就算明知大悲老人身懷希世奇珍，他也掉頭不顧而去，說道：「是他給你的，你就拿了罷。」小丐問道：「是他給的，我拿了是不是小賊？」謝煙客笑道：「不是小賊。」

小丐伸手到大悲老人衣袋中掏摸，取出一隻木盒，還有幾錠銀子，七八枚生滿了刺的暗器，幾封書信，似乎還有一張繪著圖形的地圖。謝煙客很想瞧瞧書信中寫甚麼，是幅甚麼樣的地圖，但自覺只要一沾了手，便失卻武林高人身分，是以忍手不動。

只見小丐已打開了木盒，盒中墊著棉花，並列著三排泥製玩偶，每排六個，共是一十八個。玩偶製作精巧，每個都是裸體的男人，皮膚上塗了白堊，畫滿了一條條紅線，更有無數黑點，都是脈絡和穴道的方位。謝煙客一看，便知這些玩偶身上畫的是一套內功圖譜，心想：「大悲老兒臨死時做個空頭人情，你便不送他，小孩兒在你屍身上找到，豈有不拿去玩兒的？」

那小丐見到這許多泥人兒，十分喜歡，連道：「眞有趣，怎麼沒衣服穿的，好玩得緊。要是媽媽肯做些衣服給他們穿，那就更好了。」

謝煙客心想：「大悲老兒雖和我不睦，總也是個響噹噹的人物，總不能讓他暴骨荒野！」說道：「你的老朋友死了，不將他埋了？」小丐道：「是，是。可怎麼埋法？」

謝煙客淡淡的道：「你有力氣，便給他挖個坑；沒力氣，將泥巴石塊堆在他身上就完了。」

小丐道：「這裏沒鋤頭，挖不來坑。」當下去搬些泥土石塊、樹枝樹葉，將大悲老人的屍身蓋沒了。他年小力弱，勉強將屍體掩蓋完畢，已累得滿身大汗。

謝煙客站在一旁，始終沒出手相助，盼他求己幫忙，但小丐只獨自蓋屍，待他好容易完工，便道：「走罷！」小丐道：「到那裏去？我累得很，不跟你走啦！」謝煙客道：「爲甚麼不跟我走？」

小丐道：「我要去找媽媽，找阿黃。」

謝煙客微微心驚：「這娃娃始終還沒求過我一句話，倘若不跟我走，倒也爲難，我又不能用強，硬拉著他。有了，昔年我誓言只說對交來玄鐵令之人不能用強，卻沒說不能相欺。我只好騙他一騙。」便道：「你跟我走，我幫你找媽媽、找阿黃去。」小丐喜道：「好，我跟你去，你本事很大，一定找得到我媽媽和阿黃。」

謝煙客心道：「多說無益，好在他還沒開口正式懇求，否則要我去給他找尋母親和那條狗子，可是件天大的難事。」握住他右手，說道：「咱們得走快些。」小丐剛應得一聲：「是！」便似騰身而起，身不由主的給他拉著飛步而行，連叫：「有趣，有趣！」只覺得涼風撲面，身旁樹木迅速倒退，不絕口的稱讚：「老伯伯，你拉著我跑得這樣快！」

走到天黑，也不知奔行了多少里路，已到了一處深山之中，謝煙客鬆開了手。那小丐只覺雙腿酸軟，身子搖晃了兩下，登時坐倒在地。只坐得片刻，兩隻腳板大痛起來，又過半晌，只見雙腳又紅又腫，他驚呼：「老伯伯，我的腳腫起來了。」

謝煙客道：「你若求我給你醫，我立時使你雙腳不腫不痛。」小丐道：「你如肯給我治好，我自然多謝你啦。」謝煙客眉頭一皺，道：「你當眞從來不肯開口向人乞求？」小丐道：「倘若你肯給我治，用不著我來求，否則我求也沒用。」謝煙客道：「怎麼沒用？」小丐道：「倘若你不肯治，我心裏難過，腳上又痛，說不定要哭一場。倘若你其實眞的不會治，反而讓你心裏難過。」謝煙客哼了一聲，道：「我心裏從來不難過的！小叫化，便在這裏睡罷！」隨即心想：「這娃娃既不開口向人求乞，可不能叫他作『小叫化』了。」

那少年靠在一株樹上，雙足雖痛，但奔跑了半日，疲累難當，不多時便即沉沉睡去，連肚餓也忘了。謝煙客卻躍到樹頂安睡，只盼半夜裏有一隻野獸過來，將這少年咬死吃了，給他解了個難題。豈知一夜之中，連一隻野兔也沒經過。

次日清晨，謝煙客心道：「我只有帶他到摩天崖去，他若出口求我一件輕而易舉之事，那是他的運氣，否則好歹也設法取了他性命。連這樣一個小娃娃也炮製不了，摩天居士還算甚麼人了！」攜了那少年之手又行。那少年初幾步著地時，腳底似有數十萬根小針在刺，忍不住「哎喲」叫痛。

謝煙客道：「怎麼啦？」盼他出口說：「咱們歇一會兒罷。」豈料他卻道：「沒甚麼，腳底有點兒痛，咱們走罷。」謝煙客奈何他不得，怒氣漸增，拉著他急步疾行。

謝煙客不停南行，經過市鎮之時，隨手在餅鋪飯店中抓些熟肉、麵餅，一面奔跑，一面嚼吃，如分給那少年，他便吃了，倘若不給，那少年也不乞討。

如此數日，直到第六日，盡在崇山峻嶺中奔行，那少年雖不會武功，在謝煙客提攜之下，居然也硬撐了下來。謝煙客只盼他出口求告休息，卻始終不能如願，到得後來，心下也不禁有些佩服他的硬朗。

又奔了一日，山道愈益險陡，那少年再也攀援不上，謝煙客只得將他負在背上，在懸崖峭壁間縱躍而上。那少年放眼心驚肉跳，卻不作聲，有時到了眞正驚險之處，只有閉目不看。

這日午間，謝煙客攀到了一處筆立的山峯之下，手挽從山峯上垂下的一根鐵鍊，爬了上去，這山峯光禿禿地，更無置手足處，若不是有這根鐵鍊，謝煙客武功再高，也不能攀援而上。到得峯頂，謝煙客將那少年放下，說道：「這裏便是摩天崖了，我外號『摩天居士』，就是由此地而得名。你也在這裏住下罷！」

那少年四下張望，見峯頂地勢倒也廣闊，但身周雲霧繚繞，當眞是置身雲端之中，不由得心下驚懼，道：「你說幫我去找媽媽和阿黃的？」

謝煙客冷冷的道：「天下這麼大，我怎知你母親到了那裏。咱們便在這裏等著，說不定有朝一日，你母親帶了阿黃上來見你，也未可知。」

這少年雖童稚無知，卻也知謝煙客是在騙他，如此險峻荒僻的處所，他母親又怎能尋得著，爬得上？至於阿黃更加決計不能，一時之間，呆住了說不出話來。

謝煙客道：「幾時你要下山去，只須求我一聲，我便立即送你下去。」心想：「我不給你東西吃，你自己沒能耐下去，終究要開口求我。」

那少年的母親雖對他冷漠，卻從不曾騙過他，此時他生平首次受人欺騙，眼中淚水滾來滾去，拚命忍住了，不讓眼淚流下。

只見謝煙客走進一個山洞之中，過了一會，洞中有黑煙冒出，卻是在烹煮食物，又過少時，香氣一陣陣的冒出來。那少年腹中饑餓，走進洞去，見是老大一個山洞。

謝煙客故意將行灶和鍋子放在洞口烹煮，要引那少年向自己討。那知這少年自幼只和母親一人相依爲生，從來便不知人我之分，見到東西便吃，又有甚麼討不討的？他見石桌上放著一盤臘肉，一大鍋飯，當即自行拿了碗筷，盛了飯，伸筷子夾臘肉便吃。謝煙客一怔，心道：「他請我吃過饅頭、棗子、酒飯，我若不許他吃我食物，倒顯得謝某不講義氣了。」當下也不理睬。

這般兩人相對無言、埋頭吃飯之事，那少年一生過慣了，吃飽之後，便去洗碗、洗筷、刷鍋、砍柴。那都是往日和母親同住時的例行之事。

他砍了一擔柴，正要挑回山洞，忽聽得樹叢中忽喇聲響，一隻獐子竄了出來。那少年提起斧頭，一下砍在獐子頭上，登時砍死，便在山溪裏洗剝乾淨，拿回洞來，將大半隻獐子掛在當風處風乾，兩條腿切碎了熬成一鍋。

謝煙客聞到獐肉羹的香氣，用木杓子舀起嘗了一口，不由得又歡喜，又煩惱。這獐肉羹味道十分鮮美，比他自己所烹的高明何止十倍，心想這小娃娃居然還有這手功夫，日後口福不淺；但轉念又想，他會打獵、會燒菜，倘若不求我帶他下山，倒也眞奈何他不得。

在摩天崖上如此忽忽數日，那少年張羅、設阱、彈雀、捕獸的本事著實不差，每天均有新鮮菜餚煮來和謝煙客共食，吃不完的禽獸便風乾醃起。他烹調的手段大有獨到之處，雖只山鄉風味，往往頗具匠心。謝煙客讚賞之餘，問起每一樣菜餚的來歷，那少年總說是母親所教。再盤問下去，才知這少年的母親精擅烹調，生性卻既暴躁又疏懶，十餐飯倒有九餐叫兒子去煮，倘若烹調不合，高興時在旁指點，不高興便打罵兼施。謝煙客心想他母子二人都燒得如此好菜，該當均是十分聰明之人，想來鄉下女子為丈夫所棄，以致養成了孤僻乖戾的性子，也說不定由於孤僻乖戾，才為丈夫所棄。

謝煙客見那少年極少和他說話，倒不由得有點暗暗發愁，心想：「這件事不從速辦妥，總是個心腹大患，不論那一日這娃娃受了我對頭之惑，來求我自廢武功，自殘肢體，那便如何是好？又如他來求我終身不下摩天崖一步，那麼謝煙客便活活給囚禁在這荒山頂上了。就算他只求我去找他媽媽和那條黃狗，那可也頭痛萬分。」饒是他聰明多智，身當如此哭笑不得的困境，卻也難籌善策。

這日午後，謝煙客負著雙手在林間閒步，瞥眼見那少年倚在一塊巖石之旁，眉花眼笑的正瞧著石上一堆東西。謝煙客凝神看去，見石上放著的正是大悲老人給他的那一十八個泥人兒，那少年將這些泥人兒東放一個，西放一個，一會兒叫他們排隊，一會兒叫他們打仗，玩得興高采烈。

那些泥人身上繪明穴道及運息線路，自當是修習內功之法。謝煙客心道：「當年大悲老人和我在北邙山較量，他掌法剛猛，擒拿法迅捷變幻，鬥到大半個時辰之後，終於在我『控鶴功』下輸了一招，當即知難而退。此人武功雖高，卻只以外家功夫見長，這些繪在泥人身上的內功，多半膚淺得緊，不免貽笑大方。」

當下隨手拿起一個泥人，見泥人身上繪著湧泉、然谷、照海、太谿、水泉、太鍾、復溜、交信等穴道，沿足而上，至肚腹上橫骨、太赫、氣穴、四滿、中注、肓俞、商曲而結於舌下的廉泉穴，那是「足少陰腎經」，一條紅線自足底而通至咽喉，心想：「這雖是練內功的正途法門，但各大門派的入門功夫都和此大同小異，何足為貴？是了！大悲老人一生專練外功，壯年時雖縱橫江湖，後來終於自知技不如人，不知那裏去弄了這一十八個泥人兒來，便想要內外兼修。說不定還是輸在我手下之後，才起了這番心願。但修練上乘內功，豈是一朝一夕之事，大悲老人年逾七十，這份內功，只好到陰世去練了，哈哈，哈哈！」想到這裏，不禁笑出聲來。

那少年笑道：「伯伯，你瞧這些泥人兒都有鬍鬚，又不是小孩兒，卻不穿衣衫，當眞好笑。」謝煙客道：「是啊！可笑得緊。」他將一個個泥人都拿起來看，只見一十二個泥人身上分別繪的是手太陰肺經、手陽明大腸經、足陽明胃經、足太陰脾經、手少陰心經、手太陽小腸經、足太陽膀胱經、足少陰腎經、手厥陰心包經、手少陽三焦經、足少陽膽經、足厥陰肝經，那是正經十二脈；另外六個泥人身上繪的是任脈、督脈、陰維、陽維、陰蹻、陽蹻六脈；奇經八脈中最為繁複難明的衝脈、帶脈兩路經脈卻付闕如，心道：「這似乎是少林派的入門內功。大悲老人當作寶貝般藏在身上的東西，卻是殘缺不全的。其實他想學內功，這些粗淺學問，只須找內家門中一個尋常弟子指教數月，也就明白了。唉，不過他是成名的前輩英雄，又怎肯下得這口氣來，去求別人指點？」想到此處，不禁微有淒涼之意。

又想起當年在北邙山上與大悲老人較技，雖勝了一招，但實是行險僥倖而致，心想：「幸好他沒內功根基，倘若少年時修習過內功，只怕鬥不上三百招，我便會給他打入深谷。嘿嘿，死得好，死得好！」

他臉上露出笑容，緩步走開，走得幾步，突然心念一動：「這娃娃玩泥人玩得高興，我何不乘機將泥人上所繪的內功教他，故意引得他走火入魔、內力衝心而死？我當年誓言只說決不以一指之力加於此人，他練內功自己練得岔氣，卻不能算是我殺的。就算是我立心害他性命，可也不是『以一指之力加於其身』，不算違了誓言。對了，就是這個主意。」

他行事向來只憑一己好惡，雖言出必踐，於「信」之一字看得極重，然而心地陰狠殘忍，甚麼仁義道德，在他眼中卻不值一文，當下便拿起那個繪著「足少陰腎經」的泥人來，說道：「小娃娃，你可知這些黑點紅線，是甚麼東西？」

那少年想了一下，說道：「這些泥人生病。」謝煙客奇道：「怎麼生病？」那少年道：「我去年生病，全身都生了紅點。」

謝煙客啞然失笑，道：「你去年生的是痲疹。這些泥人身上畫的卻不是痲疹，是學武功的秘訣。你瞧我背了你飛上峯來，武功好不好？」說到這裏，爲了誘發那少年學武之心，突然雙足一點，身子筆直拔起，颼的一聲，便竄到了一株松樹頂上，左足在樹枝上稍行借力，身子向上彈起，便如裊裊上升一般，緩緩落下，隨即又在樹枝上彈起，三落三彈，便在此時，恰有兩隻麻雀從空中飛過，謝煙客存心賣弄，雙手一伸，將兩隻麻雀抓在掌中，這才緩緩落下。

那少年拍手笑道：「好本事，好本事！」

謝煙客張開手掌，兩隻麻雀振翅欲飛，但兩隻翅膀剛一撲動，謝煙客掌中便生出一股內力，將雙雀鼓氣之力抵消了。那少年見他雙掌平攤，雙雀羽翅撲動雖急，始終飛不離他掌心，更加大叫：「好玩，好玩！」謝煙客笑道：「你來試試！」將兩隻麻雀放在他掌中，那少年伸指抓住，不敢鬆手。

謝煙客笑道：「泥人兒身上所畫的，是練功夫的法門。你拚命幫那老兒，他心中多謝你，因此送了給你。這不是玩意兒，可寶貴得很呢。你只要練成了泥人身上那些紅線黑點的法道，手掌攤開，麻雀兒也就飛不走啦。」

那少年道：「這倒好玩，我定要練練。怎麼練的？」口中說著，張開了手掌。兩隻麻雀展翅一撲，便飛了上去。謝煙客哈哈大笑。那少年也跟著傻笑。

謝煙客道：「你若求我教你這門本事，我就可以教你。學會之後，可好玩得很呢，你要下山上山，自己行走便了，也不用我帶。」那少年臉上大有艷羨之色，謝煙客凝視著他臉，只盼他嘴裏吐出「求你教我」這幾個字來，情切之下，自覺氣息竟也粗重了。

過了好一刻，卻聽那少年道：「我如求你，你便要打我。我不求你。」謝煙客道：「你求好了，我說過決不打你。你跟著我這許多時候，我可打過你沒有？」那少年搖頭道：「沒有。不過我不求你教。」

他自幼在母親處吃過的苦頭實是創深痛巨，不論甚麼事，開口求懇，必定挨打，而且母親打了他後，她自己往往痛哭流淚，鬱鬱不歡者數日，不斷自言自語：「沒良心的，我等著你來求我，可是日等夜等，一直等了幾年，你始終不來，卻去求那個甚麼也及我不上的小賤人，幹麼又來求我？」這些話他也不懂是甚麼意思。母親口中痛罵：「你再來求我？這時候可就遲了。從前為甚麼又不求我？」跟著棍棒便狠狠往頭上招呼下來，打了他之後，他母親又自己痛哭，令他心裏好生難過，總覺是自己錯了。這麼挨得幾頓飽打，八九歲之後就再不向母親求懇甚麼。他和謝煙客荒山共居，過的日子也就如跟母親在一起時無異，不知不覺之間，心中早就將這位老伯伯當作是母親一般了。

謝煙客臉上青氣閃過，心道：「剛才你如開口求懇，完了我平生心願，我自會教你一身足以傲視武林的本領。現下你自尋死路，可怪我不得。」點頭道：「好，你不求我，我也教你。」拿起那個繪著「足少陰腎經」的泥人，將每一個穴道名稱和在人身的方位詳加解說指點。

那少年天資倒也不蠢，聽了用心記憶，不明白處便提出詢問。謝煙客毫不藏私的教導，再傳了內息運行之法，命他自行修習。

過得大半年，那少年已練得內息能循「足少陰腎經」經脈而行。謝煙客見他進展甚速，心想：「瞧不出你這狗雜種，倒是個大好的練武胚子。可是你練得進境越快，死得越早。」跟著教他「手少陰心經」的穴道經脈。如此將泥人一個個的練將下去，過得兩年有餘，那少年已將「足厥陰肝經」、「手厥陰心包經」、「足太陰脾經」、「手太陰肺經」的六陰經脈盡數練成，跟著便練「陰維」和「陰蹻」兩脈。

這些時日之中，那少年每日裏除了朝午晚三次勤練內功之外，一般的捕禽獵獸，烹肉煮飯，絲毫沒疑心謝煙客每傳他一分功夫，便引得他向陰世路跨上一步。只練到後來，時時全身寒戰，冷不可耐。謝煙客說道這是練功的應有之象，他便也不放在心上，那料得到謝煙客居心險惡，傳給他的練功法門雖然不錯，次序卻全然顚倒了。

自來修習內功，不論是爲了強身治病，還是爲了作爲上乘武功的根基，必當水火互濟，陰陽相配，練了「足少陰腎經」之後，便當練「足少陽膽經」，少陰少陽融會調和，體力便逐步增強。可是謝煙客卻一味叫他修習少陰、厥陰、太陰、陰維、陰蹻的諸陰經脈，所有少陽、陽明等諸陽經脈卻一概不授。這般數年下來，那少年體內陰氣大盛而陽氣極衰，陰寒積蓄，已凶險之極，只要內息稍有走岔，立時無救。

謝煙客見他身受諸陰侵襲，竟到此時仍未發作斃命，詫異之餘，稍加思索，便即明白，知這少年渾渾噩噩，於世務全然不知，加之年少，心無雜念，便沒踏入走火入魔之途，若換作旁人，這數年中總不免有七情六欲侵擾，稍有胡思亂想，便早死去多時了，心道：「這狗雜種老是跟我躭在山上，只怕還有不少年月好挨。若放他下山，在那花花世界中過不了幾天，便即送了他小命。但放他下山，說不定便遇上了武林中人，這狗雜種只消有一口氣在，旁人便能利用他來挾制於我，此險決不能冒。」

心念一轉，已有了主意：「我教他再練諸陽經脈，卻不教他陰陽調和的法子。待得他內息中陽氣也積蓄到相當火候，那時陰陽不調而相衝相剋，龍虎拚鬥，不死不休，就算心中始終不起雜念，內息不岔，卻也非送命不可。對，此計大妙。」

當下便傳他「陽蹻脈」的練法，這次卻不是自少陽、陽明、太陽、陽維而陽蹻的循序漸進，而是從次難的「陽蹻脈」起始。至於陰陽兼通的任督兩脈，卻非那少年此時的功力所能練，抑且也與他原意不符，便置之不理。

那少年依法修習，雖進展甚慢，總算他生性堅毅，山上又無餘事，過得一年有餘，居然將「陽蹻脈」練成了，此後便一脈易於一脈。

這數年之中，每當崖上鹽米酒醬將罄，謝煙客便帶同那少年下山採購，不放心將他獨自留在崖上，只怕有人乘虛而上，將他劫持而去，那等於是將自己的性命交在別人手中了。兩人每年下崖數次，都是在小市集上採購完畢，立即上崖，從未多有逗留。那少年身材日高，衣服鞋襪自也越買越大。

那少年這時已有十八九歲，身材粗壯，比之謝煙客高了半個頭。謝煙客每日除了傳授內功之外，閒話也不跟他多說一句。好在那少年自幼和母親同住，他母親也如此冷冰冰地相待，倒也慣了。他母親常要打罵，謝煙客卻不笑不怒，更從未以一指加於其身。崖上無事分心，除了獵捕食物之外，那少年唯以練功消磨時光，忽忽數載，諸陽經脈也練得快功行圓滿了。

謝煙客自三十歲上遇到了一件大失意之事之後，隱居摩天崖，本來便極少行走江湖，這數年中更伴著那少年不敢稍離，除了勤練本門功夫之外，更新創了一路拳法、一路掌法。

這一日謝煙客清晨起來，見那少年盤膝坐在崖東的圓巖之上，迎著朝曦，正自用功，眼見他右邊頭頂微有白氣升起，正是內力已有了火候之象，不由得點頭，心道：「小子，你一隻腳已踏進鬼門關去啦。」知道他這般練功，須得再過一個時辰方能止歇，當即展開輕功，來到崖後的一片松林之中。

其時晨露未乾，林中一片清氣，謝煙客深深吸一口氣，緩緩吐將出來，突然間左掌前探，右掌倏地穿出，身隨掌行，在十餘株大松樹間穿插迴移，越奔越快，雙掌揮擊，只聽得嚓嚓輕響，雙掌不住在樹幹上拍打，腳下奔行愈速，出掌卻反愈緩。

腳下加快而出手漸慢，疾而不顯急遽，舒而不減狠辣，那便是武功中的上乘境界。謝煙客打到興發，驀地裏一聲清嘯，啪啪兩掌，都擊在松樹幹上，跟著便聽得簌簌聲響，松針如雨而落。他展開掌法，將成千成萬枚松針反擊上天，樹上松針不斷落下，他所鼓盪的掌風始終不讓松針落下地來。松針尖細沉實，不如尋常樹葉之能受風，他竟能以掌力帶得千萬松針隨風而舞，內力雖非有形有質，卻也已隱隱有凝聚意。

但見千千萬萬枚松針化成一團綠影，將他一個盤旋飛舞的人影裹在其中。

那少女拿起匙羹，
在碗中舀了一匙燕窩，向他嘴中餵去。
那少年張口吃了，
又甜又香，說不出的受用。
那少女一言不發，接連餵了他三匙，
身子卻站在床前離得遠遠地。

四

搶了他老婆

謝煙客要試試自己數年來所勤修苦練的內功到了何等境界，不住催動內力，將松針越帶越快，然後漸漸擴大圈子，把綠色針圈逐步向外推移。圈子一大，內力照應有所不足，最外圈的松針便紛紛墮落。謝煙客吸一口氣，內力催送，下墮的松針不再增多。他心下甚喜，不住加運內力，但覺舉手抬足間說不出的舒適暢快，意與神會，漸漸到了物我兩忘之境。

過了良久，自覺體內積蓄的內力垂盡，再運下去便於身子有損，當下徐斂內力，松針緩緩飄落，在他身周積成個青色的圓圈。謝煙客展顏一笑，甚覺愜意，突然之間臉色大變，不知打從何時起始，前後左右竟團團圍著九人，一言不發的望著他。

以他武功，旁人莫說欺近身來，即使遠在一兩里之外，便已逃不過他耳目，適才只因全神貫注催動內力，試演這路「碧針清掌」，心無旁騖，於身外之物當眞視而不見，聽而不聞，別說有人來到身旁，即令山崩海嘯，他一時也未必便能知覺。

摩天崖從無外人到來，他突見有人現身，自知來者不善，再一凝神間，認得其中一個瘦子、一個道人、一個醜臉漢子，當年曾在汴梁郊外圍殺大悲老人，自稱是長樂幫中人物。頃刻間心中轉過了無數念頭：「不論是誰，這般不聲不響的來到摩天崖上，明著瞧不起我，不惜與我爲敵。我跟長樂幫素無瓜葛，他們糾衆到來，是甚麼用意？莫非也像對付大悲老人一般，要以武力逼我入幫麼？」又想：「其中三人的武功是見過的，便在當年，我一人已可和他三人打成平手，今日自是不懼。只不知另外六人的功夫如何？」見這六人個個都是四十歲以上年紀，看來其中至少有二人內力深厚，當下冷然一笑，說道：「衆位都是長樂幫的朋友麼？突然光臨摩天崖，謝某有失遠迎，卻不知有何見教？」說著微一拱手。

這九人一齊抱拳還禮，各人適才都見到他施展「碧針清掌」時的驚人內力，沒想到他是心有所屬，於九人到來視而不見，還道他自恃武功高強，將各人全不放在眼內，這時見他拱手，生怕他運內力傷人，各人都暗自運氣護住全身要穴，其中有兩人登時太陽穴高高鼓起，又有一人衣衫飄動。那知謝煙客這一拱手，手上未運內力；更不知他試演「碧針清掌」時全力施爲，恰如是跟一位絕頂高手大戰了一場，十成內力中倒已去了九成。

一個身穿黃衫的老人說道：「在下衆兄弟來得冒昧，失禮之至，還望謝先生恕罪。」

謝煙客見這人臉色蒼白，說話有氣沒力，便似身患重病模樣，陡然間想起了一人，失聲道：「閣下可是『著手成春』貝大夫？」

那人正是「著手成春」貝海石，聽得謝煙客知道自己名頭，不禁微感得意，咳嗽兩聲，說道：「不敢，賤名不足以掛尊齒。『著手成春』這外號名不副實，更加貽笑大方。」

謝煙客道：「素聞貝大夫獨來獨往，幾時也加盟長樂幫了？」貝海石道：「一人之力，甚爲有限，敝幫衆兄弟羣策羣力，大夥兒一起來辦事，那就容易些。咳咳，謝先生，我們實在來得魯莽，事先未曾稟告，擅闖寶山，你大人大量，請勿見怪！咳咳，無事不登三寶殿，我們有事求見敝幫幫主，便煩謝先生引見。」謝煙客奇道：「貴幫幫主是那一位？在下近年來甚少涉足江湖，孤陋寡聞，連貴幫主的大名也不獲知，多有失禮。卻怎地要我引見了？」

他此言一出，那九人均即變色，怫然不悅。貝海石左手擋住口前短髭，咳了幾聲，說道：「謝先生，敝幫石幫主既與閣下相交，攜手同行，敝幫上下自都對先生敬若上賓，不敢有絲毫無禮。石幫主的行止，我們身爲下屬，本來不敢過問，實因幫主離總舵已久，諸事待理，再加眼前有兩件大事，可說急如星火，咳咳，因此嘛，我們一得訊息，知道石幫主是在摩天崖上，便匆匆忙忙的趕來了。本該先行投帖，得到謝先生允可，這才上崖，只以事在緊迫，禮數欠周，還望海涵。」說著又深深一躬。

謝煙客見他說得誠懇，這九人雖都攜帶兵刃，但神態恭謹，也沒顯得有甚敵意，心道：「原來只是一場誤會。」不禁一笑，說道：「摩天崖上無桌無椅，怠慢了貴客，各位隨便請坐。不知貝大夫卻聽誰說在下曾與石幫主同行？貴幫人材濟濟，英彥畢集，石幫主自是一位了不起的英雄人物。在下閒雲野鶴，隱居荒山，怎能蒙石幫主折節下交？嘿嘿，好笑，當眞好笑！」

貝海石右手一伸，說道：「衆兄弟，大夥兒坐下說話。」他顯是這一行的首領，隨行八人便四下裏坐下，有的坐在巖石上，有的坐在橫著的樹幹上，貝海石則坐在一個土墩上。九人分別坐下，但將謝煙客圍在中間的形勢仍然不變。

謝煙客怒氣暗生：「你們如此對我，可算得無禮之極。莫說我不知你們石幫主、瓦幫主在甚麼地方，就算知道，你們這等模樣，我本來想說的，卻也不肯說了。」只微微冷笑，抬頭望著頭頂太陽，大剌剌的對衆人毫不理睬。

貝海石心想：「以我在武林中的身分地位，你對我如此傲慢，未免太也過份。素聞此人武功了得，心狠手辣，長樂幫卻也不必多結這個怨家。瞧在幫主面上，讓你一步便是。」便客客氣氣的道：「謝先生，這本是敝幫自己的家務事，麻煩到你老人家身上，委實過意不去。請謝先生引見之後，兄弟自當向謝先生再賠不是，失禮之處，請您見諒。」

同來的八人均想：「貝大夫對此人這般客氣，倒也少見。謝煙客武功再高，我們九人齊上，又何懼於他？不過他既是幫主的朋友，卻也不便得罪了。」

謝煙客冷冷的道：「貝大夫，你是江湖上的成名豪傑，君子一言，快馬一鞭，是個響噹噹的腳色，是也不是？」貝海石聽他語氣中大有慍意，暗暗警惕，說道：「不敢。」謝煙客道：「你貝大夫的話是說話，我謝煙客說話就是放屁了？我說從來沒見過你們的石幫主，閣下定然不信。難道只有你是至誠君子，謝某便是專門撒謊的小人？」

貝海石咳嗽連連，說道：「謝先生言重了。兄弟對謝先生素來十分仰慕，敝幫上下，無不心敬，謝先生言出如山，豈敢有絲毫小覷了。適才見謝先生正在修習神功，量來無暇給我們引見敝幫幫主。衆兄弟迫於無奈，只好大家分頭去找尋找尋。謝先生莫怪。」

謝煙客登時臉色鐵青，冷冷的道：「貝大夫非但不信謝某的話，還要在摩天崖上肆意妄為？」貝海石搖搖頭，道：「不敢，不敢。說來慚愧，長樂幫不見了幫主，要請外人引見，傳了出去，江湖上人人笑話。我們只不過找這麼一找，請謝先生萬勿多心。摩天崖山高林密，好個所在。多半敝幫石幫主無意間上得崖來，謝先生靜居清修，未曾留意。」心想：「他不讓我們跟幫主相見，定然不懷好意。」

謝煙客尋思：「我這摩天崖上那有他們的甚麼狗屁幫主。這夥人蠻橫無理，尋找幫主云云，顯是個無聊藉口。這般大張旗鼓的上來，還會有甚麼好事？憑著謝某的名頭，長樂幫竟敢對我如此張狂，自是有備而來。」他知此刻情勢凶險，素聞貝海石「五行六合掌」功夫名動武林，單是他一人，當然也不放在心上，但加上另外這八名高手，就不易對付，何況他長樂幫的好手不知尚有多少已上得崖來，多半四下隱伏，俟機出手，心念微動之際，突然眼光轉向西北角上，臉露驚異之色，嘴裏輕輕「咦」的一聲。

那九人的目光都跟著他瞧向西北方，謝煙客突然身形飄動，轉向米香主身側，伸手疾去拔他腰間長劍。那米香主見西北方並無異物，但覺風聲颯然，敵人已欺到身側，急忙出手，右手快如閃電，只因相距近了，竟比謝煙客還快了刹那，搶在頭裏，手搭劍柄，嗤的一聲響，長劍已然出鞘。眼前青光甫展，脅下便覺微微一痲，跟著背心一陣劇痛，謝煙客左手食指已點了他穴道，右手五指抓住了他後心。

原來謝煙客眼望西北方固是誘敵之計，奪劍也是誘敵。米香主一心要爭先握住劍柄，脅下與後心自然而然露出了破綻，否則他武功雖然不及，卻也無論如何不會在一招之際便遭制住。謝煙客當年曾詳觀米香主激鬥大悲老人、用鬼頭刀削去那少年滿頭長髮，熟知他的劍路，大凡出手迅疾者守禦必不嚴固，冒險一試，果然得手。

謝煙客微微一笑，說道：「米香主，得罪了。」米香主怒容動面，卻已動彈不得。

貝海石愕然道：「謝先生，你要怎地？當眞便不許我們找尋敝幫幫主麼？」謝煙客森然道：「你們要殺謝某，只怕也非易事，至少也得陪上幾條性命。」

貝海石苦笑道：「我們和謝先生無怨無仇，豈有加害之心？何況以謝先生如此奇變橫生的武功，我們縱有加害之意，那也不過自討苦吃。大家是好朋友，請你將米兄弟放下罷。」他見謝煙客一招之間便擒住米香主，心下也好生佩服。

謝煙客右手抓在米香主後心「大椎穴」上，只須掌力一吐，立時便震斷了他心脈，說道：「各位立時下我摩天崖去，謝某自然便放了米香主。」

貝海石道：「下去有何難哉？午時下去，申時又再上來了。」謝煙客臉色一沉，說道：「貝大夫，你這般陰魂不散的纏上了謝某，到底打的是甚麼主意？」

貝海石道：「甚麼主意？衆位兄弟，咱們打的是甚麼主意？」隨他上山的其餘七人一直沒開口，這時齊聲說道：「咱們求見幫主，要恭迎幫主回歸總舵。」

謝煙客怒道：「說來說去，你們疑心我將你們幫主藏了起來啦，是也不是？」

貝海石道：「此中隱情，我們在見到幫主之前，誰也不敢妄作推測。」向一名魁梧的中年漢子道：「雲香主，你和衆賢弟四下裏瞧瞧，一見到幫主大駕，立即告知愚兄。謝先生的貴府卻不可亂闖。」

那雲香主右手捧著一對爛銀短戟，點頭道：「遵命！」大聲道：「衆位，貝先生有令，大夥去謁見幫主。」其餘六人齊聲道：「是。」七人倒退幾步，一齊轉身出林而去。

謝煙客雖制住了對方一人，但見長樂幫諸人竟絲毫沒將米香主的安危放在心上，仍自行其事，絕無半分投鼠忌器之意，只貝海石一人留在一旁，顯是在監視自己，而不是想設法搭救米香主，尋思：「那少年將玄鐵令交在我手中，此事轟傳江湖，長樂幫這批傢伙以找幫主爲名，眞正用意自是來綁架這少年。此刻我失了先機，那少年勢必落入他們掌握，長樂幫便有了制我的利器。哼，謝煙客是甚麼人，豈容你們上門欺辱？」那七人離去，正是出手殺人的良機，當即左掌伸到米香主後腰，內力疾吐。這一招「文丞武尉」，竟是以米香主的身子作爲兵刃，向貝海石擊去。

他素知貝海石內力精湛，只因中年時受了內傷，身上常帶三分病，武功才大大打了個折扣。此人久病成醫，「貝大夫」三字外號便由此而來，其實並不是眞正的大夫，饒是如此，武功仍異常厲害。九年之前，「冀中三煞」爲他一晚間於相隔二百里的三地分別擊斃，成爲武林中一提起便人人聳然動容的大事。因此謝煙客雖聽他咳嗽連連，似乎中氣虛弱，卻絲毫不敢怠忽，一出手便是最陰損毒辣的險招。

貝海石見他突然出手，咳嗽道：「謝先生……卻……咳，咳，卻又何必傷了和氣？」伸出雙掌，向米香主胸口推去，突然間左膝挺出，撞在米香主小腹之上，登時將他身子撞得飛起，越過自己頭頂飛向身後，這樣一來，雙掌便按向謝煙客胸口。

這一招變化奇怪之極，謝煙客雖見聞廣博，也不知是何名堂，一驚之下，順勢伸掌接他的掌力，突然之間，只覺自己雙掌指尖之上似有千千萬萬根利針刺過來一般。謝煙客急運內力，要和他掌力相敵，驀然間胸口空盪盪地，全身內力竟然無影無蹤。他腦中電光石火般一閃：「啊喲不好，適才我催逼掌力，不知不覺間將內力消耗了八九成，如何再能跟他比拚眞力？」立即雙掌一沉，擊向貝海石小腹。

貝海石右掌捺落，擋住來招，謝煙客雙袖猛地揮出，以鐵袖功拂他面門。貝海石心道：「來勢雖狠，卻露衰竭之象，他是要引我上當。」斜身閃過，讓開了他衣袖。「摩天居士」四字大名，武林中提起來非同小可，貝海石適才見他試演「碧針清掌」，掌法精奇，內力深厚，自己遠所不及，只幫主失蹤，非尋回不可，縱然被迫與此人動手，卻也無可奈何，雖察覺他內力平平，料來必是誘敵，絲毫不敢輕忽。

謝煙客雙袖回收，呼的一聲響，已借著衣袖鼓回來的勁風向後飄出丈餘，順勢轉身，拱手道：「少陪，後會有期。」口中說話，身子向後急退，去勢雖快，卻仍瀟洒有餘，不露絲毫急遽之態。見貝海石並未追來，便即迅速溜下摩天崖。

謝煙客連攻三招不利，自知今日太也不巧，強敵猝至，卻適逢自己內力衰竭，便即抽身引退，卻不能說已輸在貝海石手下，他雖被迫退下摩天崖，但對方九人圍攻，尚且在劣勢之中制住對方高手米香主，大挫長樂幫的銳氣。他在陡陂峭壁間縱躍而下時，心中快慰之情尚自多於氣惱，驀地裏想到那少年落於敵手，自此後患無窮，登時大是煩惱，轉念又想：「待我內力恢復，趕上門去將長樂幫整個兒挑了，只須不見那狗雜種之面，他們便奈何我不得。但若那狗雜種受了他們挾制或是勸誘，一見我面便說：『我求你斬下自己一條手臂。』那可糟了。君子報仇，十年未晚，好在這小子八陰八陽經脈的內功不久便可練成，小命活不久了，待他死後，再去找長樂幫的晦氣便是。此事不可急躁，須策萬全。」

貝海石見謝煙客突然退去，大感不解：「他既和石幫主交好，為甚麼又對米香主痛下殺手？種種蹊蹺之處，實難令人索解。難道……難道他竟察覺了我們的計謀？不知是否已跟石幫主說起？」霎時間不由得心事重重，凝思半晌，搖了搖頭，轉身扶起米香主，雙掌貼在他背心「魂門」「魄戶」兩大要穴之上，傳入內力。

過得片刻，米香主眼睜一線，低聲道：「多謝貝先生救命之恩。」

貝海石道：「米兄弟安臥休息，千萬不可自行運氣。」

適才謝煙客這一招「文丞武尉」，既欲致米香主的死命，又是攻向貝海石的殺手。貝海石若出掌在米香主身上一擋，米香主在前後兩股內力夾擊之下，非立時斃命不可，是以貝海石先以左膝撞他小腹，既將他撞到背後，又化解了謝煙客大半內力，幸好謝煙客其時內力所剩者已不過一成，否則貝海石這一招雖然極妙，米香主還是難保性命。

貝海石將米香主輕輕平放地下，雙掌在他胸口和小腹上運力按摩，猛聽得有人歡呼大叫：「幫主在這裏，幫主在這裏！」貝海石大喜，說道：「米兄弟，你已脫險，我瞧瞧幫主去。」忙向聲音來處快步奔去，心道：「謝天謝地！若找不到幫主，本幫只怕就此風流雲散，迫在眉睫的大禍又有誰來抵擋？」

他奔行不到一里，便見一塊巖石上坐著一人，側面看去，赫然便是本幫的幫主石破天。雲香主等七人在巖前恭恭敬敬的垂手而立。貝海石搶上前去，其時陽光從頭頂直晒，照得石上之人面目清晰無比，但見他濃眉大眼，長方的臉膛，卻不是石幫主是誰？貝海石喜叫：「幫主，你老人家安好？」

一言出口，便見石幫主臉上神情痛楚異常，左邊臉上青氣隱隱，右邊臉上卻盡是紅暈，宛如飲醉了酒一般。貝海石內功既高，又久病成醫，眼見情狀不對，大吃一驚，心道：「他……他在搗甚麼鬼，難道是在修習一門高深內功。這可奇了？嗯，那定是謝煙客傳他的。啊喲不好，咱們闖上崖來，只怕打擾了他練功。這可不妙了。」

霎時之間，心中種種疑團登即盡解：「幫主失蹤了半年，到處尋覓他不到，原來是靜悄悄的躲在這裏修習高深武功。他武功越高，於本幫越有利，那可好得很啊。謝煙客自知幫主練功正到要緊關頭，若受打擾，便致分心，因此上無論如何不肯給我們引見。他一番好心，我們反得罪了他，當眞過意不去了。其實他只須明言，我難道會不明白這中間的過節？素聞謝煙客此人傲慢辣手，我們這般突然闖上崖來，定令他大大不快，這才一翻臉便出手殺人。瞧幫主這番神情，他體內陰陽二氣交攻，只怕龍虎不能聚會，稍有不妥，便至走火入魔，謝煙客又不在旁相助，委實凶險之極。」

當下他打手勢命各人退開，直到距石幫主數十丈處，才低聲說明。

衆人恍然大悟，盡皆驚喜交集，連問：「幫主不會走火入魔罷？」有的更深深自疚：「我們莽莽撞撞的闖上崖來，打擾了幫主用功，惹下的亂子當眞不小。」

貝海石道：「米香主給謝先生打傷了，那一位兄弟過去照料一下。我在幫主身旁守候，或許在危急時能助他一臂之力。其餘各位便都在此守候，切忌喧嘩出聲。若有外敵上崖，須得靜悄悄的打發了，決不可驚動幫主。」

各人均是武學中的大行家，都知修習內功之時若有外敵來侵，擾亂心神，最是凶險不過，連聲稱是，各趨摩天崖四周險要所在，分路把守。

貝海石悄悄回到石幫主身前，見他臉上肌肉扭曲，全身抽搐，張大了嘴想要叫喊，卻發不出半點聲息，顯然內息走岔了道，性命已危在頃刻。貝海石大驚，待要上前救援，卻不知他練的是何等內功，這中間陰陽坎離，弄錯不得半點，否則只有加速對方死亡。

但見石幫主全身衣衫已讓他自己抓得粉碎，肌膚上滿是血痕，頭頂處白霧瀰漫，凝聚不散，心想：「他本來武功平平，內力不強，可是瞧他頭頂白氣，內功實已練到極高境界，難道謝煙客只教了他半年，便竟有這等神速進境？」

突然間聞到一陣焦臭，石幫主右肩處衣衫一股白煙冒出，確是練功走火、轉眼立斃之象。貝海石一驚，伸掌去按他右手肘的「清冷淵」，要令他暫且寧靜片刻，不料手指碰到他手肘，著手如冰，不由得全身劇烈一震，不敢運力抵禦，當即縮手，心道：「那是甚麼奇門內功？怎地半邊身子寒冷徹骨，半邊身子卻又燙若火炭？」

正沒做理會處，忽見幫主縮成一團，從巖上滾了下來，幾下痙攣，就此不動。

貝海石驚呼：「幫主，幫主！」探他鼻息，幸喜尚有呼吸，只氣若遊絲，顯然隨時都會斷絕。他皺起眉頭，縱聲呼嘯，將石幫主身子扶起，倚在巖上，見局面危急之極，便盤膝坐在幫主身側，左掌按他心口，右掌按他背心，運起內勁，護住他心脈。

過不多時，那七人先後到來，見幫主臉上忽而紅如中酒，忽而青若凍僵，全身不住顫抖，各人無不失色，眼光中充滿疑慮，都瞧著貝海石，但見他額頭黃豆大的汗珠不停滲出，身子顫動，顯正竭盡全力。

過了良久，貝海石才緩緩放下了雙手，站起身來，說道：「幫主顯是在修習一門上乘內功，是否走火，我一時也難決斷。此刻幸得暫且助他渡過了一重難關，此後如何，實難逆料。這件事非同小可，請衆兄弟共同想個計較。」

各人你瞧瞧我，我瞧瞧你，均想：「連你貝大夫也沒了主意，我們還能有甚麼法子？」霎時之間，誰也沒話說。

米香主由人攙扶著，倚在一株柏樹之上，低聲道：「貝……貝先生，你說怎麼辦，大家都聽你吩咐。你……你的主意，總比我們高明些。」

貝海石向石幫主瞧了一眼，說道：「關東四大門派約定重陽節來本幫總舵拜山，時日已頗迫促。此事攸關本幫存亡榮辱，衆位兄弟都十分明白。關東四大門派的底，咱們已摸得清清楚楚，軟鞭、鐵戟、一柄鬼頭刀、幾十把飛刀，也夠不上來跟長樂幫爲難。司徒幫主的事，是咱們自己幫裏家務，要他們來管甚麼閒事？只不過這件事在江湖上張揚出去，可就不妥。咳，咳……眞正的大事，大夥兒都明白，卻是俠客島的『賞善罰惡令』，非幫主親自來接不可，否則……否則人人難逃大劫。」

雲香主道：「貝先生說得是。長樂幫平日行事如何，大家心裏有數。咱們弟兄個個爽快，不喜學那僞君子行逕。人家要來『賞善』，沒甚麼善事好賞，說到『罰惡』，那筆帳就難算得很了。這件事若無幫主主持大局，只怕……只怕……唉……」

貝海石道：「因此事不宜遲，依我之見，咱們須得急速將幫主請回總舵。幫主眼前這……這場病，恐怕不輕，倘若吉人天相，他在十天半月中能回復原狀，那就再好不過。否則的話，有幫主坐鎮總舵，縱然未曾康復，大夥兒抵禦外敵之時，心中總也定些，可……可是不是？」衆人都點頭道：「貝先生所言甚是。」

貝海石道：「既然如此，咱們就做兩個擔架，將幫主和米香主兩位護送回歸總舵。」各人砍下樹枝，以樹皮搓索，結成兩具擔架，再將石幫主和米香主二人牢牢縛在擔架之上，以防下崖時滑跌。除貝海石外，七人輪流抬架，下摩天崖而去。

那少年這日依著謝煙客所授的法門修習，將到午時，只覺手陽明大腸經、足陽明胃經、手太陽小腸經、足太陽膀胱經、手少陽三焦經、足少陽膽經六處經脈中熱氣驟盛，竟難抑制，便在此時，各處太陰、少陰、厥陰的經脈之中卻又忽如寒冰侵蝕。熱的極熱而寒的至寒，兩者不能交融。他數年勤練，功力大進，到了這日午時，除了衝脈、帶脈兩脈之外，八陰八陽的經脈突然間相互激烈衝撞起來。

他撐持不到大半個時辰，便即昏迷，此後始終昏昏沉沉，一時似乎全身在火爐中烘焙，汗出如瀋，口乾唇焦，一時又如墮入冰窖，周身血液都似凝結成冰。如此熱而復寒，寒而復熱，眼前時時晃過各種各樣人影，有男有女，醜的俊的，紛至沓來，這些人不住在跟他說話，但一句也聽不見，只想大聲叫喊，偏又說不出半點聲音。眼前有時光亮，有時黑暗，似乎有人時時餵他喝湯飲酒，有時甜蜜可口，有時辛辣刺鼻，卻不知是甚麼湯水。

如此胡裏胡塗的也不知過了多少時候，一日額上忽然感到一陣涼意，鼻中又聞到隱隱香氣，慢慢睜眼，首先見到的是一根點燃著的紅燭，燭火微微跳動，跟著聽得一個清脆柔和的聲音低聲說道：「天哥，你終於醒過來了！」語音中充滿了喜悅之情。

那少年轉睛向聲音來處瞧去，見說話的是個十七八歲少女，身穿淡綠衫子，一張瓜子臉，秀麗美艷，一雙清澈的眼睛凝視著他，嘴角邊微含笑容，輕聲問道：「甚麼地方不舒服啦？」

那少年腦中一片茫然，只記得自己坐在巖石上練功，突然間全身半邊冰冷，半邊火熱，驚惶之下，就此暈去，怎地眼前忽然來了這個少女？他喃喃的道：「我……我……」發覺自身睡在一張柔軟的床上，身上蓋了被子，便欲坐起，但身子只一動，四肢百骸中便如萬針齊刺，痛楚難當，忍不住「啊」的一聲叫了出來。

那少女道：「你剛醒轉，可不能動，謝天謝地，這條小命兒是撿回來啦。」低下頭在他臉頰上輕輕一吻，站直身子時但見她滿臉紅暈。

那少年也不明白這是少女的嬌羞，只覺她更加說不出的好看，便微微一笑，囁嚅著道：「我……我在那裏啊？」

那少女淺笑嫣然，正要回答，忽聽得門外腳步聲響，當即將左手食指豎在口唇之前，作個禁聲的姿勢，低聲道：「有人來啦，我要去了。」身子一晃，便從窗口中翻出。那少年眼睛一花，便不見了那姑娘，只聽得屋頂微有腳步細碎之聲，迅速遠去。

那少年心下茫然，只想：「她是誰？她還來不來看我？」過了片刻，聽得腳步聲來到門外，有人咳嗽了兩聲，呀的一聲，房門推開，兩人進房。一個是臉有病容的老者，另一個是個瘦子，面貌有些熟悉，依稀似乎見過。

那老者見那少年睜大了眼望著他，登時臉露喜色，搶上一步，說道：「幫主，你覺得怎樣？今日你臉色可好得多了。」那少年道：「你……你叫我甚麼？我……我……在甚麼地方？」那老者臉上閃過一絲憂色，但隨即滿臉喜悅，笑道：「幫主大病了七八天，此刻神智已復，可喜可賀，請幫主安睡養神，屬下明日再來請安。」說著伸出手指，在那少年兩手腕脈上分別搭了片刻，不住點頭，笑道：「幫主脈象沉穩厚實，已無凶險，當眞吉人天相，實乃我幫上下之福。」

那少年愕然道：「我……我……名叫『狗雜種』，不是『幫主』。」

那老者和那瘦子一聽此言，登時呆了，兩人對望一眼，低聲道：「請幫主安息。」倒退幾步，轉身出房。

那老者便是「著手成春」貝海石，那瘦子則是米香主米橫野。

米橫野在摩天崖上爲謝煙客內勁所傷，幸喜謝煙客其時內力所賸無幾，再得貝海石及時救援，回到長樂幫總舵休養數日，便逐漸痊愈了，只是想到一世英名，竟讓謝煙客一招之間便即擒獲，連日甚是鬱鬱。

貝海石勸道：「米賢弟，這事說來都是咱們行事莽撞的不是，此刻回想，我倒盼當時謝煙客將咱們九人一古腦兒都制服了，便不致衝撞了幫主，累得他走火入魔。幫主一直昏迷不醒，能否痊可，實在難說，就算身子好了，這門陰陽交攻的神奇內功，卻無論如何練不成了。萬一他有甚三長兩短，唉，米賢弟，咱們九人中，倒是你罪名最輕。你雖也上了摩天崖，但在見到幫主之前，便已先失了手。」米橫野道：「那又有甚麼分別？要是幫主有甚不測，大夥兒都大禍臨頭，也不分甚麼罪輕罪重了。」

第八天晚間，貝海石和米橫野到幫主的臥室中去探病，竟見石幫主已能睜眼視物、張口說話，兩人自欣慰無比。貝海石按他脈搏，覺到沉穩厚實，一股強勁內力要將自己的手指彈開，忙即鬆手，正歡喜間，不料他突然說了一句莫名奇妙的話，說自己不是幫主，乃「狗雜種」。貝米二人駭然失色，不敢多言，立時退出。

到了房外，米橫野低聲問道：「怎樣？」貝海石沉吟半晌，說道：「幫主眼下心智未曾明白，但總勝於昏迷不醒。愚兄盡心竭力爲幫主醫治，假以時日，必可復原。」頓了一頓，又道：「只那件事說來便來，神出鬼沒，幫主卻不知何時方能痊可。」過了一會，說道：「只消有幫主在這裏，天塌下來，也會有人承當。」輕拍米橫野肩頭，微笑道：「米賢弟，不用躭心，一切我理會得，自當妥爲安排。」

那少年見二人退出房去，這才迷迷糊糊的打量房中情景，見自身睡在一張極大的床上，床前一張朱漆書桌，桌旁兩張椅子，上鋪錦墊。房中到處陳設得花團錦簇，繡被羅帳，清香裊裊，但覺置身於一個香噴噴、軟綿綿的神仙洞府，眼花繚亂，瞧出來沒一件東西是識得的。他嘆了一口長氣，心想：「多半我是在做夢。」

但想到適才那個綠衫少女軟語靦覥的可喜模樣，連秀眉綠鬢也記得清清楚楚，她躍了出去的窗子兀自半開半掩，卻不像做夢。他伸起右手，想摸一摸自己的頭，但手只這麼輕輕一抬，周身又如萬針齊刺般劇痛，忍不住「哎喲」一聲，叫了出來。

忽聽得房角落裏有人打了個呵欠，說道：「少爺，你醒了……」也是個女子聲音，似是剛從夢中醒覺，突然之間，她「啊」的一聲驚呼，說道：「你……你醒了？」一個黃衫少女從房角裏躍出，搶到他床前。

那少年初時還道先前從窗中躍出的少女又再回來，心喜之下，定睛看時，卻見這少女身穿鵝黃短襖，服色固不同，容顏亦大異，她面龐略作圓形，眼睛睜得大大地，雖不若綠衫少女那般明艷絕倫，但神色間多了一份溫柔，卻也嫵媚可喜。那少年生平直至此日，才首次與他年紀相若的兩個女郎面對面說話，自分辨不出其間的細致差別。只聽她又驚又喜的道：「少爺，你醒轉來啦？」

那少年道：「我醒轉來了，我……我現下不是做夢了麼？」

那少女格格一笑，道：「只怕你還在做夢也說不定。」她一笑之後，立即收斂笑容，一副凜然不可侵犯的模樣，問道：「少爺，你有甚麼吩咐？」

那少年奇道：「你叫我甚麼？甚麼少……少爺？」那少女眉目間隱隱含有怒色，

道：「我早跟你說過，我們是低三下四之人，不叫你少爺，又叫甚麼？」那少年喃喃自語：「一個叫我幫……甚麼『幫主』，一個卻又叫我『少爺』，我到底是誰？怎麼在這裏了？」

那少女神色略和，道：「少爺，你身子還沒復原，別說這些了。吃些燕窩好不好？」那少年道：「燕窩？」不知燕窩是甚麼，但覺肚餓，不管吃甚麼都好，便點點頭。

那少女走去鄰房，不久便捧了一隻托盤進來，盤中放著一隻青花瓷碗，熱氣騰騰地噴發甜香。那少年一聞到，不由得饞涎欲滴，肚中登時咕咕咕的響了起來。那少女微微一笑，說道：「七八天中只淨喝參湯吊命，可眞餓得狠啦。」將托盤端到他面前。

那少年就著燭火看去，見是雪白一碗粥不像粥的東西，上面飄著些乾玫瑰花瓣，散發著微微清香，問道：「這樣好東西，是給我吃的麼？」那少女笑道：「是啊，還客氣麼？」那少年心想：「這樣的好東西，卻不知道要多少錢，我沒銀子，還是先說明白的好。」便道：「我身邊一個錢也沒有，可……可沒銀子給你。」那少女一怔，跟著忍不住噗哧一笑，說道：「生了這場大病，性格兒可一點也沒改，剛會開口說話，便又這麼貧嘴貧舌的。既餓了，便快吃罷。」說著將托盤又移近了一些。

那少年大喜，問道：「我吃了不用給錢？」

那少女見他仍然說笑，有些厭煩了，沉著臉道：「不用給錢，你到底吃不吃？」

那少年忙道：「我吃，我吃！」伸手便去拿盤中匙羹，右手只這麼一抬，登時全身刺痛，哼了兩聲，咬緊牙齒，慢慢提手，卻不住顫抖。

那少女寒著臉問道：「少爺，你是眞痛還是假痛？」那少年奇道：「自然是眞痛，為甚麼要裝假？」那少女道：「好，瞧在你這場大病生得半死不活的份上，我便破例再餵你一次。你如又毛手毛腳、不三不四，我可再也不理你了。」那少年問道：「甚麼叫毛手毛腳，不三不四？」

那少女臉上微微一紅，橫了他一眼，哼了一聲，拿起匙羹，在碗中舀了一匙燕窩，往他嘴中餵去。

那少年登時傻了，想不到世上竟有這等好人，張口將這匙燕窩吃了，當眞又甜又香，吃在嘴裏說不出的受用。

那少女一言不發，接連餵了他三匙，身子卻站在床前離得遠遠地，伸長了手臂餵他，唯恐他突然有非禮行動。

那少年吃得砸嘴舐唇，連稱：「好吃得很，好味道！唉，眞多謝你了。」那少女冷笑道：「你別想使詭計騙我上當！燕窩便是燕窩罷啦，你幾千碗也吃過了，幾時又曾讚過一聲『好吃』？」那少年心下茫然，尋思：「這種東西，我幾時吃過了？」問道：「這……這便是燕窩麼？」那少女哼的一聲，道：「你也眞會裝傻。」說這句話時，同時退後了一步，臉上滿是戒備之意。

那少年見她一身鵝黃短襖和褲子，頭上梳著雙鬟，新睡初起，頭髮頗見蓬鬆，腳上未穿襪子，雪白赤足踏在一對繡花拖鞋之中，那是生平從所未見的美麗情景，母親腳上始終穿著襪子，卻又不許自己進她的房，便讚道：「你……你的腳眞好看！」

那少女臉上微微一紅，隨即現出怒色，將瓷碗往桌上重重一放，轉過身去，把鋪在房角裏的席子、薄被、和枕頭拿了起來，向房門走去。

那少年心下惶恐，問道：「你……你去那裏？你不睬我了麼？」語氣中頗有哀懇之意。那少女沉著臉道：「你病得死去活來，剛知了點人事，嘴裏便又不乾不淨起來啦。我又能到那裏去了？你是主子，我們低三下四之人，怎說得上睬不睬的？」說著逕自出門去了。

那少年見她發怒而去，不知如何得罪了她，心想：「一個姑娘跳窗走了，一個姑娘從門中走了，她們說的話我一句也不懂。唉，眞不知道是怎麼回事。」他守著不求人的宗旨，也就不求她別去，正自怔怔出神，聽得腳步聲細碎，那少女又走進房來，臉上猶帶怒色，手中捧著臉盆。那少年心中歡喜，見她將臉盆放在桌上，從臉盆中提出一塊熱騰騰的面巾來，絞得乾了，遞到那少年面前，冷冰冰的道：「擦面罷！」

那少年道：「是，是！」忙伸手去接，雙手一動，登時全身刺痛，他咬緊牙關，伸手接了過來，欲待擦面，卻雙手發顫，那面巾離臉尺許，說甚麼也湊不過去。

那少女將信將疑，冷笑道：「裝得眞像。」接過面巾，說道：「要我給你擦面，那也可以。可是你若伸手胡鬧，只要碰到我一根頭髮，我便永遠不走進房裏來了。」那少年道：「我不敢，姑娘，你不用給我擦面。這塊布雪雪白的，我的臉髒得很，別弄髒了這布。」

那少女聽他語音低沉，咬字吐聲也與以前頗有不同，所說的話更不倫不類，不禁起疑：「莫非他這場大病當眞傷了腦子。聽貝先生他們談論，說他練功時走火入魔，損傷了五臟六腑，性命能不能保也難說得很。否則說話怎麼總這般顚三倒四的？」便問：「少爺，你記得我的名字麼？」

那少年道：「你從來沒跟我說過，我不知道你叫甚麼？」又笑了笑道：「我不叫少爺，叫做狗雜種，我娘是這麼叫的。老伯伯說這是罵人的話，不好聽。你叫甚麼？」

那少女越聽越皺緊眉頭，心道：「瞧他說話模樣，全沒輕佻玩笑之意，看來他當眞胡塗啦。」不由得心下難過，問道：「少爺，你眞的不認得我了？不認得我侍劍了？」

那少年道：「你叫侍劍麼？好，以後我叫你侍劍……不，侍劍姊姊。我媽說，女人年紀比我大得多的，叫她婆婆、阿姨，跟我差不多的，叫她姊姊。」侍劍頭一低，突然眼淚滾了出來，泣道：「少爺，你……你不是裝假騙我，眞的忘了我麼？」

那少年搖頭道：「你說的話我不明白。侍劍姊姊，你爲甚麼哭了？爲甚麼不高興了？是我得罪了你麼？我媽媽不高興時便打我罵我，你也打我罵我好了。」

侍劍更加心酸，慢慢拿起那塊面巾，給他擦面，低聲道：「我是你的丫鬟，怎能打你罵你？少爺，但盼老天爺保祐你的病快快好了。要是你當眞甚麼都忘了，那可怎麼辦啦？」

擦完了面，那少年見雪白的面巾上倒也不怎麼髒，他可不知自己昏迷之際，侍劍每天都給他擦幾次臉，不住口的連聲稱謝。

侍劍低聲問道：「少爺，你忘了我的名字，其他的事情可還記得麼？比如說，你是甚麼幫的幫主？」那少年搖了搖頭道：「我不是甚麼幫主，老伯伯教我練功夫，突然之間，我半邊身子熱得發滾，半邊身子卻又冷得不得了，我……我……難過得抵受不住，便暈了過去。侍劍姊姊，我怎麼到了這裏？是你帶我來的麼？」侍劍心中又是一酸，尋思：「這麼說來，他……他當眞甚麼都記不得了。」

那少年又問：「老伯伯呢？他教我照泥人兒身上的線路練功，怎麼會練到全身發滾又發冷，我想問問他。」

侍劍聽他說到「泥人兒」，心念一動，七天前爲他換衣之時，從他懷中跌了一隻木盒出來，好奇心起，曾打開來瞧瞧，見是一十八個裸體的男形泥人。她一見之下，臉就紅了，素知這位少主風流成性，極不正經，這些不穿衣衫的泥人兒決計不是甚麼好東西，當即合上盒蓋，藏入抽屜，這時心想：「我把這些泥人兒給他瞧瞧，說不定能助他記起走火入魔之前的事情。」拉開抽屜，取了那盒子出來，道：「是這些泥人兒麼？」

那少年喜道：「是啊，泥人兒在這裏。老伯伯呢？老伯伯到那裏去了？」侍劍道：「那一個老伯伯？」那少年道：「老伯伯便是老伯伯了。他名叫摩天居士。」

侍劍於武林中的成名人物極少知聞，從來沒聽見過摩天居士謝煙客的名頭，說道：「你醒轉了就好，從前的事一時記不起，也沒甚麼。天還沒亮，你好好再睡一會。唉，其實從前的事甚麼都記不起，說不定還更好些呢？」說著給他攏了攏被子，拿起托盤，便要出房。

那少年問道：「侍劍姊姊，爲甚麼我記不起從前的事還更好些？」

侍劍道：「你從前所做的事……」說了這半句話，突然住口，轉頭急步出房而去。

那少年心下茫然，只覺種種事情全都無法索解，耳聽得屋外篤篤篤的敲著竹梆，跟著噹噹噹鑼聲三響，他也不知這是敲更，只想：「黑濛濛半夜裏，竟還有人打竹梆、打鑼玩兒。」突然之間，右手食指的「商陽穴」上一熱，一股熱氣沿著手指、手腕、手臂直走上來。那少年一驚，暗叫：「不好了！」跟著左足足心的「湧泉穴」中寒冷如冰。

這寒熱交攻之苦他已經歷多次，知道每次發作都勢不可當，疼痛到了極處，便會神智不覺。已往幾次都在迷迷糊糊之中發作，這次卻是清醒之中突然來襲，更加驚心動魄。只覺一股熱氣、一股寒氣分從左右上下，慢慢匯到心肺之間。

那少年暗想：「這一回我定要死了！」過去寒熱兩氣不是匯於小腹，便聚於脊樑，這次竟向心肺要害間聚集，卻如何抵受得住？他知情勢不妙，強行掙扎，坐起身來，想要盤膝坐好，一雙腿卻無論如何彎不攏來，極度難當之際，忽然心想：「老伯伯當年練這功夫，難道也吃過這般苦頭？將兩隻痲雀兒放在掌心中令牠們飛不走，也並不當真好玩。早知如此辛苦，這功夫我就不練啦。」

忽聽得窗外有個男子聲音低聲道：「啓稟幫主，屬下豹捷堂展飛，有機密大事稟報。」

那少年半點聲息也發不出來，過了半晌，見窗子緩緩開了，人影一閃，躍進一個身披斑衣的漢子。這人搶近前來，見那少年坐在床上，不由得一驚，眼前情景大出他意料之外，急退了兩步。

這時那少年體內寒熱內息正在心肺之間交互激盪，心跳劇烈，只覺隨時都能心停而死，但極度疼痛之際，神智卻異乎尋常的清明，聽得這斑衣漢子自報姓名爲「豹捷堂展飛」，眼見他越窗進來，不知他要幹甚麼，只得睜大了眼凝視著他。

展飛見那少年並無動靜，低聲道：「幫主，聽說你老人家練功走火，身子不適，現下可大好了？」那少年身子顫動了幾下，說不出話。展飛臉現喜色，又道：「幫主，你眼下未曾復原，不能動彈，是不是？」

他說話雖輕，但侍劍在隔房已聽到房中異聲，走了進來，見展飛臉上露出猙獰兇惡的神色，驚道：「你幹甚麼？不經傳呼，擅自來到幫主房中，想犯上作亂麼？」

展飛身形一晃，突然搶到侍劍身畔，右肘在她腰間一撞，右指又在她肩頭加上了一指。侍劍登時給他封住了穴道，斜倚在一張椅上，動彈不得。展飛練的是外家功夫，點人穴道只能制人手足，卻不能令人說不得話，當下取出一塊帕子，塞入她口中。侍劍心下驚惶，知他意欲不利幫主，卻沒法喚人來救。

展飛對幫主仍極忌憚，提掌作勢，低聲道：「我這鐵沙掌功夫，一掌打死你這小丫頭，想也不難！」呼的一掌，向侍劍天靈蓋擊去，心想：「這小子倘若武功未失，定會出手相救。」一掌聲雖響，卻不含勁力，手掌離侍劍頭頂不到半尺，見幫主仍坐著不動，心中一喜，立即收掌，轉頭向那少年獰笑道：「小淫賊，你生平作惡多端，今日卻死在我手裏。」向床前走近兩步，低聲道：「你此刻無力抗禦，我下手殺你，非英雄好漢行逕。可是老子跟你仇深似海，已說不上講甚麼江湖規矩。你若懂江湖義氣，也不會來搶我老婆了！」

那少年和侍劍身子雖不能動，這幾句話卻聽得清清楚楚。那少年心想：「他為甚麼跟我仇深似海，我又怎麼搶他老婆？」侍劍卻想：「少爺不知欠下了多少風流孽債，今日終於遭到報應。唉，這人眞的要殺死少爺了。」心下惶急，極力掙扎，但手足酸軟，一傾側間，砰的一聲，倒在地下。

展飛惡狠狠的道：「我老婆失身於你，哼，你只道我閉了眼睛做王八，半點不知？可是以前雖然知道，卻也奈何你不得，只有忍氣低聲，啞子吃黃蓮，有苦說不出。那想到老天有眼，你這小淫賊作惡多端，終於落入我手裏。」說著雙足擺定馬步，吸氣運功，右臂格格作響，呼的一掌拍出，正擊中那少年心口。

展飛是長樂幫外五堂中豹捷堂香主，他這鐵沙掌已有二十餘年深厚功力，實非泛泛，這一掌使足了十成力，正打在那少年兩乳之間的「膻中穴」上。但聽得喀喇一聲響，展飛右臂折斷，身子向後直飛出去，撞破窗格，摔出房外，登時全身氣閉，暈了過去。

房外是座花園，園中有人巡邏。這一晚輪到豹捷堂的幫衆當值，因此展飛能進入幫主的內寢。他破窗而出，摔入玫瑰花叢，壓斷了不少枝幹，登時驚動了巡邏的幫衆，便有人提著火把搶過來，見展飛一動不動的躺在地下，不知死活，只道有強敵侵入幫主房中。那人大驚之下，當即吹起竹哨報警，同時拔出單刀，探頭從窗中向屋內望去，見房內漆黑一團，更沒半點聲息，左手忙舉火把去照，右手舞動單刀護住面門。從刀光的縫隙中望過去，只見幫主盤膝坐在床上，床前滾倒了一個女子，似是幫主的侍女，此外更無別人。

便在此時，聽到了示警哨聲的幫眾先後趕到。虎猛堂香主邱山風手執鐵鐧，大聲叫道：「幫主，你老人家安好麼？」揭帷走進屋內，見幫主全身不住的顫動，突然間「哇」的一聲，張口噴出無數紫血，足足有數碗之多。

邱山風向旁急閃，才避開了這股腥氣甚烈的紫血，正驚疑間，見幫主已跨下床來，扶起地下侍女，說道：「侍劍姊姊，他……他傷到了你嗎？」跟著掏出了她口中塞著的帕子。侍劍急呼了一口氣，道：「少爺，你……你可給他打傷了，你覺得怎……怎樣？」驚惶之下，話也說不清楚了。那少年微笑道：「他打了我一掌，我反而舒服之極。」

只聽得門外腳步聲響，不少人奔到。貝海石、米橫野等快步進房，有些人身分較低，只在門外守候。貝海石搶上前來，問那少年道：「幫主，刺客驚動了你嗎？」

那少年茫然道：「甚麼刺客？我沒瞧見啊。」

這時已有幫中好手救醒了展飛，扶進房來。展飛知道本幫幫規於犯上作亂的叛徒懲罰最嚴，往往剝光了衣衫，綁在後山「刑台石」上，任由地下蟲蟻咬嚙，天空兀鷹啄食，折磨八九日方死。他適才傾盡全力的一擊沒打死幫主，反讓他以渾厚內力反彈出來，右臂既斷，又受了內傷，只盼速死，卻又給人扶進房來，當下凝聚一口內息，只要聽得幫主說一聲「送刑台石受長樂天刑」，立時便舉頭往牆上撞去。

貝海石問道：「刺客是從窗中進來的麼？」那少年道：「我迷迷糊糊的，身上難受得要命，只道此番心跳定要跳死我了。似乎沒人進來過啊。」展飛大是奇怪：「難道他當真神智未清，不知是我打他麼？可是這丫頭卻知是我下的手，她就會吐露眞相了。」

果然貝海石伸手在侍劍腰間和肩頭捏了幾下，解開她穴道，問道：「是誰封了你的穴道？」侍劍指著展飛，說道：「是他！」貝海石眼望展飛，皺起了眉頭。

展飛冷笑一聲，正想痛罵幾句才死，忽聽幫主說道：「是我……是我叫他幹的。」侍劍和展飛都幾乎不相信自己的耳朵，兩人怔怔的瞧著那少年。展飛忙道：「是我得罪了幫主，幫主一掌將我擊出窗外。幫主，屬下展飛請罪。」說著躬身行禮。

那少年於種種事情全不了然，但已體會出情勢嚴重，各人對自己極爲尊敬，若知展飛制住了侍劍，又曾發掌擊打自己，定會對他大大不利，當即隨口撒了句謊，意欲幫他個忙。至於爲甚麼要爲他隱瞞，卻說不出原因，只盼他別爲這事而受懲罰。

他只隱約覺得，展飛擊打自己乃激於一股極大怨憤。當時他體內寒熱交攻，難過之極，展飛這一掌正好打在他膻中穴上。那膻中穴乃人身氣海，展飛掌力奇勁，時刻又湊得極巧，一掌擊到，剛好將他八陰經脈與八陽經脈中所練成的陰陽勁力打成一片，水乳交融，再無寒息和炎息之分。他內力突然之間增強，以至將展飛震出窗外，他於此全然不知，但覺體內徹骨之寒變成一片清涼，如烤如焙的炎熱化成融融陽和，四肢百骸間說不出的舒服，又過半晌，連清涼、暖和之感也已不覺，只全身精力瀰漫，忍不住要大叫大喊。當虎猛堂香主邱山風進房之時，他一口噴出了體內鬱積的瘀血，登時神清氣爽，不但體力旺盛，連腦子也加倍靈敏起來。

貝海石等見侍劍衣衫不整，頭髮蓬亂，神情惶急，心下都已了然，知道幫主向來好色貪淫，定是大病稍有轉機，便起邪念，意圖對她非禮，適逢展飛在外巡視，幫主便將他呼了進來，命他點了侍劍穴道，不知展飛如何又得罪了幫主，以致爲他擊出窗外，多半是展飛又奉命剝光侍劍的衣服，行動卻稍有遲疑。只展飛武功遠較幫主爲強，所謂「給他擊出窗外」，也必是展飛裝腔作勢，想平息他怒氣，十之八九，還是自行借勢竄出去的。衆人見展飛傷勢不輕，頭臉手臂又爲玫瑰花叢刺得斑斑血痕，均有狐悲之意，只礙於幫主臉面，誰也不敢對展飛稍示慰問。

衆人既這麼想，無人敢再提刺客之事。虎猛堂香主邱山風想起自己阻了幫主興頭，有展飛的例子在前，幫主說不定立時便會反臉怪責，做人以識時務爲先，當即躬身說道：「幫主休息，屬下告退。」餘人紛紛告辭。

貝海石見幫主臉上神色怪異，終是關心他身子，伸手出去，說道：「我再搭搭幫主的脈搏。」那少年提起手來，任他搭脈。貝海石三根手指按到了那少年手腕之上，驀地裏手臂劇震，半邊身子一麻，三根手指竟給他脈搏震了下來。

貝海石大吃一驚，臉現喜色，大聲道：「恭喜幫主，賀喜幫主，這蓋世神功，終究練成了。」那少年莫名其妙，問道：「甚……甚麼蓋世神功？」貝海石料想他不願旁人知曉，不敢再提，說道：「是，是屬下胡說八道，幫主請勿見怪。」微微躬身，出房而去。

頃刻間羣雄退盡，房中又只剩下展飛和侍劍二人。展飛身負重傷，但衆人不知幫主要如何處置他，既無幫主號令，只得任由他留在房中，無人敢扶他出去醫治。

展飛手肩折斷，痛得額頭全是冷汗，聽得衆人走遠，咬牙怒道：「你要折磨我，便趕快下手罷，姓展的求一句饒，不是好漢。」那少年奇道：「我為甚麼要折磨你？嗯，你手臂斷了，須得接起來才成。從前阿黃從山邊滾下坑去跌斷了腿，是我給牠接上的。」

那少年與母親二人僻居荒山，甚麼事情都得自己動手，雖然年幼，一應種菜、打獵、煮飯、修屋都幹得井井有條。狗兒阿黃斷腿，他用木棍給綁上了，居然過不了十多天便即痊愈。他說罷便東張西望，要找根木棍來給展飛接骨。

侍劍問道：「少爺，你找甚麼？」那少年道：「我找根木棍。」侍劍突然走上兩步，跪倒在地，道：「少爺，求求你，饒了他罷。你……你騙了他妻子到手，也難怪他惱恨，他又沒傷到你。少爺，你眞要殺他，那也一刀了斷便是，求求你別折磨他啦。」她想以木棍將人活活打死，可比一刀殺了痛苦得多，不由得心下不忍。

那少年道：「甚麼騙了他妻子到手？我為甚麼要殺他？你說我要殺人？人那裏殺得的？」見臥室中沒有木棍，便提起一張椅子，用力一扳椅腳。他此刻水火既濟，陰陽調和，神功初成，力道大得出奇，手上使力輕重卻全然沒有分寸，這一扳之下，只聽得喀的一聲響，椅腳便折斷了。那少年不知自己力大，喃喃的道：「這椅子這般不牢，坐上去豈不摔個大交？侍劍姊姊，你跪著幹甚麼？快起來啊。」走到展飛身前，說道：「你別動！」

展飛口中雖硬，眼見他這麼一下便折斷了椅腳，又想到自己奮力一掌竟給他震斷手臂，身子立即破窗而出，此人內力委實雄渾無比，不由自主的全身顫慄，雙眼釘住了他手中的椅腳，心想：「他當然不會用椅腳來打我，啊喲，定是要將這椅腳塞入我嘴裏，從喉至胃，叫我死不去，活不得。」長樂幫中酷刑甚多，有一項刑罰正是用一根木棍插入犯人口中，自咽喉直塞至胃，卻一時不得便死，苦楚難當，稱為「開口笑」。展飛想起了這項酷刑，只嚇得魂飛魄散，見幫主走到身前，舉起左掌，便向他猛擊過去。

那少年卻不知他意欲傷人，說道：「別動，別動！」伸手便捉住他左腕。展飛只覺半身酸麻，掙扎不得。那少年將那半截椅腳放在他斷臂之旁，向侍劍道：「侍劍姊姊，有甚麼帶子沒有？給他綁一綁！如沒帶子，布條也行。」

侍劍大奇，問道：「你真的給他接骨？」那少年笑道：「接骨便接骨了，難道還有甚麼真的假的？你瞧他痛成這麼模樣，怎麼還能鬧著玩？」侍劍將信將疑，還是去找了一根帶子來，走到兩人身旁，向那少年看了一眼，惴惴然的將帶子為展飛縛上斷臂。那少年微笑道：「好極，你綁得十分妥貼，比我綁阿黃的斷腿時好得多了。」

展飛心想：「這賊幫主兇淫毒辣，不知要想甚麼新鮮古怪的花樣來折磨我？」聽他一再提到「阿黃斷腿」，忍不住問道：「阿黃是誰？」那少年道：「阿黃是我養的狗兒，可惜不見了。」展飛大怒，厲聲道：「好漢子可殺不可辱，你要殺便殺，如何將展某當做畜生？」那少年忙道：「不，不！我只是這麼提一句，大哥別惱，我說錯了話，給你賠不是啦。」說著抱拳拱了拱手。

展飛知他內功厲害，只道他假意賠罪，實欲以內力傷人，否則這人素來倨傲無禮，跟下屬和顏悅色的說幾句話已十分難得，豈能給人賠甚麼不是？當即側身避開了這一拱，雙目炯炯的瞪視，瞧他更有甚麼惡毒花樣。那少年道：「大哥是姓展的麼？展大哥，你請回去休息罷。我狗雜種不會說話，得罪了你，展大哥別見怪。」展飛大吃一驚，心道：「甚……甚麼……他說甚麼『我狗雜種』？那又是一句繞了彎子來罵人的甚麼新鮮話兒？他罵我是『狗雜種』麼？」

侍劍心想：「少爺神智清楚了一會兒，轉眼又胡塗啦。」但見那少年雙目發直，皺眉思索，便向展飛使個眼色，叫他乘機快走。

展飛大聲道：「姓石的小子，我也不要你賣好。你要殺我，我本來便逃不了，老子早認命啦，也不想多活一時三刻。你還不快快殺我？」那少年奇道：「你這人的胡塗勁兒，可眞叫人好笑，我幹麼要殺你？我媽媽講故事時總是說：壞人才殺人，好人是不殺人的。我當然不做壞人。你這麼一個大個兒，雖斷了一條手臂，我又怎殺得了你？」侍劍忍不住接口道：「展香主，幫主已饒了你啦，你還不快去？」展飛提起左手摸了摸頭，心道：「到底是小賊胡塗了，還是我自己胡塗了？」侍劍頓足道：「快去，快去！」伸手將他推出房外。

那少年哈哈一笑，說道：「這人倒也有趣，口口聲聲的說我要殺他，倒像我最愛殺人、是個大大壞人一般。」

侍劍自從服侍幫主以來，第一次見他忽發善心，饒了一個得罪他的下屬，何況展飛犯上行刺，實屬罪不可赦，不禁心中歡喜，微笑道：「你當然是好人哪，是個大大的好人。是好人才搶了人家的老婆，拆散人家夫妻……」說到後來，語氣頗有些辛酸，但幫主積威之下，終究不敢太過放肆，說到這裏便住口了。

那少年奇道：「你說我搶了人家的老婆？怎樣搶法的？我搶來幹甚麼了？」

侍劍嗔道：「是好人也說這些下流話？裝不了片刻正經，轉眼間狐狸尾巴就露出來了。我說呢，好少爺，你便要扮好人，謝謝你也多扮一會兒。」

那少年對她的話全然不懂，問道：「你……你說甚麼？我搶他老婆來幹甚麼，我就是不懂，你教我罷！」這時只覺全身似有無窮精力要發散出來，眼中精光大盛。

侍劍聽他越說越不成話，心中怕極，不住倒退，幾步便退到了房門口，倘若幫主撲將過來，立時便可逃了出去，其實她知道他當眞要逞強暴，又怎能得脫毒手？以往數次危難，全仗自己以死相脅，堅決不從，這才保得了女兒的清白。這時見他眼光中又露出野獸一般橫暴神情，不敢再出言譏刺，心中怦怦亂跳，顫聲道：「少爺，你身子沒……沒復原，還是……還是多休息一會罷。」

那少年道：「我多休息一會，身子復原之後，那又怎樣？」侍劍滿臉通紅，左足跨出房門，只聽他喃喃的道：「這許多事情，我當眞一點也不懂，唉，你好像很怕我似的。」雙手抓住椅背，忍不住手掌微微使勁。那椅子是紫檀木所製，堅硬之極，那知他內勁到處，喀喇一響，椅背登時便斷了。那少年奇道：「這裏甚麼東西都像是麵粉做的。」

謝煙客居心陰毒，將上乘內功顚倒了次序傳授，只待那少年火候到時，陰陽交攻，死得慘酷無比，便算不得是自己「以一指之力相加」。那少年修習數年，那一日果然陰陽交迫，本來非死不可，說來也眞湊巧，恰好貝海石在旁。貝大夫既精醫道，又內力深湛，爲他護住心脈，暫且保住了一口氣息。來到長樂幫總舵後，每晚有人前來探訪，盜得了武林中珍奇之極的「玄冰碧火酒」相餵，壓住了他體內陰陽二息的交拚，但這藥酒性子猛烈，更增他內息力道。到這日剛好展飛在他「膻中穴」上猛擊，硬生生逼得他內息龍虎交會，又震得他吐出丹田內鬱積的毒血，水火既濟，這兩門純陰純陽的內功非但不損及他身子，反而化成了一門亙古以來從所未有的古怪內力。

自來武功中練功，如此奇險途徑，從未有人膽敢想到。縱令謝煙客忽然心生悔意，貝海石一心要救他性命，也決計不敢以剛猛掌力震他心口。但這古怪內力是誤打誤撞而得，畢竟不按理路，這時也未全然融合，偶爾在體內胡衝亂闖，又激得他氣血翻湧，一時似欲嘔吐，一時又想大叫大跳，難以定心。其中緣由，這少年自一無所知。本來已胡裏胡塗的如在夢境，這時更似夢中有夢，是眞是幻，再也摸不著半點頭腦。

侍劍低聲道：「你既饒了展香主性命，又爲他接骨，卻又何苦再罵他畜生，說他是狗子狗雜種！這麼一來，他又要恨你切骨了。」見他神色怪異，目光炯炯，古裏古怪的瞧著自己，手足躍躍欲動，顯是立時便要撲將過來，再也不敢在房中稍有停留，便即退出。

水畔垂柳枝葉茂密，將一座小橋幾乎全遮住了，小船停在橋下，像是間天然小屋一般。

丁璫鑽入船艙，取出兩副杯筷，一把酒壺，又拿了幾盤花生、蠶豆、乾肉，放在石破天面前。

五

叮叮噹噹

那少年心中一片迷惘，搔了搔頭，說道：「奇怪，奇怪！」見到桌上那盒泥人兒，自言自語：「泥人兒卻在這裏，那麼我不是做夢了。」打開盒蓋，拿了泥人出來。

其時他神功初成，既不會收勁內歛，亦不知自己力大，就如平時這般輕輕一捏，唰唰唰幾聲，裹在泥人外面的粉飾、油彩和泥底紛紛掉落。那少年一聲「啊喲」，心感可惜，卻見泥粉褪落處裏面又有一層油漆的木面。索性再將泥粉剝落一些，裏面依稀現出人形，當下將泥人身上泥粉盡數剝去，露出一個裸體的木偶來。

木偶身上油著一層桐油，繪滿了黑線，卻無穴道位置。木偶刻工精巧，面目栩栩如生，張嘴作大笑之狀，雙手捧腹，神態滑稽之極，相貌和本來的泥人截然不同。

那少年大喜，心想：「原來泥人兒裏面尚有木偶，不知另外那些木偶又是怎生模樣？」反正這些泥人身上的穴道經脈早已記熟，當下將每個泥人身外的泥粉油彩逐一剝落。果然每個泥人內都藏有一個木偶，神情或喜悅不禁，或痛哭流淚，或裂眥大怒，或慈和可親，無一相同。木偶身上的運功線路，與泥人身上所繪全然有異。

那少年心想：「這些木偶如此有趣，我且照他們身上的線路練練功看。這個哭臉別練，似他這般哭哭啼啼的豈不難看？裂著嘴傻笑的、大發脾氣的也都不好看，我照這個笑嘻嘻的木人兒來練。」盤膝坐定，將微笑的木偶放在面前几上，丹田中微微運氣，便有一股暖洋洋的內息緩緩上升，他依著木偶身上所繪線路，引導內息通向各處穴道。

他卻怎知道，這些木偶身上所繪，是少林派前輩神僧所創的一套「羅漢伏魔神功」。每個木偶是一尊羅漢。這門神功集佛家內功之大成，甚為精微深奧。單是第一步攝心歸元，須得摒絕一切俗慮雜念，十萬人中便未必有一人能做到。聰明伶俐之人必定思慮繁多，但若資質魯鈍，又弄不清其中千頭萬緒的諸般變化。

當年創擬這套神功的高僧深知世間罕有聰明、純樸兩兼其美的才士。空門中雖然頗有根器既利、又已修到不染於物欲的僧侶，但如去修練這門神功，勢不免全心全意的「深著武功」，成爲實證佛道的大障。佛法稱「貪、嗔、痴」爲三毒，貪財、貪色、貪權、貪名固是貪，躭於禪悅、武功亦是貪。因此在木羅漢外敷以泥粉，塗以油彩，繪上了少林正宗的內功入門之道，以免後世之人見到木羅漢後不自量力的妄加修習，枉自送了性命，或離開了佛法正道。

大悲老人知這一十八個泥人是武林異寶，花盡心血方始到手，但見泥人身上所繪的內功法門平平無奇，雖經窮年累月的鑽研，也找不到有甚寶貴之處。他既認定這是異寶，自然小心翼翼，不敢有半點損毀，古語云：「不破不立」，泥人不損，木羅漢不現，一直至死也不明其中秘奧所在。其實豈止大悲老人而已，自那位少林神僧以降，這套泥人已在十一個高人手中流轉過，個個戰戰兢兢，對十八個泥人周全保護，唯恐稍損，思索推敲，盡屬徒勞。這十一人皆爲武學高手，卻均遺恨而終，將心中一個大疑團帶入了黃土之中。

那少年天資聰穎，年紀尚輕，一生居於深山，不通世務，自然純樸，恰好合式。也幸好他清醒之後的當天，便即誤打誤撞的發現了神功秘要。否則待得自知手勁奇大，觸摸泥人時不敢用力，則泥人身外的泥粉、油粉、粉底等等不致捏落，其中所藏木羅漢便不顯現，又如事經多日之後再行發覺，則幫主做得久了，耳濡目染，無非娛人聲色，所作所為，盡是兇殺爭奪，縱天性良善，出汙泥而不染，心中思慮必多，那時再見到這一十八尊木羅漢，練這神功便非但無益，甚且大大的有害了。

那少年體內水火相濟，陰陽調合，內力已十分深厚，將這股內力依照木羅漢身上線路運行，一切窒滯處無不豁然而解。照著線路運行三遍，然後閉起眼睛，不看木偶而運功，只覺舒暢之極，便又換了一個木偶練功。

他全心全意的沉浸其中，練完一個木偶，又換一個，於外界事物，全然不聞不見，從天明到中午，從中午到黃昏，又從黃昏到次日天明。

侍劍初時怕他侵犯，只探頭在房門口偷看，見他凝神練功，一會兒嘻嘻傻笑，過了一會卻又愁眉苦臉，顯是神智胡塗了，不禁躭心，便躡足進房。待見他接連一日一晚的練功，無止無休，神色變幻，有時十分的怪模怪樣，她這時已忘了害怕，只滿心掛懷，出去睡上一兩個時辰，又進來察看。

貝海石也在房外探視了數次，見他頭頂白氣氤氳，知他內功又練到了緊要關頭，便吩咐下屬在幫主房外加緊守備，誰也不可進去打擾。

待得那少年練完了十八尊木羅漢身上所繪的伏魔神功，已是第三日晨光熹微。他長長的舒了口氣，十八羅漢身上所繪內息途徑繁複，一時不能盡記，恐怕日後忘記，將木偶放入盒中，合上盒蓋。只覺神清氣爽，內力運轉，無不如意，卻不知武林中一門希世得見的「羅漢伏魔神功」已初步小成。本來練到這境界，少則五六年，多則數十年，決無一日一夜間便一蹴可至之理。只因他體內陰陽二氣自然融合，根基早已培好，有如上游的萬頃大湖早積蓄了汪洋巨浸，這「羅漢伏魔神功」只不過將之導入正流而已。正所謂「水到渠成」，他數年來苦練純陰純陽內力乃是貯水，此刻則是「渠成」了。

一瞥眼間，見侍劍伏在床沿之上，已睡著了，其時中秋已過，八月下旬的天氣，頗有涼意，見侍劍衣衫單薄，便跨下床來，將床上的一條錦被取過，輕輕蓋在她身上。走到窗前，但覺一股清氣，夾著園中花香撲面而來。忽聽得侍劍低聲道：「少爺，少爺你……你別殺了！」那少年回過頭來，問道：「你怎麼老是叫我少爺？又叫我別殺人？」

侍劍睡得雖熟，但一顆心始終吊著，聽得那少年說話，便即醒覺，拍拍自己心口，道：「我……我好怕！」眼見床上沒人，回過頭來，見那少年立在窗口，不禁又驚又喜，笑道：「少爺，你起來啦！你瞧，我……我竟睡著了。」站起身來，披在她肩頭的錦被便即滑落。她大驚失色，只道睡夢中已讓這輕薄無行的主人玷污了，低頭看自身衣衫，卻穿得好好地，霎時間驚疑交集，顫聲道：「你……你……我……我……」

那少年笑道：「你剛才說夢話，又叫我別殺人。難道你在夢中見到我殺人嗎？」

侍劍聽他不涉游詞，心中略定，又覺自身一無異狀，心道：「是我錯怪了他麼？謝天謝地……」便道：「是啊，我剛才做夢，見到你雙手拿了刀子亂殺，殺得地下橫七豎八的都是屍首，一個個都不……不……」說到這裏，臉上一紅，便即住口。她日有所見，夜有所夢，這一日兩晚之中，在那少年床前所見的只是那一十八具裸身木偶，於是夢中見到的也是大批裸體男屍。那少年怎知情由，問道：「一個個都不甚麼？」侍劍臉上又是一紅，道：「一個個都不……不是壞人。」

那少年問道：「侍劍姊姊，我心中有許多事不明白，你跟我說，行不行？」侍劍微笑道：「啊喲，怎地一場大病，把性格兒都病得變了？跟我們底下人奴才說話，也有甚麼姊姊、妹妹的。」那少年道：「我便不懂，怎麼你叫我少爺，又說甚麼是奴才。那些老伯伯又叫我幫主。那位展大哥，卻說我搶了他的老婆，到底是怎麼一回事？」

侍劍向他凝視片刻，見他臉色誠摯，全非調笑戲弄的神情，便道：「你有一日一夜沒吃東西了，外邊熬得有人參小米粥，我先裝一碗給你吃。」

那少年給她一提，登覺腹中飢不可忍，道：「我自己去裝好了，怎敢勞動姊姊？小米粥在那裏？」一嗅之下，笑道：「我知道啦。」大步走出房外。

他臥室之外又是一間大房，房角裏一隻小炭爐，燉得小米粥波波波的直響。那少年向侍劍瞧了一眼。侍劍滿臉通紅，叫道：「啊喲，小米粥燉糊啦。少爺，你先用些點心，我馬上給你燉過。眞糟糕，我睡得像死人一樣。」

那少年笑道：「糊的也好吃，怕甚麼？」揭開鍋蓋，焦臭刺鼻，半鍋粥已熬得快成焦飯了，拿起匙羹抄了一匙焦粥，便往口中送去。這人參小米粥本有苦澀之味，既沒加糖，又煮糊了，自是苦上加苦。那少年皺一皺眉頭，一口吞下，伸伸舌頭，說道：「好苦！」卻又抄了一匙羹送入口中，吞下之後，又道：「好苦！」

侍劍伸手去奪他匙羹，紅著臉道：「糊得這樣子，虧你還吃？」手指碰到他手背，那少年不肯放開匙羹，手背肌膚上自然而然生出一股反彈之力。侍劍手指一震，急忙縮手。那少年卻毫不知情，又吃了一匙苦粥。侍劍側頭相看，見他狼吞虎嚥，神色滑稽古怪，顯是吃得又苦澀，又香甜，忍不住抿嘴而笑，說道：「這也難怪，這些日子來，可眞餓壞你啦。」

那少年將半鍋焦粥吃了個鍋底朝天。這人參小米粥雖煮得糊了，但粥中人參是上品老山參，實具大補之功，他不多時更精神奕奕。

侍劍見他臉色紅艷艷地，笑道：「少爺，你練的是甚麼功夫？我手指一碰到你手背，你便把人家彈了開去，臉色又變得這麼好。」那少年道：「我也不知是甚麼功夫，我是照著那些木人兒身上的線路練的。侍劍姊姊，我……我到底是誰？」侍劍又是一笑，道：「你是眞的記不起了，還是在說笑話？」

那少年搔了搔頭，突然問：「你見到我媽媽沒有？」侍劍奇道：「沒有啊。少爺，我從來沒聽說你還有一位老太太。啊，是了，你一定很聽老太太的話，因此近來性格兒也有些兒改了。」說著向他瞧了一眼，生怕他舊脾氣突然發作，幸好一無動靜。那少年道：「媽媽的話自然要聽。」嘆了口氣，道：「不知道我媽媽到那裏去了。」侍劍道：「謝天謝地，世界上總算還有人能管你。」

忽聽門外有人朗聲說道：「幫主醒了麼？屬下有事啓稟。」

那少年愕然不答，向侍劍低聲問道：「他是不是跟我說話？」侍劍道：「當然是了，他說有事向你稟告。」那少年急道：「你請他等一等。侍劍姊姊，你得先教教我才行。」

侍劍向他瞧了一眼，提高聲音說道：「外面是那一位？」那人道：「屬下獅威堂陳沖之。」侍劍道：「幫主吩咐，命陳香主暫候。」陳沖之在外應道：「是。」

那少年向侍劍招招手，走進房內，低聲問道：「我到底是誰？」侍劍雙眉微蹙，心間增憂，說道：「你是長樂幫的幫主，姓石，名字叫破天。」那少年喃喃的道：「石破天，石破天，原來我叫做石破天，那麼我的名字不是狗雜種了。」

侍劍見他頗有憂色，安慰他道：「少爺，你也不須煩惱。慢慢兒的，你會都記起來的。你是石破天石幫主，長樂幫的幫主，自然不是狗……自然不是！」

那少年石破天悄聲問道：「長樂幫是甚麼東西？幫主是幹甚麼的？」

侍劍心道：「長樂幫是甚麼東西，這句話倒不易回答。」沉吟道：「長樂幫的人很多，像貝先生啦，外面那個陳香主啦，都是有大本領的人。你是幫主，大夥兒都要聽你的話。」

石破天道：「那我跟他們說些甚麼話好？」侍劍道：「我是個小丫頭，又懂得甚麼？少爺，你如拿不定主意，不妨便問貝先生。他是幫裏的軍師，最是聰明不過。」石破天道：「貝先生又不在這裏。侍劍姊姊，你想那個陳香主有甚麼話跟我說？他問我甚麼，我一定回答不出。你……你還是叫他回去罷。」侍劍道：「叫他回去，恐怕不大好。他說甚麼，你只須點點頭就是了。」石破天喜道：「那倒不難。」

當下侍劍在前引路，石破天跟著她來到外面的一間小客廳中。只見一名身材極高的漢子倏地從椅上站起，躬身行禮，道：「幫主大好了！屬下陳沖之問安。」

石破天躬身還了一禮，道：「陳……陳香主也大好了，我也向你問安。」

陳沖之臉色大變，向後連退兩步。他素知幫主倨傲無禮、殘忍好殺，自己向他行禮問安，他居然也向自己行禮問安，顯是殺心已動，要向自己下毒手了。陳沖之心中雖驚，但他是個武功高強、桀傲不馴的草莽豪傑，豈肯就此束手待斃？當下雙掌暗運功力，沉聲說道：「不知屬下犯了第幾條幫規？幫主若要處罰，也須大開香堂，當衆宣告才成。」

石破天不明白他說些甚麼，驚訝道：「處罰，處罰甚麼？陳香主你說要處罰？」陳沖之氣憤憤的道：「陳沖之對本幫和幫主忠心不貳，並無過犯，幫主何以累出譏刺之言？」石破天記起侍劍叫他遇到不明白時只管點頭，慢慢再問貝海石不遲，當下便連連點頭，「嗯」了幾聲，道：「陳香主請坐，不用客氣。」陳沖之道：「幫主之前，焉有屬下的坐位？」石破天又接連點頭，說道：「是，是！」

兩個人相對而立，登時僵著不語，你瞧著我，我瞧著你。陳沖之臉色是全神戒備而兼憤怒惶懼，石破天則是茫然而有困惑，卻又帶著溫和微笑。

按照長樂幫規矩，下屬向幫主面陳機密之時，旁人不得在場，是以侍劍早已退出客廳，否則有她在旁，便可向陳沖之解釋幾句，說明幫主大病初愈，精神不振，陳香主不必疑慮。

石破天見茶几上放著兩碗清茶，便自己左手取了一碗，右手將另一碗遞過去。陳沖之既怕茶中有毒，又怕石破天乘機出手，不敢伸手去接，反退了一步，嗆啷一聲，一隻瓷碗在地下摔得粉碎。石破天「啊喲」一聲，微笑道：「對不住，對不住！」將自己沒喝過的茶又遞給他，道：「你喝這一碗罷！」

陳沖之雙眉一豎，心道：「反正逃不脫你毒手，大丈夫死就死，又何必提心吊膽？」他知幫主武功雖不及自己，但如出手傷了他，萬萬逃不出長樂幫這龍潭虎穴，在貝大夫手下只怕走不上十招，那時死起來勢必慘不可言，當下接過碗來，骨嘟嘟的喝乾，將茶碗重重在茶几上一放，慘然說道：「幫主如此對待忠心下屬，但願長樂幫千秋長樂，石幫主長命百歲。」

石破天對「但願石幫主長命百歲」這句話倒是懂的，只不知陳沖之這麼說，乃是一句反話，也道：「但願陳香主也長命百歲。」

這句話聽在陳沖之耳中，又變成了一句刻毒的譏刺。他嘿嘿冷笑，心道：「我已命在頃刻，你卻還說祝我長命百歲。」朗聲道：「屬下不知何事得罪了幫主，既命該如此，那也不必多說了。屬下今日是來向幫主稟告：昨晚有兩人擅闖總壇獅威堂，一個是四十來歲的中年漢子，另一個是二十七八歲的女子。兩人都使長劍，武功似是凌霄城雪山派一路。屬下率同部屬出手擒拿，但兩人劍法高明，給他們殺了三名兄弟。那年輕女子後來腿上中了一刀，這才受擒，那漢子卻給逃走了，特向幫主領罪。」

石破天道：「嗯，捉了個女的，逃了個男的。不知這兩人來幹甚麼？是來偷東西嗎？」陳沖之道：「獅威堂倒沒少了甚麼物事。」石破天皺眉道：「那兩人兇惡得緊，怎地動不動便殺了三個人。」他好奇心起，道：「陳香主，你帶我去瞧瞧那女子，好麼？」

陳沖之躬身道：「遵命。」轉身出廳，斗地動念：「我擒獲的這女子相貌很美，年紀雖大了幾歲，容貌可眞不錯，幫主倘若看上了，心中一喜，說不定便能把解藥給我。」又想：「陳沖之啊陳沖之，石幫主喜怒無常，待人無禮，這長樂幫非你安身之所。今日若得僥倖活命，從此遠走高飛，隱姓埋名，再也不來趕這淌渾水了。可是……可是脫幫私逃，那是本幫不赦的大罪，長樂幫便追到天涯海角，也放我不過，這便如何是好？」

石破天隨著陳沖之穿房過戶，經過兩座花園，來到一扇大石門前，見四名漢子手執兵刃，分站石門之旁。四名漢子搶步過來，躬身行禮，神色於恭謹之中帶著惶恐。

陳沖之一擺手，兩名漢子當即推開石門。石門之內另有一道鐵柵欄，一把大鐵鎖鎖著。陳沖之從身邊取出鑰匙親自打開。進去後是一條長長的甬道，裏面點著巨燭，甬道盡處又有四名漢子把守，再是一道鐵柵。過了鐵柵是一座厚厚的石門，陳沖之推開石門，裏面是間兩丈見方的石室。

一個白衣女子背坐，聽得開門之聲，轉過臉來。陳沖之將從甬道中取來的燭台放在進門處的几上，燭光照射到那女子臉上。

石破天「啊」的一聲輕呼，說道：「姑娘是雪山派的寒梅女俠花萬紫。」

那日侯監集上，花萬紫一再以言語相激謝煙客。當時各人的言語石破天一概不懂，也不知「雪山派」、「寒梅女俠」等等是甚麼意思，只是他記心甚好，聽人說過的話自然而然的便不忘記。此刻相距侯監集之會已歷六年，花萬紫當時二十初過，六年後面貌並無多大變化，石破天一見便即識得。

但石破天當時是個滿臉泥污的小丐，今日服飾華麗，變成了個神采奕奕的高大青年，花萬紫自然不識。她氣憤憤的道：「你怎認得我？」

陳沖之聽石破天一見到這女子立即便道出她的門派、外號、名字，不禁佩服：「這小子眼力過人，倒也有他的本事。」當即喝道：「這位是我們幫主，你說話恭敬些。」

花萬紫吃了一驚，沒想在牢獄之中竟會和這個惡名昭彰的長樂幫幫主石破天相遇。她隨師哥耿萬鍾夜入長樂幫，爲的是要查察石破天的身分來歷。她素聞石破天好色貪淫，敗壞過不少女子的名節，今日落入他手中，不免凶多吉少，不敢讓他多見自己的容色，立即轉頭，面朝裏壁，嗆啷啷幾下，發出鐵器碰撞之聲，原來她手上、腳上都戴了銬鐐。

石破天只在母親說故事之時聽她說起過腳鐐手銬，直至今日，方得親見，問陳沖之道：「陳香主，這位花姑娘手上腳上那些東西，便是腳鐐手銬麼？」陳沖之不知這句話是何用意，只得應道：「是。」石破天又問：「她犯了甚麼罪，要給她帶上腳鐐手銬？」陳沖之恍然大悟，心道：「幫主是認得她的。原來幫主怪我得罪了花姑娘，是以才向我痛下毒手。可須得趕快設法補救才是。男子漢大丈夫，爲一個女子而枉送性命，可眞冤了。」忙道：「是，是，屬下知罪。」忙從衣袋中取出鑰匙，給花萬紫打開了銬鐐。

花萬紫手足雖獲自由，只有更增驚惶，一時間手足顫抖。她武功固然不弱，智謀膽識亦殊不在一般武林豪士之下，倘若石破天以死相脅，她非但不會皺一皺眉頭，還會侃侃而言，直斥其非，可是耳聽得他反而出言責備擒住自己的陳香主，顯在向自己賣好，意存不軌，昭然若揭。她一生守身如玉，想到石破天的惡名，當眞不寒而慄，拚命將面龐挨在冰冷的石壁之上，心中只想：「不知是不是那小子？我只須仔細瞧他幾眼，定能認得出來。」但說甚麼也不敢轉頭向石破天臉上瞧去。

陳冲之暗自調息，察覺喝了「毒茶」之後體內並無異樣，料來此毒並非十分厲害，當可有救，自須更進一步向幫主討好，說道：「咱們便請花姑娘同到幫主房中談談如何？這裏地方又黑又小，無茶無酒，不是款待貴客的所在。」

石破天喜道：「好啊，花姑娘，我房裏有燕窩吃，味道好得很，你去吃一碗罷。」

花萬紫顫聲道：「不去！不去吃！」石破天道：「味道好得很呢，去吃一碗罷！」花萬紫怒道：「你要殺便殺，姑娘是堂堂雪山派的傳人，決不向你求饒。你這惡徒無恥已極，竟敢有非份之想，我寧可一頭撞死在這石屋之中，也決不……決不到你房中。」

石破天奇道：「倒像我最愛殺人一般，眞是奇怪，好端端地，我又怎敢殺你了？你不愛吃燕窩也就罷了。想來你愛吃雞鴨魚肉甚麼的。陳香主，咱們有沒有？」陳冲之道：「有，有，有！花姑娘愛吃甚麼，只要是世上有的，咱們廚房裏都有。」花萬紫「呸」了一聲，厲聲道：「姑娘寧死也不吃長樂幫中的食物，沒的玷污了嘴。」石破天道：「那麼花姑娘喜歡自己上街去買來吃的了？你有銀子沒有？倘若沒有，陳香主你有沒有，送些給她好不好？」陳沖之和花萬紫同時開口說話，一個道：「有，有，我這便去取。」一個道：「不要，不要，死也不要。」

石破天道：「想來你自己有銀子。陳香主說你腿上受了傷，本來我們可以請貝先生給你瞧瞧，你既然這麼討厭長樂幫，那麼你到街上找個醫生治治罷，流多了血，恐怕不好。」花萬紫決不信他眞有釋放自己之意，只道他是貓玩耗子，故意戲弄，氣憤憤的道：「不論你使甚麼詭計，我才不上你的當呢。」

石破天大感奇怪，道：「這間石屋子好像監牢一樣，在這裏有甚麼好玩？我雖沒見過監牢，我媽媽講故事時說的監牢，就跟這間屋子差不多。花姑娘，你還是快出去罷。」

花萬紫聽他這幾句話不倫不類，甚麼「我媽媽講故事」云云，不知是何意思，但釋放自己之意倒似不假，哼了一聲，說道：「我的劍呢，還我不還？」心想：「若有兵刃在手，這石破天如對我無禮，縱然鬥他不過，總也可以橫劍自刎。」

陳沖之轉頭瞧幫主的臉色。石破天道：「花姑娘是使劍的，陳香主，請你還了她，好不好？」陳沖之道：「是，是，劍在外面，姑娘出去，便即奉上。」

花萬紫心想總不能在這石牢中耗一輩子，只有隨機應變，既存了必死之心，甚麼也不怕了，霍地立起，大踏步走了出去。石陳二人跟在其後。穿過甬道、石門，出了石牢。

陳沖之要討好幫主，親自快步去將花萬紫的長劍取了來，遞給幫主。石破天接過後，轉遞給花萬紫。花萬紫防他遞劍之時乘機下手，當下氣凝雙臂，兩手倏地探出，連鞘帶劍，呼的一聲抓了過去。她取劍之時，右手搭住了劍柄，長劍抓過，劍鋒同時出鞘五寸，凝目向石破天臉上瞧去，突然心頭一震：「是他，便是這小子，決計錯不了！」

陳冲之知她劍法精奇，恐她出劍傷人，忙回手從身後一名幫衆手中搶過一柄單刀。

石破天道：「花姑娘，你腿上的傷不礙事罷？如斷了骨頭，我倒會給你接骨，就像給阿黃接好斷腿一樣。」這句話言者無心，聽者有意，花萬紫見他目光向自己腿上射來，登時臉上一紅，斥道：「輕薄無賴，儘說些下流話。」

石破天奇道：「怎麼？這句話說不得麼？我瞧瞧你的傷口。」他一派天眞爛漫，全無機心，花萬紫卻認定他在調戲自己，唰的一聲，長劍出鞘，喝道：「姓石的，你敢上一步，姑娘跟你拚了。」劍尖上青光閃閃，對準了石破天胸膛。

陳冲之笑道：「花姑娘，我幫主年少英俊，他瞧中了你，是你天大的福份。天下也不知有多少年輕美貌的姑娘，想陪我幫主一宵也不可得呢。」

花萬紫臉色慘白，一招「大漠飛沙」，劍挾勁風，向石破天胸口刺去。

石破天此時雖內力渾厚，於臨敵交手的武功卻從沒學過，見花萬紫利劍刺到，心慌意亂之下，立即轉身便逃。幸好他內功極精，雖笨手笨腳的逃跑，卻也自然而然的快得出奇，呼的一聲，已逃出了數丈以外。

花萬紫沒料到他竟會轉身逃走，而瞧他幾個起落，便如飛鳥急逝，姿式雖十分難看，但輕功之佳，實爲生平所未睹，一時不由得呆了，怔怔的站在當地，說不出話來。

石破天站在遠處，雙手亂搖，道：「花姑娘，我怕了你啦，你怎麼動不動便出劍殺人。好啦，你愛走便走，愛留便留，我……我不跟你說話了。」他猜想花萬紫要殺自己，必有重大原由，自己不明其中關鍵，還是去問侍劍的為是，轉身便走。

花萬紫更加奇怪，朗聲道：「姓石的，你放我出去，是不是？是否又在外伏人阻攔？」石破天停步轉身，奇道：「我攔你幹甚麼？一個不小心，給你刺上一劍，那可糟了。」

花萬紫聽他這麼說，心下將信將疑：「原來這人對我雪山派倒還有些故人之情。」但見他臉色賊忒兮兮，顯是不懷好意，她又向來自負美色，兀自不信他眞的不再留難自己，心想：「且不理他有何詭計，只有走一步，算一步了。」向他狠狠瞪了一眼，心中又道：「果然是你！你這小子對我膽敢如此無禮。」轉身便行，腿上傷了，走起來一跛一拐，但想跟這惡賊遠離一步，便多一分安全，強忍腿傷疼痛，走得甚快。

陳沖之笑道：「長樂幫總舵雖不成話，好歹也有幾個人看守門戶，花姑娘說來便來，說去便去，難道當我們都是酒囊飯袋麼？」花萬紫止步回身，柳眉一豎，長劍當胸，道：「依你說便怎地？」陳沖之笑道：「依我說啊，還是由陳某護送姑娘出去為妙。」花萬紫尋思：「在他簷下過，不得不低頭。這次只怪自己太過莽撞，將對方瞧得忒也小了，以致失手。當眞要獨自闖出這長樂幫總舵去，只怕確實不大容易。眼下暫且忍了這口氣，日後邀集師兄弟們大舉來攻，再雪今日之辱。」低聲道：「如此有勞了。」

陳沖之向石破天道：「幫主，屬下將花姑娘送出去。」低聲道：「當眞是讓她走，還是到了外面之後，再擒她回來？」石破天奇道：「自然當眞送她走。再擒回來幹甚麼？」陳沖之道：「是，是。」心道：「準是幫主嫌她年紀大了，瞧不上眼。她又兇霸霸的，沒半點風騷風情。其實這姑娘雪白粉嫩，倒挺不錯哪！幫主既看不中，便也不用跟她太客氣了。」對花萬紫道：「走罷！」

石破天見花萬紫手中利劍青光閃閃，有些害怕，不敢多和她說話，陳沖之願送她出門，那就再好不過，當即覓路自行回房。一路上遇到的人個個閃身讓在一旁，神態十分恭謹。

石破天回到房中，正要向侍劍詢問花萬紫何以給陳香主關在牢裏，何以她又要挺劍擊刺自己，忽聽得門外守衛的幫眾傳呼：「貝先生到。」

石破天大喜，快步走到客廳，向貝海石道：「貝先生，剛才遇到了一件奇事。」當下將見到花萬紫的情形說了一遍。

貝海石點點頭，臉色鄭重，說道：「幫主，屬下向你求個情。獅威堂陳香主向來對幫主恭順，於本幫又有大功，請幫主饒了他性命。」石破天奇道：「饒他性命？爲甚麼不饒他性命？他人很好啊，貝先生，要是他生了甚麼病，你就想法子救他一救。」貝海石大喜，深深一揖，道：「多謝幫主開恩。」當即匆匆而去。

原來陳沖之送走花萬紫後，即去請貝海石向幫主求情，賜給解藥。貝海石翻開他眼皮察看，又搭他脈搏，知他中毒不深，心想：「只須幫主點頭，解他這毒易如反掌。」他本來想石幫主既已下毒，自不允輕易寬恕，此人年紀輕輕，出手如此毒辣，倒是一層隱憂，不料一開口就求得了赦令，既救了朋友，又為幫中保留一份實力。這石幫主對自己言聽計從，不難對付，日後大事到來，當可依計而行，諒無變故，其喜可知。

貝海石走後，石破天便向侍劍問起種種情由，才知當地名叫鎮江，地當南北要衝，是長樂幫總舵的所在。當地距汴梁城、摩天崖已甚遙遠，他如何遠來此處等等情由，他自己固然不知，侍劍自也茫然無知。侍劍只道他大病之後，忘了前事，便向他解釋：他石破天是長樂幫的幫主，長樂幫下分內三堂、外五堂，統率各路幫衆。幫中高手甚多，近年來好生興旺，如貝海石這等大本領的人物都投身幫中，可見得長樂幫的聲勢實力非同小可。至於長樂幫在江湖上幹些甚麼事，跟雪山派有何仇嫌，侍劍只是個妙齡丫鬟，卻也說不上來。

石破天只聽得一知半解，他人雖聰明，究竟所知世務太少，於這中間的種種關鍵過節，沒法串連得起，沉吟半晌，說道：「侍劍姊姊，你們定是認錯人了。我既然不是做夢，那個幫主便一定另外有個人。我只是個山中少年，那裏是甚麼幫主了。」

侍劍笑道：「天下就算有容貌相同之人，也沒像到這樣子的。少爺，你最近練功夫，恐怕是震……震動了頭腦，我不跟你多說啦，你休息一會兒，慢慢的便都記得起來了。」

石破天道：「不，不！我心裏有好多不明白的事兒，都要問你。侍劍姊姊，你為甚麼要做丫鬟？」侍劍眼圈兒一紅，道：「做丫鬟，難道也有人情願的麼？我自幼父母都去世了，無依無靠，有人收留了我，過了幾年，將我賣到長樂幫來。本來說要我去堂子火坑裏的，幸好賣總管要我服侍你，我就服侍你啦。」石破天道：「如此說來，你是不願意的。那你去罷，我也不用人服侍，甚麼事我自己都會做。」侍劍急道：「我舉目無親的，叫我到那裏去？賣總管知道你不要我服侍，把我再送到堂子裏去給人欺侮，我還是死了的好。」說著淚水盈盈。

石破天道：「堂子裏不好嗎？我叫他不讓你去就是了。」侍劍道：「你病還沒好，我也不能就這麼走了。再說，只要你不欺侮我，少爺，我是情願服侍你的。」石破天道：「我的病倒好了。你不願走，那就好極了，其實我心裏也眞盼望你別走。我怎會欺侮你？我是從來不欺侮人的。」

侍劍又好氣，又好笑，抿嘴道：「你這麼說，人家還道咱們的石大幫主當眞改邪歸正了。」見他一本正經的全無輕薄油滑之態，雖想這多半是他一時高興，故意做作，但瞧著終究歡喜。

石破天沉吟不語，心想：「那個眞的石幫主看來是挺凶惡的，既愛殺人，又愛欺侮人，個個見了他害怕。他還去搶人家老婆，可不知搶來幹甚麼？要她煮飯洗衣嗎？我……我可到底怎麼辦呢？唉，明天還是向貝先生說個明白，他們定是認錯人了。」心中思潮起伏，一時覺得做這幫主，人人都聽自己的話，倒也好玩；一時又覺冒充別人，當那眞幫主回來之後，一定大發脾氣，說不定便將自己殺了，可又危險得緊。

傍晚時分，廚房中送來八色精致菜餚，侍劍服侍他吃飯，石破天要她坐下來一起吃，侍劍脹紅了臉，說甚麼也不肯。石破天只索罷了，津津有味的直吃了四大碗飯。

他用過晚膳，又與侍劍聊了一陣，問東問西，問這問那，幾乎沒一樣事物不透著新奇。眼見天色全黑，仍無放侍劍出房之意。侍劍心想這少爺不要故態復萌，又起不軌之意，便即告別出房，順手帶上了房門。

石破天坐在床上，左右無事，便照十八個木偶身上的線路經脈又練了一遍功夫。

萬籟俱寂之中，忽聽得窗格上得得得響了三下。石破天睜開眼來，只見窗格緩緩推起，一隻纖纖素手伸了進來，向他招了兩招，依稀看到皓腕盡處的淡綠衣袖。

石破天心中一動，記起那晚這個瓜子臉兒、淡綠衣衫的少女，躍下床來，奔到窗前，叫道：「姊姊！」窗外一個清脆的聲音啐了一口，道：「怎麼叫起姊姊啦，快出來罷！」

石破天推開窗子，跨了出去，眼前卻無人影，正詭異間，突然眼前一黑，只覺一雙溫軟的手掌蒙住了自己眼睛，背後有人格格一笑，跟著鼻中聞到一陣蘭花般的香氣。

石破天又驚又喜，知道那少女在和他鬧著玩，他自幼在荒山之中，孤寂無伴，只一條黃狗作他的遊侶，此刻突然有個年輕人和他鬧玩，自十分開心。他反手抱去，道：「瞧我不捉住了你。」那知他反手雖快，那少女卻滑溜異常，這一下竟抱了個空。只見花叢中綠衫閃動，石破天搶上去伸手抓出，卻抓到了滿手玫瑰花刺，忍不住「啊」的一聲叫了出來。

那少女從前面紫荊花樹下探頭出來，低聲笑道：「傻瓜，別作聲，快跟我來。」石破天見她身形一動，便也跟隨在後。

那少女奔到圍牆腳邊，正要踴身上躍，黑暗中忽有兩人聞聲奔到，一個手持單刀，一個拿著兩柄短斧，在那少女身前一擋，喝道：「站住！甚麼人？」便在這時，石破天已跟著過來。那二人是在花園中巡邏的幫眾，一見到石破天和她笑嘻嘻的神情，忙分兩邊退下，躬身說道：「屬下不知是幫主的朋友，得罪莫怪。」跟著向那少女微微欠身，表示賠禮之意。那少女向他們伸了伸舌頭，向石破天一招手，飛身跳上了圍牆。

石破天知道這麼高的圍牆自己可萬萬跳不上去，但見那少女招手，兩個幫眾又眼睜睜的瞧著自己，總不能叫人端架梯子來爬將上去，當下硬了頭皮，雙腳一登，往上便跳，說也奇怪，腳底居然生出一股不知從何而來的力道，呼的一聲，身子竟沒在牆頭停留，輕輕巧巧的便越牆而過。

那兩名幫眾嚇了一跳，大聲讚道：「好功夫！」跟著聽得牆外砰的一聲，有甚麼重物落地，卻原來石破天不知落地之法，竟摔了一交。那兩名幫眾相顧愕然，不知其故，自然萬萬想不到幫主輕功如此神妙，竟會摔了個姿勢難看之極的仰八叉。

那少女卻在牆頭看得清清楚楚，吃了一驚，見他摔倒後一時竟不爬起，忙縱身下牆，伸手去扶，柔聲道：「天哥，怎麼啦？你病沒好全，別逞強使功。」伸手在他脅下，將他扶起。石破天這一交摔得屁股好不疼痛，在那少女扶持之下，終於站起。那少女道：「咱們到老地方去，好不好？你摔痛了麼？能不能走？」

石破天內功深湛，剛才這一交摔得雖重，片刻間也就不痛了，說道：「好！我不痛啦，當然能走！」

那少女拉著他右手，問道：「這麼多天沒見到你，你想我不想？」微微仰起了頭，望著石破天的眼睛。

石破天眼前出現了一張清麗白膩的臉龐，小嘴邊帶著俏皮微笑，月光照射在她明澈的眼睛之中，宛然便是兩點明星，鼻中聞到那少女身上發出的香氣，不由得心中一蕩，他雖於男女之事全然不懂，但一個二十歲的青年，就算再傻，身當此情此景，對一個美麗的少女自然而然會起愛慕之心。他呆了一呆，說道：「那天晚上你來看我，可是隨即就走了。我時時想起你。」

那少女嫣然一笑，道：「你失蹤這麼久，又昏迷了這許多天，可不知人家心中多急。這兩天來，每天晚上我仍來瞧你，你不知道？我見你練功練得起勁，生怕打擾了你的療傷功課，沒敢叫你。」

石破天喜道：「眞的麼？我可一點不知道。好姊姊，你……你爲甚麼對我這樣好？」

那少女突然間臉色一變，甩脫了他的手，嗔道：「你叫我甚麼？我……我早猜到你這麼久不回來，定在外邊跟甚麼……甚麼……壞女人在一起，哼！你叫人家『好姊姊』叫慣了，順口便叫到我身上來啦！」她片刻之前還在言笑晏晏，突然間變得氣惱異常，石破天愕然不解，道：「我……我……」

那少女聽他不自辯解，更加惱了，一伸手便扯住了他右耳，怒道：「這些日子中，你到底跟那一個賤女人在一起？你是不是叫她作『好姊姊』？快說！快說！」她問一句

「快說」，便用力扯他一下耳朵，連問三句，手上連扯三下。

石破天痛得大叫「啊喲」，道：「你這麼兇，我不跟你玩啦！」那少女又用力扯他耳朵，罵道：「你想撇下我不理麼？可沒這麼容易。你跟那個女人在一起？快說！」石破天苦著臉道：「我是跟一個女人在一起啊，她睡在我房裏……」那少女大怒，手中使勁，登時將石破天的耳朵扯出血來，尖聲道：「我這就去殺死她。」

石破天驚道：「哎，哎，那是侍劍姊姊，她煮燕窩、煮人參小米粥給我吃，雖小米粥煮得糊了，苦得很，可是她人很好啊，你……你可不能殺她。」

那少女兩行眼淚本已從臉頰上流了下來，突然破涕爲笑，「呸」的一聲，用力又將他的耳朵一扯，說道：「我道是那個好姊姊，原來你說的是這個臭丫頭。你騙我，油嘴滑舌的，我才不信呢。這幾日每天晚上我都在窗外看你，你跟這臭丫頭倒規規矩矩的，碰也沒碰她，算你乖！」伸過手去，又去扯他耳朵。

石破天嚇了一跳，側頭想避，那少女卻用手掌在他耳朵上輕輕的揉了幾下，笑問：「天哥，你痛不痛？」石破天道：「自然痛的。」那少女笑道：「活該你痛，誰叫你騙人？又古裏古怪的叫我甚麼『好姊姊』！」石破天道：「我聽媽說，叫人家姊姊是客氣，難道我叫錯你了麼？」

那少女橫了他一眼道：「幾時要你跟我客氣了？好罷，你心中不服氣，我也把耳朵給你扯還就是了。」說著側過了頭，將半邊臉湊了過去。石破天聞到她臉上幽幽的香氣，提起手來在她耳朵上捏了幾下，搖頭道：「我不扯。」問道：「那麼我叫你甚麼才是？」那少女嗔道：「你從前叫我甚麼？難道連我名字也忘了？」

石破天定了定神，正色道：「姑娘，我跟你說，你認錯了人，我不是你的甚麼天哥。我不是石破天，我是狗雜種。」

那少女一呆，雙手按住了他肩頭，將他身子扳轉了半個圈，讓月光照在他臉上，向他凝神瞧了一會，哈哈大笑，道：「天哥，你眞會開玩笑，剛才你說得眞像，可給你嚇了一大跳，還道當眞認錯人。咱們走罷！」說著拉了他手，拔步便行。石破天急道：「我不是開玩笑，你眞的認錯了人。你瞧，我連你叫甚麼也不知道。」

那少女止步回身，右手拉住了他左手，笑靨如花，說道：「好啦，你定要扯足了順風旗才肯罷休，我便依了你。我姓丁名璫，你一直便叫我『叮叮噹噹』。你記起來了嗎？」幾句話說完，驀地轉身，飛步向前急奔。

石破天給她一扯之下，身子向前疾衝，腳下幾個踉蹌，只得放開腳步，隨她狂奔，初時氣喘吁吁的十分吃力，但急跑了一陣，內力調勻，腳下越來越輕，竟全然不用費力。

也不知奔出了多少路，只見眼前水光浮動，已到了河邊，丁璫拉著他手，輕輕一縱，躍上泊在河邊的一艘小船船頭。石破天還不會運內力化爲輕功，砰的一聲，重重落在船頭，船旁登時水花四濺，小船不住搖晃。

丁璫「啊」的一聲叫，笑道：「瞧你的，想弄個船底朝天麼？」提起船頭竹篙，輕輕一點，便將小船盪到河心。

月光照射河上，在河心映出個缺了一半的月亮。丁璫的竹篙在河中一點，河中的月亮便碎了，化成一道道銀光，小船向前盪了出去。

石破天見兩岸都是楊柳，遠遠望出去才有疏疏落落的幾家人家，夜深人靜，只覺一陣陣淡淡香氣不住送來，是岸上的花香？還是丁璫身上的芬芳？

小船在河中轉了幾個彎，進了一條小港，來到一座石橋之下，丁璫將小船纜索繫在橋旁垂柳枝上。水畔垂柳枝葉茂密，將一座小橋幾乎全遮住了，月亮從柳枝的縫隙中透進少許，小船停在橋下，眞像是間天然的小屋一般。

石破天讚道：「這地方眞好，就算是白天，恐怕人家也不知道這裏有艘船停著。」丁璫笑道：「怎麼到今天才讚好？」鑽入船艙取出一張草席，放在船頭，又取兩副杯筷，一把酒壺，笑道：「請坐，喝酒罷！」再取了幾盤花生、蠶豆、乾肉，放在石破天面前。

石破天見丁璫在杯中斟滿了酒，登時酒香撲鼻。謝煙客並不如何愛飲酒，只偶爾飲上幾杯，石破天有時也陪著他喝些，但喝的都是白酒，這時取了丁璫所斟的那杯酒來，月光下但見黃澄澄、紅艷艷地，一口飲下，一股暖氣直衝入肚，口中有些辛辣、有些苦澀。丁璫笑道：「這是二十年的紹興女兒紅，味道可還好麼？」

石破天正待回答，忽聽得頭頂一個蒼老的聲音說道：「二十年的紹興女兒紅，味兒豈還有不好的？」

啪的一聲，丁璫手中酒杯掉上船板，酒水濺得滿裙都是。酒杯骨溜溜滾開，咚的一響，掉入了河中。她花容失色，全身發顫，拉住了石破天的手，低聲道：「我爺爺來啦！」

石破天抬頭向聲音來處瞧去，只見一雙腳垂在頭頂，不住晃啊晃的，顯然那人是坐在橋上，雙腳從楊枝中穿下，只須再垂下尺許，便踏到了石破天頭上。那雙腳上穿著白布襪子，繡著壽字的雙樑紫緞面鞋子。鞋襪都十分乾淨。

只聽頭頂那蒼老的聲音道：「不錯，是你爺爺來啦。死丫頭，你私會情郎，也就罷了。怎麼將我辛辛苦苦弄來的二十年女貞陳紹，也偷出來給情郎喝？」丁璫強作笑容，說道：「他……他不是甚麼情郎，只不過是個……是個尋常朋友。」那老者怒道：「呸，尋常朋友，也抵得你待他這麼好？連爺爺的命根子也敢偷？小賊，你給我滾出來，讓老頭兒瞧瞧，我孫女兒的情郎是怎麼個醜八怪。」

丁璫左手揑住石破天右手手掌，右手食指在他掌心寫字，嘴裏說道：「爺爺，這個朋友又蠢又醜，爺爺見了包不喜歡。我偷的酒，又不是特地給他喝的，哼，他才不配呢，我是自己愛喝酒，隨手抓了一個人來陪陪。」

她在石破天掌心中劃的是「千萬別說是長樂幫主」九個字，可是石破天的母親沒教他識字讀書，謝煙客更沒教他識字讀書，他連個「一」字也不識得，但覺到她在自己掌心中亂搔亂劃，不知她搞甚麼花樣，癢癢的倒也好玩，聽到她說自己「又蠢又醜」，又不配喝她的酒，不由得有氣，將她的手一摔，便摔開了。

丁璫立即又伸手抓住了他手掌，寫道：「有性命之憂，一定要聽話」，隨即用力在他掌上捏了幾下，像是示意親熱，又像是密密叮囑。

石破天只道她跟自己親熱，心下只覺歡喜，卻不明所以，只聽頭頂的老者說道：「兩個小傢伙都給我滾上來。阿璫，爺爺今天殺了幾個人啦？」

丁璫顫聲道：「好像……好像只殺了一個。」

石破天心想：「我撞來撞去這些人，怎麼口口聲聲的總是將『殺人』兩字掛在嘴邊？」

只聽得頭頂橋上那老者說道：「好啊，今天我還只殺了一個，那麼還可再殺兩人。再殺兩個人來下酒，倒也不錯。」

石破天心想：「殺人下酒，這老公公倒會說笑話？」突覺丁璫握著自己的手鬆了，眼前一花，船頭上已多了一個人。

只見這人鬚髮皓然，眉花眼笑，是個面目慈祥的老頭兒，但與他目光一觸，登時不由自主的機伶伶打個冷戰，這人眼中射出一股難以形容的兇狠之意，叫人一見之下，便渾身感到一陣寒意，幾乎要冷到骨髓中去。

這老人嘻嘻一笑，伸手在石破天肩頭一拍，說道：「好小子，你口福不小，喝了爺爺的二十年女貞陳紹！」他只這麼輕輕一拍，石破天肩頭的骨骼登時格格的響了好一陣，便似已盡數碎裂一般。

丁璫大驚，伸手攀住了那老人的臂膀，求道：「爺爺，你……你別傷他。」

那老人隨手這麼一拍，其實掌上已使了七成力道，本擬這一拍便將石破天連肩帶臂的骨骼盡數拍碎，那知手掌和他肩膀相觸，立覺他肩上生出一股渾厚沉穩的內力，不但護住了自身，還將手掌向上一震，自己若不是立時加催內力，手掌便會向上彈起，當場便要出醜。那老人心中的驚訝實不在丁璫之下，便即嘻嘻一笑，說道：「好，好，好小子，倒也配喝我的好酒。阿璫，斟幾杯酒上來，是爺爺請他喝的，不怪你偷酒。」

丁璫大喜，素知爺爺目中無人，對一般武林高手向來都殊少許可，居然一見石破天便請他喝酒，委實大出意料之外。她對石破天情意纏綿，原認定他英雄年少，世間無雙，爺爺垂青賞識，倒也絲毫不奇，只是聽爺爺剛才的口氣，出手便欲殺人，怎麼一見面便轉了口氣，可見石郎英俊瀟洒，連爺爺也爲之傾倒。她一廂情願，全沒想到石破天適才其實已然身遭大難，她爺爺所以改態，全因察覺了對方內力驚人之故，他於這小子的甚麼「英俊瀟洒」，絲毫沒放在心上。何況石破天相貌雖不醜，卻不見得有甚麼英俊，呆蠢則有之，「瀟洒」兩字更沾不上半點邊兒。丁璫喜孜孜的走進船艙，又取出兩隻酒杯，先斟了一杯給爺爺，再給石破天斟上一杯，然後自己斟了一杯。

那老人道：「很好，很好！你這娃娃既給我阿璫瞧上了，定有點來歷。你叫甚麼名字？」石破天道：「我……我……我……」這時他已知「狗雜種」三字是罵人的言語，對熟人說了倒也不妨，跟陌生人說起來卻有些不雅，但除此之外更無旁的名字，因此連說三個「我」字，竟不能再接下去。那老人怫然不悅，道：「你不敢跟爺爺說麼？」石破天昂然道：「那又有甚麼不敢？只不過我的名字不大好聽而已。我名叫狗雜種。」

那老人一怔，突然間哈哈大笑，聲音遠遠傳了出去，笑得白鬍子四散飛動，笑了好半晌，才道：「好，好，好，小娃娃的名字很好。狗雜種！」

石破天應道：「嗯，爺爺叫我甚麼事？」

丁璫啓齒微笑，瞧瞧爺爺，又瞧瞧石破天，秋波流轉，嫵媚不勝。她聽到石破天自然而然的叫她的爺爺爲「爺爺」，那是承認和她再也不分彼此；又想：「我在他掌中寫字，要他不可吐露身分，他居然全聽了我的。以他堂堂幫主之尊，竟肯自認『狗雜種』，爲了我如此委屈，對我鍾情之深，實已到了極處。」

那老人也心中大喜，連呼：「好，好！」心想自己一叫「狗雜種」，對方便即答應，這麼一個功夫了得的少年居然在自己面前服服貼貼，不敢有絲毫倔強，自令他大爲得意。

那老人道：「阿璫，爺爺的名字，你早跟你情郎說了罷？」

丁璫搖搖頭，神態忸怩，道：「我還沒說。」

那老人臉一沉，說道：「你對他到底是眞好還是假好，爲甚麼連自己的身分來歷也不跟他說？說是假好罷，爲甚麼偷了爺爺二十年陳紹給他喝不算，接連幾天晚上，將爺爺留作救命之用的『玄冰碧火酒』，也拿去灌在這小子的口裏？」越說語氣越嚴峻，到後來已聲色俱厲，那「玄冰碧火酒」五字，說來更一字一頓，同時眼中兇光大盛。石破天在旁看著，也不禁慄慄危懼。

丁璫身子一側，滾在那老人懷裏，求道：「爺爺，你甚麼都知道了，饒了阿璫罷。」

那老人冷笑道：「饒了阿璫？你說說倒容易。你可知道『玄冰碧火酒』效用何等神妙，給你這麼胡亂糟蹋了，可惜不可惜？」

丁璫道：「阿璫給爺爺設法重行配製就是了。」那老人道：「說來倒稀鬆平常。倘若說配製便能配製，爺爺也不放在心上了。」丁璫道：「我見他一會兒全身火燙，一會兒冷得發顫，想起爺爺的神酒兼具陰陽調合之功，才偷來給他喝了些，果然很有些效驗。這麼一喝再喝，不知不覺間竟讓他喝光了。爺爺將配製的法門說給阿璫聽，我偷也好，搶也好，定去給爺爺再配幾瓶。」那老人道：「幾瓶？哈哈，幾瓶？等你頭髮白了，也不知是否能找齊這許多珍貴藥材，給我配上一瓶半瓶。」

石破天聽著他祖孫二人的對答，這才恍然，原來自己體內寒熱交攻、昏迷不醒之際，丁璫竟然每晚偷了他爺爺珍貴之極的甚麼「玄冰碧火酒」來餵給自己服食，自己所以得能不死，多半還是她餵酒之功，那麼她於自己實有救命的大恩，耳聽得那老人逼迫甚緊，便道：「爺爺，這酒既是我喝的，爺爺便可著落在我身上討還。我一定去想法子弄來還你，倘若弄不到，只好聽憑你處置了。你可別難爲叮叮噹噹。」

那老人嘻嘻一笑，道：「很好，很好！有骨氣。這麼說，倒還有點意思。阿璫，你爲甚麼不將自己的身分說給他聽。」丁璫臉現尷尬之色，道：「他……他一直沒問我，我也就沒說。爺爺不必疑心，這中間並無他意。」

那老人道：「沒有他意嗎？我看不見得。只怕這中間大有他意，有些大大的他意。小丫頭的心事，爺爺豈有不知？你是眞心眞意的愛上了他，只盼這小子娶你爲妻，但若將自己的姓名說了出來啊，哼哼，那就非將這小子嚇得魂飛魄散不可，因此上你只要能瞞得一時，便是一時。哼，你說是也不是？」

那老人這番話，確是猜中了丁璫的心事。那老人武功高強，殺人不眨眼，江湖上人物聞名喪膽，個個敬而遠之，不願跟他打甚麼交道，他卻偏偏要人家對他親熱，只要對方稍現畏懼或是厭惡，他便立下殺手。丁璫好生爲難，心想自己的心事爺爺早已一清二楚，倘若說謊，只有更惹他惱怒，將事情弄到不可收拾。但若把爺爺的姓名說了出來，十九會將石郎嚇得從此不敢再與自己見面，那又怎生是好？霎時間憂懼交集，既怕爺爺一怒之下殺了石郎，又怕石郎知道了自己來歷，這份纏綿的情愛就此化作流水，不論石郎或死或去，自己都不想活了，顫聲道：「爺爺，我……我……」

那老人哈哈大笑，說道：「你怕人家瞧咱們不起，是不是？哈哈，丁老頭威震江湖，我孫女兒居然不敢提他祖父名字，非但不以爺爺爲榮，反以爺爺爲恥，哈哈，好笑之極。」雙手捧腹，笑得極是舒暢。

丁璫知道危機已在頃刻，素知爺爺對這「玄冰碧火酒」看得極重，自己既將這酒偷去救石郎的性命，又不敢提爺爺名字，他如此大笑，心中實已惱怒到了極點，當下咬了咬唇皮，向石破天道：「天哥，我爺爺姓丁。」

石破天道：「嗯，你姓丁，爺爺也姓丁。大家都姓丁，丁丁丁的，倒也好聽。」

丁璫道：「他老人家的名諱上『不』下『三』，外號叫做那個……那個……『一日不過三』！」

她只道「一日不過三」丁不三的名號一出口，石破天定然大驚失色，一顆心卜卜卜的跳個不住，目不轉睛的瞧著他。

那知石破天神色自若，微微一笑，道：「爺爺的外號很好聽啊。」

丁璫心頭一震，登時大喜，卻兀自不放心，只怕他說的是反話，問道：「爲甚麼你說很好聽？」

石破天道：「我也說不上爲甚麼，只覺得好聽。『一日不過三』，有趣得很。」

丁璫斜眼看爺爺時，只見他捋鬍大樂，伸手在石破天肩頭又是一掌，這一掌中卻絲毫未用內力，搖頭晃腦的道：「你是我生平的知己，好得很。旁人聽到了我『一日不過三』的名頭，卑鄙的便歌功頌德，膽小的則心驚膽戰，向我戟指大罵的狂徒倒也有幾個，只有你這小娃娃不動聲色，反而讚我外號好聽。很好，小娃娃，爺爺要賞你一件東西。讓我想想看，賞你甚麼最好。」

他抱著膝頭，呆呆出神，心想：「老子當年殺人太多，後來改過自新，定下了規矩，一日之中殺人不得超過三名。這樣一來便有了節制，就算日日都殺三名，一年也不過一千，何況往往數日不殺，殺起來或許也只一人二人。好比那日殺雪山派弟子孫萬年、褚萬春，就只兩個而已。另外再加一個，最多也不過三個。這『一日不過三』的外號自然大有道理，只可惜江湖上的傢伙都不明白其中的妙處。這少年對我不擺架子，不拍馬屁，已可算十分難得，那也罷了，而他聽到了老子的名號之後，居然還十分歡喜。老子年逾六十，甚麼人沒見過？是眞是假，一眼便知，這小子說我名號好聽，可半點不假。」沉吟半晌，說道：「爺爺有三件寶貝，一是『玄冰碧火酒』，已經給你喝了，那是要還的，不算給你。第二寶是爺爺的一身武功，娃娃學了自然大有好處。第三寶呢，就是我這個孫女兒阿璫了。這兩件寶物可只能給一件。你是要學我武功呢，還是要我的阿璫？」

石破天兩隻長袖向長劍上揮了出去。
只聽得喀喇一響，呼的一聲，
王萬仞突然向後直飛出去，砰的一聲，
重重撞上了大門。

六

腿上的劍疤

丁不三這麼一問，丁璫和石破天登時都呆了。

丁璫心頭如小鹿亂撞，尋思：「爺爺一身武功當世少有敵手，石郎若得爺爺傳授神功，此後縱橫江湖，更加聲威大震了。先前他說，他們長樂幫不久便有一場大難，十分棘手，他要是能學到我爺爺的武功，多半便能化險為夷。他是男子漢大丈夫，江湖上大幫會的幫主，自是以功業為重，兒女私情為輕。」偷眼瞧石破天時，只見他滿臉迷惘，顯是拿不定主意。丁璫一顆心不由得沉了下去：「石郎素來風流倜儻，一生之中不知有過多少相好。這半年雖對我透著特別親熱些，其實於我畢竟終也如過眼雲煙。何況我爺爺名聲如此之壞，雖然他長樂幫和石破天名聲也好不到那裏去，跟我爺爺總還差著老大一截。他既知我身分來歷，又怎能再要我？」心裏酸痛，眼中淚珠已滾來滾去。

丁不三催道：「快說！你別想撿便宜，想先學我功夫，再娶阿璫；要不然娶了阿璫，料想老子瞧著你是我孫女婿，自然會傳武功給你。那決計不成。我跟你說，天下沒一人能在丁不三面前弄鬼。你要了這樣，不能再要那樣，否則小命兒難保，快說！」

丁璫眼見事機緊迫，石郎只須說一句「我要學爺爺的武功」，自己的終身就此斷送，忙道：「爺爺，我跟你實說了，他是長樂幫的幫主石破天，武林中也是大有名頭的人物……」丁不三奇道：「甚麼？他是長樂幫幫主？這小子不像罷？」丁璫道：「像的，像的。他年紀雖輕，但長樂幫中的衆英雄都服了他的，好像他們幫中那個『著手成春』貝大夫，武功就很了不起，可也聽奉他的號令。」丁不三道：「貝大夫也聽他的話？不會罷？」丁璫道：「會的，會的。我親眼瞧見的，那還會有假？爺爺武功雖然高強，但要長樂幫的一幫之主跟著你學武，這個……這個……」言下之意顯然是說：「貝大夫的武功就不在你之下。石幫主可不能跟你學武功，還是讓他要了我罷。」

石破天忽道：「爺爺，叮叮噹噹認錯人啦，我不是石破天。」丁不三道：「你不是石破天，那麼你是誰？」石破天道：「我不是甚麼幫主，不是叮叮噹噹的『天哥』。我是狗雜種，狗雜種便是狗雜種。這名字雖然難聽，可是，我的的確確是狗雜種。」

丁不三捧腹大笑，良久不絕，笑道：「很好。我要賞你一寶，既不是爲了你是甚麼瓦幫主、石幫主，也不是爲了阿璫喜歡你還是不喜歡。那是丁不三看中了你！你是狗雜種也好、臭小子也好、烏龜王八蛋也好，丁不三看中了你，你就非要我的一寶不可。」

石破天向丁不三看看，又向丁璫看看，心想：「這叮叮噹噹把我認作她的天哥，那個眞的天哥不久定會回來，我豈不是騙了她，又騙了她天哥？但說不要她而要學武功，又傷了她的心。我還是一樣都不要的好。」當下搖了搖頭，說道：「爺爺，我已喝了你的『玄冰碧火酒』，一時也難以還你，不如便算你老人家給我的一寶罷！」

丁不三臉一沉，道：「不成，不成，那『玄冰碧火酒』說過是要還的，你想賴皮，那可不成。你選好了沒有，要阿璫呢，還是要武功？」

石破天向丁璫偷瞧一眼，丁璫也正在偷眼看他，兩人目光接觸，急忙都轉頭避開。丁璫臉色慘白，淚珠終於奪眶而出，依著她平時驕縱的脾氣，不是伸手大扭石破天耳朵，也必頓足而去，但在爺爺跟前，卻半點威風也施展不出來，何況在這緊急當口，扭耳頓足，都適足以促使石破天選擇習武，更萬萬不可，心頭當眞說不出的氣苦。

石破天又向她一瞥，見她淚水滾滾而下，大是不忍，柔聲道：「叮叮噹噹，我跟你說，你的確是認錯了人。倘若我眞是你的天哥，那還用得著挑選？自然是要……要你，不要學武功！」

丁璫眼淚仍如珍珠斷線般在臉頰上不絕流下，但嘴角邊已露出了笑容，說道：「你不是天哥？天下那裏還有第二個天哥？」石破天道：「或許我跟你天哥的相貌，當眞十分相像，以致大家都認錯了。」丁璫笑道：「你還不認？好罷，容貌相似，天下本來也有的。今年年頭，我跟你初相識時，你粗粗魯魯的抓住我手，我那時又不識你，反手便打，是不是了？」

石破天傻傻的向她瞪視，無從回答。

丁璫臉上又現不悅之色，嗔道：「你當眞是一場大病之後全忘了呢，還是假痴假呆的混賴？」石破天搔了搔頭皮，道：「你明明是認錯了人，我怎知那個天哥跟你之間的事？」丁璫道：「你想賴，也賴不掉的。那日我雙手都給你抓住了，心中急得很。你還嘻嘻的笑，伸過嘴……伸過嘴來想……想香我臉孔。我側過頭來，在你肩頭狠狠的咬了一口，咬得鮮血淋漓，你才放了。你……你……解開衣服來看看，左肩上是不是有這傷疤？就算我眞的認錯了人，這個我……我口咬的傷疤，你總抹不掉的。」

石破天點頭道：「不錯，你沒咬過我，我肩上自然不會有傷疤……」說著便解開衣衫，露了左肩出來。「咦！這……這……」突然間身子劇震，大聲驚呼：「這可奇了！」

三個人都看得清清楚楚，他左肩上果然有兩排彎彎的齒痕，合成一張櫻桃小口的模樣。齒印結成了疤，反而凸了出來，顯是人口所咬，其他創傷決不會結成這般形狀的傷疤。

丁不三冷冷一笑，道：「小娃娃想賴，終於賴不掉了。我跟你說，上得山多終遇虎，你到處招惹風流，總有一天會給一個女人抓住，甩不了身。這種事情，爺爺少年時候也上過大當。要不然這世上怎會有阿璫的爹爹，又怎會有阿璫？只有我那不成器的兄弟丁不四，一生娶不到老婆，到老還是痴痴迷迷的，整日哭喪著臉，一副狗熊模樣。好了，這些閒話也不用說了，如此說來，你是要阿璫了？」

石破天心下正自大奇，想不起甚麼時候曾給人在肩頭咬了一口，瞧那齒痕，顯而易見這一口咬得十分厲害，這等創傷留在身上，豈有忘記之理？這些日子來他遇到了無數奇事，但心中知道一切全因「認錯了人」，唯獨這一件事卻實難索解。他呆呆出神，丁不三問他的話，竟一句也沒聽進耳裏。

丁不三見他不作一聲，臉上神色十分古怪，只道少年臉皮薄，不好意思直承其事，哈哈一笑，便道：「阿璫，撐船回家去！」

丁璫又驚又喜，道：「爺爺，你說帶他回咱們家去？」丁不三道：「他是我孫女婿兒，怎不帶回家去？要是冷不防給他溜之大吉，丁不三今後還有臉做人麼？你說他幫裏有甚麼『著手成春』貝大夫這些人，這小子倘若縮在窩裏不出頭，去抓他出來就不大容易了。」

丁璫笑咪咪的向石破天橫了一眼，突然滿臉紅暈，提起竹篙，在橋墩上輕輕一點，小船穿過橋洞，直盪了出去。

石破天想問：「到你家裏去？」但心中疑團實在太多，話到口邊，又縮了回去。

小河如青緞帶子般，在月色下閃閃發光，丁璫竹篙刺入水中，激起一圈圈漪漣，小船在青緞上平平滑了過去。有時河旁水草擦上船舷，發出低語般的沙沙聲，岸上柳枝垂了下來，拂過丁璫和石破天的頭髮，像是柔軟的手掌撫摸他二人頭頂。良夜寂寂，花香幽幽，石破天只當又入了夢境。

小船穿過一個橋洞，又是一個橋洞，曲曲折折的行了良久，來到一處白石砌成的石級之旁。丁璫拾起船纜拋出，纜上繩圈套住了石級上的一根木樁。她掩嘴向石破天一笑，縱身上了石級。

丁不三笑道：「今日你是嬌客，請，請！」

石破天不知說甚麼好，迷迷糊糊的跟在丁璫身後，跟著她走進一扇黑漆小門，跟著她踏過一條鵝卵石鋪成的彎彎曲曲石路，跟著她走進了一個月洞門，跟著她走進一座花園，跟著她來到一個八角亭子之中。

丁不三走進亭中，笑道：「嬌客，請坐！」

石破天不知「嬌客」二字是甚麼意思，見丁不三叫他坐，便即坐下。丁不三卻攜著孫女之手，穿過花園，遠遠的去了。

明月西斜，涼亭外的花影拖得長長地，微風動樹，涼亭畔的一架秋千一晃一晃的顫抖。石破天撫著左肩上的疤痕，心下一片迷惘。

過了好一會，只聽得腳步細碎，兩個中年婦人從花徑上走到涼亭外，略略躬身，微笑道：「請新官人進內堂更衣。」石破天不知是甚麼意思，猜測要他進內堂去，便隨著二人向內走去。

經過一處荷花池子，繞過一道迴廊，隨著兩個婦人進了一間廂房。只見房裏放著一大盤熱水，旁邊懸著兩條布巾。一個婦人笑道：「請新官人沐浴。老爺說，時刻匆忙，沒預備新衣，請新官人將就些，仍是穿自己的衣服罷。」二人吃吃而笑，退出房去，掩上了房門。

石破天心想：「我明明叫狗雜種，怎麼一會兒變成幫主，一會兒成了天哥，叫作石破天也就罷了，這時候又給我改名叫甚麼『嬌客』、『新官人』？」

他存著既來之則安之的心情，看來丁不三和丁璫對自己並無惡意，一盤熱湯中散發著香氣，不管三七二十一，除了衣衫，便在盤中洗了個浴，精神為之一爽。

剛穿好衣衫，聽得門外一個男子聲音朗聲說道：「請新官人到堂上拜天地。」石破天吃了一驚，「拜天地」三字他是懂的，一經聯想，「新官人」三字登時也想起來了，小時候曾聽母親講過新官人、新娘子拜天地的事。他怔怔的不語，只聽那男子又問：「新官人穿好衣衫了罷？」石破天道：「是。」

那人推開房門，走了進來，將一條紅綢掛在他頸中，另一朵紅綢花扣在他的襟前，笑道：「大喜，大喜。」扶著他手臂便向外走去。

石破天手足無措，跟著他穿廊過戶，到了大廳上。只見廳上明晃晃地點著八根大紅蠟燭，居中一張八仙桌上披了紅色桌幃。丁不三笑吟吟的向外而立。石破天一踏進廳，廊下三名男子便齊聲吹起笛子。扶著石破天的那男子朗聲道：「請新娘子出堂。」

只聽得環珮叮咚，先前那兩個中年女子扶著一個頭兜紅綢、身穿紅衫的女子，瞧身形正是丁璫。那三個女子站在石破天右側。燭光耀眼，蘭麝飄香，石破天心中又胡塗，又害怕，卻又歡喜。

那男子朗聲贊道：「拜天！」

石破天見丁璫已向中庭盈盈拜倒，正猶豫間，那男子在他耳邊輕聲說道：「跪下來叩頭。」又在他背上輕輕推了推。石破天心想：「看來是非拜不可。」當即跪下，胡亂叩了幾個頭。扶著丁璫的一個女子見他拜得慌亂，忍不住噗哧一聲，笑了出來。

那男子贊道：「拜地！」石破天和丁璫轉過身來，一齊向內叩頭。那男子又贊道：「拜爺爺。」丁不三居中一站，丁璫先拜了下去，石破天微一猶豫，跟著便也拜倒。

那男子贊道：「夫婦交拜。」

石破天見丁璫側身向自己跪下，腦子中突然清醒，大聲說道：「爺爺，叮叮噹噹，我可真的不是甚麼石幫主，不是你的天哥。你們認錯了人，將來可別……可別怪我。」

丁不三哈哈大笑，說道：「這渾小子，這當兒還在說這些笑話！將來不怪，永遠也不怪你！」

石破天道：「叮叮噹噹，咱們話說在頭裏，咱們拜天地，是鬧著玩呢，還是當眞的？」丁璫已跪在地下，頭上罩著紅綢，突然聽他問這句話，笑道：「自然是當眞的。這種事……那有……那有鬧著玩的？」石破天大聲道：「今日你認錯了人，可不管我事啊。將來你反悔起來，又來扭我耳朵，咬我肩膀，那可不成！」

一時之間，堂上堂下，盡皆粲然。

丁璫忍俊不禁，格格一聲，也笑了出來，低聲道：「我永不反悔，只要你待我好，決不變心而去愛上別的姑娘，我……我自然不會扭你耳朵，咬你肩膀。」

丁不三大聲道：「老婆扭耳，天經地義，自盤古氏開天闢地以來，就是如此。有甚麼成不成的？我的乖孫女婿兒，阿璫向你跪了這麼久，你怎不還禮？」

石破天道：「是，是！」當即跪下還禮，兩人在紅氈之上交拜了幾拜。

那贊禮男子大聲道：「夫妻交拜成禮，送入洞房。新郎新娘，百年好合，多子多孫，五世其昌。」登時笛聲大作。一名中年婦人手持一對紅燭，在前引路，另一婦人扶著丁璫，那贊禮男子扶著石破天，一條紅綢繫在兩人之間，擁著走進了一間房中。

這房比之石破天在長樂幫總舵中所居要小得多，陳設也不如何華麗，但紅燭高燒，東掛一塊紅綢，西貼一張紅紙，雖是匆匆忙忙間胡亂湊攏，卻也平添不少喜氣。幾個人扶著石破天和丁璫坐在床沿之上，在桌上斟了兩杯酒，齊聲道：「恭喜姑爺小姐，喝杯交杯酒兒。」嘻嘻哈哈的退了出去，將房門掩上了。

石破天心中怦怦亂跳，他雖不懂世務，卻也知這麼一來，自己和丁璫已拜了天地，成了夫妻。他見丁璫端端正正的坐著，頭上罩了那塊紅綢，一動也不動，隔了半晌，想不出甚麼話說，便道：「叮叮噹噹，你頭上蓋了這塊東西，不氣悶麼？」

丁璫笑道：「氣悶得緊，你把它揭了去罷！」

石破天伸兩根手指捏住紅綢一角，輕輕揭了下來，燭光之下，只見丁璫臉上、脣上胭脂搽得紅撲撲地，明艷端麗，嫣然靦覥。石破天驚喜交集，目不轉睛的向她呆呆凝視，說道：「你……你眞好看。」

丁璫微微一笑，左頰上出現個小小的酒窩，慢慢把頭低了下去。

正在此時，忽聽得丁不三在房外高處朗聲說道：「今宵是小孫女于歸的吉期，何方朋友光臨，不妨下來喝杯喜酒。」

另一邊高處有人說道：「在下長樂幫幫主座下貝海石，謹向丁三爺道安問好，深夜滋擾，甚是不當。丁三爺恕罪。」

石破天低聲道：「啊，是貝先生來啦。」丁璫秀眉微蹙，豎食指擱在嘴唇正中，示意他不可作聲。

只聽丁不三哈哈一笑，說道：「我道是那一路偷雞摸狗的朋友，卻原來是長樂幫的人。你們喝喜酒不喝？可別大聲嚷嚷的，打擾了我孫女婿、孫女兒的洞房花燭，要鬧新房，可就來得遲了。」言語之中，好生無禮。

貝海石卻不生氣，咳嗽了幾聲，說道：「原來今日是丁三爺令孫千金出閣的好日子。我們兄弟來得魯莽，沒攜禮物，失了禮數，改日登門送禮道賀，再叨擾喜酒。敝幫眼下有一件急事，要親見敝幫石幫主，煩請丁三爺引見，感激不盡。若非為此，深更半夜的，我們便有天大膽子，也不敢貿然闖進丁三爺的歇駕之所。」

丁不三道：「貝大夫，你也是武林中的前輩高人了，不用跟丁老三這般客氣。你說甚麼石幫主，便是我的新孫女婿狗雜種了，是不是？他說你們認錯了人，不用見了。」

隨伴貝海石而來的共有幫中八名高手，米橫野、陳沖之等均在其內，聽丁不三罵他們幫主為狗雜種，有幾人喉頭已發出怒聲。貝海石卻曾聽石破天自己親口說過幾次，知道丁不三之言倒不含侮辱之意，只幫主竟做了丁不三這老魔頭的孫女婿，不由得暗暗擔憂，說道：「丁三爺，敝幫此事緊急，必須請示幫主。我們幫主愛說幾句笑話，那也是常有的。」

石破天聽得貝海石語意甚為焦急，想起自己當日在摩天崖上寒熱交困，幸得他救命，此後他又日夜探視，十分關心，此刻實不能任他憂急，置之不理，當即走到窗前，推開窗子，大聲叫道：「貝先生，我在這裏，你們是不是找我？」

貝海石大喜，道：「正是。屬下有緊急事務稟告幫主。」石破天道：「我是狗雜種，可不是你們的甚麼幫主。你要找我，是找著了。要找你們幫主，卻沒找著。」貝海石臉上閃過一縷尷尬的神色，道：「幫主又說笑話了。幫主請移駕出來，咱們借一步說話。」石破天道：「你要我出來？」貝海石道：「正是！」

丁璫走到石破天身後，拉住他衣袖，低聲說道：「天哥，別出去。」石破天道：「我跟他說個明白，立刻就回來。」從窗子中毛手毛腳的爬了出去。

只見院子中西邊牆上站著貝海石，他身後屋瓦上一列站著八人，東邊一株栗子樹的樹幹上坐著一人，卻是丁不三，樹幹一起一伏，緩緩的抖動。

丁不三道：「貝大夫，你有話要跟我孫女婿說，我在旁聽聽成不成？」貝海石沉吟道：「這個……」心想：「你是武林中的前輩高人，豈不明白江湖上的規矩？我夤夜來見幫主，說的自是本幫機密，外人怎可與聞？早就聽說此人行事亂七八糟，果然名不虛傳。」便道：「此事在下不便擅專，幫主在此，一切自當由幫主裁定。」

丁不三道：「很好，很好，你把事情推到我孫女婿頭上。喂，狗雜種，貝大夫有話跟你說，我想在旁聽聽，使得嗎？」石破天道：「爺爺要聽，打甚麼緊？」丁不三哈哈大笑，道：「乖孫子，孝順孫兒。貝大夫，有話便請快說，春宵一刻值千金，我孫女兒洞房花燭，你這老兒在這裏囉唆不停，豈不大煞風景？」

貝海石沒料到石破天竟會如此回答，一言既出，勢難挽回，心下老大不快，說道：「幫主，總舵有雪山派的客人來訪。」

石破天還沒答話，丁不三已插口道：「雪山派沒甚麼了不起。」

石破天道：「雪山派？是花萬紫花姑娘他們這批人麼？」

武林中門派千百，石破天所知者只一個雪山派，雪山派中門人千百，他所熟識的又只花萬紫一人，因此衝口而出便提她的名字。

隨貝海石而來的八名長樂幫好手不約而同的臉現微笑，均想：「咱們幫主當真風流好色，今晚在這裏娶新媳婦，卻還是念念不忘的記著雪山派中的美貌姑娘。」

貝海石道：「有花萬紫花姑娘在內，另外卻還有好幾個人。領頭的是『氣寒西北』白萬劍。此外還有八九個他的師弟，看來都是雪山派中的好手。」

丁不三插口道：「白萬劍有甚麼了不起！就算白自在這老匹夫自己親來，卻又怎地？貝大夫，老夫聽說你的『五行六合掌』功夫著實不壞，武林中大大有名，爲甚麼一見白萬劍這小子到來，便慌慌張張、大驚小怪起來？」

貝海石聽他稱讚自己的「五行六合掌」，心下不禁得意：「這老魔頭向來十分自負，居然還將我的五行六合掌放在心上。」微微一笑，說道：「在下這點兒微末武功，何足掛齒？我們長樂幫雖是小小幫會，卻也不懼武林中那一門、那一派的欺壓。只是我們和雪山派素無糾葛，『氣寒西北』卻聲勢洶洶的找上門來，要立時會見幫主，請他等到明天，卻也萬萬等不得，這中間多半有甚麼誤會，因此我們要向幫主討個主意。」

石破天道：「昨天花姑娘闖進總舵來，給陳香主擒住了，今天早晨已放了她出去。他們雪山派爲這件事生氣了？」貝海石道：「這件事或者也有點干係。但屬下已問過了陳香主，他說幫主始終待花姑娘客客氣氣，連頭髮也沒碰到她一根，也沒追究她擅闖總舵之罪，臨別之時還要請她吃燕窩，送銀子，實在是給足雪山派面子了。但瞧『氣寒西北』的神色，只怕中間另有別情。」

石破天道：「你要我怎麼樣？」貝海石道：「全憑幫主號令。幫主說『文對』，我們回去好言相對，給他們個軟釘子碰碰；若說『武對』，就打他們個來得去不得，誰教他們肆無忌憚的到長樂幫來撒野。要不然，幫主親自去瞧瞧，隨機應變，那就更好。」

石破天和丁璫同處一室，雖然歡喜，卻也是惶恐之極，心下惴惴不安，不知洞房花燭之後，下一步將是如何，暗思自己不是她的眞「天哥」，這場「拜天地成親」，到頭來終不免拆穿西洋鏡，弄得尷尬萬分，幸好貝海石到來，正好乘機脫身，便道：「既是如此，我便回去瞧瞧。他們如有甚麼誤會，我老老實實跟他們說個明白便了。」回頭說道：「爺爺，叮叮噹噹，我要去了。」

丁不三搔了搔頭皮，道：「這個不大妙。雪山派的小子們來攪局，我去打發好了，反正我殺過他們兩個弟子，和白老兒早結了怨，再殺幾個，這筆帳還是一樣算。」

丁不三殺了孫萬年、褚萬春二人之事，雪山派引爲奇恥大辱，秘而不宣；石清、閔柔夫婦得知後也從沒對人說起，因此江湖上全無知聞。貝海石一聽之下，心想：「雪山派勢力甚盛，不但本門師徒武功高強，且與中原各門派素有交情，我們犯不著無緣無故的樹此強敵。長樂幫自己的大麻煩事轉眼就到，實不宜另生枝節。」當即說道：「幫主要親自去會會雪山派人物，那再好也沒有了。丁三爺，敝幫的小事，不敢勞動你老人家的大駕。我們了結此事之後，再來拜訪如何？」他絕口不提「喝喜酒」三字，只盼石破天回總舵之後，勸得他打消與丁家結親之意。

丁不三怒道：「胡說八道，我說過要去，那便一定要去。我老人家的大駕，是非勞動不可的。長樂幫這件事，丁老三是管定了。」

丁璫在房內聽著各人說話，猜想雪山派所以大興問罪之師，定是自己這個風流夫婿見花萬紫生得美貌，輕薄於她，十之八九還對她橫施強暴，至於陳香主說甚麼「連頭髮也沒碰到她一根」，多半是在為幫主掩飾，否則送銀子也還罷了，怎地要請人家姑娘吃燕窩補身？又想今宵洞房花燭，他居然要趕去跟花萬紫相會，將自己棄之不顧，這口氣如何嚥得下去？又聽爺爺和貝海石鬥口，漸漸說僵，當即縱身躍入院子，說道：「爺爺，石郎幫中有事，要回總舵，咱們可不能以兒女之私，誤他正事。這樣罷，咱祖孫二人便跟隨石郎而去，瞧瞧雪山派中到底有甚麼了不起的人物。」

石破天雖要避開洞房中的尷尬，卻也不願和丁璫分離，聽她這麼說，登時大喜，笑道：「好極，好極！叮叮噹噹，你和我一起去，爺爺也去。」

他既這麼說，貝海石等自不便再生異議。各人來到河畔，坐上長樂幫駛來的大船，回歸總舵。

貝海石在船上低聲對石破天道：「幫主，你勸勸丁三爺，千萬不可出手殺傷雪山派的來人，多結冤家，殊是無謂。」石破天點頭道：「是啊，好端端地怎可隨便殺人，那不是成了壞人麼？」

一行來到長樂幫總舵。丁璫說道：「天哥，我到你房中去換一套男子衣衫，這才跟你一起，去見見那位花容月貌的花姑娘。」石破天大感興趣，問道：「那為甚麼？」丁璫笑道：「我不讓她知道我是你的娘子，說起話來方便些。」石破天聽到她說「我是你的娘子」這六個字時，臉上神情又嬌羞，又得意，不由得胸口為之一熱，道：「很好，我同你換衣服去。」

丁不三道：「我也去裝扮裝扮，我扮作貴幫的一個小頭目可好？」貝海石本不願讓雪山派中人知道丁不三與本幫混在一起，聽他說願意化裝，正合心意，卻不動聲色，說道：「丁三爺愛怎樣著，可請自便。」

丁不三祖孫二人隨著石破天來到他臥室之中。推門進去時侍劍兀自睡著，她聽到門響，「啊」的一聲，從床上跳起，見到丁不三祖孫，大爲驚訝。石破天一時難以跟她說明，只道：「侍劍姊姊，這兩位要裝扮裝扮，你……幫幫他們罷。」深恐侍劍問東問西，這拜天地之事可不便啓齒，說了這句話，便走進房外的花廳。

過得一頓飯時分，陳沖之來到廳外，朗聲道：「啓稟幫主，衆兄弟已在虎猛堂中伺候幫主大駕。」

便在此時，丁璫掀開門帷，走了出來，笑道：「好啦，咱們去罷。」石破天眼前突然多了一個粉裝玉琢般的少年男子，不由得一怔，只見丁璫穿了一襲青衫，頭帶書生巾，手中拿著一柄摺扇。石破天雖不知甚麼叫做「風流儒雅」，卻也覺得她這般打扮，較之適才的新娘子服飾另有一番嫵媚。丁不三卻穿了一套粗布短衣，臉上搽滿了淡墨，足下一雙麻鞋，左肩高，右肩低，走路一跛一拐，神情十分猥葸。石破天乍看之下，幾乎認不出來，隔了半晌，這才哈哈大笑，說道：「爺爺，你樣子可全變啦。」

陳沖之低聲道：「幫主，要不要攜帶兵刃？」石破天睜大了眼睛問道：「帶甚麼兵刃，爲甚麼要帶兵刃？」陳沖之只道他問的是反話，忙道：「是！是！」當下當先引路，四個人來到虎猛堂中。

陳冲之推門進去，堂中數十人倏地站起，齊聲說道：「參見幫主！」石破天萬沒料到廳門開處，廳堂竟如此宏大，堂中又有這許多人等著，不由得嚇了一跳，見各人躬身行禮，既不知如何答禮，又不知說甚麼好，登時呆在門口，不由得手足無措。但見四周几桌上點著明晃晃的巨燭，數十名高高矮矮的漢子分兩旁站立，居中空著一張虎皮交椅。大廳中這一股威嚴之氣，登時將他這個從未見過世面的鄉下少年懾住了，連大氣也不敢喘一口，雙眼望著貝海石求援，只盼他指示如何應對。

貝海石搶到門邊，扶著石破天的手臂，低聲道：「幫主，咱們先坐定了，才請雪山派的朋友們進來。」石破天自是一切都聽由他的擺布，在貝海石扶持下走到虎皮交椅前。貝海石低聲道：「請坐！」

石破天茫然道：「我……坐在這裏？」心裏說不出的害怕，眼光不由自主的向丁璫望去，最好丁璫能拉著他手逃出大廳，逃得遠遠地，到甚麼深山野嶺之中，再也別回到這地方來。丁璫卻向他微微一笑。石破天從她眼色中感到一陣親切之意，似乎聽她在說：「天哥，不用怕，我便在你身邊，若有甚麼難事，我總幫你。」他登時精神一振，心下又感激，又安慰，便在居中那張虎皮大椅上坐了下去。

石破天坐下後，丁不三和丁璫站在虎皮交椅之後，堂上數十條漢子一一按座次就座。

貝海石道：「衆家兄弟，幫主這些日子中病得甚爲沉重，幸得吉人天相，已大好了，只精神尚未全然復元。本來幫主還應安安靜靜的休養多日，方能親理幫務，不料雪山派的朋友們卻非見幫主不可，倒似乎幫主已然一病不起了似的。嘿嘿，幫主內功深湛，小小病魔豈能奈何得了他？幫主，咱們便請雪山派的朋友們進來如何？」

石破天「嗯」了一聲，也不知該說「好」還是「不好」。

貝海石道：「安排座位！西邊的兄弟們都坐到東邊來。」眾人當即移動座位，坐到了東首。在堂下侍候的幫眾上來，在西首擺開一排九張椅子。

貝海石道：「米香主，請客人來會幫主。」米橫野應道：「是。」轉身出去。

過不多時，聽得廳堂外腳步聲響。四名幫眾打開大門。米橫野側身在旁，朗聲道：「啓稟幫主，雪山派眾位朋友到來！」

貝海石低聲道：「咱們出去迎接！」輕輕扯了扯石破天的衣袖。石破天道：「是麼？」遲遲疑疑的站起身來，跟著貝海石走向廳口。

雪山派九人走進廳來，都穿著白色長衫，當先一人身材甚高，四十二三歲年紀，一臉英悍之色，走到離石破天丈許之地，突然站住，雙目向他射來，眼中精光大盛，似乎要直看到他心中一般。石破天向他傻傻一笑，算是招呼。

貝海石道：「啓稟幫主，這位是威震四陲、劍法無雙，武林中大大有名的『氣寒西北』白萬劍白大爺。」

石破天點點頭，又傻裏傻氣的一笑，他只認得跟在白萬劍身後最末一個的花萬紫，笑道：「花姑娘，你又來了。」

此言一出，雪山派九人登時盡皆變色。花萬紫更是尷尬，哼的一聲，轉過了頭去。

白萬劍是雪山派掌門人威德先生白自在的長子，他們師兄弟均以「萬」字排行，他名字居然叫到白萬劍，足見劍法固然高出儕輩，而白自在對兒子的武功也確著實得意，才以此命名。他與「風火神龍」封萬里合稱「雪山雙傑」，在武林中當眞是好大的威名，這次若不是他親來，貝海石也決不會夤夜趕到丁不三家中去將石破天請來。白萬劍在外邊客廳中候石破天延見，足足等了兩個時辰，心頭已老大一股怒火，一碗茶沖了喝，喝了沖，已喝得與白水無異，早沒半點茶味，好容易進得虎猛堂來，那幫主還是大模大樣的居中坐在椅上，貝海石報了自己的名字向他引見，他連「久仰大名」之類的客氣話半句不說，一開口便向花師妹招呼，如何不令白萬劍氣破了胸膛！

他登時便想：「瞧模樣八成便是那小子，這幾天四下打聽，江湖上都說長樂幫石幫主貪淫好色，自然便是他了。這小子不將我放在眼裏，卻色迷迷的向花師妹獻殷勤，大庭廣衆之間已是如此，花師妹陷身於此之時，自然更加大大不堪了。」總算他是大有身分之人，不願立即發作，斜眼冷冷的向石破天側視，口中不語，臉上神色顯得大爲不屑。

石破天又問：「花姑娘，你大腿上的劍傷好些了嗎？還痛不痛？」這一問之下，花萬紫登時滿臉通紅，其餘八名雪山派弟子一齊按住劍柄。

貝海石忙道：「衆位朋友遠來，請坐，請坐。敝幫幫主近日身體不適，本來不宜會客，只衝著衆位的面子，這才抱病相見，有勞各位久候，當眞抱歉之至。」

白萬劍哼的一聲，大踏步走上去，在西首第一張椅坐下，耿萬鍾坐第二位，以下是王萬仞、柯萬鈞等幾人，花萬紫坐在末位。

長樂幫中有幾人嘻皮笑臉，甚是得意，心下想的是：「幫主一出口便討了你們的便宜，關心你師妹的大腿，嘿嘿，你『氣寒西北』還不是無可奈何？」

貝海石陪了石破天回歸原位，僕役奉上茶來。貝海石拱手道：「敝幫上下久仰雪山派威德先生、雪山雙傑、以及衆位朋友的威名，只是敝幫僻處江南，無由親近。今日承白師傅和衆家朋友枉顧，敝幫上下有緣會見西北雪山英雄，實是三生之幸。」

白萬劍拱手還禮，道：「貝大夫著手成春，五行六合掌天下無雙，在下一直仰慕得緊。貴幫衆位朋友英才濟濟，在下雖不相識，卻也早聞大名。」他將貝海石和長樂幫衆都捧了幾句，卻絕口不提石破天。

貝海石詐作不知，謙道：「豈敢，豈敢！不知各位到鎮江已有幾日了？金山焦山去玩過了嗎？改日讓敝幫幫主作個小東，陪各位到市上酒家小酌一番，再瞧瞧我們鎮江小地方的風景。」他隨口敷衍，總是不問雪山派羣弟子的來意。

終於還是白萬劍先忍耐不住，朗聲說道：「江湖上多道貴幫石幫主武功了得，卻不知石幫主是那一門那一派的武功？」

長樂幫上下盡皆心中一凜，均想：「幫主於自己的武功門派從來不說，偶爾有人於奉承之餘將話頭帶過去，他也總微笑不答。貝先生說他是前司徒幫主的師姪，但武功卻全然不像。不知他此時是否肯說？」

石破天囁嚅道：「這……這個……你問我武功麼？我……我是一點兒也不會。」

白萬劍聽他這麼說，心中先前存著三分懷疑也即消了，嘿嘿一聲冷笑，說道：「長樂幫英賢無數，石幫主倘若當眞不會武功，又如何作得羣雄之主？這句話只好去騙騙小孩子了。想來石幫主羞於稱述自己的師承來歷，卻不知是何緣故？」

石破天道：「你說我騙小孩子？誰是小孩子？叮叮噹噹，她……她不是小孩子，我也沒騙她，我早跟她說過，我不是她的天哥。」他雖和白萬劍對答，鼻中聞著身後丁璫的衣香，一顆心卻全懸在她身上。

白萬劍渾不知他說些甚麼叮叮噹噹，只道他心中有鬼，故意東拉西扯，本來陰沉的臉色更加板了起來，沉聲道：「石幫主，咱們打開天窗說亮話，閣下在凌霄城中所學的武功，只怕還沒盡數忘得乾乾淨淨罷？」

此言一出，長樂幫幫衆無不聳然動容。衆人皆知西域「凌霄城」乃雪山派師徒聚居之所，白萬劍如此說，難道幫主曾在雪山派門下學過武功？這夥人如此聲勢洶洶的來到，莫非與他們門戶之事有關？

石破天茫然道：「凌霄城？那是甚麼地方？我從來沒學過甚麼武功。如果學過，那也不會忘得乾乾淨淨罷？」

這幾句話連長樂幫羣豪聽來也覺大不對頭。「凌霄城」之名，凡是武林中人，可說無人不知，他身爲長樂幫幫主，居然詐作未之前聞，又說從未學過武功，如此當面撒謊，不免有損他身分體面，又有人料想，幫主這麼說，必定另有深意。

在白萬劍等人聽來，這幾句話更是大大的侮辱，顯是將雪山派絲毫沒放在眼裏，把「凌霄城」三字輕輕的一筆勾銷。王萬仞忍不住大聲道：「石幫主這般說，未免太過目中無人。在石幫主眼中，雪山派門下弟子是個個一錢不值了。」

石破天見他滿臉怒容，料來定是自己說錯了話，忙道：「不是，不是的。我怎會說雪山派個個一錢不値。好像……好像……好像……」他在摩天崖居住之時，一年有數次隨著謝煙客到小市鎮上買米買鹽，知道越値錢的東西越好，這時只想說幾句討好雪山派的話，以平息王萬仞的怒氣，但連說了三個「好像」，卻舉不出適當的例子。這幾人中，耿萬鍾、柯萬鈞、王萬仞等幾個他在侯監集上曾經見過，但不知他們的名字，只花萬紫一人比較熟悉，窘迫之下，便道：「好像花萬紫花姑娘，就値錢得很，値得很多很多銀子……」

呼的一聲，雪山派九人一齊起立，跟著眼前青光亂閃，八柄長劍出鞘，除白萬劍一人之外，其餘八人各挺長劍，站成一個半圓，圍在石破天身前。王萬仞戟指罵道：「姓石的，你口出污言穢語，當眞欺人太甚。我們雪山弟子雖身在龍潭虎穴之中，也不能輕易嚥下這口惡氣！」

石破天見這九人怒氣沖天，半點摸不著頭腦，心想：「我說的明明是好話，怎麼你們又生氣了？」回頭向丁璫道：「叮叮噹噹，我說錯了話嗎？」丁璫聽得夫婿當衆羞辱花萬紫，知他全沒將這美貌姑娘放在心上，自是喜慰之極，聽他問及，當即抿嘴笑道：「我不知道。或許花姑娘不値很多很多銀子，也未可知。」石破天點了點頭，道：「就算花姑娘不値甚麼銀子，便宜得很，大家買得起，那也不用生氣啊！」

長樂幫羣豪轟然大笑，均想幫主既這麼說，那是打定主意跟雪山派大戰一場了。有人便道：「貴了我買不起，倘若便宜，嘿嘿，咱們倒可湊合湊合……」

青光一閃，跟著叮的一聲，卻原來王萬仞狂怒之下，挺劍便向石破天胸口刺去。白萬劍隨手抽出腰間長劍，輕輕擋開。王萬仞手腕酸麻，長劍險些脫手，這一劍便遞不出去。

白萬劍喝道：「此人跟咱們仇深似海，豈能一劍了結？」唰的一聲，還劍入鞘，沉聲道：「石幫主，你到底認不認得我？」

石破天點點頭，說道：「我認得你，你是雪山派的『氣寒西北』白萬劍白師傅。」白萬劍道：「很好，你自己做過的事，認也不認？」石破天道：「我做過的事，當然認啊。」白萬劍道：「嗯，那麼我來問你，你在凌霄城之時，叫甚麼名字？」

石破天搔了搔頭，道：「我在凌霄城？甚麼時候我去過了？啊，是了，那年我下山來尋媽媽和阿黃，走過許多城市小鎮，我也不知是甚麼名字，其中多半有一個叫做凌霄城了。」

白萬劍寒著臉，仍一字一字的慢慢說道：「你別東拉西扯的裝蒜！你的眞名字，並不叫石破天！」

石破天微微一笑，說道：「對啦，對啦，我本來就不是石破天，大家都認錯了我，畢竟白師傅了不起，知道我不是石破天。」

白萬劍道：「你本來的眞姓名叫做甚麼？說出來給大夥兒聽聽。」

王萬仞怒喝：「他叫做甚麼？他叫——狗雜種！」

這一下輪到長樂幫羣豪站起身來，紛紛喝罵，十餘人抽出了兵刃。王萬仞已將性命豁出去了，心想我就是要罵你這狗雜種，縱然亂刀分屍，王某也不能皺一皺眉頭。

那知石破天哈哈大笑，拍手道：「是啊，對啦！我本來就叫狗雜種。你怎知道？」

此言一出，衆人愕然相顧，除貝海石、丁不三、丁璫等少數幾人聽他說過「狗雜種」的名字，餘人都驚疑不定。白萬劍卻想：「這小子果然大奸大猾，實有過人之長，連如此辱罵也能坦然而受，並不動怒，城府深沉，委實了得！對他可要千萬小心，半點輕忽不得。」

王萬仞仰天大笑，說道：「哈哈，原來你果然是狗雜種，哈哈，可笑啊，可笑！」石破天道：「我叫做狗雜種有甚麼可笑？這名字雖然不好，但當年你媽媽要是叫你做狗雜種，你便也是狗雜種了。」王萬仞怒喝：「胡說八道！」長劍挺起，使一招「飛沙走石」，內勁直貫劍尖，寒光點點，直向石破天胸口刺去。

白萬劍有心要瞧瞧石破天這幾年來到底學到了甚麼奇異武功，居然年紀輕輕，便身爲一幫之主，令得羣豪貼服，這一次便不再阻擋，口中說道：「王師弟不可動粗。」身子離椅，作個阻攔之勢，卻任由王萬仞從身旁掠過，連人帶劍，直向石破天撲去。

石破天雖練成了上乘內功，但動手過招的臨敵功夫卻半點也沒學過，眼見對方劍勢來得凌厲之極，既不知如何閃避，亦不知怎生招架才好，手忙腳亂之間，自然而然的伸手向外推出。他身穿長袍，兩隻長袖向長劍上揮了出去。只聽得喀喇一響，呼的一聲，王萬仞突然向後直飛出去，砰的一聲，重重撞上了大門。

雪山派九人進入虎猛堂後，長樂幫幫衆便將大門在外用木柱撐住了，以便一言不合，動起手來，便是個甕中捉鼈之勢。這虎猛堂的大門乃堅固之極的梨木所製，鑲以鐵片，嵌以銅釘。王萬仞背脊猛力撞在門上，跟著噗噗兩響，兩截斷劍插入了自己肩頭。

原來石破天雙袖這一揮之勢，竟將他手中長劍震為兩截。王萬仞為他內力的勁風所逼，氣也喘不過來，全身勁力盡失，雙臂順著來勢揮出，兩截斷劍竟反刺入身。他軟軟的坐倒在地，已動彈不得，肩頭傷口中鮮血汩汩流出，霎時之間，白袍的衣襟上一片殷紅。柯萬鈞和花萬紫急忙搶過，一個探他鼻息，一個把他腕脈，幸好石破天內力雖強，卻不會運使，王萬仞只受外傷，性命無礙。

這麼一來，雪山派羣弟子固然又驚又怒，長樂幫羣豪也是欣悅中帶著極大詫異。羣豪曾見幫主施展過武功，實不怎麼了得，所以擁他為主，只為了他銳身赴難，甘願犧牲一己而救全幫上下性命，再加貝海石全力扶持，衆人畏懼石幫主，其實大半還是由於怕了貝海石之故，萬料不到石幫主內力竟如此強勁。只貝海石暗暗點頭，心中憂喜參半。

白萬劍冷笑道：「石幫主，咱們武林中人，講究輩份大小。犯上作亂，人人得而誅之。常言道得好：一日為師，終身為父。你既曾在我雪山派門下學藝，我這個王師弟好歹也是你的師叔，你向他下此毒手，到底是何道理？天下抬不過一個『理』字，你武功再強，難道能將普天下尊卑之分、師門之義，一手便都抹煞了麼？」

石破天茫然道：「你說甚麼，我一句也不懂。我幾時在你雪山派門下學過武藝了？」

白萬劍道：「到得此刻，你仍然不認。你自稱狗雜種，嘿嘿，你自甘下流，那沒甚麼好說，可是你父母是江湖上大大有名的俠義英雄，你也不怕辱沒了父母的英名。你不認師父，難道連父母也不認了？」

石破天大喜，道：「你認識我爹爹媽媽？那眞再好也沒有了。白師傅，請你告訴我，我媽媽在那裏？我爹爹是誰？」說著站起身來深深一揖，臉上神色異常誠懇。

白萬劍登時愕然，不知他如此裝假，卻又是甚麼用意，轉念又想：「此人大奸大惡，實不可以常理度之。他爲了遮掩自己身分，居然父母也不認了。他既肯自認狗雜種，自然連祖宗父母也早不放在心上了。」霎時間心下感慨萬分，一聲長嘆，說道：「如此美質良材，偏偏不肯學好，當眞可恨可嘆。」

石破天吃了一驚，道：「白師傅，你說可恨可嘆，我爹爹媽媽怎麼了？」說時關懷之情見於顏色。

白萬劍見他眞情流露，卻決非作僞，便道：「你既對你爹娘尚有懸念之心，還不算是喪盡了天良。你爹娘劍法通神，英雄了得，夫妻倆攜手行走江湖，又會有甚麼凶險？」

長樂幫羣豪相顧茫然，均想：「幫主的身世來歷，我們一無所知，原來他父母親是江湖上的有名人物。說甚麼『劍法通神，英雄了得』。武林中當得起白萬劍這八個字考語的夫妻可沒幾對啊，那是誰了？」貝海石登時便想：「難道他竟是玄素莊黑白雙劍的兒子？這……這可有些麻煩了。」

這時王萬仞在柯萬鈞和花萬紫兩人扶掖之下，緩過了氣來，長長呻吟了一聲。

石破天見他叫聲中充滿痛楚，甚是關懷，問道：「這位大哥爲何突然向後飛了出去？好像是撞傷了？貝先生，你說他傷勢重不重？」

這幾句詢問在旁人聽來，無不認爲他是有意譏刺，長樂幫中羣豪倒有半數哈哈大笑。有的說道：「此人傷勢說重不重，說輕恐怕也不輕。」有的道：「雪山派的高手聲勢洶洶，半夜三更前來生事，我道眞有甚麼驚人藝業，嘿嘿，果然驚人之至，名不虛傳。」

白萬劍只作充耳不聞，朗聲說道：「石幫主，我們今日造訪，爲的是你一人的私事，和別的朋友均沒干係。雪山派弟子不願跟人作無聊的口舌之爭。石中玉，我只問你一句話，你到底認是不認？」石破天奇道：「石中玉？誰是石中玉，你要我認甚麼？」

白萬劍道：「你師父風火神龍爲了你的卑鄙惡行，以致斷去了一臂，封師哥待你恩重如山，你心中可有絲毫內愧？」這幾句說得甚是誠懇，只盼他天良發現，終於生出悔罪之心。

石破天對所聽到的言語卻句句不懂，又問：「風火神龍封師兄，他是誰？怎麼爲了我的卑鄙惡行而斷去一臂？我……做了甚麼卑鄙惡行？」

白萬劍聽他始終不認，顯是要逼著自己當衆吐露愛女受辱、跳崖自盡的慘事，只氣得目眥欲裂，唰的一聲，拔劍出鞘，白光閃動，手腕一抖，劍光疾刺廳柱，禿的一響，長劍又還入了劍鞘，指著柱上的劍痕，朗聲說道：「列位朋友，我雪山派劍法低微，不值方家一笑。但本派自創派祖師傳下來的劍法，倘若僥倖刺傷對手，往往留下雪花六出之形。本派的派名，便是由此而來。」

衆人齊向柱子上望去，只見朱漆的柱上共有六點劍痕，布成六角，每一點都是雪花六出之形，甚是整齊。適才見他拔劍還劍，只一瞬間之事，那知他便在這一剎那中已在柱上連刺六劍，每一劍都憑手腕顫動，幻成雪花六出，手法之快實無與倫比。衆人當王萬仞給石破天內勁摔出後，對雪山派已沒怎麼放在眼裏，但白萬劍這一手劍法精妙，武林中罕見罕聞，有的不由得肅然起敬，有的更大聲叫好。

白萬劍抱拳道：「列位朋友之中，兵刃上勝過白某的，不知道有多少。白某豈敢班門弄斧，到貴幫總舵來妄自撒野？只有件事要請列位朋友作個見證。七年之前，敝派有個不成器的弟子，名叫石中玉，膽大妄為，和在下的廖師叔動手較量。我廖師叔為了教訓於他，曾在他左腿上刺了六劍，每一劍都成雪花六出之形。本派劍法雖平庸無奇，但普天之下，並沒第二派劍法能留下這等傷痕的。」說到這裏，轉頭瞪視石破天，森然道：「石中玉，你欺瞞衆人，不敢自暴身分，那麼你將褲管捋起來，給列位朋友瞧瞧，到底你大腿上是否有這般的傷痕？是眞是假，一見便知。」

石破天奇道：「你叫我捋起褲管來給大家瞧瞧？」白萬劍道：「不錯，倘若閣下腿上無此傷痕，那是白某瞎了眼睛，前來貴幫騷擾胡混，自當向幫主磕頭賠罪。但若你腿上當眞有此傷痕，那……那……那便如何？」石破天笑道：「要是我腿上眞有這麼六個劍疤，那可眞奇了，怎麼我自己全不知道？」

白萬劍目不轉睛的凝視著他，見他說得滿懷自信，不由得心下嘀咕：「此人定然是石中玉那小子。雖相隔數年，他長大成人之後相貌變了，神態舉止也頗有不同，但面容一般無異。花師妹潛入此處察看，回來後一口咬定是他，難道咱們大夥兒都走了眼不成？」一時沉吟未答。

陳沖之笑道：「你要看我們幫主腿上傷疤，我們幫主卻要看貴派花姑娘大腿上的傷疤。這裏人多，赤身露體的不便，不如讓他兩位同到內室之中，你瞧瞧我，我瞧瞧你，大家仔仔細細的看上一看！」長樂幫羣豪捧腹大笑，聲震屋瓦。

白萬劍怒極，低聲罵道：「無恥！」身形一轉，已站在廳心，喝道：「石中玉，你作賊心虛，不肯顯示腿傷，那便隨我上凌霄城去了斷罷！」唰的一聲，已拔劍在手。

石破天道：「白師傅又何必生氣？你說我腿上有這般傷痕，我卻說沒有，那麼大家瞧瞧便是，又打甚麼緊了？」說著抬起左腿，左腳踏在虎皮交椅的扶手上，捋起左腳的褲管，露出腿上肌膚。

大廳中登時鴉雀無聲。突然間衆人不約而同「哦」的一聲，驚呼了出來。

只見石破天左腿外側的肌膚之上，果然有六點傷疤，宛然都有六角，雖皮肉上的傷疤不如柱上的劍痕那般清晰，但六角之形，人人卻都看得清清楚楚。這中間最驚訝的卻是石破天自己，他伸手用力一擦那六個傷疤，果然是生在自己腿上，絕非僞造。他揉了揉眼睛，又再細看，腿上這六個傷疤實和柱上劍痕一模一樣。

雪山派九人一十八隻眼睛冷冷的凝望著他。

石破天捋著褲管，額頭汗水一滴滴的流下來，他又摸摸肩頭，喃喃道：「肩頭、腿上都有傷疤，怎麼別人知道，我……我自己都不知道？難道……我把從前的事都忘了？」

他瞧瞧貝海石，貝海石緩緩搖了搖頭。他回頭去望丁璫，丁璫皺著鼻子，向他笑著裝個鬼臉。他又向丁不三瞧去，丁不三右手食中兩指向前一送，示意動武殺人。

石破天笑道：

「你們少了一個人，比不成劍，我來跟白師傅聯手，湊個興兒。不過我是不會的，請你們指點。」

七

雪山劍法

陳沖之雙手橫托長劍，送到石破天身前，低聲道：「幫主，不必跟他們多說，以武力決是非。勝的便對，敗的便錯。」他見白萬劍劍法雖精，料想內力定然不如幫主，既證據確鑿，辯他不過，只好用武，就算萬一幫主不敵，長樂幫人多勢衆，也要殺他們個片甲不回。

石破天隨手接過長劍，心中兀自一片迷惘。

白萬劍森然道：「石中玉聽了：白萬劍奉本派掌門人威德先生令諭，今日清理門戶。這是雪山派本門之事，與旁人無涉。若在長樂幫總舵動手不便，咱們到外邊了斷如何？」

石破天迷迷糊糊的道：「了……了甚麼斷？」丁璫在他背上輕輕一推，低聲道：「跟他打啊，你武功比他強得多，殺了他便是。」石破天道：「我……我不殺他，爲甚麼要殺他？白師傅又不是壞人。」一面說，一面向前跨了兩步。

白萬劍適才見他雙袖一拂，便將王萬仞震得身受重傷，心想這小子離了凌霄城後，不知得逢甚麼奇遇，竟練成了這等深厚內功，旁的武功自也非同小可，那裏敢有絲毫疏忽？長劍抖動，一招「梅雪爭春」，虛中有實，實中有虛，劍尖劍鋒齊用，劍尖是雪點，劍鋒乃梅枝，四面八方的向石破天攻了過來。

霎時之間，石破天眼前一片白光，那裏還分得清劍尖劍鋒？他驚惶之下，又是雙袖向外亂揮，他空有一身渾厚內功，卻絲毫不會運用，適才將王萬仞摔出，不過機緣巧合而已，這時亂揮之下，力分則弱，何況白萬劍的武功又遠非王萬仞之可比。但聽得嗤嗤聲響，他兩隻衣袖已遭白萬劍長劍削落，跟著咽喉間微微一涼，已爲劍尖抵住。

白萬劍情知對方高手如雲，尤其貝海石武功決不在自己之下，站在石破天身後那老者目中神光湛然，也必是個極厲害的人物，身處險地，如何可給對方以喘息餘暇？一招得手，立即搶上兩步，左臂伸出，已將石破天挾在脅下，胳臂使勁，逼住了石破天腰間兩處穴道，喝道：「列位朋友，今日得罪了，日後登門賠禮！」

柯萬鈞等眼見師哥得手，不待吩咐，立時將王萬仞負起，跟著向大門闖去。陳沖之和米橫野刀劍齊出，喝道：「放下幫主！」刀砍肩頭，劍取下盤，向白萬劍同時攻上。

白萬劍長劍顫動，噹噹兩聲，將刀劍先後格開，雖說是先後，其間相差實只一霎。他覺察到敵刃上所含內力著實不弱，心想：「這兩人武功已如此了得，長樂幫衆好手併力齊上，我等九人非喪生於此不可。」身形晃動，貼牆而立，喝道：「那一個上來，兄弟只得先斃了石中玉，再和各位周旋。」

長樂幫羣豪萬料不到幫主如此武功，竟會一招之間便給他擒住，不由得都沒了主意。

丁璫滿臉惶急之色，向丁不三連打手勢，要他出手。丁不三卻笑了笑，心想：「這小子武功極強，在那小船之上，輕描淡寫的便卸了我一掌，豈有輕易爲人所擒之理？他此舉定有用意，我何必強行出頭，反而壞他的事？且暗中瞧瞧熱鬧再說。」丁璫見爺爺笑嘻嘻的漫不在乎，心下略寬，但良人落入敵手，總是躭心。

這時柯萬鈞雙掌抵門，正運內勁向外力推，大門外支撐的木柱給他推得吱吱直響，眼見大門便要給他推開。貝海石斜身而上，說道：「柯朋友不用性急，待小弟叫人開門送客。」花萬紫喝道：「退開了！」揮動長劍，護住柯萬鈞背心。

貝海石伸指便向劍刃上抓去。花萬紫一驚：「難道你這手掌竟然不怕劍鋒？」便這麼稍一遲疑，眼見貝海石的手指已然抓到劍上，不料他手掌和劍鋒相距尚有數寸，驀地裏屈指彈出，嗡的一聲，花萬紫長劍把揑不住，脫手落地。貝海石右手探出，一掌拍在她肩頭。這兩下兔起鶻落，變招之速，實不亞於剛才白萬劍在柱上留下六朵劍花。

丁不三暗暗點頭：「貝大夫五行六合掌武林中得享大名，果然有他的眞實本領。」但見他輕飄飄的東遊西走，這邊彈一指，那邊發一掌，雪山派衆弟子紛紛倒地，每人最多和他拆上三四招，便遭擊倒。

白萬劍大叫：「好功夫，好五行六合掌，姓白的改日定要領教！」突然飛身而起，忽喇喇一聲，衝破屋頂，挾著石破天飛了出去。

貝海石叫道：「何不今日領教？」跟著躍起，從屋頂的破洞中追出。只見寒光耀眼，頭頂似有萬點雪花傾將下來。他身在半空，手中又無兵刃，急切間難以招架，立時使一個千斤墜，硬生生的直墮下來。這一下看似平淡無奇，但在一瞬間將向上急衝之勢轉爲下墜，其間只要有毫髮之差，便已中劍受傷，大廳中一衆高手看了，無不打從心底喝出一聲采來。但白萬劍便憑了這一招，已將石破天挾持而去。貝海石足尖在地下急蹬，跟著又穿屋追出。

丁璫大急，也欲縱身從屋頂的破孔中追出。丁不三抓住她手臂，低聲道：「不忙！」只聽得砰砰、啪啪，響聲不絕，屋頂破洞中瓦片泥塊紛紛下墜。橫臥在地的雪山派八弟子中，忽有一個瘦小人形急縱而起，快如狸貓，捷似猿猴，從屋頂破洞中鑽了出去。

陳沖之反手揮刀，嗤的一聲，削下了他一片鞋底，便只一寸之差，沒砍下他的腳板來。羣豪都是一楞，沒想到雪山派中除白萬劍外，居然還有這樣一個高手，他遭貝海石擊倒後，竟尚能脫身逃走。米橫野深恐其餘七人又再脫逃，一一補上數指。

這時長樂幫中已有十餘人手提兵刃，從屋頂破洞中竄出，分頭追趕。各人均想：「人家欺上門來，將我們幫主擒了去，若不截回，今後長樂幫在江湖上那裏還有立足之地？雖將敵人也擒住了七名，但就算擒住七十名、七百名，也不能抵償幫主遭擒之辱。」又想：「只須將那姓白的絆住，拆得三招兩式，衆兄弟一擁而上，救得幫主，那自是天大的奇功。」人人奮勇，分頭追趕。

四下裏唿哨大作，長樂幫追出來的人愈來愈衆。

白萬劍一招間竟便將石破天擒住，自己也覺難以相信，穿破屋頂脫出之後，心下暗呼：「慚愧！」耳聽得身後追兵喊聲大作，手中抱著人難以脫身遠走，縱目四望，見西首河上一道拱橋，此時更無餘暇細想，便即撲向橋底，抱著石破天站在橋蹬石上，緊貼橋身。

過不多時，便聽得長樂幫羣豪在小河南岸呼嘯來去，更有七八人踏著石橋，自橋南奔至橋北。白萬劍打定了主意：「若我行跡給敵人發覺，說不得只好先殺了這小子。」只聽得又有一批長樂幫中人沿河畔搜將過來。突然間河畔草叢中忽喇聲響，一人向東疾馳而去。

白萬劍聽著此人腳步聲，知是師弟汪萬翼，心頭一喜。汪萬翼的輕功在雪山派中向稱第一，奔行如飛，他此舉顯是意在引開追兵，好讓自己乘機脫險。果然長樂幫羣豪蜂擁追去。白萬劍心想：「長樂幫中識見高明之士不少，豈能留下空隙，任我從容逸去？」

正遲疑間，只聽得櫓聲夾著水聲，東邊搖來三艘敞篷船，兩艘裝了瓜菜，一艘則裝滿稻草，當是鄉人一早到鎮江城裏來販賣。三艘船首尾相貫，穿過拱橋。白萬劍大喜，待最後一艘柴船經過身畔時，縱身躍起，連著石破天一齊落到稻草堆上。稻草積得高高的，幾欲碰到橋底，二人輕輕落下，船上鄉人全不知覺。白萬劍帶著石破天身子一沉，鑽入了稻草堆中。

柴船駛到柴市，靠岸停泊，搖船的鄉農逕自上茶館喝茶去了。

白萬劍從稻草中探頭出來，見近旁無人，當即挾著石破天躍上岸來，見西首碼頭旁泊著一艘烏篷船，當即踏上船頭，摸出一錠三兩來重的銀子，往船板一拋，說道：「船家，我這朋友生了急病，快送我們上揚州去。這錠銀子是船錢，不用找了。」船家見了這麼大一錠銀子，大喜過望，連聲答應，拔篙開船。烏篷船轉了幾個彎便逕向北航。

白萬劍縮入船艙，他知這一帶長樂幫勢力甚大，稍露風聲，羣豪便會趕來，心下盤算：「我雖僥倖擒得了石中玉這小子，但將七名師弟、師妹都陷在長樂幫中，卻如何搭救他們出險？」心下一喜一憂，生恐石破天裝模作樣，過不到一盞茶時分，便伸指在他身上點上幾處穴道，當烏篷船轉入長江時，石破天身上也已有四五十處穴道讓他點過了。

白萬劍道：「船家，你只管向下流駛去，這裏又是五兩銀子。」船家大喜，說道：「多謝客官厚賞，只是小人的船小，經不起江中風浪，靠著岸駛，勉強還能對付。」白萬劍道：「靠南岸順流而下最好。」

駛出二十餘里，白萬劍望見南岸有座黃牆小廟，當即站在船頭，縱聲呼嘯。廟中隨即傳出呼嘯之聲。白萬劍道：「靠岸。」那船家將船駛到岸旁，插了篙子，待要鋪上跳板，白萬劍早已挾了石破天縱躍而上。

白萬劍剛踏上岸，廟中十餘人已歡呼奔至，原來是雪山派第二批來接應的弟子。眾人見他腋下挾著一個錦衣青年，齊問：「白師哥，這個是……」

白萬劍將石破天重重往地下一摔，憤然道：「眾位師弟，愚兄僥倖得手，終於擒到了這罪魁禍首。大家難道不認得他了？」

眾人向石破天瞧去，依稀便是當年凌霄城中那個跳脫調皮的少年石中玉。

眾人怒極，有的舉腳便踢，有的向他大吐唾沫。一個年長的弟子道：「大家可莫打傷了他。白師哥馬到功成，可喜，可賀。」白萬劍搖了搖頭，道：「雖然擒得這小子，卻失陷了七位師弟、師妹，其實是得不償失。」

眾人說著走進小廟。兩名雪山弟子將石破天挾持著隨後跟進。那是一座破敗的土地廟，既沒和尚，亦無廟祝。雪山派羣弟子圖這小廟地處荒僻，無人打擾，作為落腳聯絡之處。白萬劍到得廟中，眾師弟擺開飯菜，讓他先吃飽了，然後商議今後行止。雖說是商議，但白萬劍胸中早有成竹，一句句說出來，眾師弟自盡皆遵從。

白萬劍道：「咱們須得儘快將這小子送往凌霄城，去交由掌門人發落。七位師弟、師妹雖然陷敵，諒來長樂幫想到幫主在咱們手中，也不敢難為他們。張師弟、錢師弟、趙師弟三位是南方人，留在鎮江城中，喬裝改扮了，打探訊息。好在你們沒跟長樂幫朝過相，他們認不出來。」張錢趙三人答應了。白萬劍又道：「汪萬翼汪師弟機靈多智，你們三個和他聯絡上後，全聽他吩咐。可別自以為入門早過他，擺師兄的架子，壞了大事。」張錢趙三人對這位白師哥甚是敬畏，連聲稱是。

白萬劍道：「咱們在這裏等到天黑，東下到常州申浦再過長江，遠兜圈子回凌霄城去。路程雖遠些，長樂幫卻決計料不到咱們會走這條路。這時候他們一定都已追過江北去了。」他對長樂幫甚為忌憚，言下也毫不掩飾。

白萬劍在四下察看了一周，眾同門又聚在廟中談論。他嘆了口氣，說道：「咱們這次來到中原，雖然燒了玄素莊，擒得逆徒石中玉，但孫、褚兩位師弟死於非命，耿師弟他們又陷於敵手，實大折本派的銳氣，歸根結底，總是愚兄統率無方。」

眾同門中年紀最長的呼延萬善說道：「白師哥不必自責，其實眞正原因，還是眾兄弟武功沒練得到家。大夥兒一般受師父傳授，可是本門中除白師哥、封師哥兩位之外，都只學了師尊武學的一點兒皮毛，沒學到師門功夫的精義。」他雖年長，因入門較遲，排行仍在白萬劍之後。

另一個胖胖的弟子聞萬夫道：「咱們在凌霄城中自己較量，都自以為了不起啦，不料到得外面來，才知滿不是這麼一回事。白師哥，咱們要等到天黑才動身，左右無事，請你指點大夥兒幾招。」眾師弟齊聲附和。

白萬劍道：「爹爹傳授眾兄弟的武功，全然一模一樣，不存半分偏私。你們瞧，封師哥練功比我勤勉，他功夫便在我之上。」聞萬夫道：「師父絕無偏私，這是人人知道的，只恨做兄弟的太蠢，領會不到其中訣竅。」白萬劍道：「此去凌霄城，途中未必太平無事，多學一招劍法，咱們的力量便增了一分。呼延師弟、聞師弟，你們兩個便過過招。趙師弟、錢師弟，你們到外邊守望，見到有甚動靜，立即傳聲通報。」趙錢二人心想白師哥要點撥師弟們劍法，自己偏偏無此眼福，心中老大不願，卻又不敢違抗師哥命令，只得怏怏出外。

呼延萬善和聞萬夫打起精神，各提長劍，相向而立。聞萬夫站在下首，叫道：「呼延師哥請！」呼延萬善倒轉劍柄，向白萬劍一拱手，道：「請白師哥點撥。」白萬劍點了點頭。呼延萬善劍尖倏地翻上，斜刺聞萬夫左肩，正是雪山派劍法中的一招「老枝橫斜」。

凌霄城內外遍植梅花，當年創制這套劍法的雪山派祖師又生性愛梅，是以劍法中夾雜了不少梅花、梅蕚、梅枝、梅幹的形態，古樸飄逸，兼而有之。梅樹枝幹以枯殘醜拙為貴，梅花梅蕚以繁密濃聚為尚，因而呼延萬善和聞萬夫兩人長劍一交上手，有時招式古樸，有時劍點密集，劍法一轉，便見雪花飛舞之姿，朔風呼號之勢，出招迅捷，宛若梅樹在風中搖曳不定，而塞外大漠飛沙、駝馬奔馳的意態，在兩人的身形中亦偶爾一現。

石破天這時給點了穴道，拋在一旁，誰也不來理會。他百無聊賴之際，便觀看呼延萬善和聞萬夫二人拆解劍法。他內功已頗精湛，拳術劍法卻一竅不通，眼看兩人你一劍來、我一劍去，攻守進退，甚為巧妙，於其中理路自全無所知，只覺兩人鬥得緊湊，倒也看得津津有味。

又看一會，覺兩人兩柄長劍刺來刺去，宛如兒戲，明明只須再向前送，便可刺中了對手，總是力道已盡，倏然而止，功虧一簣。他想：「他們師兄弟練劍，又不是當真要殺死對方，自然不會使盡了。」

忽聽得白萬劍喝道：「且住！」緩步走到殿中，接過呼延萬善手中長劍，比劃了一個姿式，說道：「這一招只須再向前遞得兩寸，便已勝了。」石破天心道：「是啊！白師傅說得很對，這一劍只須再前刺兩寸，便已勝了。那位呼延師傅何以故意不刺？」呼延萬善點頭道：「白師哥指教得是，只小弟這一招『風沙莽莽』使到這裏，內力已盡，再也沒法刺前半寸。」

白萬劍微微一笑，說道：「內力修為，原非一朝一夕之功。但內力不足，可用劍法上的變化補救。本派的內功秘訣，老實說未必有特別的過人之處，比之少林、武當、峨嵋、崑崙諸派，雖說各有所長，畢竟雪山一派創派的年月尚短，可能還不足以與已有數百年積累的諸大派相較。但本派劍法之奇，實說得上海內無雙。諸位師弟在臨敵之際，便須以我之長，攻敵之短，不可與人比拚內力，力求以劍招之變化精微取勝。」

衆師弟一齊點頭，心想：「白師哥這番話，果然是說中了我們劍法中最要緊的所在。」

凌霄城城主、雪山派掌門人威德先生白自在少年時得遇機緣，在雪山中碰巧殺了一條大蟒異蛇，食了蛇膽蛇血，內力斗然間大進，抵得常人五六十年修練之功。他雪山派的內功法門本來平平無奇，白自在的內力卻在少林、武當的高手之上。然而這等蛇膽蛇血，終究是可遇而不可求之物，他自己內力雖強，門下諸弟子卻在這一關上大大欠缺了。威德先生要強好勝，從來不向弟子們說起本門的短處。雪山派在凌霄城中閉門爲王，衆弟子也就以爲本派內功外功都當世無敵。直至此番來到中原，連續失利，白萬劍坦然直告，衆人這才恍然大悟。

當下白萬劍將劍法中的精妙變化，一招一式的再向各人指點。呼延萬善與聞萬夫拆招之後，換上兩名師弟。兩人比過後，白萬劍命呼延萬善、聞萬夫在外守望，替回趙錢二人。衆人經過了一番大閱歷，深切體會到只須有一招劍法使得不到家，立時便是生死之分，無不凝神注目，再不像在凌霄城時那樣單爲練劍而用功了。

各人每次拆招，所使劍法都大同小異。石破天人本聰明，再聽白萬劍不斷點撥，當第七對弟子拆招時，那一路七十二招雪山劍法，石破天已大致明白。雖然招法的名稱雅致，他既不明其意，便無法記得，而劍法中的精妙變化也未領悟，但對方劍招之來，如何拆架，如何反擊，依據白萬劍所教，他心中所想像的已頗合雪山派劍法要旨。

衆人全神貫注的學劍，學者忘倦，觀者忘飢，待得一十八名雪山弟子盡數試完，九對弟子已將這路劍法反來覆去的試演了九遍，石破天也已記得了十之六七。

忽然嗆啷一響，白萬劍擲下長劍，一聲長嘆。衆師弟面面相覷，不知他此舉是何含意。只見他眼光轉向躺在地下的石破天，黯然道：「這小子入我門來，短短兩三年內，便領悟到本派武功精要之所在，比之學了十年、二十年的許多師伯、師叔，招式之純自然不如，機變卻大有過之。本派劍法原以輕靈變化爲尚，有此門徒，封師哥固然甚爲得意，掌門人對他也青眼有加，期許他光大本派。唉……唉……唉……」連嘆三聲，惋惜之情見於顏色。

「氣寒西北」白萬劍武功固高，識見亦超人一等，今日指點十八名師弟練了半天劍，均覺這些師弟爲資質所限，便再勤學苦練，也已難期大成，想到本派後繼無人，甚覺遺憾。適才一瞥眼間，見石中玉目光所注，確是劍招該指之處，但拆招的師弟卻出劍錯了，顯然不及石中玉的機變明悟，心想石中玉本是個千中之選的佳弟子，偏偏不肯學好。他此刻沉浸於劍法變幻之中，一時忘了師門之恨，家門之辱，不由得大爲痛心。

石破天見他瞧向自己的目光中含著極深厚的愛護情意，雖不明白他的深意，心下卻不禁暗暗感激。

土地廟中一時沉寂無聲。過了片刻，白萬劍右足在地下長劍的劍柄上輕輕一點，那劍倏地跳起，似是活了一般，自行躍入他手中。他提劍在手，緩步走到中庭，朗聲道：「何方高人降臨？便請下來一敘如何？」

雪山衆弟子都嚇了一跳，心道：「長樂幫的高手趕來了？怎地呼延萬善、聞萬夫兩個在外守望，居然沒出聲示警？來者毫無聲息，白師哥又如何知道？」

只聽得啪的一聲輕響，庭中已多了兩人，一個男子全身黑衣，另一個婦人身穿雪白衣裙，只腰繫紅帶、鬢邊戴了一朵大紅花，顯得不是服喪。兩人都背負長劍，男子劍上飄的是黑穗，婦人劍上飄的是白穗。兩人躍下，同時著地，只發出一聲輕響，已然先聲奪人，更兼二人英姿颯爽，人人瞧著都是心頭一震。

白萬劍倒懸長劍，抱劍拱手，朗聲道：「原來是玄素莊石莊主夫婦駕到。」躍下的兩人正是玄素莊莊主石清、閔柔夫婦。石清臉露微笑，抱拳說道：「白師兄光臨敝莊，愚夫婦失迎，未克稍盡地主之誼，抱歉之至。」

和石清夫婦在侯監集見過面的雪山弟子都已失陷於長樂幫總舵，這一批人卻都不識，聽得是他夫婦到來，不禁心下嘀咕：「咱們已燒了他的莊子，不知他已否知道？」不料白萬劍單刀直入，說道：「我們此番自西域東來，本來爲的是找尋令郎。當時令郎沒能找到，在下一怒之下，已將貴莊燒了。」

石清臉上笑容絲毫不減，說道：「敝莊原建造得不好，白師兄瞧著不順眼，代兄弟一火毀去，好得很啊，好得很！還得多謝白師兄手下留情，將莊中人丁先行逐出，沒燒死一雞一犬，足見仁心厚意。」

白萬劍道：「貴莊家丁僕婦又沒犯事，我們豈可無故傷人？石莊主何勞多謝？」

石清道：「雪山派羣賢向來對小兒十分愛護，只恨這孩子不學好，胡作非為，有負白老前輩和封師兄、白師兄一番厚望。愚夫婦既甚感激，又復慚愧。白老前輩安好？白老夫人安好？」說到這裏，和閔柔一齊躬身為禮，向他父母請安。

白萬劍彎腰答禮，說道：「家父託福安健，家母卻因令郎之故，不在凌霄城中。」說到這裏，不由得憂形於色。石清道：「老夫人武功精湛，德高望重，一生善舉屈指難數，江湖上人人欽仰。此番出外小遊散心，福體必定安康。」白萬劍道：「多謝石莊主金言，但願如此。只家母年事已高，風霜江湖，為人子的不能不躭心掛懷。」石清道：「這是白師兄的孝思。為人子的孝順父母，為父母的掛懷子女，原是人情之常。子女縱然行為荒謬不肖，為父母的痛心之餘，也只有帶回去狠狠管教。」

白萬劍聽他言語漸涉正題，便道：「石莊主夫婦是武林中衆所仰慕的英俠，玄素莊大廳上懸有一匾，在下記得寫的是『黑白分明』四個大字。料來說的是石莊主夫婦明辨是非、主持公道的俠義胸懷，卻不單是說兩位黑白雙劍縱橫江湖的威風。」

石清道：「不錯。『俠義胸懷』四字，愧不敢當。但想咱們學武之人，於這是非曲直之際總當不可含糊。但不知『黑白分明』這四字木匾，如今到了何處？」白萬劍一楞，隨即泰然道：「在下劈破之後，已經燒了！」

石清道：「很好！小兒拜在雪山派門下，倘若犯了貴派門規，原當任由貴派師長處置，或打或殺，做父母的也不得過問，這是武林中的規矩。愚夫婦那日在侯監集上，將黑白雙劍交在貴派手中，言明押解小兒到凌霄城來換取雙劍，此事該是有的？」

白萬劍和耿萬鍾、柯萬鈞等會面後，即已得悉此事。當日耿萬鍾等雙劍遭奪，初時料定是石清夫婦使的手腳，但隨即遇到那一羣狼狽逃歸的官差轎伕，詳問之下，得悉轎中人一老一小，形貌打扮，顯是攜著那小乞丐的摩天居士謝煙客。白萬劍素聞謝煙客武功極高，行蹤無定，要奪回這對黑白雙劍，實是極大難事，此刻聽石清提及，不由得面上微微一紅，道：「不錯，尊劍不在此處，日後自當專誠奉上。」

石清哈哈一笑，說道：「白師兄此言，可將石某忒也看得輕了。『黑白分明』四字，也不是石某夫婦才講究的。你們既已將小兒扣押住了，又將石某夫婦的兵刃扣住不還，卻不知是武林中那一項規矩？」白萬劍道：「依石莊主說，該當如何？」石清道：「大丈夫一言既出，駟馬難追。要孩子不能要劍，要了劍便不能要人。」

白萬劍原是個響噹噹的腳色，信重然諾，黑白雙劍在本派手中失去，實對石清有愧，按理說不能再強辭奪理，作口舌之爭。但他曾和耿萬鍾等商議，揣測或許石清與謝煙客暗中勾結了，交劍之後，便請謝煙客出手奪去。何況石中玉害死自己獨生愛女，既已擒住禍首，豈能憑他一語，便將人交了出去？當即說道：「此事在下不能自專，石莊主還請原諒。至於賢夫婦的雙劍，著落在白萬劍身上奉還便了。白某要是無能，交不出黑白雙劍，到貴莊之前割頭謝罪。」這句話說得斬釘截鐵，更無轉圜餘地。

石清知道以他身分，言出必踐，他說還不出雙劍，便以性命來賠，在勢不能不信。但眼睜睜見到獨生愛兒躺在滿是泥污的地下，說甚麼也要救他回去。閔柔一進殿後，一雙眼光便沒離開過石破天的身上。她和愛子分別已久，乍在異地相逢，只想撲上去將他摟在懷中，親熱一番，眼中淚水早已滾來滾去，差一點要奪眶而出，任他白萬劍說甚麼話，她都聽而不聞。只她向來聽從丈夫主張，因而站在石清身旁，始終不發一言。

石清道：「白師兄言重了！愚夫婦的一對兵刃，算得甚麼？豈能跟白師兄萬金之軀相提並論？只是咱們在江湖上行走，萬事抬不過一個『理』字。雪山派劍法雖強，人手雖衆，卻也不能仗勢欺人，既要了劍，卻又要人！白師兄，這孩子今日愚夫婦要帶走了。」他說到這個「了」字，左肩微微一動，那是招呼妻子拔劍齊上的訊號。

寒光一閃，石清、閔柔兩把長劍已齊向白萬劍刺去。雙劍刺到他胸前一尺之處，忽地凝立不動，便如猛然間僵住了一般。石清說道：「白師兄，請！」他夫婦不肯突施偷襲，白萬劍若不拔劍招架，雙劍便不向前擊刺。

白萬劍目光凝視雙劍劍尖，向前踏出半步。石清、閔柔手中長劍跟著向後一縮，仍和他胸口差著這麼一尺。白萬劍陡地向後滑出一步，當石清夫婦的雙劍跟著遞上時，只聽得叮叮兩聲，白萬劍已持劍還擊，三柄長劍顫成了三團劍花。石清使的本是一柄黑色長劍，閔柔使的本是銀白色長劍，此刻夫婦二人使的是一對青鋼劍，碧油油地泛出綠光。三劍一交，霎時間滿殿生寒。

雪山派羣弟子對白師哥的劍法向來儷服，心想他雖以一敵二，仍必操勝算，各人抱劍在手，都貼牆而立，凝神觀鬥。初時但見石清、閔柔夫婦分進合擊，一招一式，都妙到巔毫，拆到六七十招後兩人出招越來越快，已看不清劍招。白萬劍使的仍是七十二路雪山劍法，衆弟子練慣之下，看來已覺平平無奇，但以之對抗石清夫婦精妙的劍招，時守時攻，本來毫不出奇的一招劍法，在他手下卻生出了極大威力。

殿上只點著一枝蠟燭，火光黯淡，三個人影夾著三團劍光，卻耀眼生花，熾烈之中又夾著令人心爲之顫的凶險，往往一劍之出，似乎只毫髮之差，便會血濺神殿。劍光映著燭火，三人臉上時明時暗。白萬劍臉露冷傲，石清神色和平，閔柔亦不減平時的溫雅嫻靜。單瞧三人的臉色氣度，便和適才相互行禮問安時並沒分別，但劍招狠辣，顯是均以全力拚鬥。

當石清夫婦來到殿中，石破天便認出閔柔就是在侯監集上贈他銀兩的和善婦人。他夫婦一進殿來，便和白萬劍說個不停，跟著便拔劍相鬥，始終沒時候讓石破天開口相認，至於他三人說些甚麼，石破天卻一句也不懂，只知石清要向白萬劍討還兩把劍，又有一個孩子甚麼的。黑白雙劍他是知道的，卻全沒想到三人所爭原來是爲了自己。

石破天適才見到雪山派十八名弟子試劍，這時見三人又拔劍動手，既無一言半語叱責喝罵，神色間又十分平靜，只道三人還是和先前一般的研討武藝，七十二路雪山派劍法他早看得熟了，這時在白萬劍手中使出來輕靈自然，矯捷狠辣，每一招都看得他心曠神怡。

看了一會，再轉而注視石清夫婦的劍法，便即發覺三人的劍路大不相同。石清是大開大闔，端嚴穩重；閔柔卻隨式而轉，使劍如帶。兩夫婦所使劍法招式並無不同，但一剛一柔、一陽一陰，一直一圓、一速一緩，運招使式的內勁全然相反，但一與白萬劍長劍相遇，兩夫婦的劍招又似相輔相成，凝為一體。他夫婦在上清觀學藝時本是同門師兄妹，學藝時互生情愫，當時合使劍法之際便已有心心相印之意，其後結褵二十餘載，從未有一日分離，也從未有一日停止練劍，早已到了心意相通、有若一人的地步。劍法陰陽離合的體會，武林中更無另外兩人能與之相比。這般劍法上的高深道理，石破天自然半點不懂。

石清夫婦的劍法內勁，分別和白萬劍在伯仲之間，兩個打一個，白萬劍早非對手，只是白萬劍的劍法中有一股凌厲的狠勁，閔柔生性斯文，出招時往往留有三分餘地，三個人才拚鬥了這麼久。但別看閔柔一股嬌怯怯的模樣，劍法之精，殊不在丈夫之下。白萬劍只鬥到七十招時，便接連兩次險些為閔柔劍鋒掃中，心中已在暗暗叫苦，只是他生性剛強，縱然喪生在他夫婦劍底，也寧死不屈，但攻守之際，不免越來越落下風。

雪山派中的幾名弟子看出情勢不對，一人大聲叫道：「兩個打一個，太不成話了。石莊主，你有種便和白師哥單打獨鬥，若要羣毆，我們也就一擁而上了。」

石清一笑，說道：「風火神龍封師兄在這兒麼？封師兄若在，原可和白師兄聯手，咱們四個人比劍玩玩。」言下之意十分明白，雪山派羣弟子中除了封萬里，餘人未必能與白萬劍聯手出劍。眼前敵手只白萬劍一人，自己夫婦佔了很大便宜，但獨生愛子若給他擄上凌霄城去，那裏還能活命？何況這廟中雪山派幾近二十人，也可說自己夫妻兩人鬥他十餘人，至於除白萬劍一人之外其餘都是庸手，又誰叫他雪山派中不多調教幾個好手出來？

白萬劍聽他提到封萬里，心下大怒：「封師哥只為收了教了你的小鬼兒子為徒，這才給爹爹斬去一臂，虧你還有臉提到他？」但高手比武不可絲毫亂了心神，白萬劍本已處境窘迫，這一發怒，一招「明駝駿足」使出去時不免招式稍老。石清登時瞧出破綻，舉劍封擋，內力運到劍鋒之上，將白萬劍的來劍微微一黏。白萬劍忙運勁滑開，便只這麼電光石火的一個空隙，閔柔長劍已從空隙中穿了進去，直指白萬劍胸口。

白萬劍雙目一閉，知道此劍勢必穿心而過，無可招架。那知閔柔長劍只遞到離他胸口三寸之處，立即縮回。夫婦倆並肩向後躍開，嚓的一聲響，雙劍同時入鞘，一言不發。

白萬劍睜開眼來，臉色鐵青，心想對方饒了我性命，用意再也明白不過，那是要帶了他們兒子走路，自己落敗，如何再能窮打爛纏，又加阻攔？何況即使再鬥，雙拳難敵四手，終究鬥他夫婦不過，想起愛女為他夫婦的兒子所害，自己率眾來到中原，既將七名師弟妹失陷在長樂幫中，石中玉得而復失，而生平自負的雪山劍法又敵不過玄素雙劍，一生英名付於流水，霎時間萬念俱灰，怔怔的站著，也不作一聲。

這時呼延萬善、聞萬夫已得訊回廟，眼見師哥落敗，齊聲呼道：「他們以多鬥少，難道咱們便不能學樣？」十八人各挺長劍，從四面八方向石清、閔柔夫婦攻了上去。

石清道：「白師兄，我夫婦聯手，雖略佔上風，勝敗未分，接招！」說著挺劍向白萬劍刺去。以白萬劍的身分，適才對方既饒了自己性命，決不能再行索戰，但石清自己發劍，卻可招架，心道：「好，我和你一對一的決一死戰。」當即舉劍格開，斜身還招。

白萬劍和石清這一鬥上手，情勢又自不同，適才他以一敵二，處處受到牽制，防守固極盡嚴密之能事，反擊劍招卻難盡情發揮，攻擊石清時要防到閔柔來襲，劍刺閔柔時又須回招拆架石清在旁所作的呼應。這時一人鬥一人，單劍對單劍，他又恥於適才之敗，登時將這七十二路雪山劍法使得淋漓盡致，全力進擊。

石清暗暗吃驚：「『氣寒西北』名下無虛，果是當世一等一的劍士！」提起精神，將生平所學盡數施展，心道：「要教你知道我上清觀劍法，原不在你雪山派之下。我命兒子拜在你派門下，乃是另有深意。你別妄自尊大，以為我石清便不如你白萬劍了。」

二人這一拚鬥，當真棋逢敵手。白萬劍出招迅猛，劍招縱橫。石清卻端凝如山，法度嚴謹。白萬劍連變十餘次劍招，始終佔不到絲毫上風，心下也暗暗驚異：「此人劍法之高，更在他所享聲名之上，然則他何以命他兒子拜在本派門下？」又想：「適才我比劍落敗，還可說雙拳難敵四手，現下單打獨鬥，若再輸得一招半式，雪山派當真聲名掃地了。我非得制住他的要害，也饒他一命不可，否則奇恥難雪。」他一存著急於求勝之心，出招時不免行險。石清暗暗心喜：「你越急於求勝，只怕越易敗在我手裏。」

十餘招過去，果然白萬劍連遇險招，他心中一凜，立時收懾心神，去奇詭而行正道，改急攻為爭先著，到此地步，兩人才真的是鬥了個旗鼓相當，難分軒輊。

石破天在一旁看著二人相鬥，雖不明其中道理，卻也看得出了神。

石清和白萬劍也鬥得渾忘了身周情事，待拆到二百餘招之後，白萬劍心神酣暢，只覺今日之鬥實爲平生一大快事，早將剛才給閔柔一劍制住之恥拋在腦後。石清也深以遇此勁敵爲喜。兩人自然而然都生出惺惺相惜之情，敵意漸去，而切磋之心越來越盛，各展絕技，要看對方如何拆解。

二人初鬥之時，殿中叮叮噹噹之聲響成一片，這時卻唯有雙劍撞擊的錚錚之聲。鬥到分際，白萬劍一招「暗香疏影」，劍刃若有若無的斜削過來。石清低讚一聲：「好劍法！」豎劍一立，雙劍相交。兩人所使的這一招上都運上了內勁，啪的一聲響，石清手中青鋼劍竟爾折斷。他手中長劍甫斷，左邊一劍便遞了上來。石清左手接過，一招「左右逢源」，長劍自左至右的在身前劃了一弧，以阻對方繼續進擊。

白萬劍退後一步，說道：「此是石莊主劍質較劣，並非劍招上分了輸贏。石莊主若有黑劍在手，寶劍焉能折斷？倒是兄弟的不是了。」剛說了這句話，突然間臉色大變，這才發覺站在石清左首遞劍給他的乃是閔柔，本派十八名師弟，卻橫七豎八的躺得滿地都是。

原來當白萬劍全神貫注的與石清鬥劍之時，閔柔已將雪山派十八名弟子一一刺傷倒地。每人身上所受劍傷都極輕微，但閔柔的內力從劍尖上傳了過去，直透穴道，竟使衆人中劍後再也動彈不得。這是閔柔劍法中的一絕。她宅心仁善，不願殺傷敵人，是以別出心裁，將上清觀的打穴法融化在劍術之中。雪山派十八名弟子雖說是中劍，實則是受了她內力點穴，只不過她內力未臻上乘，否則劍尖碰到對方穴道，便可制敵而不使其皮肉受傷。

閔柔手中長劍一遞給丈夫，足尖輕撥，從地下挑起一柄雪山派弟子脫落的長劍，握在手中，站在丈夫左側之後三步，隨時便能搶上夾擊。

白萬劍一顆心登時沉了下去，尋思：「我和石清說甚麼也只能鬥個平手，石夫人再加入戰團，舊事重演，還打甚麼？」黯然說道：「只可惜封師哥不在這裏，否則封白二人聯手，當可和賢伉儷較量一場。今日敗勢已成，還有甚麼可說？」

石清道：「不錯，日後遇到風火神龍……」一句話沒說完，想起封萬里為了兒子石中玉之故，臂膀為他師父所斬，日後縱然遇到，也不能比劍了，登時住口，不再繼續往下說，臉上不禁深有慚色，絲毫不以夫婦聯手打敗雪山派十九弟子為喜。

石破天見白萬劍臉色鐵青，顯是心中痛苦之極，而石清、閔柔均有同情和惋惜之色，心想：「雪山派這十八個師弟都是笨蛋，沒一個能幫他和石莊主夫婦兩個鬥兩個，好好的比一場劍，當眞十分掃興。」想起白萬劍適才凝視自己時大有愛惜之意，尋思：「白師傅對我甚好，那位石夫人給過我銀子，待我也不錯。他們要比劍，卻少一個對手，有一位封師哥甚麼的，偏偏不在這裏，大家都不開心。我雖然不會甚麼劍法，但剛才看也看熟了，幫他們湊湊熱鬧也好。」當即站起，學著白萬劍適才的模樣，足尖在地下一柄長劍的劍柄上一點，內力到處，那劍呼的一聲，躍將起來。他毛手毛腳的搶著抓住劍柄，笑道：「你們少了一個人，比不成劍，我來跟白師傅聯手，湊個興兒。不過我是不會的，請你們指點。」

白萬劍和石清夫婦見他突然站起，都大吃一驚。白萬劍心想自己明明已點了他全身數十處穴道，怎麼忽然間能邁步行動，定是閔柔在擊倒本派十八弟子後，便去解開他穴道。石清、閔柔料想白萬劍既將他擒住，定然便點了他重穴，怎麼竟會走過來？閔柔叫道：「玉……」那一聲「玉兒」只叫得一個字，便即住口，轉眼向丈夫瞧去。

石破天遭白萬劍點了穴道，躺在地下已有兩個多時辰。本來白萬劍點了旁人穴道，至少要六個時辰方得解開，可是石破天內功深厚，雖不會自解穴道之法，但不到一個時辰，各處所封穴道在他內力自然運行之下，不知不覺的便解開了。他渾渾噩噩，全然不知，只覺本來手足痲木，不會動彈，後來慢慢的都會動了。

白萬劍大聲道：「你爲甚麼要和我聯劍？要試試你在雪山派所學的劍法？」

石破天心想：「我確是看你們練劍而學到了一些，就只怕學錯了。」便點了點頭，道：「我學的也不知學對了沒有，請白師傅和石莊主、石夫人教我。」說著長劍斜起，站在白萬劍身側，使的正是雪山劍法中一招「雙駝西來」。

石清、閔柔夫婦一齊凝視石破天，他們自送他上凌霄城學劍，已有多年不見，此刻異地重逢，中間又滲著許多愛憐、喜悅、惱恨、慚愧之情，當眞百感交集。夫婦倆見兒子長得高了，身子粗壯，臉上雖有風塵憔悴之色，卻也掩不住一股英華飛逸之氣，尤其一雙眸子精光燦然，便似體內蘊蓄有極深的內力一般。

石清身爲嚴父，想到武林中的種種規矩，這不肖子大壞玄素莊門風，令他夫婦在江湖上羞於見人，這幾年來，他夫婦只暗中探訪他蹤跡，從不和武林同道相見。他此刻見到父母，居然不上前拜見，反要比試武藝，單此一事，足見雪山派說他種種輕佻不端的行逕當非虛假，不由得暗暗切齒，只他向來極沉得住氣，又礙於在白萬劍之前，一時不便發作。

閔柔卻是慈母心腸，歡喜之意，遠過惱恨。她本來生有兩子，次子爲仇家所害慘死，傷心之餘，將疼愛兩子之心都移注在這長子石中玉身上。她常對丈夫爲兒子辯解，說雪山派一面之辭未必可信，定是兒子在凌霄城中受人欺凌，給逼得無可容身，多半還是白自在的孫女恃寵而驕，欺壓得他狠了，因而憤而反抗。否則他小小年紀，怎會做出這種貪淫犯上的事來？何況白家的女孩兒當時只十二三歲，中玉也不會對這樣的小姑娘胡作非爲。數年中風霜江湖，一直沒得到兒子的訊息，她時時暗中飲泣，總躭心兒子已葬身於西域大雪山中，又或膏於虎狼之吻，此刻乍見愛子，他便眞有天大過犯，在慈母心中早就一切都原諒了。見他提劍而出，步履輕健，身形端穩，不由得心花怒放，恨不得將他摟在懷裏，好好的疼他一番。她知這個兒子從小便狡獪過人，既說要和白萬劍聯手比劍，定然另有深意，她深恐丈夫惱怒之下，出聲叱責，又想看看兒子這些年來武功進境到底如何，當即說道：「好啊，咱們四個便二對二的研討一下武功，反正是點到爲止，也沒甚麼相干。」語音柔和，充滿了愛憐之意，只心下激動，話聲卻也顫了。

石清向妻子斜視了一眼，點了點頭。閔柔性子和順，甚麼事都由丈夫作主，自來不出甚麼主意，但她偶爾說甚麼話，石清倒也總不違拗。他猜想妻子的心意，一來是急於要瞧兒子的武功，二來是要白萬劍輸得心服，諒來石中玉小小年紀，就算聰明，劍法也高不過那些給閔柔點倒的雪山派衆師叔，何況他決計不會眞的幫著白萬劍出力與父母相抗。

白萬劍卻另有一番主意：「你以雪山派劍法和我聯手抗敵，便承認是雪山派弟子。不論這場比劍結果如何，只須我不爲你一家三人所殺，待得取出雪山派掌門人令符，你便非得跟我回山不可。石清夫婦若再阻撓，那更是壞了武林規矩。」當下長劍一舉，說道：「是二對二也好，是三對一也好，白某人反正是玄素雙劍的手下敗將，再來捨命陪君子便是。」他已定下死志，倘若他石家三人向自己圍攻逼迫，那便說甚麼也要殺了石中玉，只須不求自保，捨命殺他諒來也辦得到。

石破天見他長劍劍尖微顫，斜指石清，當是似攻實守，便道：「那麼是由我搶攻了。」長劍也是微顫，向石清右肩刺去，一招刺出，陡然間劍氣大盛。這一劍去勢並不甚急，但內力到處，只激得風聲嗤嗤而響，劍招是雪山劍法，內力之強卻遠非白萬劍所能及。

白萬劍、石清、閔柔三人同時不約而同的低聲驚呼：「咦！」

石破天這一劍刺出，白萬劍初見便微生卑視之意，心想：「你這一招『雲橫西嶺』，右肘抬得太高，招數易於用老；左指部位放得完全不對，不含伸指點穴的後著；左足跨得前了四寸，敵人若施反擊，便不懼你抬左足踢他脛骨……」他一眼之間，便瞧出了石破天這一招中八九處錯失，但霎時之間，卑視立時變爲錯愕。石破天這一招劍氣之勁，當眞生平罕見，只有父親酒酣之餘，向少數幾名得意弟子試演劍法之時，出劍時才有如此嗤嗤聲響，但那也要在三四十招之後，內力漸漸凝聚，方能招出生風。石破天這般起始發劍便有疾風厲聲，難道劍上裝有哨子之類的古怪物事麼？

他這念頭只是一轉，便知所想不對，只見石清「咦」了一聲之後，舉劍封擋，喀的一聲響，石清手中長劍立時斷爲兩截。上半截斷劍直飛出去，插入牆中，深入數寸。

石清只覺虎口一熱，膀子顫動，半截劍也險些脫手。他雖惱恨這個敗子，但練武之人遇上了武功高明之士，忍不住會生出讚佩的念頭，一個「好」字當下便脫口而出。

石破天見石清的長劍斷折，卻吃了一驚，叫聲：「啊喲！」立即收劍，臉上露出歉仄和關懷之意。這時他臉向燭火，這般神色都教石清、閔柔二人瞧在眼裏。夫婦二人心中都閃過一絲暖意：「玉兒畢竟還是個孝順兒子！」

石清拋去斷劍，用足尖又從地下挑起一柄長劍，說道：「不用顧忌，接招罷！」唰的一劍，向石破天左腿刺去。石破天畢竟從來沒練過劍術，內力雖強，在進攻時尙可發威力，一遇上石清這種虛虛實實、忽左忽右的劍法，卻那裏能接得住？一招間便慌了手腳，總算心念轉得甚快，手忙腳亂的使招「蒼松迎客」，橫劍擋去。

石清長劍略斜，劍鋒已及他右腿，倘若眼前這人不是他親生兒子，而是個須殺之而後快的死敵，這一劍已將石破天右腿斬爲兩截。他長劍輕輕一抖，閔柔卻已嚇出了一身冷汗，急叫：「師哥！」

石破天眼望自己右腿時，但見褲管上已讓劃開一道破口，卻沒傷到皮肉，他歉然笑道：「多謝你手下留情，我的劍法學得全然不對，比你可差得遠了！」

他這句話出於眞心，但言者無意，聽者有心，語入白萬劍耳中，直是一萬個不受用，心道：「你向父親說你劍法比他差得甚遠，豈非明明在貶低雪山派劍法？又說學得全然不對，便是說我們雪山派藏私，沒好好教你。只一句話，便狠狠損了雪山派兩下。白萬劍但教一口氣在，豈能受你這小子奚落折辱？」

石清也眉頭微蹙，心想：「師妹老說玉兒在雪山派中必受師叔、師兄輩欺凌，我想白老前輩為人正直，封萬里肝膽俠義，既收我兒為徒，決不能虧待了他。但瞧他使這兩招劍法，姿式已然不對，中間更破綻百出，如何可以臨敵？似乎他在凌霄城中果然沒學到甚麼眞實武功。他先一劍內力強勁之極，但這份內力與雪山派定然絕無干係，便威德先生自己也未必有此造詣，必是他另有奇遇所致。到底如何，須得追究個水落石出，日後也好分辯是非曲直。」當下說道：「來來來，大家不用有甚麼顧忌，好好的比劍。」左手揑個劍訣，向前一指，挺劍向白萬劍刺去。

白萬劍舉劍格開，還了一劍。

閔柔便伸劍向石破天緩緩刺去，她故意放緩了去勢，好讓兒子不致招架不及。石破天見她這一劍來勢甚緩，想起當年侯監集上贈銀之情，咧開了嘴向她一笑，又點頭示謝，這才提劍輕輕一擋。閔柔見他神情，只道他是向母親招呼，心中更喜，迴劍又向他腰間掠去。石破天想了一想：「這一招最好是如此拆解。」當下使出一招雪山劍法，將來劍格開。

閔柔見他劍法生疏之極，出招既遲疑，遞劍時手法也是嫩極，不禁心下難過：「雪山派這些劍客們自命俠義不凡，卻如此的教我兒劍法！」於是又變招刺他左肩。她每一招遞出，都要等石破天想出了拆解之法，這才眞的使實，倘若他一時難以拆解，她便慢慢的等待。這那是比劍？比之師徒間的餵招，她更多了十二分慈愛，十二分耐心。

十餘招後，石破天信心漸增，拆解快了許多。閔柔心中暗喜，每當他一劍使得不錯，便點頭嘉許。石破天早看出她在指點自己使劍，倘若閔柔不點頭，那便重使一招，閔柔如認爲他拆解不善，仍會第二次以同樣招式進擊，總要讓他拆解無誤方罷。

這邊廂石清和白萬劍三度再鬥，兩人於對方的功力長短，心下均已了然，更不敢有絲毫怠忽。數招之後，兩人都已重行進入全神專注、對周遭變故不聞不見的境界，閔柔和石破天如何拆招、是眞鬥還是假鬥、誰佔上風誰處敗勢，石白二人固無暇顧及，卻也無法顧及，在這場釐毫不能相差的拚鬥中，只要那一個稍有分心，立時非死即傷。

閔柔於指點石破天劍法之際，卻儘有餘暇去看丈夫和白萬劍的廝拚。她靜聽丈夫呼吸悠長，知他內力仍然充沛，就算不勝，也決不致落敗，眼見石破天一劍又一劍的將雪山劍法演完，七十二路劍法中忘卻了二十來路，於是又順著他劍法的路子，誘導他再試一遍。

石破天第二遍再試，比之第一次時便已頗有進境，居然能偶爾順勢反擊，拆解之時也快了些。他堪堪把學到的四十幾路劍法第二次又將拆完，閔柔見丈夫和白萬劍仍在激鬥，心想：「把這套劍拆完後，便該插手相助，不必再跟這白萬劍糾纏下去，帶了玉兒走路便是。」眼見石破天一劍刺來，便舉劍擋開，跟著還了一招，料想這一招的拆法兒子已經學會，定會拆解妥善，豈知便在此時，眼前陡然一黑，原來殿上的蠟燭點到盡頭，驀地熄了。

閔柔一劍刺出，見燭光熄滅，立時收招。不料石破天沒半分臨敵經驗，眼前一黑，不向後退，反迎了上去，想要和閔柔敘舊，謝她教劍之德，這一步踏前，正好將身子湊到了閔柔劍上。

閔柔只覺兵刃上輕輕一阻，已刺入人身，大驚之下，抽劍向後擲去，黑暗中伸臂抱了石破天，驚叫：「刺傷了你嗎？傷在那裏？傷在那裏？」石破天道：「我……我……」連聲咳嗽，說不出話來。閔柔急晃火摺，見石破天胸口滿是鮮血，她本來極有定力，這時卻嚇得呆了，心下惶然一片，仰頭向石清道：「師哥，怎……怎麼辦？」

石清和白萬劍在黑暗之中仍憑著對方劍勢風聲，劇鬥不休。待得閔柔晃亮火摺，哀聲叫嚷，石清斜目一瞥，見石破天受傷倒地，妻子驚懼已極，畢竟父子關心，心中微微一亂。便這麼稍露破綻，白萬劍已乘隙而入，長劍疾指，刺向石清心口，這一招制其要害，石清要待拆架，已萬萬不及。

白萬劍長劍遞到離對方胸口八寸之處，立即收劍。適才閔柔在劍法上制他死命之後，迴劍不刺，現下他一命還一命，也在制住對方要害之後撤劍，從此誰也不虧負誰。

石清掛念兒子傷勢，也不暇去計較這些劍術上的得失榮辱，忙俯身去看石破天的劍傷，只見他胸口鮮血緩緩滲出，顯是這一劍刺得不深。原來閔柔反應極快，劍尖甫觸人體，立即縮回。石清、閔柔正自心下稍慰，只見一柄冷森森的長劍已指住石破天的咽喉。

只聽白萬劍冷冷的道：「令郎辱我愛女，累得她小小年紀，投崖自盡，此仇不能不報。兩位要是容我帶他上凌霄城去，至少尚有二月之命，但若欲用強，我這一劍便刺下去了。」

石清和閔柔對望一眼。閔柔不由得打個寒噤，知道此人言出必踐，等他這一劍刺下，就算夫婦二人合力再將他斃於劍底，也已於事無補。石清使個眼色，伸手握住妻子手腕，縱身便竄出殿外。閔柔將出殿門時回過頭來，向躺在地下的愛兒再瞧一眼，眼色又溫柔，又悲苦，便這麼一瞬之間，她手中火摺已然熄滅，殿中又黑漆一團。

白萬劍側身聽著石清夫婦腳步遠去，知他夫婦定然不肯干休，此後回向凌霄城的途中，定將有無數風波、無數惡鬥，但眼前是暫且不會回來了，回想適才的鬥劍，實是生平從所未遇的奇險，倘若那蠟燭再長得半寸，這姓石的小子非給他父母奪去不可。

他定了定神，吁了一口氣，伸手到懷中去摸火刀火石，卻摸了個空，這才記得去長樂幫總舵之前已交給了師弟聞萬夫，以免激鬥之際多所累贅，高手過招，相差只在毫髮之間，身上輕得一分就靈便一分。當下到躺在身旁地下的一名師弟懷中摸到了火刀、火石、火紙，打著了火，待要找一根蠟燭，突然一呆，腳邊的石中玉竟已不知去向。

他驚愕之下，登時背上感到一陣涼意，全身寒毛直豎，口中只叫：「有鬼，有鬼！」

若不是鬼怪出現，這石中玉如何會在這片刻之間無影無蹤，而自己又全無所覺？他一凜之後，拋去火摺，提著長劍直搶在廟外。四下裏絕無人影。

他初時想到「有鬼」，但隨即知道早有高手窺伺在側，在自己摸索火石之時，乘機將人救去，多半便是貝海石。他急躍上屋，遊目四顧，唯見東南角上有一叢樹林可以藏身，當下縱身落地，搶到林邊，喝道：「鬼鬼祟祟的不是好漢，出來決個死戰。」

略待片刻，林中並無人聲，他又叫：「貝大夫，是你嗎？」林中仍無回答。當此之時，也顧不得敵人在林中倏施暗算，當即提劍闖進。但林中也是空蕩蕩地，涼風拂體，落葉沙沙，江南秋意已濃。

白萬劍怒氣頓消，適才這一戰已令他不敢小覷了天下英雄，這時更興「天上有天，人上有人」之念，心中隱隱感到三分涼意，想起女兒稚齡慘亡，不由得悲從中來。

長江中風勁水急，兩船瞬息間已相距十餘丈，丁不三輕功再高，也沒法縱跳過去。

那小船輕舟疾行，越駛越遠，再也追不上了。

八

白痴

石破天自己撞到閔柔劍上，受傷不重，也不如何疼痛，眼見石清、閔柔二人出廟，跟著殿中燭火熄滅，一團漆黑之中，忽覺有人伸手過來，按住自己嘴巴，輕輕將自己拖入了神枱底下。正驚異間，火光閃亮，見白萬劍手中拿著火摺，驚叫：「有鬼，有鬼！」奔出廟去，料得他不知自己躲在神枱之下，出廟追尋，不由得暗暗好笑，只覺那人抱著自己快跑出廟，奔馳了一會，躍入一艘小舟，接著有人點亮油燈。

石破天見身畔拿著油燈的正是丁璫，心下大喜，叫道：「叮叮噹噹，是誰抱我來的？」丁璫小嘴一撇，道：「自然是爺爺了，還能有誰？」石破天側過頭來，見丁不三抱膝坐在船頭，眼望天空，便問：「爺爺，你……你……抱我來做甚麼？」

丁不三哼了一聲，說道：「阿璫，這人是個白痴，你嫁他作甚？反正沒跟他同房，不如乘早一刀殺了。」

丁璫急道：「不，不！天哥生了一場大病，好多事都記不起了，慢慢就會好。天哥，我瞧瞧你的傷口。」解開他胸口衣襟，拿手帕蘸水抹去傷口旁的血跡，敷上金創藥，再撕下自己衣襟，給他包紮了傷口。

石破天道：「謝謝你。叮叮噹噹，你和爺爺都躲在那桌子底下嗎？好像捉迷藏，好玩得很。」丁璫道：「還說好玩呢？你爸爸媽媽和那姓白的鬥劍，可不知瞧得我心中多慌。」石破天奇道：「我爸爸媽媽？你說那個穿黑衣服的大爺是我爸爸？那個俊女人可不是我媽媽……我媽媽不是這個樣子，沒她好看。」丁璫嘆了口氣，說道：「天哥，你這場病眞害得不輕，連自己父母也忘了。我瞧你使那雪山劍法，也生疏得緊，難道眞的連武功也都忘記得乾乾淨淨了？……這……這怎麼會？」

原來石破天爲白萬劍所擒，丁不三祖孫一路追了下來。白萬劍出廟巡視，兩人乘機躲入神枱之下，石清夫婦入廟鬥劍種種情形，祖孫二人都瞧在眼裏。丁不三本來以爲石破天假裝失手，必定另有用意，那知見他使劍出招，劍法之糟，幾乎氣破了他肚子，心中不住大罵：「白痴，白痴，白痴！」乘著白萬劍找尋火刀、火石，便將石破天救出。

只聽得石破天道：「我會甚麼武功？我甚麼武功也不會。你這話我更加不明白了。」丁不三再也忍耐不住，突然站起，回頭厲聲道：「阿璫，你到底是迷了心竅，還是甚麼，偏要嫁這麼個胡說八道、莫名其妙的小混蛋？我一掌便將他斃了，包在爺爺身上，給你另外找一個又英俊、又聰明、風流體貼、文武雙全的少年來給你做小女婿兒。」

丁璫眼中淚水滾來滾去，哽咽道：「我……我不要甚麼別的少年英雄。他……他又不是白痴，只不過……只不過生了一場大病，頭腦一時胡塗了。」

丁不三怒道：「甚麼一時胡塗？他父母明明武功了得，他卻自稱是『狗雜種』，他若不是白痴，你爺爺便是白痴。瞧著他使劍那一副鬼模樣，不教人氣炸了胸膛才怪，那麼毛手毛腳的，沒一招不是破綻百出，到處都是漏洞。嘿嘿，人家明明收了劍，這小子卻把身子撞到劍上去，硬要受了傷才痛快。這樣的膿包我若不殺，早晚也給人宰了。江湖上傳言出去，說道丁不三的孫女婿給人家殺了，我還做人不做？不行，非殺不可！」

丁璫咬一咬下唇，問道：「爺爺，你要怎樣才不殺他？」丁不三道：「哈，我幹麼不殺他？非殺不可，沒的丟了我丁不三的臉。人家聽說丁老三殺了自己孫女婿，沒甚麼希奇。若說丁老三的孫女婿給人家殺了，那我怎麼辦？」丁璫道：「怎麼辦？你老人家給他報仇啊。」

丁不三哈哈大笑，道：「我給這種膿包報仇？你當你爺爺是甚麼人？」丁璫哭道：「是你叫我跟他拜堂的，他早是我丈夫啦。你殺了他，不是教我做小寡婦麼？」

丁不三搔搔頭皮，說道：「那時候我曾試過他，覺得他內功不壞，做得我孫女婿，那知他竟是個白痴。你一定不讓我殺他，那也成，卻須依我一件事。」

丁璫聽到有了轉機，喜道：「依你甚麼事？快說，爺爺，快說。」

丁不三道：「我說他是白痴，該殺。你卻說他不是白痴，不該殺。好罷，我限他十天之內，去跟那個白萬劍比武，將那個『氣寒西北』甚麼的殺死了或者打敗了，變成了『氣死西北』，我才饒他，才許他和你做眞夫妻。」

丁璫倒抽了一口涼氣，剛才親眼見到白萬劍劍術精絕，石郎如何能是這位劍術大名家的敵手，只怕再練二十年也是不成，說道：「爺爺，你出的明明是個辦不到的難題。」

丁不三道：「白萬劍姓白，白痴也姓白，兩個姓白的必得拚個輸贏，只能剩一個姓白的。他打不過白萬劍，我一掌便將這白痴斃了。」自覺理由充分，不禁洋洋自得。

丁璫滿腹愁思，側頭向石破天瞧去，卻見他一臉漫不在乎的神氣，悄聲道：「天哥，我爺爺限你在十天之內，去打敗那個白萬劍，你說怎樣？」石破天道：「白萬劍？他劍法好得很啊，我怎打得過他？」丁璫道：「是啊。我爺爺說，你如打不贏他，便要將你殺了。」石破天嘻嘻一笑，說道：「好端端的爲甚麼殺我？爺爺跟你說笑呢，你也當眞？爺爺是好人，不是壞人，他……他怎會殺我？」

丁璫一聲長嘆，心想：「石郎當眞病得傻了，不明事理。眼前之計，唯有先答允爺爺再說，在這十天之內，好歹要想法兒讓石郎逃走。」向丁不三道：「好罷，爺爺，我答允了，教他十天之內，去打敗白萬劍便是。」

丁不三冷冷一笑，說道：「爺爺餓了，做飯吃罷！我跟你說：一不教，二別逃，三不饒。不教，是爺爺決不教白痴武藝。別逃，是你別想放他逃命，爺爺只要發覺他想逃命，不用到十天，隨時隨刻便將他斃了。不饒，用不著我多說。」

丁璫道：「你既說他是白痴，那麼你就算教他武藝，他也學不會，又何必『一不教』？」丁不三道：「就算爺爺肯教，他十天之內又怎能去打敗白萬劍？教十年也未必能夠。」丁璫道：「那是你教人的本領不好，以你這樣天下無敵的武功，好好教個徒兒來，怎會及不上雪山派白自在的徒兒？難道甚麼威德先生白自在還強過了你？」

丁不三微笑道：「阿璫，你這激將之計不管用。這樣的白痴，就算神仙也拿他沒法子。你有沒聽到石清夫婦跟白萬劍的說話？這白痴在雪山派中學藝多年，居然學成了這等獨腳貓的劍法？」他名叫丁不三，這「三」字犯忌，因此「三腳貓」改稱「獨腳貓」。

其時坐船張起了風帆，順著東風，正在長江中溯江而上，向西航行。天色漸明，江面上一陣陣白霧瀰漫。丁璫說道：「好，你不教，我來教。爺爺，我不做飯了，我要教天哥武功。」

丁不三怒道：「你不做飯，不是存心餓死爺爺麼？」丁璫道：「你要殺我丈夫，我不如先餓死了你。」丁不三道：「呸，呸！快做飯。」丁璫不去睬他，向石破天道：「天哥，我來教你一套功夫，包你十天之內，打敗了那白萬劍。」丁不三道：「胡說八道，連我也辦不到的事，憑你這小丫頭又能辦到？」

祖孫倆不住鬥口。丁璫心中卻著實發愁。她知爺爺脾氣古怪，跟他軟求決計無用，只有想個甚麼刁鑽法子，或能讓他回心轉意，尋思：「我不給他做飯，他餓起上來，只好停舟泊岸，上岸去買東西吃，那便有機可乘，好教石郎脫身逃走。」

不料石破天見丁不三餓得愁眉苦臉，自己肚中也餓了，他又怎猜得到丁璫用意，站起身來，說道：「我去做飯。」丁璫怒道：「你去勞碌做飯，創口再破，那怎麼辦？」

丁不三道：「我丁家的金創藥靈驗如神，敷上即愈，他受的劍創又不重，怕甚麼？好孩子，快去做飯給爺爺吃。」為了想吃飯，居然不叫他「白痴」。丁璫道：「他做飯給你吃，那麼你還殺不殺他？」丁不三道：「做飯管做飯，殺人管殺人。兩件事毫不相干，豈可混為一談？」

石破天一按胸前劍傷，果然並不甚痛，便到後梢去淘米燒飯，見一個老梢公掌著舵，坐在後梢，對他三人的言語恍若不聞。煮飯燒菜是石破天生平最拿手之事，片刻間將兩尾魚煎得微焦，既香且鮮，一鑊白米飯更煮得熱烘烘、香噴噴地。

丁不三吃得連聲讚好，說道：「你的武功若有燒飯本事的一成，爺爺也不會殺你了。當日你若沒跟阿璫拜堂成親，只做我的廚子，別說我不會殺你，別人若要殺你，爺爺也決不答應。唉，只可惜我先前已限定了十日之期，丁不三言出如山，決不能改，倘若我限的是一個月，多吃你二十天的飯，豈不是好？這當兒悔之莫及，無法可想了。」說著嘆氣不已。

吃過飯後，石破天和丁璫並肩在船尾洗碗筷。丁璫見爺爺坐在船頭，低聲道：「待會我教你一套擒拿手法，你可得用心記住。」石破天道：「學會了去跟那白師傅比武麼？」丁璫道：「你難道當真是白痴？天哥，你……你從前不是這個樣子的。」石破天道：「從前我怎麼了？」丁璫臉上微微暈紅，道：「從前你見了我，一張嘴可比蜜糖兒還甜，千伶百俐，有說有笑，哄得我好不歡喜，說出話來，句句令人意想不到。你現在可當眞傻了。」

石破天嘆了一口氣，道：「我本來不是你的天哥，他會討你歡喜，我可不會，你還是去找他的好。」丁璫軟語央求：「天哥，你這是生了我的氣麼？」石破天搖頭道：「我怎會生你的氣？我跟你說實話，你總不信。」

丁璫望著船舷邊滔滔江水，自言自語：「不知道甚麼時候，他才會變回從前那樣。」呆呆出神，手一鬆，一隻磁碗掉入了江中，在綠波中晃得兩下便不見了。

石破天道：「叮叮噹噹，我永遠變不成你那個天哥。倘若我永遠是這麼……這麼……一個白痴，你就永遠不會喜歡我，是不是？」

丁璫泫然欲泣，道：「我不知道，我不知道！」心中煩惱已極，抓起一隻隻磁碗，接二連三的拋入了江心。

石破天道：「我……我要是口齒伶俐，說話能討你喜歡，那麼我便整天說個不停，那也無妨。可是……可是我眞的不是你那個『天哥』啊。要我假裝，也裝不來。」

丁璫凝目向他瞧去，其時朝陽初上，映得他一張臉紅彤彤地，雙目靈動，臉上神色卻十分懇摯。丁璫幽幽嘆了口氣，說道：「若說你不是我那個天哥，怎麼肩頭上會有我咬傷的疤痕？怎麼你也這般喜歡拈花惹草，既去勾引你幫中展香主的老婆，又去調戲雪山派的那花姑娘？若說你是我那個天哥，怎麼忽然間痴痴呆呆，再沒從前的半分聰明伶俐、風流瀟洒？」

石破天笑道：「我是你的老公，老老實實的不好嗎？」丁璫搖頭道：「不，我寧可你像以前那樣活潑調皮，偷人家老婆也好，調戲人家閨女也好，便不愛你這般規規矩矩的。」石破天於偷人家老婆一事，心中始終存著個老大疑竇，這時便問：「偷人家老婆？偷來幹甚麼？老伯伯說，不先跟人家說而拿人東西，便是小賊。我偷人家老婆，也算小賊麼？」

丁璫聽他越說越纏夾，簡直莫名其妙，忍不住怒火上衝，伸手便扭住他耳朵用力一扯，登時將他耳根子上血也扯出來了。

石破天吃痛不過，反手格出。丁璫只覺一股大得異乎尋常的力道擊在她手臂之上，身子猛力向後撞去，幾乎將後梢上撐篷的木柱也撞斷了。她「啊喲」一聲，罵道：「死鬼，打老婆麼？使這麼大力氣。」石破天忙道：「對不起！我……我不是故意的。」

丁璫往手臂上看去，只見已腫起了又青又紫的老大一塊，忽然之間，她俏臉上的嗔怒變為喜色，握住了石破天雙手，連連搖晃，道：「天哥，原來你果然是在裝假騙我。」

石破天愕然道：「裝甚麼假？」丁璫道：「你武功半點也沒失去。」石破天道：「我不會武功。」丁璫嗔道：「你再胡說八道，瞧我理不理你。」伸出手掌往他左頰上打去。

石破天一側頭，伸掌待格，但丁璫是家傳的掌法，去勢飄忽，石破天這一格中沒半分武術手法，自然格了個空，只覺臉上一痛，無聲無息的已給按上了一掌。

丁璫手臂劇震，手掌便讓石破天的臉頰彈開了，不禁又「啊喲」一聲，驚惶之意卻比適才更甚。她料想石破天武功既然未失，自是輕而易舉的避開了自己這一掌，因此掌中自然而然的使上了本門陰毒的柔力，那料到石破天這一格竟會如此笨拙，直似全然不會武功，可是手掌和他臉頰相觸，卻又受到他內力的劇震。她左手抓住自己右掌，只見石破天左頰上一個黑黑的小手掌印陷了下去。她這「黑煞掌」是祖父親傳，著實厲害，幸得她造詣不深，而石破天又內力深厚，才受傷甚輕，但烏黑的掌印卻終於留下了，非至半月之後，難以消退。她又疼惜，又歉仄，摟住了他腰，將臉頰貼在他左頰之上，哭道：「天哥，我眞不知道，原來你並沒復原。」

石破天玉人在抱，臉上也不如何疼痛，嘆道：「叮叮噹噹，你一時生氣，一時開心，到底為了甚麼，我眞不明白。」

丁璫急道：「那……怎麼辦？那怎麼辦？」坐直身子，從懷中取出一個小瓷瓶，倒出一顆藥丸給他服下，道：「唉，但願不會留下疤痕才好。」

兩人偎倚著坐在後梢頭，一時之間誰也不開口。

過了良久，丁璫將嘴湊到他耳邊，低聲道：「天哥，你生了這場病後，武功都忘記了，內力卻忘不了。我教你一套擒拿手，於你有很大用處。」

石破天點點頭，道：「你肯教我，我用心學便了。」

丁璫伸出手指，輕輕撫摸他臉頰上烏黑的手掌印，心中好生過意不去，突然湊過口去，在那掌印上吻了一下。

霎時之間，兩人的臉都羞得通紅，心下均感甜蜜無比。

丁璫掠了掠頭髮，將一十八路擒拿手演給他看。當天教了六路，石破天都記住了。跟著兩人逐一拆解。次日又教了六路。

過得三天，石破天已將一十八路擒拿手練得頗爲純熟。這擒拿法雖只一十八路，但其中變化卻著實繁複。這三天之中，石破天整日只跟丁璫拆解。丁不三冷眼旁觀，有時冷言冷語，譏嘲幾句。到第四天上，石破天胸口劍創已大致平復。

丁璫眼見石郎進步極速，芳心竊喜，聽得丁不三又罵他「白痴」，問道：「爺爺，咱們丁家一十八路擒拿手，叫一個白痴來學，多少日子才學得會？」

丁不三一時語塞，眼見石破天確已將這套擒拿手學會了，那麼此人實在並非痴呆，這小子到底是裝假呢，還是當眞將從前的事情都忘了？他不肯輸口，強辯道：「有的白痴聰明，有的白痴愚笨。聰明的白痴，半天便會了，傻子白痴就像你的石郎，總得三天才能學會。」丁璫抿嘴笑道：「爺爺，當年你學這套擒拿法之時，花了幾天？」丁不三道：「我那用著幾天？你曾祖爺爺只跟我說了一遍，也不過半天，爺爺就全學會了。」丁璫笑道：「哈哈，爺爺，原來你是個聰明白痴。」丁不三沉臉喝道：「沒上沒下的胡說八道。」

便在此時，一艘小船從下流趕將上來。當地兩岸空闊，江流平穩，但見那船高張風帆，又有四個人急速划動木槳，船小身輕，漸漸迫近丁不三的坐船。船頭站著兩名白衣漢子，一人縱聲高叫：「姓石的小子是在前面船上麼？快停船，快停船！」

丁璫輕輕哼了一聲，道：「爺爺，雪山派有人追趕石郎來啦。」丁不三眉花眼笑，道：「讓他們捉了這白痴去，千刀萬剮，才趁了爺爺心願。」丁璫問道：「捉聰明白痴？還是捉傻子白痴？」丁不三道：「自然是捉傻子白痴，誰敢來捉聰明白痴？」丁璫笑道：「不錯，聰明白痴威震天下，武功這麼高，有誰敢得罪他半分？」丁不三一怔，怒道：「小丫頭，你敢繞彎子罵爺爺？」丁璫道：「雪山派殺了你孫女婿，日後長樂幫問你要人，丁三老爺不大有面子罷？」丁不三道：「為甚麼沒面子？有面子得很。」自覺這話難以自圓其說，便道：「誰敢說丁老三沒面子，我扭斷他脖子。」

丁璫自言自語：「旁人諒來也不敢說什麼，就只怕四爺爺要胡說八道，說他倘若有個孫女婿，就決不能讓人家殺了。不知道爺爺敢不敢扭斷自己親兄弟的脖子？就算有這個膽子，也不知有沒這份本事。」丁不三大怒，說道：「你說老四的武功強過我的？放屁，放屁！他比我差得遠了。」

說話之間，那小船又追得近了些。只聽得兩名白衣漢子大聲叱喝：「兀那漢子，瞧你似是長樂幫石中玉那小子，怎地不停船？」

石破天道：「叮叮噹噹，有人追上來啦，你說怎麼辦？」

丁璫道：「我怎知怎麼辦？你這樣一個大男人，難道半點主意也沒有？」

便在此時，那艘小船已迫近到相距丈許之地，兩名白衣漢子齊聲呼喝，縱身躍上石破天的坐船後梢。兩人手中各執長劍，耀日生光。

石破天見這二人便是在土地廟中會過的雪山派弟子，心想：「不知我甚麼地方得罪了他們，這些雪山派的人如此苦苦追我？」只聽得嗤的一聲，一人已挺劍向他肩頭刺來。石破天在這三日中和丁璫不斷拆解招式，往往手腳稍緩，便遭她扭耳拉髮，吃了不少苦頭，此刻身手上的機變迅捷，比之當日在土地廟中和石清夫婦對招之時已頗為不同，眼見劍到，也不遑細思，隨手使出第八招「鳳尾手」，右手繞個半圓，欺上去抓住那人手腕一扭。

那人「啊」的一聲，撒手拋劍。石破天右肘乘勢抬起，啪的一響，正中那人下頦。那人下巴立碎，滿口鮮血和著十幾枚牙齒都噴在船板上。

石破天萬萬料不到這招「鳳尾手」竟如此厲害，不由得嚇得呆了，心中突突亂跳。

第二名雪山弟子本欲上前夾擊，突見一霎之間，同來的師兄便已身受重傷。這師兄武功比他為高，料想自己倘若上前，也決計討不了好去，當即搶上去抱起師兄。此時那小船已和大船並肩而駛，那人挾著傷者躍回小船，喝令收篷扳梢。

眼見小船掉轉船頭，順流東下，不多時兩船相距便遠。但聽得怒罵之聲順著東風隱隱傳來。石破天瞧著船板上的一攤鮮血，十幾枚牙齒，既感驚訝，又好生歉仄，兀自喃喃的道：「這……這可當眞對不住了！」

丁璫從船艙中出來，走到他身旁，微笑道：「天哥，這一招『鳳尾手』乾淨利落，使得可挺不錯啊。」石破天搖頭道：「你怎事先沒跟我說明白？早知道一下會打得人家如此厲害，這功夫我也就不學了。」

丁璫心頭一沉，尋思：「這獃子傻病發作，又來說獃話了。」說道：「既學武功，當然越厲害越好。剛才你這一招『鳳尾手』若不是使得恰到好處，他的長劍早已刺通你的肩頭。你不傷人，人便傷你。你喜歡打傷人家呢，還是喜歡讓人家打傷？打落幾枚牙齒，那是最輕的傷了。武林中動手過招，隨時隨刻有性命之憂。你良心好，對方卻良心不好，你如給人家一劍通入心窩，良心再好，又有甚麼用？」

石破天沉吟道：「最好你教我一門功夫，既不會打傷打死人家，又不會讓人家打傷打死我。大家嘻嘻哈哈的，只做朋友，不做敵人。」丁璫苦笑道：「獃話連篇，滿嘴廢話！咱們學武之人，動上手便即拚命，你道是捉迷藏、玩泥沙嗎？」石破天道：「我喜歡捉迷藏、玩泥沙，不喜歡動手拚命。可惜一直沒人陪我捉迷藏，阿黃又不會。」丁璫越聽越惱，嗔道：「你這胡塗蛋，誰跟你說話，就倒足了霉。」賭氣不再理他，回到艙中和衣而睡。

丁不三道：「是嗎？我說他是白痴，終究是白痴。武功好是白痴，武功不好也是白痴，不如乘早殺了，免得生氣。」

丁璫尋思：「石郎倘若眞的永遠這麼胡塗，我怎能跟他廝守一輩子？倒也不如眞的依爺爺之言，一刀將他殺了，落得眼前清淨。」但隨即想到他大病之前的種種甜言蜜語，就算他一句話不說，只要悄悄的向自己瞧上一眼，那也是眉能言，目能語，風流蘊藉之態，眞教人如飲美酒，心神俱醉；別後相思，當眞顚倒不能自已，萬不料一場大病，竟將一個英俊機變的俏郎君，變成了一段迂腐遲鈍的呆木頭。她越想越煩惱，不由得嗚咽哭泣，將薄被蒙住了頭。

丁不三道：「你哭有甚麼用？又不能把一個白痴哭成才子！」丁璫怒道：「我把一個傻子白痴哭成了聰明白痴，成不成？」丁不三怒道：「又來胡說八道！」

丁璫不住飮泣，尋思：「瞧雪山派那花萬紫姑娘的神情，對石郎怒氣沖沖的，似乎還沒給他得手。他見到美貌姑娘居然不會輕薄調戲，那還像個男子漢大丈夫？我眞的嫁了這麼個規規矩矩的呆木頭，做人有甚麼樂趣？」

她哭了半夜，又想：「我已跟他拜堂成親，名正言順的是他妻子。這幾日中，白天和他練功夫，他就只一本正經的練武，從來不乘機在我身上碰一下、摸一把。晚上睡覺，相距不過數尺，可是別說不鑽進我被窩來親我一親，連我的手腳也不來捏一下，那像甚麼新婚夫婦？別說新婚夫婦，就算是七八十歲的老夫老妻，也該親熱一下啊。」

耳聽得石破天睡在後梢之上，呼吸悠長，睡得正香，她怒從心起，從身畔摸過柳葉刀，輕輕拔刀出鞘，咬牙自忖：「這樣的呆木頭老公，留在世上何用？」悄悄走到後梢，心道：「石郎石郎，這是你自己變了，須莫怪我心狠。」提起刀來正要往他頭上斫落，終於心中一軟，將他肩頭輕輕扳過，要在他臨死之前再瞧他最後一眼。

石破天在睡夢中轉過身來，淡淡的月光洒在他臉上，但見他臉上笑容甚甜，不知在做甚麼好夢。丁璫心道：「你轉眼便要死了，讓你這好夢做完了再殺不遲，左右也不爭在這一時半刻。」當下抱膝坐在他身旁，凝視著他臉，只待他笑容一斂，揮刀便斫將下去。

過了一會，忽聽得石破天迷迷糊糊說道：「叮叮噹噹，你……你為甚麼生氣？不過……不過你生起氣來，模樣兒很好看，是真的……真的十分好看……我就看上一百天，一千天，也決不會夠，一萬天……十萬天，不，五千天……也是不夠……」

丁璫靜靜的聽著，不由得心神盪漾，心道：「石郎，石郎，原來你在睡夢之中，也對我念念不忘。這般好聽的話倘若白天裏跟我說了，豈不是好？唉，總有一天，你的胡塗病根子好了，會跟我說這些話。」眼見船舷邊露水沾濕了木板，石破天衣衫單薄，心生憐惜，將艙裏一張薄被扯了出來，輕輕蓋在他身上，又向他痴痴的凝視半天，這才回入艙中。

只聽得丁不三罵道：「半夜三更，一隻小耗子鑽來鑽去，便是膽子小，想動手卻不敢，有甚麼屁用！也不知是不是我丁家的種？」

丁璫知道自己的舉止都教爺爺瞧在眼裏了，這時她心中歡喜，對爺爺的譏刺毫不在意，心中反來覆去只想著這幾句話：「不過你生起氣來，模樣兒很好看……我看上一萬天，十萬天，也是不夠。」突然間噗哧一聲，笑了出來，心道：「這白痴天哥，便在睡夢中說話，也是痴痴的。咱們就活了一百歲，也不過三萬六千日，那有甚麼十萬天可看？你這般說，倒似五千天還多過十萬天！」

她又哭又笑的自己鬧了半天，直到四更天時才矇矓睡去，但睡不多時，便給石破天的聲音驚醒，只聽得他在後梢頭大聲叫嚷：「咦，這可眞奇了！叮叮噹噹，你的被子，半夜裏怎麼會跑到我身上來？難道被子生腳的麼？」

丁璫大羞，從艙中一躍而起，搶到後梢，見石破天手中拿著那張薄被，大聲道：「叮叮噹噹，你說這件事奇怪不奇怪？這被子……」丁璫滿臉通紅，夾手將被子搶了過來，低聲喝道：「不許再說了，被子生腳，又有甚麼奇怪？」石破天道：「被子生腳還不奇怪？你說被子的腳在那裏？」

丁璫一側頭，見那老梢公正在拔篙開船，似笑非笑的斜視自己，不由得一張臉更羞得如同紅布相似，嗔道：「你還說？」左手便去扭他耳朵。

石破天右手一抬，自然而然的使出一十八路擒拿手中的「鶴翔手」。丁璫右手迴轉，反拿他脅下。石破天左肘橫過，封住了她這一拿，右手便去抓她肩頭。丁璫將被子往船板上一拋，回了一招，她知石破天內勁凌厲，手掌臂膀不和他指掌相接。霎時之間兩人已拆了十餘招。丁璫越打越快，石破天全神貫注，居然一絲不漏，待拆到數十招後，丁璫使一招「龍騰爪」，直抓他頭頂。石破天反腕格去，這一下出手奇快，丁璫縮手不及，已給他五指拂中了手腕穴道，只覺一股強勁的熱力自腕而臂，自臂而腰，直轉了下去。

這股強勁的內力又自腰間直傳至腿上，丁璫站立不穩，身子一側，便倒了下來，正好摔在薄被上。

石破天童心大起，俯身將被子在她身上一裹，抱了起來，笑道：「你爲甚麼扭我？我把你拋到江裏餵大魚。」丁璫給他抱著，雖隔著一條被子，也不由得渾身酸軟，又羞又喜，笑道：「你敢！」石破天笑道：「爲甚麼不敢？」將她連人帶被的輕輕一送，擲入船艙。

丁璫從被中鑽出，又走到後梢。石破天怕她再打，退了一步，雙手擺起架式。丁璫笑道：「不玩啦！瞧你這副德性，拉開了架子，倒像是個莊稼漢子，那有半點武林高手的風度！」石破天笑道：「我本來就不是武林高手。」丁璫道：「恭喜，恭喜！你這套擒拿手法已學會了，青出於藍，連我做師父的也已不是徒兒的對手了。」

丁不三在船艙中冷冷的道：「要和雪山派高手白萬劍較量，卻還差著這麼老大一截。」

丁璫道：「爺爺，他學功夫學得這麼快。只要跟你學得一年半載，就算不能天下無敵，做你的孫女婿，卻也不丟你老人家的臉了。」丁不三冷笑道：「丁老三說過的話，豈有改口的？第一、我說過他既要娶你爲妻，永遠就別想學我武藝；第二、我限他十天之內打敗白萬劍。再過得五天，他性命也不在了，還說甚麼一年半載。」

丁璫心中一寒，昨天晚上還想親手去殺死石破天，今日卻已萬萬捨不得石郎死於爺爺之手，但爺爺說過的話，確是從來沒不算數的，這便如何是好？思前想後，只有照著原來的法子，從這一十八路擒拿手中別出機謀。

於是此後幾天之中，丁璫除了吃飯睡覺，只將這一十八路擒拿手的諸般變化，反來覆去的和石破天拆解。到得後來，石破天已練得純熟之極，縱然不借強勁內力，也已勉強可和丁璫攻拒進退，拆個旗鼓相當。

第八天早晨，丁不三咳嗽一聲，說道：「只剩下三天了。」

丁璫道：「爺爺，你要他去打敗白萬劍，依我看也不是甚麼難事。白萬劍雪山派的劍法雖然厲害，總還不是我丁家的武功可比。石郎這套擒拿手練得差不多了。單憑一雙空手，便能將那姓白的手中長劍奪了下來。他空手奪人長劍，算不算得是勝了？」

丁不三冷笑道：「小丫頭說得好不稀鬆！憑他這一點子能耐，便能把『氣寒西北』手中長劍奪了下來？我叫你乘早別發清秋大夢。就是你爺爺，一雙空手只怕也奪不下那姓白的手中長劍。」丁璫道：「原來連你也奪不下，那麼你的武功我瞧……哼，哼，也不過……哼，哼！」丁不三怒道：「甚麼哼哼？」丁璫仰頭望著天空，說道：「哼哼就是哼哼，就是說你武功了得。」丁不三道：「你說甚麼鬼話？哼哼就是說我武功稀鬆平常。」丁璫道：「你自己說你武功稀鬆平常，可不是我說的。」丁不三道：「你哼哼也好，哈哈也好，總而言之，十天之內他不能打敗白萬劍，我就殺了這白痴。」

丁璫嘟起了小嘴，說道：「你叫他十天之內去打敗白萬劍，但若十天之內找不到那姓白的，可不是石郎的錯。」丁不三道：「我說十天，就是十天。找得到也好，找不到也好，十天之內不將他打敗，我就殺了這小白痴。」丁璫急道：「現下只剩三天了，卻到那裏找白萬劍去？你……你……你當眞是不講道理。」丁不三笑道：「丁不三若講道理，也就不是丁不三了。你到江湖上打聽打聽，丁不三幾時講過道理了？」

到第九天上，丁不三嘴角邊總掛著一絲微笑，有時斜睨石破天，眼神極是古怪，帶著三分卑視，卻有七分殺氣。

丁璫知道爺爺定是要在第十天上殺了石郎，這時候別說石破天的武功仍與白萬劍天差地遠，就算當眞勝得了他，短短兩天之中，茫茫大江之上，卻又到那裏找這「氣寒西北」去？

這日午後，丁璫和石破天拆了一會擒拿手，臉頰暈紅，她打了個呵欠，說道：「八月天時，還這麼熱！」坐在石破天身邊，指著長江中並排而游的兩隻水鳥，說道：「天哥，你瞧這對夫妻水鳥在江中游來游去，何等逍遙快樂，倘若一箭把雄鳥射死了，雌鳥孤苦伶仃的，豈不可憐？」石破天道：「我以前在山裏打獵、射鳥的時候，倒也沒想到它是雌是雄，依你這麼說，我以後只揀雌鳥來射罷！」丁璫嘆了口氣，心道：「我這石郎畢竟痴痴呆呆。」又打個呵欠，斜身倚著石破天，將頭靠在他肩上，合上了眼。

石破天道：「叮叮噹噹，你倦了嗎？我扶你到船艙裏睡，好不好？」丁璫迷迷糊糊的道：「不，我就愛這麼睡。」石破天不便拂她之意，便任由她以自己左肩爲枕，只聽得她氣息悠長，越睡越沉，一頭秀髮擦在自己左頰之上，微感痳癢，卻也是說不出的舒服。

突然之間，一縷極細微的聲音鑽入了自己左耳，輕如蜂鳴，幾不可辨：「我跟你說話，你只聽著，不可點頭，更不可說話，臉上也不可露出半點驚奇的神氣。你最好閉上眼睛，假裝睡著，再發出一些鼾聲，以便遮掩我的話聲。」

石破天大感奇怪，還道她是在說夢話，斜眼看去，但見她長長的睫毛覆蓋雙眼，突然間左眼張開，向他眨了兩下，隨即又閉上了。石破天當即省悟：「原來她要跟我說說幾句秘密話兒，不讓爺爺聽見。」於是也打了個呵欠，說道：「好倦！」合上了眼睛。

丁璫心下暗喜：「天哥畢竟不是白痴，一點便透，要他裝睡，他便裝得眞像。」又低聲道：「爺爺說你武功低微，又是個白痴，不配做他孫女婿。十天期限，明天便到，他定要將你殺死。咱們又找不著白萬劍，就算找到了，你也打他不過。唯一的法子，只有咱夫妻倆脫身逃走，躲到深山之中，讓爺爺找你不到。」

石破天心道：「好端端地，爺爺怎麼會殺我，叮叮噹噹究竟是個小孩子，將爺爺的笑話也當了眞，不過她說咱兩個躲到深山之中，讓爺爺找不到，那倒好玩得很。」他一生之中，都是二人共處深山，自覺那是自然不過的生涯，這些日子來遇到的事無不令他茫然失措，實盼得能回歸深山，想到此後日常相伴的竟是這個美麗可愛的叮叮噹噹，不由得大是興奮。

丁璫又道：「咱兩個如上岸逃走，定給爺爺追到，無論如何逃不了。你記好了，今晚三更時分，我突然抱住爺爺，哭叫：『爺爺，你饒了石郎，別殺他，別殺他！』你便立刻搶進艙來，右手使『虎爪手』，抓住爺爺的背心正中，左手使『玉女拈針』拿住他後腰。記著，聽到我叫『別殺他』，你得趕快動手，是『虎爪手』和『玉女拈針』。爺爺給我抱住雙臂，一時不能分手抵擋，你內力很強，這麼一拿，爺爺便不能動了。」

石破天心道：「叮叮噹噹眞頑皮，叫我幫忙，開爺爺這麼個大玩笑，卻不知爺爺會不會生氣？也罷，她既愛鬧著玩，我順著她意思行事便了。想來倒有趣得緊。」

丁璫又低聲道：「這一抓一拿，可跟我二人生死攸關。你用左手摸一下我背心的『靈台穴』，那『虎爪手』該當抓在這裏。」石破天仍閉著眼睛，慢慢提起左手，在丁璫「靈台穴」上輕輕撫摸一下。丁璫道：「是啦，黑暗之中出手要快，認穴要準，我拚命抱住爺爺，只能挨得一霎時之間，只要他一驚覺，立時便能將我摔開，那時你萬難抓得到他了。你再輕輕碰我後腰的『懸樞穴』，且看對是不對。那『玉女拈針』這一招，只用大拇指和食指兩根手指，勁力要從指尖直透穴道。」

石破天左手緩緩移下，以兩根手指在她後腰「懸樞穴」上輕輕搔爬了一下，他這時自是絲毫沒使勁，不料丁璫是黃花閨女，分外怕癢，給他在後腰上這麼輕輕一搔，忍不住格的一聲笑了出來，笑喝：「你胡鬧！」石破天哈哈大笑。丁璫也伸手去他脅下呵癢。兩人嘻嘻哈哈，笑作一團，把裝睡之事全然置之腦後。

這日黃昏時分，老梢公將船泊在江邊的一個小市鎮旁，上岸去沽酒買菜。丁璫道：「天哥，咱們也上岸去走走。」石破天道：「甚好！」丁璫攜了他手，上岸閒行。

那小市鎮只不過八九十家人家，倒有十來家是魚行。兩人行到市梢，眼看身旁無人。石破天道：「爺爺在船艙中睡覺，咱們這麼拔足便走，豈不就逃走了？」他只盼儘早與丁璫躲入深山。丁璫搖頭道：「那有這麼容易，就是讓咱們逃出十里二十里，他一樣也能追上。」

忽聽得背後一人粗聲道：「不錯，你便是逃出一千里，一萬里，咱們一樣也能追上。」

石破天和丁璫回過頭來，只見兩名漢子從一棵大樹後轉了出來，向著二人獰笑。石破天識得這兩人便是雪山派中的呼延萬善和聞萬夫，不由得一怔，暗暗驚懼。

原來雪山派兩名弟子在長江中發現了石破天的蹤跡，上船動手，其一身受重傷。白萬劍得報，分遣眾師弟水陸兩路追尋。呼延萬善和聞萬夫這一撥乘馬溯江向西追來，竟在這小鎮上和石破天相遇。呼延萬善為人持重，心想自己二人未必是這姓石小子的對手，正想依著白師兄的囑咐發射沖天火箭傳訊，不料聞萬夫忍耐不住，登時叫了出來。

丁璫也是一驚：「這二人是雪山派弟子，不知白萬劍是否便在左近？倘若那姓白的也趕了來，爺爺逼著石郎和他動手，那可糟了。」向二人橫了一眼，啐道：「我們自己說話，誰要你們插口？天哥，咱們回船去。」石破天也心存怯意，點了點頭，兩人轉身便走。

聞萬夫向來便瞧不起這師姪，心想：「王萬仞王師哥、張萬風張師弟兩人都折在這小子手下，也不知他二人怎麼搞的。這小子要是當真武功高強，怎麼會一招之間便給白師哥擒了來？我今日將他擒了去，那可是大功一件，從此在本門中出人頭地。」當即喝道：「往那裏走？姓石的小子，乖乖跟我走罷！」口中叱喝，左手便向石破天肩頭抓來。

石破天側身避過，使出丁璫所教的擒拿手法，橫臂格開來招。聞萬夫一抓不中，飛腳便向石破天小腹上踢去。

這一腳如何拆解，石破天卻沒學過。他這半天中，心頭反來覆去的便是想著「虎爪手」和「玉女拈針」兩招，危急之際，所想起的也只這兩招。但聞萬夫和他相對而立，這兩招攻人後心的手法卻全然用不上，這時他也顧不得合式不合式，拔步便搶向對方身後。他內功深厚，轉側迅捷無比，這麼一奔，便已將聞萬夫那一足避過，同時右手「虎爪手」抓他「靈台穴」，左手「玉女拈針」拿他「懸樞穴」，內力到處，聞萬夫微一痙攣，便即萎倒。

呼延萬善正欲上前夾攻，突見石破天已拿住師弟要穴，情急之下不及抽劍，揮拳往石破天腰間擊來。他這一拳用上了十成勁力，波的一響，跟著喀喇一聲，右臂竟爾震斷。

石破天卻只腰間略覺疼痛，鬆手放開聞萬夫時，只見他縮成了一團，毫不動彈，扳過他肩頭，見他雙目上挺，神情可怖。石破天吃了一驚，叫道：「啊喲，不好，叮叮噹噹，他……他……他怎麼忽然抽筋，莫非……莫非死了？」

丁璫格的一笑，道：「天哥，你這兩招使得甚好，只不過慌慌張張的，姿勢太也難看。你這麼一拿，他死是不會死的，殘廢卻免不了，雙手雙腳，總得治上一年半載罷。」

石破天伸手去扶聞萬夫，道：「眞……眞對不起，我……我不是有意傷你，那怎麼……怎麼辦？叮叮噹噹，得想法子給他治治。」丁璫伸手從聞萬夫身畔抽出長劍，道：「你要讓他不多受苦楚？那容易得緊，一劍殺了就是。」石破天忙道：「不行，不行！」

呼延萬善怒道：「你這兩個無恥小妖。雪山派弟子能殺不能辱。今日老子師兄弟折在你手裏，快快把我們兩個都殺了。多說這些氣人的話幹麼？」

石破天深恐丁璫眞的將聞萬夫殺了，忙奪下她手中長劍，在地下一插，說道：「叮叮噹噹，快……快回去罷。」拉著她衣袖，快步回船。

丁璫哂道：「聽人說長樂幫石幫主心狠手辣，殺人不眨眼，怎地忽然婆婆媽媽起來？剛才之事，可別跟爺爺說。」石破天道：「是，我不說。你說那個人，他……他當眞會手足殘廢？」丁璫道：「你拿了他兩處要穴，若還不能令他手足殘廢，咱們丁家這一十八路擒拿手法還有甚麼用處？」石破天道：「那怎麼你叫我待會也這麼去擒拿爺爺？」丁璫笑道：「傻哥哥，爺爺是何等樣人物，豈可和雪山派中這等膿包相比？你若僥倖能拿住爺爺這兩處要穴，又能使上內力，最多令他兩三個時辰難以行動，難道還叫他殘廢了？」

石破天心頭栗六，怔忡不安，只是想著聞萬夫適才的可怖模樣。

這一晚迷迷糊糊的半醒半睡，到得半夜，果然聽得丁璫在船艙中叫了起來：「爺爺，爺爺，你饒了石郎性命，別殺他，別殺他！」石破天急躍而起，搶到艙中，朦朧中只見丁璫抱住了丁不三的上身，不住的叫：「爺爺，別殺石郎！」

石破天伸出雙手，便要往丁不三後心抓去，陡然想起聞萬夫縮成一團的可怖神情，心道：「我這雙手抓將下去，倘若將爺爺也抓成這般模樣，那可太對不起他，我……我決計不可。」當即悄悄退出船艙，抱頭而睡。

丁璫眼見石破天搶進艙來，時刻配合得恰到好處，正欣喜間，不料他遲疑片刻，便即退出，功敗垂成，不由得又急又怒。

石破天回到後梢，心中兀自怦怦亂跳，過了一會，只聽得丁璫道：「啊喲，爺爺，我怎麼抱著你？我……我剛才做了個惡夢，夢見你將石郎打死了，我求你……求你饒他性命，你總不答允，謝天謝地，只不過是個夢。」

卻聽丁不三道：「你做夢也好，不做夢也好，天一亮便是咱們說好了的第十天。且瞧他這一日之中，能不能找到白萬劍來將他打敗了。」丁璫嘆了口氣，說道：「我知道石郎不是白痴！」丁不三道：「是啊，他良心好！良心好的人若非傻子，便是白痴，該死之極。唉，以『虎爪手』抓『靈台穴』，以『玉女拈針』拿『懸樞穴』，妙計啊妙計！就可惜白痴良心好，不忍下手。不忍下手，就是白痴，白痴就該死。」

這幾句話鑽入了艙內艙外丁璫和石破天耳裏，兩人同時大驚：「爺爺怎知道我們的計策？」石破天還不怎麼樣，丁璫卻不由得遍體都是冷汗，心想：「原來爺爺早已知曉，那麼暗中自必有備，天哥剛才沒下手，也不知是禍是福？」

石破天渾渾噩噩，卻絕不信次日丁不三眞會下手殺他，過不多時，便即睡著了。

天剛破曉，忽聽得岸上人聲喧嘩，紛紛叫嚷：「在這裏了！」「便是這艘船。」「別讓老妖怪走了！」石破天坐起身來，只見岸邊十多人手提燈籠火把，奔到船邊，當先四五人搶上船頭，大聲叱喝：「老妖怪在那裏？害人老妖往那裏逃？」

丁不三從船艙中鑽了出來，喝道：「甚麼東西在這裏大呼小叫？」

一條漢子喝道：「是他，是他！快潑！」他身後兩人手中拿著竹做的噴筒，對準丁不三，兩股血水向他急速射去。岸上衆人歡呼吆喝：「黑狗血洒中老妖怪，他就逃不了！」

可是這兩股狗血那裏能濺中丁不三半點？他騰身而起，心下大怒：「那裏來的妄人，當老夫是妖怪，用黑狗血噴我？」旁人不去惹他，他喜怒無常之時，舉手便能殺人，何況有人欺上頭來？他身子落下來時，雙腳齊飛，踢中兩名手持噴筒的漢子，跟著呼的一掌，將當先的大漢擊得直飛出去。這三人都不會甚麼武功，中了這江湖怪傑的拳腳，那裏還有性命？兩人當即死在船頭，當先的那大漢在半空中便狂噴鮮血。

丁不三又要舉腳向餘人掃去，忽聽得丁璫在身後冷冷的道：「爺爺，一日不過三！」

丁不三一怔，盛怒之下，險些兒忘了自己當年立下的毒誓，這一腳離那船頭漢子已不過尺許，當即硬生生的收腳。

衆人嚇得魂飛魄散，叫道：「老妖怪厲害，快逃，快逃！」霎時之間逃了個乾乾淨淨，燈籠火把有的抛在江中，有的丟在岸上。三具屍首一在岸上，二在船頭，誰也顧不得了。

丁不三將船頭的屍首踢入江中，向梢公道：「快開船，再有人來，我可不能殺啦！」那梢公嚇得呆了，雙手不住發抖，幾乎無力拔篙。丁不三提起竹篙，將船撐離岸邊。狗血沒射到人，卻都射在艙裏，腥氣難聞。

丁不三冷冷的道：「阿璫，你搗這鬼爲了甚麼？」丁璫笑道：「爺爺，你說過的話算不算數？」丁不三道：「我幾時說過話不算數了？」丁璫道：「好，你說十天一滿，若是石郎沒將那姓白的打敗，便要殺他。今日是第十天，可是你已經殺了三個人啦！」

丁不三一凜，怒道：「小丫頭，詭計多端，原來爺爺上了你的惡當。」

丁璫極是得意，笑吟吟的道：「丁家三老爺素來說話算數，你說在第十天上定要殺了這小子，可是『一日不過三』，你已殺了三個人，這第四個人，便不能殺了。你既在第十天上殺他不得，以後也就不能再殺了。我瞧你的孫女婿兒也不是眞的甚麼白痴，等他身子慢慢復原，武功自會大進，包不丟了你的臉面便是。」

丁不三伸足在船頭用力一蹬，喀的一聲，船頭木板登時給他踹了一個洞，怒道：「不成，不成！丁不三折在你小丫頭手下，便已丟了臉。」丁璫笑道：「我是你的孫女兒，大家是一家人，有甚麼丟不丟臉的？這件事我又不會說出去。」丁不三怒道：「我輸了便心中不痛快，你說不說有甚麼相干？」丁璫道：「那就算是你贏好了。」丁不三道：「輸便輸，贏便贏。我又不是你那不成器的四爺爺，他小時候跟我打架，輸了反而自吹是贏了。」

石破天聽著他祖孫二人對話，這才恍然大悟，原來那些人是丁璫故意引了來給她爺爺殺的，好讓他連殺三人之後，限於「一日不過三」的規定，便不能再殺他，眼看丁不三於一瞬間連殺三人的兇狠神態，那麼要殺死自己的話，只怕也不是開玩笑了；見丁璫笑嘻嘻的走到後梢，便道：「叮叮噹噹，你爲了救我性命，卻無緣無故的害死了三人，那不是……不是太也殘忍了麼？」丁璫臉一沉，說道：「是你害的，怎麼反而怪起我來了？」石破天惘然道：「是……是我害的？」丁璫道：「怎麼不是？昨晚你事到臨頭，不敢動手。否則咱二人早已逃得遠遠的到了深山之中，又何至累那三人無辜送命？」

石破天心想這話倒也不錯，一時說不出話來。

忽聽得丁不三哈哈大笑，說道：「有了，有了！姓石的白痴，爺爺要挖出你眼珠子，斬了你的雙手，教你死是死不了，卻成爲一個廢人。我只須不取你性命，那就不算破了『一日不過三』的規矩。」丁璫和石破天面面相覷，神色大變。

丁不三越想越得意，不住口的道：「妙計，妙計！小白痴，我不殺死你，卻將你弄成人不像人，鬼不像鬼。阿璫哪，那總可以的罷？」丁璫一時無辭可辯，只得道：「這第十天又沒過，說不定待會就遇到白萬劍，石郎又出手將他打敗了呢？」丁不三呵呵而笑，道：「不錯，不錯，咱們須得公平交易，童叟無欺。爺爺等到今晚三更再動手便了。」

丁璫愁腸百結，再也想不出別的法子來令石破天脫此危難。偏偏石破天似仍不知大禍臨頭，反來問她：「你爲甚麼皺起了眉頭，有甚麼心事？」丁璫嗔道：「你沒聽爺爺說麼？他要挖了你眼珠子，斬了你雙手。」石破天笑道：「爺爺說笑話嚇人呢，你也當眞！他挖了我眼睛、斬了我雙手去，又有甚麼用？我又沒得罪他。」

丁璫由嗔轉怒，心道：「這人行事婆婆媽媽，腦筋胡裏胡塗，我一輩子跟著他確也沒趣得緊，爺爺要殺他，讓他死了便是。」但想到爺爺待會將他挖去雙目、斬去雙手，自己如果回心轉意，又要起他來，我叮叮噹噹嫁了這麼一個沒眼沒手的丈夫，更加無味之極。

眼見太陽漸漸西沉，丁璫面向船尾，見自己和石破天的影子雙雙浮在江面之上，就像是游泳一般，隨舟逐波而西。丁璫側過身來，見石破天背脊向著自己，她雙手伸出，便向他背心要穴拿去。她右手使「虎爪手」抓住石破天背心「靈台穴」，左手以「玉女拈針」拿他「懸樞穴」。石破天絕無防備，兩處要穴給她拿住後，立時全身酸軟，動彈不得。

丁璫卻受到他內力震盪，身子向後反彈，險些墮入江中，伸手抓住船篷，罵道：「爺爺要挖你雙眼，斬你雙手，你這種廢人留在世上，就算不丟爺爺的臉，我叮叮噹噹也沒臉見人了。也不用爺爺動手，我自己先挖出你眼珠子。」在後梢取過一條長長的帆索，將石破天雙手雙腳都縛住了，又將帆索從肩至腳，一圈又一圈的緊緊綑綁，少說也纏了八九十圈，直如一隻大粽子相似。

本來如此這般的被擒拿了穴道，一個對時中難以開口說話，但石破天內力深厚，四肢雖不能動，卻張口說道：「叮叮噹噹，你跟我鬧著玩嗎？」他話是這般說，但見著丁璫兇狠的神氣，也已知道大事不妙，眼神中流露出乞憐之色。丁璫伸足在他腰間狠狠踢了一腳，罵道：「哼，我跟你鬧著玩？死在臨頭，還在發你清秋大夢，這般的傻蛋，我將你千刀萬剮，也是不冤。」颼的一聲，拔出了柳葉刀來，在石破天臉頰上來回擦了兩下，作磨刀之狀。

石破天大駭，說道：「叮叮噹噹，我今後總聽你話就是。你殺了我，我……我……可活不轉來啦！」丁璫恨恨的道：「誰要你活轉來了？我有心救你性命，你偏不照我吩咐。那是你自尋死路，又怪得誰來？我此刻不殺你，爺爺也會害你。哼，是我老公，要殺便由我自己動手，讓別人來殺我老公，我叮叮噹噹一世也不快活。」

石破天道：「你饒了我，我不再做你老公便是。」他說這幾句話，已是在極情哀求，只是自幼稟承母訓，不能向人求懇，這個「求」字卻始終不出口。

丁璫道：「天地也拜過了，怎能不做我老公？再囉唆，我一刀便砍下你的狗頭。」石破天嚇得不敢再作聲。只聽得丁不三笑道：「很好，很好，妙得很！那才是丁不三的乖孫女兒。爽爽快快，一刀兩斷便是！」

那老梢公見丁璫舉刀要殺人，嚇得全身發抖，舵也掌得歪了。船身斜裏橫過去，恰好迎面一艘小船順著江水激流衝將過來，眼見兩船便要相撞。對面小船上的梢公大叫：「扳梢，扳梢！」

丁璫提起刀來，落日餘暉映在刀鋒之上，只照得石破天雙目微瞇，猛見丁璫手臂往下急落，啪的一聲響，這一刀卻砍得偏了，砍在他頭旁數寸處的船板上。丁璫隨即撒手放刀，雙手抓起石破天的身子，雙臂運勁向外一拋，將他向著擦舟而過的小船船艙摔去。

丁不三見孫女突施詭計，怒喝：「你……你幹甚麼？」飛身從艙中撲出，伸手去抓石破天時，終究慢了一步。江流湍急，兩船瞬息間已相距十餘丈，丁不三輕功再高，卻也沒法縱跳過去。他反手重重打了丁璫一個耳光，大叫：「回舵，回舵，快追！」

但長江之中風勁水急，豈能片刻之間便能回舵？何況那小船輕舟疾行，越駛越遠，再也追不上了。

丁不四危急中靈機一動，

雙掌倏地上舉，掌力向天上送去，

石破天便也雙掌呼的一聲，向上拍出。

兩人四掌對著天空，

你瞧瞧我，我瞧瞧你。

九

大粽子

石破天耳畔呼呼風響，身子在空中轉了半個圈，落下時臉孔朝下俯伏，衝入一個所在，但覺著身處甚爲柔軟，倒也不感疼痛，只黑沉沉的目不見物，但聽得耳畔有人驚呼。他身不能動，也不敢開口說話，鼻中聞到一陣幽香，似是回到了長樂幫總舵中自己床上。

微一定神，果然覺到是躺在被褥之上，口鼻埋在一個枕頭之中，枕畔卻另有一個人頭，長髮披枕，竟是個女子。石破天大吃一驚，「啊」的一聲，叫了出來。

只聽得一個女子的聲音說道：「甚麼人？你……你怎麼……」石破天道：「我……我……」不知如何回答才是。那女子道：「你怎麼鑽到我們船裏？我一刀將你殺了！」石破天大叫：「不，不是我自己鑽進來的，是人家摔我進來的。」那女子急道：「你……你……你快出去，怎麼爬在我被……被窩裏？」

石破天一凝神間，果覺自己胸前有褥，背上有被，臉上有枕，而被褥之間更頗爲溫暖，才知丁璫這麼一擲，恰巧將他摔入這艘小船的艙門，穿入船艙中一個被窩；更糟的是，從那女子的話中聽來，似乎這被窩竟是她的。他若非手足被綁，早已急躍而起，逃了出去，偏生身上穴道未解，連一根手指也抬不起來，只得說道：「我動不得，勞你的駕，將我搬了出去，推出去也好，踢出去也好。」

只聽得腳後一個蒼老的婦人聲音道：「這混蛋說甚麼胡話？快將他一刀殺了。」那女子道：「奶奶，如殺了他，我被窩中都是鮮血，那……那怎麼辦？」語氣甚爲焦急。那老婦怒道：「是甚麼鬼東西？喂，你這混蛋，快爬出來。」

石破天急道：「我眞動不得啊，你們瞧，我給人抓了靈台穴，又拿了懸樞穴，全身又給綁得結結實實，要移動半分也動不了。這位姑娘還是太太，你快起來罷，咱們睡在一個被窩裏，可……可實在不大妙。」

那女子啐道：「甚麼太太的？我是姑娘，我也動不了。奶奶，你……你快想個法子，這人當眞是給人綁著的。」石破天道：「老太太，你做做好事，勞你駕，把我拉出去。我……我得罪了這位姑娘……唉……這個……眞說不過去。」

那老婦怒道：「小混蛋，倒來說風涼話。」那姑娘道：「奶奶，咱們叫後梢的船家來把他提出去，好不好？」那老婦道：「不成，不成！這般亂七八糟的模樣，怎能讓旁人見到？偏生你我又動彈不得，這……這……」

石破天心道：「莫非這位老太太和那姑娘也給人綁住了？」

那老婦不住口的怒罵：「小混蛋，臭混蛋，你怎麼別的船不去，偏偏撞到我們這裏來？阿繡，快把他殺了，被窩中有血，有甚麼打緊？這人早晚總是要殺的。」那姑娘道：「我沒力氣殺人。」那老婦道：「用刀子慢慢的鋸斷他喉管，這小混蛋就活不了。」

石破天大叫：「鋸不得，鋸不得！我的血髒得很，把這香噴噴的被窩弄得一塌胡塗，而且……而且……被窩裏有個死屍，過一會定要變成殭屍，也不大妙。」只聽得嘤的一聲，那姑娘顯是聽到「被窩裏有個死屍要變殭屍」這話很害怕，石破天心中一喜，聽那姑娘道：「奶奶，我拔刀子也沒力氣。」石破天道：「你沒力氣拔刀子，那再好沒有了。我此刻動不得，你如將我殺了，我就變成殭屍，躺在你身旁，那有多可怕。我活著不能動，變成殭屍，就能動了，我兩隻冷冰冰的殭屍手握住你喉嚨……」

那姑娘給他說得更加怕了，忙道：「我不殺你，我不殺你！」過了一會兒，又道：「奶奶，怎生想個法子，叫他出去？」那老婦道：「我在想哪，你別多說話。」

這時已然入夜，船艙中漆黑一團。石破天和那姑娘雖同蓋一被，幸好擲進來時偏在一旁，沒碰到她身子，黑暗中只聽得那姑娘氣息急促，顯然十分惶急。過了良久，那老婦仍沒想出甚麼法子來。

突然之間，遠處傳來兩下尖銳的嘯聲，靜夜中淒厲刺耳。跟著飄來一陣大笑之聲，聲音蒼老豪邁。那人邊笑邊呼：「小翠，我已等了你一日一晚，怎麼這會兒才到？」

那姑娘急道：「奶奶，他……他追過來了，那怎麼是好？」那老婦哼了一聲，說道：「你別作聲，我正凝聚眞氣，只要足上經脈稍通，能有片刻動彈，我便往江心中一跳，免得受這老妖之辱。」那姑娘急道：「奶奶，奶奶，那使不得。」那老婦怒道：「我叫你別來打擾我。奶奶投江之時，你跟不跟我去？」那姑娘微一遲疑，說道：「我……我跟著奶奶一塊兒死。」那老婦道：「好！」說了這個「好」後，便不作聲了。

石破天兩度嘗過這「走火」的滋味，心想：「原來老太太和小姑娘都練內功走火，動彈不得，偏生敵人在這當頭趕到，當眞為難之極。」

只聽下游那蒼老的聲音又叫道：「你愛比劍也好，鬥拳也好，丁老四定然奉陪到底。小翠，你怎不回答我？」這時話聲又近了數十丈。過不多時，只聽得半空中嗆啷啷鐵鍊響動，跟著嘭的一聲巨響，一件重物落上了船頭，顯是迎面而來的船上有人擲來鐵錨鐵鍊。後梢的船家大叫：「喂，喂，幹甚麼？幹甚麼？」

石破天只覺坐船向右急劇傾側，不由自主的也向右滾去，那姑娘向他滾過來，靠在他身上。石破天道：「這個……這個……你……」要想叫她別靠在自己身上，但隨即想起她跟自己一樣，也動彈不得，話到口邊，又縮了回去。

跟著覺得船頭一沉，有人躍到了船上，傾側的船身又回復平穩。那老人站在船頭說道：「小翠，我來啦，咱們是不是就動手？」

後梢的船家叫道：「你這麼攪，兩艘船都要給你弄翻了。」那老人怒道：「狗賊，快給我閉上了鳥嘴！」提起鐵錨擲出。兩艘船便即分開，同時順著江水疾流而下。船家見他如此神力，將一隻兩百來斤重的鐵錨擲來擲去，有如無物，嚇得撟舌不下，再也不敢作聲了。

那老人笑道：「小翠，我在船頭等你。你伏在艙裏想施暗算，我可不上你當。」

石破天心頭一寬，心想他一時不進艙來，便可多挨得片刻，但隨即想起，多挨片刻，未必是好，那老婦若能凝聚眞氣，便要挾了這小姑娘投江自盡，這時那姑娘的耳朵正挨在他口邊，便低聲道：「姑娘，你叫你奶奶別跳到江裏。」

那姑娘道：「她……她不肯的，一定要跳江。」一時悲傷不禁，流下淚來，眼淚既奪眶而出，便再也忍耐不住，抽抽噎噎的哭了起來，淚水滾滾，沾濕了石破天的臉頰。她哽咽道：「對……對不住！我的眼淚流到了你臉上。」這姑娘竟十分斯文有禮。

石破天輕嘆一聲，說道：「姑娘不用客氣，一些眼淚水，又算得了甚麼？」那姑娘泣道：「我不願意死。可是船頭那人很兇，奶奶說寧可死了，也不能落在他手裏。我……我的眼淚，眞對不住，你可別見怪……」只聽得船板格的一聲響，船艙彼端一個人影坐了起來。

石破天本來口目向下，埋在枕上，但滾動之下，已側在一旁，見到這人坐起，心中怦怦亂跳，顫聲說道：「姑……姑娘，你奶奶坐起來啦。」那姑娘「啊」的一聲，她臉孔對著石破天，已瞧不見艙中情景。過了一會，只聽石破天叫道：「老太太，你別抓她，她不願意陪你投江自盡，救人哪，救人哪！」

船頭上那老人聽到船艙中有個青年男子的聲音，奇道：「甚麼人大呼小叫？」

石破天道：「你快進來救人。老太太要投江自盡了。」

那老人大驚，一掌將船篷掀起了半邊，右手探出，已抓住了那老婦手臂。那老婦凝聚了半天的眞氣立時渙散，應聲而倒。那老人一搭她脈搏，驚道：「小翠，你是練功走了火嗎？幹麼不早說，卻在強撐？」那老婦氣喘喘的道：「放開手，別管我，快滾出去！」那老人道：「你經脈逆轉，甚爲凶險，若不早救，只怕……只怕要成爲殘廢。我來助你一臂之力。」那老婦怒道：「你再碰一下我身子，我縱不能動，也要咬斷舌頭，立時自盡。」

那老人忙縮回手掌，說道：「你的手太陰肺經、手少陰心經、手少陽三焦經全都亂了，這個……這個……」那老婦道：「你一心一意只想勝過我。我練功走火，豈不再好也沒有了？正好如了你心願。否則的話，你怎麼勝得了我。」那老人道：「咱們不談這個。阿綉，你怎麼了？快勸勸你奶奶。你……你……咦！你怎麼跟個大男人睡在一起，他是你的情郎，還是你的小女婿兒？」

阿綉和石破天齊聲道：「不，不是的，我們都動不了啦。」

那老人大爲奇怪，伸手將石破天一拉。石破天給帆索綁得直挺挺地，腰不能曲，手不能彎，給他這麼一拉，便如一根木材般從被窩中豎了起來。那老人出其不意，倒嚇了一大跳，向後急避，待得看清，不禁哈哈大笑，道：「阿綉，端陽節早過，你卻在被窩中藏了一隻大粽子。」

阿綉急道：「不是的，他是外邊飛進來的，不……不是我藏的。」

那老人笑道：「你怎麼也不能動，也變成了一隻大粽子麼？」

那老婦厲聲道：「你敢伸一根指頭碰到阿綉，我跟你拚命。」

那老人嘆了口氣，道：「好，我不碰她。」轉頭向梢公道：「船家，轉舵掉頭，扯起帆來，我叫你停時便停船。」那梢公不敢違拗，應道：「是！」慢慢轉舵。

那老婦怒道：「幹甚麼？」那老人道：「接你到碧螺山去好好調養。你這次走火，非同小可。」那老婦道：「我死也不上碧螺山。我又沒輸給你，幹麼迫我到你狗窩去？」那老人道：「咱們約好了在長江比武，我輸了到你家磕頭，你輸了便到我家裏，不過不必磕頭。是你自己練功走火也好，是你鬥不過我也好，總而言之，這一次你非上碧螺山走一遭不可。我幾十年來的心願，這番總算得償，妙極，妙極！」那老婦怒發如狂，叫道：「不去，不去，不……」越叫越淒厲，陡然間一口氣轉不過來，竟暈了過去。

那老人笑吟吟的道：「你不去也得去，今日還由得你嗎？」

石破天忍不住插口道：「她既不願去，你怎能勉強人家？」

那老人大怒，喝道：「要你放甚麼狗屁？」反掌便往他臉上打去。

這一掌眼見便要打得他頭暈眼花、牙齒跌落，突然之間，見到石破天臉上一個漆黑的小小掌印，那老人一怔之下，登時收掌，笑道：「啊哈，大粽子，我道是誰將你綁成這等模樣，原來是我那乖乖姪孫女。你臉上這一掌，是給我姪孫女打的，是不是？」

石破天不明所以，問道：「你姪孫女？」那老人道：「你還不知老夫是誰？我是丁不四，丁不三是我哥哥，他年紀比我大，武功卻不及我……我的姪孫女……」石破天看他相貌確和丁不三有幾分相似，服飾也差不多，只腰間纏著一條黃光燦然的金帶，便道：「啊，是了，叮叮噹噹是你姪孫女。不錯，這一掌正是叮叮噹噹打的，我也是給她綁的。」

丁不四捧腹大笑，道：「我原說天下除了阿璫這小丫頭，再沒第二個人這麼頑皮淘氣。很好，很好，很好！她爲甚麼綁你？」石破天道：「她爺爺要殺我，說我武功太差，是個白痴。」丁不四更加大樂，笑得彎下腰來，道：「老三要殺的人，老四既然撞上了，那就……那就……」石破天驚道：「你也要殺？」

丁不四道：「丁不四的心意，天下有誰猜得中？你以爲我要殺你，我就偏偏不殺。」站起身來，左手抓住石破天後領提將起來，右手併掌如刀，在他身上自上而下急劃而落，本來重重纏繞的數十重帆索立時紛紛斷絕，當眞是利刃也未必有如此鋒銳。

石破天讚道：「老爺子，你這手功夫厲害得很，那叫甚麼名堂？」

丁不四聽石破天一讚，登時心花怒放，道：「這一手功夫自然了不起，普天下能有如此功力的，除了丁不四外，再沒第二個了。這手功夫嗎？叫做……」

這時那老婦已醒，聽到丁不四自吹自擂，當即冷笑道：「哼，耗子上天平，自稱自讚！這一手『快刀斬亂麻』，不論那個學過幾手三腳貓把式的莊稼漢子，又有誰不會使的？」丁不四道：「呸！呸！學過幾手三腳貓把式的人，就會使我這手『快刀斬亂麻』？你倒使給我瞧瞧！」那老婦道：「你明知我練功走火，沒了力氣，來說這種風涼言語。大粽子，我跟你說，你到隨便那一處市鎮上，見到有人練把式賣膏藥，騙人騙財，只須給他一文兩文，他就會練這手『快刀斬亂麻』給你瞧，包管跟這老騙子練得一模一樣，沒半點分別，說不定還比他強些。這是普天下所有騙人的混蛋個個都會練的法門，只消手指間夾一片快刀，又有甚麼希罕了！」

其實丁不四這一手乃眞功夫，並非騙術，聽那老婦說得刻薄，不由得怒發如狂，順手便向她肩頭抓落。

石破天叫道：「不可動粗！」斜身反手，向他右腕上切去，正是丁璫所教一十八路擒拿手中的一招「白鶴手」。他給丁璫拿中穴道後爲時已久，在內力撞擊之下，穴道漸解，待得身上帆索斷絕，血行順暢，立時行動自如。

丁不四「咦」的一聲，反手勾他小臂。石破天於這一十八路擒拿手練得已甚純熟，當即變招，左掌拍出，右手取對方雙目。丁不四喝道：「好！這是老三的擒拿手。」伸臂上前，壓他手肘。石破天雙臂圈轉，兩拳反擊他太陽穴。丁不四兩條手臂自下穿上，向外一分，快如電閃般向石破天手臂上震去。只道這一震之下，石破天雙臂立斷，不料四臂相撞，石破天穩立不動，丁不四卻感上身一陣酸痲，喀喇一聲，足下所踏的一塊船板從中折斷，船身也向左右猛烈搖晃兩下。他急忙後退一步，以免陷入斷板，嘴裏又「咦」的一聲。

他前一聲「咦」，只驚異石破天居然會使他丁家的一十八路擒拿手，但當雙臂與石破天較勁，震得他退出一步，那一聲「咦」乃大大吃驚，只覺這年輕人內力充盈厚實，直如無窮無盡，自己適才雖未出全力，但對方渾若無事，自己卻踏斷了船板，可說已輸了一招。此人這等厲害，怎能爲丁璫所擒？臉上又怎會給她打中一掌？一時心中疑團叢生。

那老婦驚詫之情絲毫不亞於丁不四，哈哈大笑，說道：「連……連一個渾小子也……也……也……」一時氣息不暢，說不下去了。丁不四怒道：「我代你說了罷，『連一個渾小子也鬥不過，還逞甚麼英雄好漢？』是不是？這句話你說不出口，只怕把你憋也憋死了。」那老婦滿臉笑容，連連點頭。

丁不四側頭向石破天道：「大粽子，你……你師父是誰？」石破天搔了搔頭，心想自己雖跟謝煙客和丁璫學過武功，卻沒拜過師父，說道：「我沒師父！」丁不四怒道：「胡說八道，那麼你這一十八路擒拿手，又是那裏偷學得來的？」石破天道：「我不是偷學得來的，叮叮噹噹教了我十天。她不是我師父，是我……是我……」要想說「是我老婆」總覺有些不妥，便不說了。丁不四更加惱怒，罵道：「你奶奶的，這武功是阿璫教你的？胡說八道。」

那老婦這時已順過氣來，冷冷的道：「江湖上人人都說，『丁氏雙雄，一是英雄，一是狗熊！』這句話當眞不錯。今日老婆子親眼目睹，果然是江湖傳言，千眞萬確。」

丁不四氣得哇哇大叫，道：「幾時有這句話了？定是你捏造出來的。你說，誰是英雄，誰是狗熊？我的武功比老三強，武林中誰人不知，那個不曉？」

那老婦不敢急促說話，一個字一個字的緩緩說道：「丁璫是丁老三的孫女兒。丁老三教了他兒子，他兒子教他的女兒丁璫，丁璫又教這個渾小子。這渾小子只學了十天，就勝過了丁老四，你教天下人去評……評……評……」連說了三個「評」字，一口氣又轉不過來了。

丁不四聽著她慢條斯理、一板一眼的說話，早已十分不耐，這時忍不住搶著說道：「我來代你說：『你教天下人評評這道理看，到底誰是英雄，誰是狗熊？自然丁老三是英雄，丁老四是狗熊！』」越說聲音越響，到後來聲如雷震，滿江皆聞。

那老婦笑瞇瞇的點了點頭，道：「你……你自己知道就好。」這幾個字說得氣若遊絲，但聽在丁不四耳中，卻令他憤懣難當，大聲叫道：「誰說這大粽子勝過丁老四了？來，來，來，咱們再比過！我不在……不在……」

他本想說「不在三招之內就將你打下江去，那就如何如何」，但話到口邊，心想此人武功非同小可，「三招之內」只怕拾奪他不下，要想說「十招之內」，仍覺沒有把握，說

「二十招」罷，還是怕這句話說得太滿，若說「一百招之內」，卻已沒了英雄氣概，自己一個成名人物，要花到一百招才能將姪孫女兒的徒弟打敗，那又有甚麼了不起？他略一遲疑，那老婦已道：「你不在十萬招之內將他打敗，你就拜他……拜他……拜他……咳……咳……」

丁不四怒吼：「『你就拜他爲師！』你要說這句話，是不是？」「拜他爲師」這四個字一出口，身子已縱在半空，掌影翻飛，向石破天頭頂及胸口同時拍落。

石破天雖學過一十八路擒拿手法，但只能拆解丁璫的一十八路擒拿手，學時既非活學，用時也不能活用，眼見丁不四猶似千手萬掌般拍將下來，那裏能夠抵禦？只得雙掌上伸，護住頭頂，便在這時，後頸大椎穴上感到一陣極沉重的壓力，已然中掌。

那大椎穴乃人手足三陽督脈之會，最是要害，但也正因是人手足三陽督脈之會，諸處經脈中內力同時生出反擊的勁道。丁不四只感全身劇震，向旁反彈了開去，看石破天時，卻渾若無事。這一招石破天固然遭他擊中，但丁不四反而向外彈出，不能說分了輸贏。

那老婦卻陰陽怪氣的道：「丁不四，人家故意讓你擊中，你卻給彈了開去，當眞沒用之極，只交手一招，你便輸了。」丁不四怒道：「我怎麼輸了？胡說八道！」那老婦道：「就算你沒輸，那麼你讓他在你大椎穴上拍一掌瞧瞧。要是你不死，反能將他彈開幾步，那麼你們就算打成平手。」丁不四心想：「這小子內力雄厚之極，我大椎穴若給他擊上一掌，那是不死也得重傷。」說道：「好端端地，我爲甚麼要給他打？你的大椎穴倒給我打一掌看。」那老婦道：「早知丁狗熊沒種，就只會一門取巧撿便宜的功夫，倘若跟人家一掌還一掌、一拳還一拳的文比，誰也不得躲閃擋架，你就不敢。」

丁不四給她說中了心事，訕訕的道：「這等蠻打，是不會武功的粗魯漢子所爲，咱們武學名家，怎麼能玩這等笨法子？」他自知這番話強詞奪理，經不起駁，在那老婦笑聲中，向石破天道：「再來，再來，咱們再比過。」

石破天道：「我只學過叮叮噹噹教的那些擒拿手，別的武功都不會，你剛才那樣手掌亂晃的功夫，我不會招架。老爺子，就算你贏了，咱們不比啦。」

那「就算你贏了」這五個字，聽在丁不四耳中極不受用，他大聲說道：「贏就是贏，輸就是輸，那有甚麼算不算的？我讓你先動手，你過來打我啊。」石破天搖頭道：「我就是不會。」丁不四聽那老婦不住冷笑，心頭火起，罵道：「他媽的，你不會，我來教你。你瞧仔細了，你這樣出掌打我，我就這麼架開，跟著反手這麼打你，你就斜身這麼閃過，跟著左手拳頭打我這裏。」

石破天學招倒很快，依樣出手，丁不四回手反擊。兩人只拆得四招，丁不四呼的一拳打到，石破天不知如何還手，雙手下垂，說道：「下面的我不會了。」

丁不四又好氣，又好笑，道：「你奶奶的，都是我教你的，那還比甚麼武？」石破天道：「我原說不用比啦，算你贏就是了。」丁不四道：「不成，我若不是眞正勝了你，小翠一輩子都笑話我，丁大英雄給她說成是丁大狗熊，我這張臉往那裏擱去？你記著，我這麼打來，你不用招架，最好搶上一步，伸指反來戳我小腹，這一招很陰毒，我這拳就不能打實了，就只得避讓，這叫做以攻爲守，攻敵之所必救。」

他口中教招，手上比劃。石破天用心記憶，學會後兩人便從頭打起，打到丁不四所教的武功用盡之時，便即停了，只得一個往下再教，一個繼續又學。丁不四這些拳法掌法變化本來甚爲繁複，但他跟石破天對打，卻只以曾經教過的爲限。

丁不四心想這般鬥將下去，如何勝得了他？唯一機緣只是這渾小子將所學的招數忘了，拆解稍有錯誤，便立中自己毒手。但偏偏石破天記心甚好，丁不四只教過一遍，他便牢牢記住。兩人直拆了數十招，他招式中仍無破綻。

那老婦不時發出幾下冷笑之聲，又令丁不四不敢以凡庸的招數相授，只要攻守之際有一招不夠凌厲精妙，那老婦便出言相譏。她走火之後雖行動不得，眼光仍十分厲害，就算是一招高明武功，她也要故意詆毀幾句，何況是不算十分出色精奧的招式。

丁不四打醒了精神，傳授石破天拳掌，這股全力以赴的兢兢業業之意，竟絲毫不亞於當年數度和那老婦眞刀眞槍的拚鬥。又教數十招，天色將明，丁不四漸感焦躁，突然拳法一變，使出一招先前教過的「渴馬奔泉」，連拳帶人，猛地撲將過去。

石破天叫道：「次序不對了！」丁不四收招站定，說道：「有甚麼次序不次序的？只要是教過你的便行。」石破天倒也沒忘他曾教過用「粉蝶翻飛」來拆解，當即依式縱身閃開。丁不四心想：「我只須將你逼下江去，就算是贏了。小翠再要說嘴，也已無用。」一踏上一步，一招「橫掃千軍」，雙臂猛掃過去。石破天仍依式使招「和風細雨」，避開了對方狂暴的攻勢，但這步一退，左足已踏上了船舷。

丁不四大喜，喝道：「下去罷！」一招「鐘鼓齊鳴」，雙拳環擊，攻他左右太陽穴。依照丁不四所授的功夫，石破天該當退後一步，再以「春雲乍展」化開來掌，可是此刻身後已無退路，一步後退，便踏入了江中，情急之下不暇多想，生平學得最熟的只丁璫所教的那兩招，也不理會用得上用不上，一閃身，已穿到了丁不四背後，右手以「虎爪手」抓住他「靈台穴」，左手以「玉女拈針」拿住他「懸樞穴」，雙手一拿實，強勁內力陡然發出。

丁不四大叫一聲，坐倒艙板。

其實石破天內力再強，憑他只學幾天的擒拿手法，又如何能拿得住丁不四這等武學大高手？只因丁不四有了先入為主的成見，認定石破天必以「春雲乍展」來解自己這招「鐘鼓齊鳴」，而要使「春雲乍展」，非退後一步而摔入江中不可。他若和另一個高手比武，自會設想對方能有種種拆解之法，拆解之後跟著便有諸般厲害後著，自必四面八方都防到了，決不能讓對手閃到自己後心而拿住了要穴。但他跟石破天對拳大半夜，拆解百餘招，對方招招都一板一眼，全然依準自己所授的法門而發，心下對他既沒半分提防之意，又全沒想到這渾小子居然會突然變招，所使的招數卻又純熟無比，出手如風，待要擋避，已然不及，竟著了他的道兒。偏生石破天的內力厲害，勁透要穴，以丁不四修為之高，竟也抵擋不住。

這一下變故之生，丁不四和石破天固吃驚不小，那老婦也錯愕無已，「哈哈，哈哈」狂笑兩下，暈厥了過去，雙目翻白，神情可怖。

石破天驚呼：「老太太，你……你怎麼啦？」

阿綉身在艙裏，瞧不見船頭上情景，聽石破天叫得惶急，忙問：「這位大哥，我奶奶怎麼了？」石破天道：「啊喲……她……暈過去啦，這一次……這一次模樣不對，只怕……只怕……難以醒轉。」阿綉驚道：「你說我奶奶……已經……已經死了？」石破天伸手去探了探那老婦鼻息，道：「氣倒還有，只不過模樣兒……那個……那個很不對。」阿綉急道：「到底怎麼不對？」石破天道：「她神色像是死了一般，我扶起你來瞧瞧。」

阿綉不願受他扶抱，但實在關心祖母，躊躇道：「好！那就勞你這位大哥的大駕。」石破天一生之中，從未聽人說話如此斯文有禮，長樂幫中諸人跟他說話之時儘管恭謹，卻是敬畏多過了友善，連小丫頭侍劍也總是掩不住臉上惶恐的神色。丁璫跟他說話有時十分親熱，卻也十分無禮。只這個姑娘的說話，聽在耳中當眞是說不出的慰貼舒服，於是輕輕扶她坐起，將一條薄被裹在她身上，然後將她抱到船頭。

阿綉見到祖母暈去不醒的情狀，「啊」的一聲呼叫，說道：「這位大哥，可不可以請你在奶奶『靈台穴』上，用手掌運一些內力過去？這是不情之請，可眞不好意思。」

石破天聽她說話柔和，垂眼向她瞧去。這時朝陽初升，只見她一張瓜子臉，下巴微圓，卻沒丁璫那麼尖，但清麗文秀，一雙明亮清澈的大眼睛也正在瞧著他。兩人目光相接，阿綉登時羞得滿臉通紅，她沒法轉頭避開，便即閉上了眼睛。石破天衝口而出：

「姑娘，原來你也這麼好看。」阿綉臉上更加紅了，兩人相距這麼近，生怕說話時將口氣噴到他臉上，小嘴緊緊閉住。

石破天一呆，道：「對不起！」輕輕將她放上艙板，靠在船艙門邊，再伸掌按住那老婦的「靈台穴」，也不知如何運送內力，便照丁璫所教以「虎爪手」抓人「靈台穴」的法子，發勁吐出。

那老婦「啊」的一聲，醒了過來，罵道：「渾小子，你幹甚麼？」石破天道：「這位姑娘叫我給你運送內力，你……你果然醒過來啦。」那老婦罵道：「你封了我穴道啦，運送內力，是這麼幹的？」石破天訕訕的道：「對不起，對不起。我實在不會，請你教一教。」

適才他這麼一使勁，只震得那老婦五臟六腑幾欲翻轉，「靈台穴」更遭封閉，好在她練功走火，穴道早已自塞，這時封上加封，也不相干。她初醒時十分惱怒，但已知他內力渾厚無比，心想：「這傻小子天賦異稟，莫非無意中食了靈芝仙草，還是甚麼通靈異物的內丹，以致內力雖強，卻不會運使。我練功走火，或能憑他之力，得能打通被封的經脈？」便道：「好，我來教你。你將內息存於丹田，感到有一股熱烘烘的暖氣了，是不是？你心中想著，讓那暖氣通到手少陽三焦經的經脈上。」

這些經脈穴道的名稱，當年謝煙客在摩天崖上都曾教過，石破天依言而為，毫不費力的便將內力集到了掌心，他所修習的「羅漢伏魔功」乃少林派第一精妙內功，並兼陰陽剛柔之用，只向來不知用法，等如有人家有寶庫，金銀堆積如山，卻覓不到那枚開庫的鑰匙，此刻經那老婦略加指撥，依法而爲，體內本來蓄積的內力便排山倒海般湧出。

那老婦叫道：「慢些，慢……」一言未畢，已「哇」的一聲，吐出大口黑血。

石破天吃了一驚，叫道：「啊喲！怎麼了？不對麼？」阿綉道：「這位大哥，我奶奶請你緩緩運力，不可太急了。」那老婦罵道：「傻瓜，你想要我的命嗎？你將內力運一點兒過來，等我吸得幾口氣，再送一點兒過來。」

石破天道：「是，是！對不起，眞正對不起！」正要依法施爲，突見丁不四一躍而起，叫道：「他奶奶的，咱們再比過，剛才不算。」那老婦道：「老不要臉，爲甚麼不算？明明是你輸了。剛才他只須在你身上補上一刀一劍，又或在你天靈蓋上拍擊一掌，你還有命麼？」

丁不四自知理虧，不再和那老婦鬥口，呼的一掌，便向石破天拍來，喝道：「這招拆法我教過你，不算不講理罷？」石破天忙即站起，依他所授招式，揮掌擋開。丁不四跟著又出一掌，喝道：「這一招我也教過你的，總不能說我要無賴欺侮小輩了罷？」他所出的每一招，果然都是曾教過石破天的，顯得自己言而有信，是個君子。

他越打越快，十餘招後，已來不及說話，只不住叱喝：「教過你的，教過的，教過！教過！教……教……教……」如此迅速出招，石破天雖天資聰穎，總沒法只學過一遍，便將諸般繁複的掌法盡數記住活用，對方拳腳一快，登時便無法應付，眼見數招之間，便會傷於丁不四掌底，正自手忙腳亂，忽聽得那老婦叫道：「且慢，我有話說。」

丁不四住手不攻，問道：「小翠，你要說甚麼？」那老婦向石破天道：「少年，我身子不舒服，你再來送一些內力給我。」丁不四點頭道：「那很好。你走火後經脈窒滯，你既不願我相助，叫他出點力氣倒好。這少年武功不行，內力挺強！」

那老婦哼了一聲，冷冷的道：「是啊，他武功是你教的，內力卻不是你教的，他武功不行，內力挺強。」丁不四怒道：「他武功怎麼能算是我教的，我只教了他半天，只須他跟我學得三年五載，哼，小一輩人物之中，沒一個能是他敵手。」那老婦道：「就算學得跟你一模一樣，又有甚麼用？他不學你的武功，便能將你打敗，學得了你的武功，只怕反而打你不過了。越學越差，你說是學你的好，還是不學的好？」丁不四登時語塞，呆了一呆，說道：「他那兩招虎爪手和玉女拈針，還不是我丁家的功夫？」

那老婦道：「這是丁不三的孫女所教，可不是你教的。少年，你過來，別去理他。」石破天道：「是！」坐到那老婦身側，伸手又去按住她靈台穴，運功助她打通經脈，這一次將內力極慢極慢的送去，惟恐又激得她吐血。

那老婦緩緩伸臂，將衣袖遮在臉上，令丁不四見不到自己在開口說話，又聽不到話聲，低聲道：「待會他再和你廝打，你手掌之上須帶內勁。就像這樣把內勁運到拳掌之中。只要見到他伸掌拍來，你就用他一模一樣的招式，跟他手心相抵，把內勁傳到他身上。這老兒想把你逼下江中淹死，你記好了，見到他使甚麼招，你也就使甚麼招。只有用這法子，方能保得……保得咱們三人活命。」她和石破天只相處幾個時辰，便已瞧出他心地良善，若要他為他自己而跟丁不四為難，多半他會生退讓之心，不一定能遵照囑咐，但說「方能保得咱三人活命」，那是將他祖孫二人的性命也包括在內了，料想他便能全力以赴。

石破天輕輕「嗯」的一聲答應。那老婦又道：「你暫且不用給我送內力。待會你和那老兒雙掌相抵，送出內力時可不能慢慢的來，須得急吐而出，越強越好。」石破天道：「他會不會吐血？可別傷了他。」那老婦道：「不會的。你良心倒好。我練功走火，半點內力也沒有了，你的內力猛然湧到，我沒法抗拒，這才吐血。這老兒的內力強得很，剛才你抓住他背心穴道，他並沒吐血，是不是？你若不出全力，反而會給他震得吐血。你如受傷，那便沒人來保護我祖孫二人，一個老太婆，一個小姑娘，躺在這裏動彈不得，只有任人宰割欺凌。」

石破天聽到這裏，心頭熱血上湧，只覺此刻立時爲這老婆婆和姑娘死了也毫不皺眉，其實她二人是何等樣人，是善是惡，他卻一無所知。

那老婦將遮在臉上的衣袖緩緩拿開，說道：「多謝你啦。丁老四死不認輸，你就跟他過過招。唉，老婆子活了這一把年紀，天下的眞好漢、大英雄也見過不少，想不到臨到歸天之際，眼前見到的卻是一隻老狗熊，當眞夠冤。」丁不四怒道：「你說老狗熊，他兩個都不老，但總不是說自己，是罵我嗎？」那老婦微微一笑，說道：「一個人若有三分自知之明，也許還不算壞得到了家。丁老四，你要殺他，還不容易？只管使些從來沒教過他的招數出來，包管他招架不了。」

丁不四怒道：「丁老四豈是這等無恥之徒？你瞧仔細了，招招都是我教過他的。」那老婦原是要激他說這句話，嘆了口氣，不再作聲。

丁不四「哼」的一聲，大聲道：「大粽子，這招『逆水行舟』要打過來啦！那是我教過你的，可別忘了。」說著雙膝微曲，身子便矮了下去，左掌自下而上的揮出。

石破天聽他說「逆水行舟」，心下已有預備，也是雙膝微曲，左掌自下而上的揮出。

丁不四喝道：「錯了！不是這樣拆法。」一句話沒說完，眼見石破天左掌即將和自己左掌相碰，心下一凜：「這小子內力甚強，只怕猶在我之上。若跟他比拚內力，那可沒甚麼味道。」當即收回左掌，右掌推了出去，那一招叫作「奇峯突起」。石破天心中記著那老婦的話，跟著也使一招「奇峯突起」，掌中已帶了三分內勁。丁不四陡覺對方掌力陡強，手掌未到，掌風已撲面而來，心下微感驚訝，立即變招。

石破天凝視丁不四的招式，見他如何出掌，便跟著依樣葫蘆，這麼一來，不須記憶如何拆解，只依樣學樣，心思全用以凝聚內力，果然掌底生風，打出的掌力越來越強。

丁不四卻有了極大顧忌，處處要防到對手手掌和自己手掌相碰，生怕一黏上手之後，硬碰硬的比拚內力，好幾次捉到石破天的破綻，總是眼見他照式施為，便不得不收掌變招。他自成名以來，江湖上的名家高手會過不知多少，卻從未遇到過這樣的對手，不論自己出甚麼招式，對方總是照抄。倘若對方是個成名人物，如此打法跡近無賴，當下便可立斥其非，但偏偏石破天是個徒具內力、不會武功之人，講明只用自己所授的招式來跟自己對打，這般學了個十足十，原為名正言順。他心下焦躁，不住咒罵，卻始終奈何這小子不得。

這般拆了五六十招，石破天漸漸摸到運使內力的法門，不必每一招均須先行動念聚力，每一拳、每一掌打將出去，勁力愈來愈大，船頭上呼呼風響，便如疾風大至一般。

丁不四不敢絲毫怠忽，惟有全力相抗，心道：「這小子到底是甚麼邪門？莫非他有意裝傻藏奸，其實卻是個身負絕頂武功的高手？」再拆數招，覺得要避開對方來掌越來越難，幸好石破天一味模仿自己的招數，倒也不必費心去提防他出其不意的攻擊。

又鬥數招，丁不四雙掌轉了幾個弧形，斜斜拍出，這一招叫做「左右逢源」，掌力擊左還是擊右，要看當時情景而定，心頭暗喜：「臭小子，這一次你可不能照抄了罷？你怎知我掌力從那一個方向襲來？」果然石破天見這一招難以仿效，問道：「你是攻左還是攻右？」丁不四一聲狂笑，喝道：「你倒猜猜看！」兩隻手掌不住顫動。石破天心下驚惶，只得提起雙掌，同時向丁不四掌上按去，他不知對方掌力來自何方，惟有左右同時運勁。

丁不四見他雙掌一齊按到，不由得大驚，暗想傻小子把這招虛中套實、實中套虛的巧招使得笨拙無比，「左右逢源」變成了「亦左亦右」，雙掌齊重，不但令此招妙處全失，且違反了武學的精義。但這麼一來，自己非和他比拚內力不可，霎時間額頭冒汗，危急中靈機一動，雙掌倏地上舉，掌力向天上送去。這一招叫做「天王托塔」，原是對付敵人飛身而起、凌空下擊而用。石破天此時並非自空下搏，這招本來全然用不上。但石破天每一招都學對方而施，眼見丁不四忽出這招「天王托塔」，不明其中道理，便也雙掌上舉，呼的一聲，向上拍出。

兩人四掌對著天空，你瞧瞧我，我瞧瞧你。

丁不四忍俊不禁，哈哈大笑。石破天見對方敵意盡去，跟著縱聲而笑。阿綉斜倚在艙門木柱上，見此情景，也不由得嫣然微笑。

那老婦卻道：「不要臉，不要臉！打不過人家，便出這等鬼主意來騙小孩子！」

丁不四在電光石火的一瞬之間，竟想出這古怪法子來避免和石破天以內力相拚，躲過了危難，於自己的機警靈變甚爲得意，雖聽那老婦出言譏刺，便也不放在心上，只嘻嘻一笑，說道：「我跟這小子無怨無仇，何必以內力取他性命！」

那老婦正要再出言譏刺，突然船身顛簸了幾下，向下游直衝，原來此處江面陡狹，水流忽變湍急。丁不四又哈哈大笑，叫道：「小翠，到碧螺島啦，你們祖孫兩位，連同大粽子一起，都請上去盤桓盤桓。」那老婦臉色立變，顫聲道：「不去，我寧死也不踏上你的鬼島一步。」丁不四道：「上去住幾天打甚麼緊？你是我家貴客，在我家裏好好養傷，好飲好食，名貴藥物齊全，舒服得很。」那老婦怒道：「舒服個屁！」惶急之下，竟口出粗言。

江水滔滔，波濤洶湧，浪花不絕的打上船來。石破天順著丁不四的目光望去，只見右前方江中現出一個山峯，一片青翠，上尖下圓，果然形如一螺，心想這便是碧螺島了。

丁不四向梢公道：「靠到那邊島上。」那梢公道：「是！」丁不四俯身提起鐵錨，站在船頭，只待駛近，便將鐵錨拋上島去。

石破天道：「老爺子，這位老太太既然不願到你家裏去，你又何必……」一句話沒說完，突然那老婦一躍而起，握住阿綉的手臂，踴身入江。

丁不四大叫：「不可！」反手來抓，卻那裏來得及？只聽得撲通一聲，江水飛濺，兩人已沒入水中。

石破天大驚，抓起一塊船板，也向江中跳了下去，他躍下時雙足在船舷上力撐，身子直飛出去，是以雖比那老婦投江遲了片刻，入水之處卻就在她二人身側。他不會游水，江浪一打，口中咕咕入水，他一心救人，右手抱住船板，左手亂抓，正好抓住了那老婦頭髮，當下再不放手，三人順著江水直衝下去。

江水衝了一陣，石破天已頭暈眼花，知覺漸失，口中仍不住的喝水，突然間身子一震，腰間疼痛，重重的撞上一塊巖石。石破天大喜，伸足凝力踏住，忙將那老婦拉近，幸喜她雙臂仍緊緊抱著孫女兒，只死活難知。

石破天見巖石離岸不遠，江水在腳邊洶湧而過，捲起無數浪花，幸好石邊江水不深，舉目可以見底，忙將她兩人一起抱起，一腳高一腳低，拖泥帶水，向陸地上走去。只走出十餘丈便已到了乾地，忽聽那老婦罵道：「無禮小子，你剛才怎敢抓我頭髮？」

石破天一怔，忙道：「是，是！眞對不起。」那老婦道：「你怎……哇！」她這麼一聲「哇」，隨著吐了許多江水出來。阿綉道：「奶奶，若不是這位大哥相救，咱二人又不識水性，此刻……此刻……」說到這裏，也嘔出了不少江水。那老婦道：「如此說來，這小子於咱們倒有救命之恩了。也罷，抓我頭髮的無禮之舉，不跟他計較便是。」

阿綉微笑道：「救人之際，那是無可奈何。這位大哥，可當眞……當眞多謝了。」她爲石破天抱在懷中，四隻眼睛相距不過尺許，她說話之時，轉動目光，不和石破天相對，但她祖孫二人嘔出江水，終究淋淋漓漓的濺了石破天一身。好在他全身早已濕透，再濕些也不相干，但阿綉脹紅了臉，甚爲不好意思。

那老婦道：「好啦，你可放我們下來了，這裏是紫煙島，離那老怪居住之處不遠，須得防他過來囉唣。」石破天道：「是，是！」正要將她二人放下，忽聽得樹叢之後有人說道：「這小子多半沒死，咱們非找到他不可。」石破天吃了一驚，低聲道：「丁不四追來啦。」抱著二人，便在樹叢中一縮，一動也不敢動。只聽得腳踏枯草之聲，有二人從身側走過，一個是老人，另一個卻是少女。

石破天這一下卻比見到丁不四追來更加怕得厲害，向二人背影瞧去，果然一個是丁璫，一個卻是丁不三。他顫聲道：「不好，是……是丁三爺爺。」

那老婦奇道：「你爲甚麼怕成這個樣子？丁不三的孫女兒不是傳了你武功麼？」石破天道：「爺爺要殺我，叮叮噹噹又怪我不聽話，將我綁成一隻大粽子，投入江中。幸好你們的船從旁經過，否則……否則……」那老婦笑道：「否則你早成了江中老烏龜、老甲魚的點心啦。」石破天道：「是，是！」想起昨日讓丁璫以帆索全身纏繞的情景，兀自心有餘悸，道：「婆婆，他們還在找我。這一次若給他們捉到，我……我可糟了！」

那老婦怒道：「我如不是練功走火，區區丁不三何足道哉！你去叫他來，瞧他敢不敢動你一根毫毛。」阿綉勸道：「奶奶，此刻你老人家功力未復，暫且避一避丁氏兄弟的鋒頭，等你身子大好了，再去找他們的晦氣不遲。」

那老婦氣忿忿的道：「這一次你奶奶也真倒足了大霉，說來說去，都是那小畜生、老不死這兩個鬼傢伙不好。」阿綉柔聲道：「奶奶，過去的事情，又提它幹麼？咱二人同時走火，須得平心靜氣的休養，那才能好得快。你心中不快，便於身子有損。」那老婦怒道：「身子有損就有損，怕甚麼了？今日喝了這許多江水，史小翠一世英名，那是半點也不賸了。」越說越大聲。

石破天生怕給丁不三聽到了，勸道：「婆婆，你平平氣。我……我再運些內力給你。」也不等她答應，便伸掌按上她靈台穴，將內力緩緩送去。內力既到，那老婦史婆婆只得凝神運息，將石破天這股內力引入自己各處閉塞了的經脈穴道，一個穴道跟著一個穴道的衝開，口中再也不能出聲。石破天只求她不驚動丁不三，掌上內力源源不絕的送出。

史婆婆心下暗自驚訝：「這小子內力如此精強，卻何以不會半點武功？」她念頭只這麼一轉，胸口便氣血翻湧，當下不敢多想，直至足少陽經脈打通，才長長舒了口氣，站起身來，笑道：「辛苦你了。」

石破天和阿綉同感驚喜，齊聲道：「你能行動了？」

史婆婆道：「通了足上一脈，還有好多經脈未通呢！」

石破天道：「我又不累，咱們便把其餘經脈都打通了。」

史婆婆眉頭一皺，說道：「小子胡說八道，我是和阿綉同練『無妄神功』以致走火，豈是尋常的瘋癱？今日打通一處經脈，已經謝天謝地了，就算達摩祖師、張三丰眞人復生，也未必能在一日之中打通我全身塞住了的經脈。」石破天訕訕的道：「是，是！我不懂這中間的道理，請你指教。」史婆婆道：「左右閒著無事，你就幫助阿綉打通足少陽經脈。」

石破天道：「是，是！」將阿綉扶起，讓她左肩靠在一根樹幹之上，然後伸掌按她靈台穴，以那老婦所教的法門，緩緩將內力送去。阿綉內功修爲比之祖母淺得多了，石破天直花了四倍時間，才將她足少陽經脈打通。

阿綉掙扎著站起，細聲細語的道：「多謝你啦。奶奶，咱們也不知這位大哥高姓大名，不知如何稱呼，多有失禮。」她這句話是向祖母說的，其實是在問石破天的姓名，只是對著這青年男子十分靦覥，不敢正面和他說話。

史婆婆道：「喂，大粽子，我孫女兒問你叫甚麼名字呢？」

石破天道：「我……我……也不知道，我媽媽叫我……叫我那個……」他想說「狗雜種」，但此時已知這三字十分不雅，無法在這溫文端莊的姑娘面前出口，又道：「他們卻又把我認錯是另外一個人，其實我不是那個人。到底我是誰，我……我實在說不上來……」

史婆婆聽得老大不耐煩，喝道：「你不肯說就不說好了，偏有這麼囉哩囉唆的一大套鬼話。」阿綉道：「奶奶，人家不願說，總是有甚麼難言之隱，咱們也不用問了。叫不叫名字沒甚麼分別，咱們心裏記著人家的恩德好處，也就是了。」

石破天忙即分辯：「不，不，我不是不肯說，實在說出來太難聽了。」史婆婆道：「甚麼難聽好聽？還有難聽過大粽子的麼？你不說，我就叫你大粽子了。」石破天心道：「大粽子比狗雜種好聽得多了。」笑道：「叫大粽子很好，那也沒甚麼難聽。」

阿綉見石破天性子隨和，祖母言語無禮，他居然一點也不生氣，更加過意不去，忙道：「奶奶，你別取笑。這位大哥可別見怪。」

石破天嘻嘻一笑，道：「沒甚麼。謝天謝地，只盼丁三爺爺和叮叮噹噹找不到我就好了。你們在這裏歇一會，我去瞧瞧有甚麼吃的沒有。」史婆婆道：「這紫煙島上柿子甚多，這時正當紅熟，你去採些來。島上魚蟹也肥，不妨去捉些。」

石破天答應了，閃身在樹木之後躡手躡腳，一步步的走去，生怕給丁氏祖孫見到，只走出數十丈，果見山邊十餘株柿樹，樹上點點殷紅，都是熟透了的圓柿。

他走到樹下，抓住樹幹用力搖晃，柿子早已熟透，登時紛紛跌落。他張開衣衫兜接住，奔回樹叢，給史婆婆和阿綉吃。她二人雙足已能行走，手上經脈未通，史婆婆勉強能提起手臂，阿綉的雙臂卻仍癱瘓不靈。石破天剝去柿皮，先餵史婆婆吃一枚，又餵阿綉吃一枚。

阿綉見他將剝了皮的柿子送到自己口邊，滿臉羞得就如紅柿子一般，又不能拒卻，只得在他手中吃了。石破天欲待再餵，阿綉道：「這位大哥，你自己還沒吃，你先吃飽了，再……再……」

史婆婆道：「這邊向西南行出一里多些，有個石洞，咱們待天黑後，到那邊安身，好讓這對不三不四的鬼兄弟找咱們不到。」

石破天大喜，道：「好極了！」他對丁不四倒不如何忌憚，但丁不三祖孫二人一意要取他性命，委實害怕之極，聽史婆婆說有地方可以躲藏，心下大慰，吃了幾枚柿子。

眼巴巴的好容易等到天色昏暗，當下右手扶著史婆婆，左手扶了阿綉，三人向西南方行去。這紫煙島顯是史婆婆舊遊之所，熟悉地勢，只行了一里多路，右首便全是山壁。史婆婆指點著轉了兩個彎，從一排矮樹間穿了過去，赫然現出一個山洞的洞口。

史婆婆道：「大粽子，今晚你睡在外面守著，可不許進來。」石破天道：「是，是！」又道：「可惜咱們不敢生火，烤乾浸濕的衣服。」

史婆婆冷冷的道：「這叫做虎落平陽被犬欺。日後終要讓這對不三不四的鬼兄弟身受十倍報應。」

阿綉拿起那把爛柴刀，
緩緩使個架式，
跟著橫刀向前推出，
隨即刀鋒向左掠去，
拖過刀來，又向右斜斫。

十 太陽出來了

次晨醒來，三人吃了幾枚柿子，石破天又為她祖孫分別打通了一處經脈，於是兩人雙手也能動彈了。

史婆婆道：「大粽子，這島上的小湖裏有螃蟹，你去捉些來，螃蟹雖還沒肥，總勝過天天吃柿子。」石破天微感躊躇，輕聲道：「捉蟹倒不難，就是沒法子煮，又不能生吃。」

史婆婆道：「好好一個年輕力壯的大男人，對丁不三這老鬼如此害怕，成甚麼樣子？」石破天搖頭道：「別說丁三爺爺，連叮叮噹噹也比我厲害得多。如給他們捉到了，再將我綁成一隻大粽子丟在江裏，那可糟了。」

阿繡勸道：「奶奶，這位大哥說得是，咱們暫且忍耐，等奶奶的經脈都打通了，恢復功力，那時又怕他們甚麼丁不三、丁不四。」史婆婆道：「哼，你說得倒也稀鬆平常，回復功力，談何容易？咱二人經脈全通，少說也得十天，要回復功力，多則一年，少則八月。難道今後一年咱們天天吃柿子？過不了十天，柿子都爛光啦。」

石破天道：「那倒不用發愁，我去多摘些柿子，晒成柿餅，咱三人吃他一年半載，也餓不死。」這些日子來他多遇困苦，迭遭凶險，但覺世情煩紛，甚麼事都難以明白，不如在這石洞旁安穩渡日，遠為平安喜樂，何況又有阿繡這可愛之極的姑娘相伴。

史婆婆罵道：「你肯做縮頭烏龜，我卻不肯。再說，丁不四那廝一兩日之內定會尋上島來，你想做縮頭烏龜也做不成。大粽子，你到底怎麼攪的？怎地空有一身深厚內功，卻又沒練過武藝？」石破天歉然道：「我就是沒跟人好好學過。只叮叮噹噹教過我一十八手擒拿法，我自然鬥他們不過。丁不四老爺爺教我的這些武功，又是每一招他都知道的。」

阿綉忽然插口道：「奶奶，你爲甚麼不指點這位大哥幾招？他學了你的功夫，如將丁不四打敗了，豈不比你老人家自己出手取勝還要光采？」

史婆婆不答，雙眼盯住了石破天，目不轉睛的瞧著他。

突然之間，她目光中流露出十分兇悍憎惡的神色，雙手發顫，便似要撲將上去，一口將他咬死一般。石破天害怕起來，不由自主的倒退了一步，道：「老太太，你……你……」史婆婆厲聲道：「阿綉，你再瞧瞧他，像是不像？」

阿綉一雙大眼睛在石破天臉上轉了一轉，眼色卻甚柔和，說道：「奶奶，相貌是有些像的，然而……然而決計不是。只要他……他有這位大哥一成的忠誠厚道，是位仁善君子……他也就決計不會……不會……」

史婆婆眼色中的兇光慢慢消失，哼了一聲，道：「雖不是他，可是相貌這麼像，我也決計不教。」

石破天登時恍然：「是了，她又疑心我是那個石破天了。這個石幫主得罪的人眞多，天下竟有這許多人恨他。日後若能遇上，我得好好勸他一勸。」只聽史婆婆道：「你是不是也姓石？」石破天搖頭道：「不是！人家都說我是長樂幫的甚麼石幫主，其實我一點也不是，半點也不是。唉，說來說去，誰也不信。」說著長長嘆了口氣，十分煩惱。

阿綉低聲道：「我相信你不是。」

石破天大喜，叫道：「你當眞相信我不是他？那……那好極了。只有你一個人，才不相信。」阿綉道：「你是好人，他……他是壞人。你們兩個全然不同。」

石破天情不自禁的拉著她手，連聲道：「多謝你！多謝你！多謝你！」這些日子來人人都當他是石幫主，令他無從辯白，這時便如一個滿腹含冤的犯人忽然得到昭雪，對這位明鏡高懸的青天大老爺自是感激涕零，說得幾句「多謝你」，忍不住流下淚來，滴滴眼淚，都落在阿綉的纖纖素手之上。阿綉羞紅了臉，卻不忍將手從他掌中抽回。

史婆婆冷冷的道：「是便是，不是便不是。一個大男人，哭哭啼啼的，像甚麼樣子。」

石破天道：「是！」伸手要擦眼淚，猛地驚覺自己將阿綉的手抓著，忙道：「對不起，對不起！」放開她手掌，道：「我……我……我不是……我再去摘些柿子。」不敢再向阿綉多看，向外直奔。

史婆婆見到他如此狼狽，絕非作僞，不禁也感好笑，嘆了口氣，道：「果然不是。那姓石的小畜生若有大粽子一成的厚道老實，也不會……唉！」

過不多時，忽聽得洞外樹叢唰的一聲響，石破天急奔回來，臉色慘白，驚惶無已，顫聲道：「糟糕……這可糟啦。」史婆婆道：「怎麼？丁不三見到你了？」

石破天道：「不，不是！雪山派的人到了島上，危險之極……」

史婆婆和阿綉臉色齊變，兩人對瞧了一眼。史婆婆問道：「是誰？」石破天道：

「那個白萬劍白師傅，率領了十幾個師弟。他們……他們定是來找我的，要捉我到甚麼凌霄城去處死。」史婆婆向阿綉又瞧了一眼，問石破天道：「他們見到你沒有？」石破天道：「幸虧沒見到，不過我見到白師傅和丁……丁……不四爺爺在說話。」史婆婆眉頭一皺，問道：「丁不四？不是丁不三？」

石破天道：「丁不四。他說：『長江中沒浮屍，定是在這島上。』他們定要一路慢慢找來，我這……這可……可糟了。」只急得滿頭大汗。

阿綉安慰他道：「那位白師傅把你也認錯了，是不是？你既不是那個壞人，總說得明白的，那也不用躭心。」石破天急道：「說不明白的。」

史婆婆道：「說不明白，那就打啊！天下給人冤枉的，又不止你一人！」石破天道：「那位白師傅是雪山派裏的高手，劍法好得不得了，我……我怎打他得過？」史婆婆冷笑道：「雪山派劍法便怎麼了？我瞧那也稀鬆平常！」

石破天搖頭道：「不對，不對！這個白師傅的劍術，眞是說不出的厲害了得。他手中長劍這麼一抖，就能在柱子上或是人身上留下六個劍痕，你信不信？」伸足拉起褲腳，將自己大腿上的六朵劍痕給她們瞧，至於此舉十分不雅，他是山鄉粗鄙之人，卻也不懂。

史婆婆哼的一聲，道：「我有甚麼不信？」隨即氣忿忿的道：「雪山派的武功又有甚麼了不起，在我史小翠眼中不値一文。白自在這老鬼在凌霄城中自大爲王，不知天高地厚，只道他雪山派的劍法天下第一。哼，我金烏派的刀法，偏偏就是他雪山派的剋星。大粽子，你知道金烏派是甚麼意思？」石破天道：「不……不知道。」

史婆婆道：「金烏就是太陽，太陽出來，雪就怎麼啦？」石破天道：「雪就融了。」

史婆婆哈哈一笑，道：「對啦！太陽一出來，雪就融成了水，金烏派武功是雪山派的剋星對頭，就是這道理。他們雪山派弟子遇上了我金烏派，只有磕頭求饒的份兒。」

雪山派劍法的神妙，石破天是親眼目睹過的，史婆婆將她金烏派的功夫說得如此厲害，他不免有些將信將疑。他心下既不信服，臉上登時便流露出來。

史婆婆道：「你不信嗎？」石破天道：「我在土地廟中給那位白師傅擒住，見到他們師兄弟過招，心中也記得了一些，我覺得……我覺得雪山派的劍法實在……實在……」史婆婆怒問：「實在怎麼樣？」石破天道：「實在是好！」史婆婆道：「你只見到人家師兄弟過招，一晚之間又學得到甚麼？怎知是好是壞？你演給我瞧瞧。」

石破天道：「我學到的劍法，可沒白師傅那麼厲害。」

史婆婆哈哈大笑，阿綉也不禁嫣然。史婆婆道：「白萬劍這小子天資聰穎，用功又勤，從小至今練了二十幾年劍，沒一天間斷。你只瞧了一晚，就想有他那麼厲害，可不笑歪了人嘴巴？」阿綉道：「奶奶，這位大哥原是說沒白師傅那麼厲害。」史婆婆向她瞪了一眼，轉頭向石破天道：「好罷，你快試著演演，讓我瞧瞧到底有多『厲害』！」

石破天知她是在譏諷自己，當下紅著臉，拾起地下一根樹枝，折去了枝葉，當作長劍，照著呼延萬善、聞萬夫他們所使的招數，一「劍」刺了出去。

史婆婆「哈」的一聲，說道：「第一招便不對！」石破天臉色更紅了，垂下手來。

史婆婆道：「練下去，練下去，我要瞧瞧你『厲害』的雪山劍法。」

石破天羞慚無地，正想擲下樹枝，一轉眼間，見阿綉神色殷切，目光中流露出鼓勵之色，絕無譏諷含意，當即反手又刺一劍。他使出招數之後，深恐記錯，更貽史婆婆之譏，當下心無旁騖，一劍劍的使將下去。

七八招一出，他記著那晚土地廟中石夫人和他拆解的劍招，越使越純熟，風聲漸響。史婆婆和阿綉本來臉上都帶笑意，雖一個意存譏嘲，一個溫文微笑，均覺石破天的劍招似是而非，破綻百出，委實不成模樣，可是越看臉上笑意越少，輕視之心漸去，驚佩之色漸濃。待得石破天將那顛三倒四、七零八落的七十二路雪山劍法使完（其實只使了六十三路，其餘九路記不起了），史婆婆和阿綉又對望一眼，均想此人於雪山派劍法學得甚不周全，顯然未經傳授，但挾以深厚內力，招數上的威力實已非同尋常。

石破天見二人不語，訕訕的擲下樹枝，道：「眞令兩位笑掉了牙齒，我人太蠢，隔了十多天，便記不全啦。」

史婆婆道：「你說是在土地廟中看雪山派弟子練劍，這才偷學到的？」石破天紅了臉道：「我知偷學人家武功，甚是不該。帶我到高山上的那位老伯伯說，不得准許而拿了人家東西，便是小賊。我偷學了雪山派的劍法，只怕也是小賊了。只不過當時覺得這樣使劍實在很好，不知不覺中便記了一些。」

史婆婆喜道：「你只一晚功夫，便學到這般模樣，那已是絕頂聰明的資質。我那金烏刀法，你也學得會的。這樣罷，你就拜我爲師好了……」

阿綉插口道：「奶奶，那不好。」史婆婆奇道：「爲甚麼不好？」阿綉滿臉紅暈，道：「那……那我豈不是要叫他師叔，平空矮了一輩？」史婆婆臉色一沉，道：「師叔就師叔，又有甚麼了不起啦？丁不四尋到這兒，定要再逼我上碧螺島去，咱二人豈不是又得再投江尋死？只有快快把大粽子教會了武功，才能抵擋，眼下事勢緊迫，那還顧得到甚麼輩份大小？大粽子，我史婆婆今日要開宗立派，收你做我金烏派的首徒，你拜不拜師？」

石破天性子隨和，本來史婆婆要他拜師，他就拜師，但聽阿綉說不願叫他師叔，不由得有些躊躇。史婆婆道：「你快跪下磕頭，就成了我金烏派的嫡系傳人啦。我是金烏派創派祖師，你是第二代的大弟子。」

阿綉突然想起一事，微微一笑，說道：「奶奶，恭喜你開宗立派。這位大哥，你就拜奶奶爲師好啦。我不是金烏派弟子，咱們是兩派的，大家不相統屬，不用叫你做師叔。」

史婆婆急於要開派收徒，也不去跟阿綉多說，只道：「快跪下，磕八個頭。」

石破天見阿綉已無異議，當下歡歡喜喜的向史婆婆跪下，磕了八個頭。這八個頭磕得咚咚有聲，著實不輕。

史婆婆眉花眼笑，甚是歡喜，說道：「罷了！乖徒兒，你我既是一家，這情份就不同了。我金烏派今日開宗立派，你可須用心學我功夫，日後金烏派在江湖上名聲如何，全要瞧你的啦。大粽子……」

阿綉抿嘴笑道：「金烏派的祖師奶奶，貴派首徒英雄了得，這個外號兒可不夠氣派。」

史婆婆道：「不錯，你到底叫甚麼名字？對著師父，可甚麼都不許隱瞞的了。」石破天道：「是！是！我媽叫我狗雜種。長樂幫中的人，卻說我是他們的幫主石破天，其實我不是的。只不過……只不過我不知道自己眞的姓甚麼，叫甚麼名字。」

史婆婆「嘿」的一聲，道：「甚麼狗雜種？胡說八道，你媽媽多半是個瘋子。這樣罷，你就跟我姓，姓史。咱們金烏派第二代弟子用甚麼字排行？嗯，雪山派弟子叫甚麼白萬劍、封萬里、耿萬鍾的，咱們可強他一萬倍。他們是『萬』字輩，咱們就是『億』字輩。那個姓白的叫白萬劍。我就給你取個名字，叫作史億刀。」

石破天一生之中從未有過眞正的姓名，叫他狗雜種也好、石破天也好、大粽子也好，都不怎麼放在心上。史婆婆給他取名史億刀，他本不知「億」乃「萬萬」之義，聽了也就隨口答應，渾不在意。

史婆婆卻興高采烈，精神大振，說道：「我這路金烏刀法，五六年前已想得周全，只是使這刀法，須有極強的內力，否則刀法的妙處運使不出來。這次長江中遇到了丁不四這老怪，他定要邀我上他碧螺島去。非惡鬥一場，不能叫他知難而退，當下我便和阿綉同練『無妄神功』，練成之後，我使金烏刀法，她使雪……她使……那個玉兔劍法，日月輪轉，別說丁不四區區一個旁門左道的老妖怪，便是為禍武林的甚麼『賞善罰惡』使者，只怕也要望風遠遁。至於雪山派中那些狂妄自大之輩，更加非甘拜下風不可。不料阿綉給我催得急了，一個不小心，內息走入了岔道，我忙救援，累得兩人一齊走火，動彈不得。」她既收石破天爲徒，一切直言無忌，將走火的原因和經過都說了出來。

史婆婆又道：「幸好你天生內力渾厚，正是練我金烏刀法的好材料。刀法不同劍法，劍以輕靈翔動爲高，刀以厚實狠辣爲尙。這根樹枝太輕，你再去另找一根粗些的樹枝來。」

石破天應了，到樹林中去找樹枝，見一株斷樹之下丟著一柄滿是鐵鏽的柴刀。他俯身拾起，見刀柄已然腐朽，刀鋒上累累都是缺口，也不知是那一年遺在那裏的，拿著倒也沉沉的有些墜手，心想：「雖是柄鏽爛的柴刀，總也勝於樹枝。」於是將腐壞的刀柄拔了出來，另找一段樹枝，塞入柄中，興沖沖的回來。

史婆婆和阿綉見了這柄鏽爛柴刀，不禁失笑。阿綉笑道：「奶奶，貴派今日開山大典，用這把寶刀傳授開山大弟子的武功，未免……未免有欠冠冕。」

史婆婆道：「甚麼有欠冠冕？我金烏派他日望重武林，威震江湖，全是以這柄……這柄寶刀起家。哈哈！」她說到「寶刀」二字，自己也忍俊不禁。三人同時大笑。

史婆婆笑道：「好啦，你記住了，金烏刀法第一招，叫做『開門揖盜』。」拿起一根短樹枝，緩緩作了個姿勢，又道：「我手腳無力，出招不快，你卻須使得越快越好。」

石破天提起柴刀，依樣使招，甚是迅捷，出刀風聲凌厲。

史婆婆點頭道：「很好，使熟之後，還得再快些。這招『開門揖盜』，是用來剋制雪山劍法那招『蒼松迎客』的。他們假仁假義的迎客，咱們就直截了當的迎賊。好像是向對方作揖行禮，其實心中當他盜賊。第二招『梅雪逢夏』，是剋制他『梅雪爭春』那一招。雪山劍法又是梅花五瓣啦，又是雪花六出啦，咱們叫他們梅雪逢夏。一到夏天，他們的梅花、雪花還有甚麼威風？」

「梅雪爭春」這招劍法甚是繁複，石破天在長樂幫總舵中曾見白萬劍使過，劍光點點，大具威勢，他在土地廟中就沒學會。這招「梅雪逢夏」的刀法，是在霎息之間上三刀、下三刀、左三刀、右三刀，連砍三四一十二刀，不理對方劍招如何千變萬化，只以一股威猛迅狠的勁力，將對方繁複的劍招盡數消解，有如炎炎夏日照到點點雪花上一般。

那第三招叫「千鈞壓駝」，用以剋制雪山劍法的「雙駝西來」；第四招「大海沉沙」剋制「風沙莽莽」；第五招「赤日炎炎」剋制「月色昏黃」，以光勝暗；第七招「鮑魚之肆」剋制「暗香疏影」，以臭破香。每招刀法都有個稀奇古怪的名稱，無不和雪山劍法的招名針鋒相對，名稱雖怪，刀法卻當眞十分精奇。

石破天一字不識，這些刀法劍法的招名大都是書上成語，他既不懂，自然也記不住，但只用心記憶出刀的部位和手勢。史婆婆口講手比，緩緩而使，石破天學得不對，立加校正，比之在土地廟中偷學劍法，難易自然大不相同。

史婆婆授了十八招後，已感疲累，當下閉目休息，任由石破天自行練習。過得大半個時辰，史婆婆又傳了十八招。到得黃昏時分，已傳了七十二招。同時將他已忘了的九招雪山劍法也都教了。金烏刀法以剋制雪山劍法爲主，自也須得學會雪山劍法。

史婆婆道：「雪山派劍法有七十二招，我金烏派武功處處勝他一籌，卻有七十三招。咱們七十三招破他七十二招，最後一招，你瞧仔細了！」說著將那樹枝從上而下的直劈下來，又道：「你使這招之時，須得躍起半空，和身直劈！」當下又教他如何縱躍，如何運勁，如何封死對方逃遁退避的空隙。

石破天凝思半晌，依法施爲，縱身躍起，從半空中揮刀直劈下來，呼的一聲，刀鋒離地尙有數尺，地下已塵沙飛揚，敗草落葉爲刀風激得團團而舞，果然威力驚人。石破天一劈之下，收勢而立，看史婆婆時，只見她臉色慘白，再轉頭去瞧阿綉，卻見她一對大眼中淚水盈盈，凄然欲泣，顯然十分傷心。石破天大奇，囁嚅道：「我這一招……使得不對嗎？」

史婆婆不語，過了片刻，擺擺手道：「對的。」呆了一陣，又道：「此招威力太大，千萬不可輕用，以免誤傷好人。」石破天道：「是，是！好人是決計傷不得的。」

這一晚他便是在睡夢之間，也是翻來覆去的在心中比劃著那七十三招刀法，竟將強敵在外搜索之事擱在一旁。幸好這紫煙島方圓雖不大，卻樹木叢生，徑曲洞多，白萬劍等一時沒找到左近。

次晨天剛黎明，他便起身練這刀法，直練到第七十三招，縱躍半空，一刀劈將下來，這一次威力更強，刀風撞到地上，砰的一聲，發出巨響。

只聽得阿綉在背後說道：「史……史大哥，你起身好早。」石破天轉過身來，見她斜倚在石洞口，一雙妙目正凝視著自己，忙道：「你也早。」

阿綉臉上微微一紅，道：「我想到那邊林中走走，舒舒筋骨，你陪我去，好不好？」石破天道：「好好，你全身經脈剛通，正該多活動活動。」兩人並肩向林中走去。

走出十餘丈，已入樹林深處，此時日光尚未照到，林中到處是輕煙薄霧，瞧出來朦朦朧朧地，樹上、草上，阿綉身上、臉上，似乎都蒙著一層輕紗。林中萬籟俱寂，只兩人踏在枯草之上，發出沙沙微聲。

突然之間，石破天聽得身旁發出幾下抽噎聲息，一轉頭，見阿綉正在哭泣，晶瑩的淚珠正從她臉頰上緩緩流下。石破天吃了一驚，忙問：「阿綉姑娘，你……你為甚麼哭？」

阿綉不答，走了幾步，伸手扶住一棵樹幹，哭得更加傷心了。

石破天道：「為甚麼啊？是婆婆罵你嗎？」阿綉搖搖頭。石破天又問：「你身子不舒服，是不是？」阿綉又搖搖頭。石破天連猜了七八樣原因，阿綉只是搖頭。霎時間叫他可沒了主意，過去他所遇到的女子如他母親、侍劍、丁璫、花萬紫等，都是性格爽朗之輩，石夫人閔柔雖為人溫和斯文，卻也端凝大方，從沒見過如同阿綉這般嬌羞忸怩的姑娘，實不知如何應付才好。阿綉越哭泣，他越心慌，只道：「到底為了甚麼事？你跟我說好不好？」阿綉抽抽噎噎的道：「都是……都是……你……你不好，你……你……還要問呢！」

石破天大吃一驚，心想：「我甚麼事做錯了？」他對這位溫柔靦覥的阿綉甚為敬重，她既說都是他不好，自然一定是他不好了，顫聲道：「阿……阿綉姑娘，請你跟我說，我是蠢人，自己做錯了事也不知道，當眞該死。」

阿綉淚眼盈盈的回過頭來，說道：「昨兒晚上我做了個夢，嚇人得很，你……你……你對我這麼兇！」說到這裏，眼淚又似珍珠斷線般流將下來。石破天奇道：「我對你很兇？」阿綉道：「是啊，我夢見你使金烏刀法第七十三招，從半空中一刀劈將下來，把我殺了。」石破天一怔，伸拳在自己胸口重重搥了兩下，罵道：「該死，該死！我在夢中嚇著了你。」

阿綉破涕為笑，說道：「史大哥，那是我自己做夢，原怪不得你。」石破天見她白玉般的臉頰上兀自留著幾滴淚水，但笑靨生春，說不出的嬌美動人，不由得痴痴的看得呆了。阿綉面上一紅，身子微顫，那幾顆淚水便滾了下來，說道：「我做的夢，常常是很準的，因此我害怕將來總有一日，你眞的會使這一招將我殺了。」

石破天連連搖頭，道：「不會的，不會的，我說甚麼也不會殺你。別說我決不會殺你，就是你要殺我，我……我也不還手，不逃走。好像叮叮噹噹要殺我，我就想逃走。」阿綉問道：「叮叮噹噹就是丁不三的孫女兒，將你綁成大粽子的那個姑娘嗎？」石破天道：「是啊！」阿綉低聲道：「那麼你對我，是好過對叮叮噹噹了？」石破天道：「那當然啦！」

阿綉臉上一紅，又問：「倘若我要殺你，你為甚麼不逃不還手？」石破天伸手搔了搔頭，傻笑道：「我覺得……我覺得不論你要我做甚麼事，我總會依順你，聽你的話。你眞要殺我，我倘若不給你殺，逃了開去，讓你殺不到，你就不快活了。我要你開心、快活，還是讓你殺了的好。」

阿綉怔怔的聽著，只覺他這幾句話誠摯無比，確是出於肺腑，不由得心中感激，眼眶兒又是紅了，道：「你……你爲甚麼對我這麼好？」

石破天道：「只要你快活，我就說不出的喜歡。阿綉姑娘，我……我眞想天天這樣瞧著你。」他說這幾句話時，只心中這麼想，嘴裏就說了出來。阿綉年紀雖和他差不多同年，於人情世故卻不知比他多懂了多少，一聽之下，就知他是在表示情意，要和自己終身廝守，結成眷屬，不禁滿臉含羞，連頭頸中也紅了，慢慢把頭低了下去。

良久良久，兩人誰也不說一句話。過了一會，阿綉仍低著頭，輕聲道：「我也知道你是好人，何況那也正巧，在那船中，咱們……咱們共……共一個枕頭，我……我寧可死了，也決不會去跟別一個人。」她意思是說，冥冥之中，老天似是早有安排，你全身被綁，卻偏偏鑽進我的被窩之中，同處了一夜，只是這句話畢竟羞於出口，說到「咱們共一個枕頭」這幾句時，已聲若蚊鳴，幾不可聞。

石破天還不明白她這番話已是天長地久的盟誓，但也知她言下對自己甚好，忍不住心花怒放，忽道：「倘若這島上只有你奶奶和我們三個人，那可有多好，咱們就永遠住在這裏，偏偏又有白萬劍師傅啦、丁不四爺爺啦，叫人提心吊膽的老是害怕。」

阿綉抬起頭來，道：「丁不四、白師傅他們，我倒不怕。我只怕你將來殺我。」石破天急道：「我寧可先殺自己，也決不會傷了你一根小指頭兒。」

阿綉提起左手，瞧著自己的手掌，這時日光從樹葉之間照進林中，映得她幾根手指透明如瑪瑙。石破天情不自禁的抓起她的手掌，放到嘴邊去吻了一吻。

阿綉「啊」的一聲，將手抽回，內息一岔，四肢突然乏力，倚在樹上，喘息不已。石破天忙道：「阿綉姑娘，你別見怪。我……我……我不是想得罪你。下次我不敢了，眞正再也不敢了。」阿綉見他急得額上汗水也流出來了，將左手又放在他粗大的手掌之中，柔聲道：「你沒得罪我。下次……下次……也不用不敢。」石破天大喜，心中怦怦亂跳，只是將她柔嫩的小手這麼輕輕握著，卻再也不敢放到嘴邊去親吻了。

阿綉調勻了內息，說道：「我和奶奶雖蒙你打通了經脈，卻不知何年何月，才能回復功力。」石破天不懂這些走火、運功之事，也不會空言安慰，只道：「只盼丁不四爺爺找不到咱們，那麼你奶奶功力一時未復，也不打緊。」

阿綉嫣然道：「怎麼還是你奶奶、我奶奶的？她是你金烏派的開山大師祖，你連師父也不叫一聲？」石破天道：「是，是。叫慣了就不容易改口。阿綉姑娘……」阿綉道：「你怎麼仍然姑娘長，姑娘短的，對我這般生分客氣？」石破天道：「是，是。你教教我，我怎麼叫你才好？」

阿綉臉蛋兒又是一紅，心道：「你該叫我『綉妹』才是，那我就叫你一聲『大哥』。」可是終究臉嫩，這句話說不出口，道：「你就叫我『阿綉』好啦。我叫你甚麼？」石破天道：「你愛叫甚麼，就叫甚麼。」阿綉笑道：「我叫你大粽子，你生不生氣？」石破天笑道：「好得很，我怎麼會生氣？」

阿綉嬌聲叫道：「大粽子！」石破天應道：「嗯，阿綉。」阿綉也應了一聲。兩人相視而笑，心中喜樂，不可言喻。

石破天道：「你站著很累，咱們坐下來說話。」當下兩人並肩坐在大樹之下。阿綉長髮垂肩，陽光照在她烏黑的頭髮上發出點點閃光。她右首的頭髮拂到了石破天胸前，石破天拿在手裏，用手指輕輕梳理。

阿綉道：「大粽子哥哥，倘若我沒遇上你，奶奶和我都已在長江中淹死啦，那裏還有此刻的時光？」石破天道：「倘若沒你們這艘船剛好經過，我也早在長江中淹死啦。大家永遠像此刻這樣過日子，豈不快樂？爲甚麼又要學武功你打我、我打你的，害得人家傷心難過？我眞不懂。」阿綉道：「武功是一定要學的。世界上壞人多得很，你不去打人，別人卻會來打你。給人打了還不要緊，給人殺了可活不成啦。大粽子哥哥，我求你一件事，成不成？」

石破天道：「當然成！你吩咐甚麼，我就做甚麼。」

阿綉道：「我奶奶的金烏刀法，的確是很厲害的，你內力又強，練熟之後，武林中就很少有人是你對手了。不過我很躭心一件事，你忠厚老實，江湖上人心險詐，要是你結下的冤家多，那些壞人使鬼計來害你，你一定會吃大虧。因此我求你少結冤家。」

石破天點頭道：「你這是爲我好，我自然更加要聽你的話。」

阿綉臉上泛過一層薄薄的紅暈，說道：「以後你別淨說必定聽我的話。你說的話，我也一定依從。沒的叫人笑話於你，說你沒了男子漢大丈夫氣概。」頓了一頓，又道：「我瞧奶奶教你這門金烏刀法，招招都是兇狠毒辣的殺著，日後和人動手，傷人殺人必多，那時便想不結冤家，也不可得了。」

石破天惕然驚懼，道：「你說得對！不如我不學這套刀法，請你奶奶另教別的。」

阿綉搖頭道：「她金烏派的武功，就只這套刀法，別的沒有了。再說，不論甚麼武功，一定會傷人殺人的。不能傷人殺人，那就不是武功了。只要你和人家動手之時，處處手下留情，記著得饒人處且饒人，那就是了。」石破天道：「『得饒人處且饒人』，這句話很好！阿綉，你眞聰明，說得出這樣好的話。」阿綉微笑道：「我豈有這般聰明，想得出這樣的話來？那是有首詩的，叫甚麼『自出洞來無敵手，得饒人處且饒人』。」

石破天問道：「甚麼有首詩？」他連字也不識，自不知甚麼詩詞歌賦。

阿綉向他瞧了一眼，目光中露出詫異的神色，也不知他眞是不懂，還是隨口問問，當下也不答言，沉吟半晌，說道：「要能天下無敵手，那才可以想饒人便饒人。否則便是向人家討饒，往往也不可得。大粽……」突然間嫣然一笑，道：「我叫你『大哥』好不好？那是『大粽子哥哥』五個字的截頭留尾，叫起來簡便一點。」也不等石破天示意可否，接著道：「我要你饒人，但武林中人心險詐，你若心地好，不下殺手，說不定對方乘機反施暗算，那可害了你啦。大哥，我曾見人使過一招，倒也奧妙得很，我比劃給你瞧瞧。」

她說著從石破天身旁拿起那把爛柴刀，站起身來，緩緩使個架式，跟著橫刀向前推出，隨即刀鋒向左掠去，拖過刀來，又向右斜斫，然後運刀反砍，從自己眉心向下，在身前尺許處直砍而落。石破天見她衣帶飄飄，姿式美妙，萬料不到這樣一個嬌怯怯的少女，居然能使這般精奧的刀法，只看得心曠神怡，就沒記住她的刀招。

阿綉一收柴刀，退後兩步，抱刀而立，說道：「收刀之後，仍須鼓動內勁，護住前後左右，以防敵人突施偷襲。」卻見石破天呆呆的瞧著自己出神，顯是沒聽到自己說話，問道：「你怎麼啦？我這一招不好，是不是？」

石破天一怔，道：「這個……這個……」阿綉嗔道：「我知道啦，你是金烏派的開山大弟子，壓根兒就沒將我這些三腳貓的招式放在眼裏。」石破天慌了，忙道：「對不起，我……我瞧著你眞好看，只管瞧你，就忘了去記刀法。」阿綉臉現紅暈，問道：「你說我好看，挺愛瞧著我，是不是？」石破天道：「是啊！」阿綉道：「那你不能再去瞧那個叮叮噹噹了，她也挺好看嗎？」石破天道：「好看的，不過我瞧著你，就沒第三隻眼睛去瞧她了。阿綉姑娘，剛才的刀法，請你……你再使一遍。」

阿綉佯怒道：「不使啦！你又叫我『阿綉姑娘』！」石破天伸指在自己額頭上打個爆栗，說道：「該死，老是忘記。阿綉，阿綉！你再使一遍罷。」

阿綉微笑道：「好，再使一遍，我可沒氣力使第三遍啦。」當下提起刀來，又拉開架式，橫推左掠，斜右反斫，下砍抱刀，將這一招緩緩使了一遍。

這一次石破天打醒了精神，將她手勢、步法、刀式、方位，一一牢記。阿綉再度叮囑他收刀後鼓勁防敵，他也記在心中，於是接過柴刀，依式使招。

阿綉見他即時學會，心下甚喜，讚道：「大哥，你眞聰明，只須用心，一下子便學會了。這一招刀法叫做『旁敲側擊』，刀刃到那裏，內力便到那裏。」

石破天道：「這一招果然好得很，忽左忽右，忽上忽下，叫對方防不勝防。」阿綉道：「這招的妙處還是在饒人之用。一動上手比武，自然十分凶險，敗了的非死即傷。你比不過人家，自然無話可說，就算比人家厲害，要想不傷對方而自己全身而退，卻也十分不易。這一招『旁敲側擊』，卻能既不傷人，也不致爲人所傷。」

石破天見她肩頭倚在樹上，頗爲吃力，道：「你累啦，坐下來再說。」

阿綉曲膝慢慢跪下，坐在自己腳跟上，問道：「你有沒聽到我的話？」石破天道：「聽到的。這一招叫做旁敲……旁敲甚麼的。」這一次他倒不是沒用心聽，只因「旁敲側擊」四字是個文謅謅的成語，他不明其意，就說不上來。

阿綉道：「哼，你又分心啦，你轉過頭去，不許瞧著我。」這句話原是跟他說笑，那知石破天當眞轉過頭去，不再瞧她。

阿綉微微一笑，道：「這叫做『旁敲側擊』。大哥，武林人士大都甚爲好名。一個成名人物給你打傷了，倒也沒甚麼，但如敗在你手下，他往往比死還難過。因此比武較量之時，最好給人留有餘地。如果你已經勝了，不妨便使這一招，這般東砍西斫，旁人不免眼花撩亂，你到後來又退後兩步，再收回兵刃，就算旁邊有人瞧著，也不知誰勝誰敗。給敵人留了面子，就少結了冤家。要是你再說上一兩句場面話，比如說：『閣下劍法精妙，在下佩服得緊。今日難分勝敗，就此罷手，大家交個朋友如何？』這麼一來，對方知你故意容讓，卻又不傷他面子，多半便會跟你做朋友了。」

石破天聽得好生佩服，道：「阿綉，你小小年紀，怎麼懂得這許多事情？這個法子眞再好也沒有了。」阿綉笑道：「我話說完了，你回過頭來罷。」

石破天回過頭來，只見她臉頰生春，笑嘻嘻的瞧著自己，不由得心中一蕩：「她眞好看之至！」

阿綉道：「我又懂得甚麼了？都是見大人們這麼幹，又聽他們說得多了，才知道該當這樣。」石破天道：「我再練一遍，可別忘記了。」當下躍起身來，提起柴刀，將這招「旁敲側擊」連練了兩遍。

阿綉點頭道：「好得很，一點也沒忘記。」

石破天喜孜孜的坐到她身旁。阿綉忽然嘆了口氣，說道：「大哥，我教你這招『旁敲側擊』，可別跟奶奶說。」石破天道：「是啊，我不說。我知道你奶奶會不高興。」阿綉道：「你怎知奶奶會不高興？」石破天道：「你不是金烏派的。我這金烏派弟子去學別派武功，她自然不喜歡了。」阿綉嘻嘻一笑，說道：「金烏派，嘿，金烏派！奶奶倒像是小孩兒一般。」

石破天道：「我說你奶奶確是有點小孩兒脾氣。丁不四老爺子請她到碧螺島去玩，去一趟也就是了，又何必帶著你一起投江？最多是碧螺島不好玩。那也沒甚麼打緊。我瞧丁不四老爺子對你奶奶倒也挺好的，你奶奶不斷罵他，他也不生氣。倒是你奶奶對他很兇。」

阿綉微笑道：「你在師父背後說她壞話，我去告你，小心她抽你的筋，剝你的皮。」石破天雖見她這般笑著說，心中卻也有些著慌，忙道：「下次我不說了。」

阿綉見他神情惶恐，不禁心中歉然，覺得欺侮他這老實人很不該，又想到自己引導他學這招「旁敲側擊」，雖說於他無害，終究頗存私心，便柔聲道：「大哥，你答允我以後跟人動手，既不隨便殺人傷人，又不傷人顏面，我……我實在好生感激。我無可報答，先在這裏多謝你了。」隨即俯身向他拜了下去。

石破天一驚，忙道：「你怎……怎麼拜我？」忙也跪倒，磕頭還禮。

忽聽得遠處一個女子聲音怒喝：「呔！不要臉，你又在跟人拜天地了！」正是丁璫的聲音。石破天一驚非同小可，「啊喲」一聲，躍起身來，叫道：「叮叮噹噹！」果見丁璫從樹林彼端縱身奔來，丁不三跟在她後面。

石破天一見二人，嚇得魂飛天外，彎腰將阿綉抱在臂中，拔足便奔。丁不三身法好快，幾個起落，已搶到石破天面前，攔住去路。石破天又是一聲：「啊喲！」斜刺裏逃去。他輕身功夫本就不如丁不三遠甚，何況臂中又抱了一人？片刻間又讓丁不三迎面攔住。

這時丁璫也已追到身後，石破天見到她手中柳葉刀閃閃發光，更加心驚。只聽得丁璫怒喝：「把小賤人放下來，讓我一刀將她砍了便罷，否則咱倆永世沒完沒了。」石破天道：「不行，不行，萬萬不行！她是我心肝寶貝！寧可我給你殺了！」丁璫唰的一刀，便向阿綉頭上砍去。石破天大驚，雙足一蹬，向旁縱躍。他深恐丁璫砍死了阿綉，不知不覺間力與神會，勁由意生，一股雄渾的內力起自足底，呼的一聲，身子向上躍起，竟高過了樹巔。

一躍之勁，竟致如斯，丁不三、丁璫固然大吃一驚，石破天在半空中也大叫：「啊喲！」心想這一落下來，跌得筋折腿斷倒罷了，阿綉如爲丁璫殺死，那可如何是好？見雙足落向一根松樹的樹幹，心慌意亂的使勁一撐，只盼逃得遠些，卻聽喀喇一聲，樹幹折斷，身子向前彈了數丈，身旁風聲呼呼，身子飛得極快。

只聽懷中的阿綉說道：「落下去時用力輕些，彈得更……」她一言未畢，石破天雙足又落向一棵松樹，當即依言微微彎膝，收小了勁力一撐，那樹幹一沉，並未折斷，反彈上來，卻將他彈得更遠更高。丁璫的喝罵之聲仍可聽到，卻也漸漸遠了。

阿綉紅著臉問道：「大哥，你說我是你的甚麼？」石破天道：「對不起，我說你是我的心肝寶貝！」阿綉道：「不用對不起，我很開心啊。你說寧可你給她殺了，卻萬萬不能殺我，這話是眞的嗎？」石破天道：「眞的，眞的！你是我的心肝寶貝！」阿綉紅著臉道：「好，那我也當你是我的心肝寶貝。」石破天俯下頭去，在她小嘴上輕輕一吻，二人都喜悅不禁。石破天本就抱著她飛在空中，這時更如飛在雲端一般。

石破天在松樹枝幹上一起一落，甚覺有趣。阿綉在他懷中，不住出言指點他運勁使力之法。他本來內力有餘，一得輕功的訣竅，在樹枝上縱躍自如，便似猿猴松鼠一般，輕巧自在，喜樂無窮，說道：「這法子眞好，這麼一來，他們便追不上咱們了。」

眼見樹林將到盡頭，忽聽得叱喝之聲，又見日光一閃一閃，顯是從兵刃上反照出來，有人正在打鬥。石破天道：「不好，那邊有人，不能過去了！」左足在樹幹上一點，輕輕落下，依著阿繡所說的法子，提一口氣，足尖向下，手中雖抱著人，卻著地極輕。

他躲在一株大松樹後，悄悄探頭出去張望，不由得嚇了一跳。只見林隙的一片大空地中兩人鬥得正緊，一個是手持長劍的白萬劍，另一個是雙手空空的丁不四。十餘名雪山派弟子手中各挺長劍，疏疏落落的站在四周凝神觀鬥，為白萬劍作聲援之勢。丁不四手中雖沒兵刃，但擒、拿、劈、打、點、戳、勾、抓，兩隻手掌便如是一對厲害兵器一般，遇到白萬劍長劍刺削而來，他往往猱身而上，硬打搶攻。

石破天只看得數招，便即全神貫注，渾忘了懷中還抱著一人。他既學過雪山劍法，而丁不四所用的招數，一小半是曾經教過他的，沒教過的卻也理路相通，有脈絡可尋。那些招式在長江船上比試之時，似乎平平無奇，但這時在長劍擊刺之間搶攻，鋒銳凌厲，其勢不下於刀劍。兩大高手比武，鬥得緊湊異常，所使武功他又大部分學過，自瞧得興高采烈。

但見丁不四招招搶攻，雙掌如刀如劍、如槍如戟，逼得白萬劍守勢多而攻著少，但白萬劍打得極是沉著，樸實無華，偶然間鋒芒一現，又即收斂，看來丁不四若想取勝，可著實不易，鬥得久了，只怕白萬劍還會佔到上風。

連石破天都看出了這點，丁不四和白萬劍自早就心中有數。原來丁不四自負與白萬劍之父威德先生白自在同輩，聲稱不肯以大壓小，只以空手接他長劍。但一動上手，丁不四立即暗暗叫苦不迭，對方出招之迅，變化之精，內力之厚，法度之謹，在在均是第一流高手風範，即令白自在當年縱橫江湖的全盛之時，劍法之高，只怕也不過如是。

丁不四打醒十二分精神，施展小巧騰挪功夫，在他劍鋒中縱躍來去，有時迫不得已，只得行險僥倖，以兩敗俱傷的狠著，逼退白萬劍凌厲劍招。遇上這等情形，白萬劍總退讓一步，不跟他硬拚，似乎是智珠在握，心有必勝成算一般。以二人眞功夫而論，畢竟還是丁不四高出一籌，但他輸在過於托大，不肯用兵刃和對方動手，明明一條金光燦然的九節軟鞭圍在腰間，既已說過不用，便殺了他頭，也不肯抖將出來。

再拆二十餘招，白萬劍道：「丁四叔，你使九節鞭罷，單憑空手，你打我不過的。」

丁不四怒道：「放屁，我怎會打你不過？你試試這招！」左手劃個圈子，右手拳從圈子中直擊出去。這一招來得甚怪。白萬劍不明拆法，便退了一步。丁不四哈哈大笑，右足在地下一蹬，身子向左彈出，便似腳底下裝了彈簧，突然飛起，雙腳在半空中急速踢出。白萬劍又退一步，揮劍護住面門。

丁不四條左條右，忽前忽後，只將石破天看得眼花繚亂。猛聽得嗤的一聲響，丁不四右腿褲管上中了一劍，雖沒傷到皮肉，卻將他褲子劃了一條長長破口。白萬劍收劍退回，說道：「承讓，承讓！」

高手比武，這一招原可說勝敗已分。但丁不四老羞成怒，喝道：「誰來讓你了？這一招你一時運氣好，算得甚麼？」一招「逆水行舟」，向白萬劍又攻了過去。白萬劍只得挺劍接住。剛才這一劍劃破對方褲腳，說是運氣好，確也不錯，其時白萬劍挺劍刺去，丁不四剛好揮足踢出，倒似是將自己褲管送到劍鋒上去給他劃破一般。但這麼一來，丁不四一股淩厲的氣燄不免稍煞，出招時就慎重得多，越打越處下風。

雪山派衆弟子瞧著十分得意，就有人出聲稱讚：「你瞧白師哥這一招『月色昏黃』，使得若有若無，朦朦朧朧，當眞是得了雪山劍法的神髓。丁四老爺子手忙腳亂，若不是白師哥劍下留情，他身上已然掛彩了。」

猛聽得一聲「放屁！」同時從兩處響出。一處出自丁不四之口，那是應有之義，毫不希奇，另一處卻來自東北角上。

衆人目光不約而同的轉了過去。這些人中，倒以石破天嚇得最爲厲害。只見兩人並肩站在林邊，一是丁不三，另一個是丁璫。

丁不四叫道：「老三，你走開些！我跟人家過招，你站在這裏幹甚麼？」他雖正全神貫注和白萬劍動手，但究竟兄弟之親，丁不三只說了「放屁」兩字，他便知道是兄長到了，何況他兄弟倆自幼到老，相互間說得最多的便是這「放屁」兩字。

丁不三笑道：「我要瞧瞧你近來武功長進了些沒有。」

丁不四大急，情知眼前情勢，自己已無法取勝，這個自幼便跟他爭強鬥勝、互不相下的兄長偏偏在這時現身，眞正不巧之極，他大聲叫道：「你在旁邊來搞亂我心神。我既分心和你說話，怎麼還有心思跟人家廝打？」

丁不三笑道：「你不用和我說話，專心打架好了。」轉頭向丁璫道：「你四爺爺老是自稱武功了得，天下無敵，倒似比你親爺爺還強些一般。現下你睜大了眼，可要瞧仔細了，瞧你四爺爺單憑一雙肉掌，要將人家打得撤劍認輸，跪地求饒。哈哈，哈哈！」笑聲怪作，人人耳鼓中嗡嗡作響，都十分的不舒服。

丁不四邊鬥邊喝：「老三，你笑甚麼鬼？」丁不三笑道：「我笑你啊！」丁不四怒道：「笑我甚麼？我有甚麼好笑？」丁不三道：「我笑你一生要強好勝，遇到危難之際，總還得靠哥哥來提你一把。」丁不四怒道：「這姓白的是我後輩，若不是瞧在他父母臉上，早就一掌將他斃了。我有甚麼危難？誰要你來提一把，你還是去提一把酒壺、提一把尿壺的好！要不，就提一隻馬桶！哎喲！好小子，你乘人之危……」

他空手和白萬劍對打，本已落於下風，這麼分心和丁不三說話，門戶中便即現出空隙。白萬劍乘勢直上，在他左肩上劃了一劍，登時鮮血淋漓。

丁不三、丁不四兩兄弟自幼吵鬥不休，互爭雄長，做哥哥的不似哥哥，做兄弟的不似兄弟，但這時丁不三眼見兄弟受傷，卻也不禁關心，怒道：「好小子，你膽敢傷我丁老三的兄弟！」身形微矮，突然呼的一聲彈將出去，伸手直抓白萬劍後心。

白萬劍前後受攻，心神不亂，長劍向丁不四先刺一劍，將他逼開一步，隨即迴劍向丁不三斜削過去。

丁不四叫道：「老三退開！誰要你來幫我？」丁不三道：「誰幫你了？丁老三最惱人打架不公平。我先弄掉他的劍，再在他身上弄些血出來，你們再公公平平的打一架。」

雪山派羣弟子見師兄受二人夾擊，何況這丁不三乃殺害同門的大仇人，他一上前動手，衆人發一聲喊，紛紛攻上。

丁不三喝道：「狗崽子，活得不耐煩了，通統給我滾回去！」卻見劍光閃閃，幾柄長劍同時向他刺來。丁不三一一避過，大聲叫道：「再不滾開，老子可要殺人了。」

白萬劍知道這些師弟決不是他對手，他說要殺人，那是眞的殺人，忙叫道：「大家退回！」雪山羣弟子對這位師兄的號令不敢絲毫違拗，當即散開退後。

丁不三向著一名肥肥矮矮、名叫李萬山的雪山弟子道：「把你的劍給我！」李萬山怒道：「好！給你！」劍起中鋒，嗤的一聲，向他小腹直刺過去。丁不三左手疾探，從側抓住了他右腕，輕輕一扭，便將他手中長劍奪過，便如李萬山眞是乖乖的將長劍遞給他一般。這一扭之下，李萬山右腕已然脫臼，丁不三跟著飛腳將他踢了個觔斗。

其餘雪山弟子挺劍欲上前相助，丁不三已手持長劍，劍尖刺地，繞著白萬劍和丁不四二人奔了一圈，在地下畫了個徑長丈許的圓圈，站定身子，向雪山羣弟子冷冷說道：「那一個踏進這圈子一步，便算踏進鬼門關了！」

白萬劍打得雖然鎭定，心中卻已十分焦急，情知這不三、不四兩兄弟殺人不眨眼，此刻二人聯手，自己已無論如何討不了好去，比之當日土地廟中獨鬥石清夫婦，情勢更凶險得多，丁氏兄弟可不似石清夫婦那麼講究武林道義，只怕雪山派十七弟子，今日要盡數畢命於紫煙島上。迫著劍走險勢，要搶著將丁不四先斃於劍底，雪山派十七人生死存亡，全看是否能先行殺了丁不四而定。

但丁不四脅下雖中一劍，傷非要害，盡能支撐得住，白萬劍這一躁急求勝，劍招雖狠，「穩、準」二字便不如先前了。丁不四雙掌翻飛，在長劍中穿來插去，仍然矯捷狠辣之極，創口中的鮮血卻也不住飛濺出來。

丁不三挺劍向前，叫道：「老四，你先退下，把劍傷裹好了，再打不遲。」丁不四大聲道：「甚麼劍傷？我身上有甚麼劍傷？諒這小子的一把爛劍，又怎傷得了我？」丁不三道：「咦！怎麼你身上有傷口、又有鮮血？」丁不四道：「我高興起來，自己在身上搔搔癢，弄了點血出來，有甚麼希奇？」

丁不三哈哈大笑，挺劍向白萬劍刺去，大聲說道：「姓白的，你聽仔細了，現下是我跟你單打獨鬥，丁老四也在跟你單打獨鬥，可不是咱們兩兄弟聯手夾攻於你。老四叫我不可出手，我不聽他的。我叫老四退下，他也不聽我的。我瞧著你不順眼，要教訓教訓你。他討厭你老子，要打你幾個耳光。咱們各人打各人的，別讓人說丁氏雙雄以二打一，傳到江湖上可不大好聽。」口中囉唣，手下絲毫沒閒著，出招悍辣之極。

白萬劍以一敵二，心想：「原來你跟我單打獨鬥，丁老四也跟我單打獨鬥，不是兩人夾攻。」他生性端嚴，不喜和人作口舌之爭，心裏又瞧不起丁氏兄弟的無賴；而在這兩名高手的夾擊之下，也委實不能分心答話，只全神貫注的嚴密防守，尋瑕反擊，一句話也不說。

鬥到分際，丁不三的長劍和他長劍一交，白萬劍只覺手臂劇震，對方的內力猛攻而至，忙運內力外盪，迴劍橫削，便在此時，右腿上給丁不四左掌作刀，重重的斫了一掌，當即向後退出兩步，腳步踉蹌，險些摔倒。

雪山派一名弟子叫道：「休得傷我師哥！」挺劍來助，左腳剛踏進丁不三所畫的圓圈，眼前白光一閃，長劍貫胸而過，已遭丁不三一劍刺死。兩名雪山弟子又驚又怒，雙雙進襲。丁不三大喝一聲，躍起半空，長劍從空中劈將下來，同時左掌擊落。劍鋒落處，將一名雪山派弟子從右肩劈至左腰，以斜切藕勢削成兩截，左手這掌擊在另一名雪山弟子的天靈蓋上。那人悶哼一聲，委頓在地，頭顱扭過來向著背心，頸骨折斷，自也不活了。

他頃刻間連殺三人，石破天在樹後見著，不由得心驚膽戰，臉如土色。

丁不三餘威不歇，長劍如疾風驟雨般向白萬劍攻去，猛聽得喀喀兩響，雙劍同時折斷。兩人同時以半截斷劍向對方擲出，同時低頭矮身，兩截斷劍同時向兩人頭頂掠去，相去均不到半尺。兩人一般行動，一般快速，又一般的生死懸於一線。

白萬劍右腿受傷，步履不便，再失去了兵刃，登時變成了只有挨打，難以還手的地步。兩名雪山弟子明知踏進圈子不免有死無生，但總不能眼睜睜的瞧著師兄爲這兩個兇人聯手害死，當即挺劍衝進。

丁不三叫道：「老四，你來打發，我今天已殺了三人。」

丁不四笑道：「哈，你也有求我出手的時候。」竟不轉身，左足向後彈出，便似騾馬以後腿踢人一般，啪啪兩聲，分別踢中兩人胸口。兩名雪山弟子飛出數丈，摔跌在地，哼也沒哼一聲。兩人胸口中腿，立即斃命。

丁氏兄弟兇性大發，足掌齊施，各以狠毒手法向白萬劍攻擊。白萬劍跛著一足，沉著應付，一步步退出圈子，突然一聲低哼，右肩又中了丁不四一掌，右臂幾乎提不起來。

眼見白萬劍命在頃刻，石破天只瞧得熱血沸騰，叫道：「你們不能殺白師傅！」隨手將阿綉往地下一放，拔出插在腰帶中那把爛鏽柴刀，大呼：「不能再殺人了！」

阿綉突然給他放落，「啊」的一聲叫了出來。石破天百忙中回頭，說道：「對不起！」幾個起落，已踏入圈中。

丁不四仍頭也不回，反腳踢出。石破天右足一點，輕飄飄的從他頭頂躍過，落在他面前，使的正是阿綉適才所教的輕身功夫。丁不四一腳踢空，眼前卻多了一人，一怔之下，叫道：「大粽子，原來是你！」

石破天道：「是，是我。爺爺、四爺爺，你們已經……已殺了五人，應該住手啦。」斜眼向丁不三瞧去，心中怦怦亂跳，眼見他殺死的那三名雪山派弟子屍橫就地，連自己足上也濺滿了鮮血，更怕得厲害。

丁不三道：「小白痴，那日給你在船上逃得性命，卻原來躲在這裏。此刻你又出來幹甚麼？」石破天道：「我來勸兩位老爺子少結冤家，既然勝了，得饒人處且饒人，又何必趕盡殺絕？」

丁不三和丁不四相對哈哈大笑。丁不四道：「老三，這小子不知從那裏聽了幾句狗屁不通的言語，居然來相勸老爺爺。」

石破天提起柴刀，將地下一柄長劍挑起，向白萬劍擲去，說道：「白師傅，你們雪山派的，一定要用劍。」白萬劍轉眼便要喪於丁氏兄弟手下，萬不料這小冤家石中玉反會出來相助，心下滿不是滋味。他擲過來這柄長劍，是遭丁不三劈死的那師弟遺下來的，當下接過長劍，凝立不動，一劍在手，精神陡振。

丁不三罵道：「這姓白的要捉你去殺了，當日若不是我相救，你還有命麼？」石破天點頭道：「正是。爺爺，我是很感激你的。所以嘛，我也勸白師傅得饒人處且饒人。」

丁不四生怕石破天說出在小船上打敗了自己之事，急於要將他一掌斃了，喝道：「胡說八道些甚麼？」呼的一掌向他直擊過去，這一次並無史婆婆在旁，再沒顧忌，這招「黑雲滿天」卻是從未教過他的。

白萬劍不願石中玉就此給他如此凌厲的一招擊斃，挺劍使招「老枝橫斜」，從側刺去。石破天柴刀一落，使出一招「長者折枝」，去砍丁不四的手掌。說也奇怪，這一劍一刀的招數本來相剋，但合併使用，居然生出極大威力，霎時之間，將丁不四籠罩在刀劍之下。

丁不三大叫：「小心！」但刀光劍勢，凌厲無儔，他雖欲插手相助，可是一雙空手實不敢伸入這刀劍織成的光網之中。

丁不四也大吃一驚，危急中就地一個打滾，逃出圈子之外，挺起身來時，只見對方的一刀一劍之旁飛舞著無數白絲，一摸下頦，一排鬍子竟已給割去了一截。

丁不四自然又驚又怒，丁不三駭然失色，白萬劍大出意外，只石破天還不知自己適才這一招內力雄渾，刀法精妙，已令當世三大高手大爲震動。

丁不三道：「好，咱們也用兵刃了。」從地下拾起一把長劍，叫道：「老四，還逞個屁能？用鞭子！」劍尖一抖，向石破天刺了過去。

石破天究無應變之能，眼見劍到，便即慌亂，不知該使那一招才好。白萬劍使招「雙駝西來」從旁相助，這一劍提醒了石破天，當即使出「千鈞壓駝」，以刀背從空中壓將下來，柴刀雖鈍，但加上沉重內力，丁不三登感劍招窒滯，幸好丁不四已抖出腰間金龍九節鞭，搶著來救，丁不三乘機閃開。

白萬劍使一招「風沙莽莽」，石破天便跟著使「大海沉沙」。一刀一劍配合得天衣無縫，上似有狂風黃沙之重壓，下如有怒海洪濤之洶湧。丁不三、丁不四齊聲大呼。

石破天內力強勁之極，所學武功也十分精妙，只是少了習練，更無臨敵應變的經歷，眼見敵招之來，不知該出那一招去應付才是。他所學的金烏刀法，除了最後一招之外，每一招都是針對雪山劍法而施，史婆婆傳授之時，總也是和每招雪山劍法合併指點。此刻他心中慌亂，無暇細思，但見白萬劍使甚麼招數，他便跟著使出那一招相應的招數，是以白萬劍使「老枝橫斜」，他便使「長者折枝」，白萬劍使「雙駝西來」，他便使「千鈞壓駝」。那知這金烏刀法雖說是雪山劍法的剋星，但正因爲相剋，一到聯手並使之時，竟將雙方招數中的空隙盡數彌合，變成了威力無窮的一套武功。

白萬劍驚詫之極，數招之下，便知石破天這套刀法和自己的劍招聯成一氣之後，直是無堅不摧，這小子內力更似有一股有質無形的力道，不斷的漸漸擴展。

丁不三、丁不四自然也早就瞧了出來，只兩人不肯認輸，還盼石破天這路古怪刀法招數有限，兩兄弟打起精神，苦苦撐持。白萬劍也怕石破天不過是「程咬金三斧頭」，時刻一長，又讓丁氏兄弟佔了先機，眼下情勢，須當速戰速決，當即使一招「暗香疏影」，長劍顫動，劍光若有若無，那是雪山劍法中最精微的一招，往往傷人於不知不覺之間。石破天柴刀橫削，也是連連抖動，這一招「鮑魚之肆」，內力從四面八方湧出。

只聽得「啊、啊」兩聲，丁不四肩頭中刀，丁不三臂上中劍。兩人倏然轉身，躍出圈外。丁不三反手抓住丁璫，迅速之極的隱入了東邊林中。丁不四卻在西首山後逸去，只聽山背後傳來他的大聲呼叫：「白萬劍，老子瞧在你老娘面上，今日饒你一命，下次可決不輕饒了……」聲音漸漸遠去。

但見滿地是血，衰草上躺著五具屍首，雪山派羣弟子你看看我，我看看你，又驚又悲，又是滿腹疑團。

白萬劍側目瞧著石破天，一時之間痛恨、悲傷、慚愧、慶幸、惶惑、詫異、佩服，百感交集，而感激之意卻也著實不少，若不是這小子出手，雪山派十餘人自必盡數畢命於紫煙島上，回想適才丁氏兄弟出手之狠辣，兀自心有餘悸。他長長舒了口氣，問道：「你這路刀法是誰教你的？」

石破天道：「是史婆婆教的，共有七十三路，比你們的雪山劍法多一路，招招是雪山劍法的剋星。」白萬劍哼的一聲，說道：「招招是雪山劍法的剋星？口氣未免太大。誰是史婆婆？」石破天道：「史婆婆是我金烏派的開山祖師，她是我師父，我是金烏派的第二代大弟子。」白萬劍不禁大怒，冷冷的道：「你不認師門，那也罷了，卻又另投甚麼金烏派門下。金烏派，金烏派？沒聽見過，武林中沒這個字號。」

石破天還不知他已動怒，繼續解釋：「我師父說道，金烏就是太陽，太陽一出，雪就融了。因此雪山派弟子遇到我金烏派，只有……只有……」下面本來是「磕頭求饒的份兒」，但他只不過不通人情世故，畢竟不是傻子，話到口邊，想起這句話不能在雪山派弟子面前說出來，當即住口。

白萬劍臉色鐵青，厲聲道：「我雪山弟子遇上你金烏派的，那便如何？只有甚麼？」石破天搖頭道：「這句話你聽了要不高興的，我也以爲師父這話不對。」白萬劍道：「只有大敗虧輸，望風而逃，是不是？」石破天道：「我師父的話，意思也就差不多。白師傅你別生氣，我師父恐怕也是說著玩的，當不得眞。」

白萬劍右腿、右肩都給丁不四手掌斬中，這時候更覺疼痛難當，然石破天的言語句句辱及本門，卻如何忍得，長劍一舉，叫道：「好！我來領教領教金烏派的高招，且看如何招招是雪山劍法的剋星！」但這一舉劍，肩頭登時劇痛，臉上變色，長劍險些脫手。

一名雪山弟子包萬葉上前兩步，挺劍說道：「姓石的小子，你當然不認我這師叔了，我來接你高招！」白萬劍咬牙忍痛，說道：「包師弟，你……你……」他本要說「你不行」，但學武之人，臉面最是要緊，隨即改口道：「我來接他好了！」劍交左手，說道：「姓石的小子，上罷！」石破天搖頭道：「你肩頭、腿上都受了傷，咱們不用比了，而且，而且，我一定打你不過的。」

白萬劍道：「你有膽子侮辱雪山派，卻沒膽子跟我比劍！」長劍挺出，一招「梅雪爭春」，劍光點點，向石破天頭頂罩了下來，他雖左手使劍，不如右手靈便，但凌厲之意，絲毫不減。石破天見劍光當頭而落，只得舉起柴刀，還了一招「梅雪逢夏」，攻瑕抵隙，果然正是這招「梅雪爭春」的剋星。

白萬劍心中一凜，不等這招「梅雪爭春」使老，急變「胡馬越嶺」，石破天依著來一招「漢將當關」。白萬劍眼見對方這一招守得嚴密異常，不但將自己去招全部封住，而且顯然還含有厲害後著，當即換成一招「明月羌笛」，石破天跟著變爲「赤日金鼓」。白萬劍又是一驚，眼見他柴刀直攻而進，正對準了自己這招最軟弱之處，忙又變招。

幸好石破天不懂這其間的奧妙，眼見對方變招，跟著便即變化。其實適才已佔敵機先，不管白萬劍變招也好，不變招也好，乘勢直進，立時便可迫他急退三步。此時他腿上不便，這三步難以疾退，不免便要撒劍認輸。但說到當眞拆招鬥劍，石破天可差得遠了，他只是眼見白萬劍使出甚麼劍招，便照式應以金烏刀法中配好了的一招，較之日前與丁不四在舟中鬥拳，其依樣葫蘆之處，實無多大分別。他招數既不會稍有變更，自不免錯過了這大好機會。

白萬劍心中暗叫：「慚愧！」旁觀的雪山派弟子中，倒也有半數瞧了出來，也是暗道：「僥倖，僥倖！」

數招一過，白萬劍又遇凶險。不管他劍招如何巧妙繁複，石破天以拙應巧，一柄爛柴刀總是在每一招中都佔了上風。白萬劍越鬥越驚，心想：「這小子倒也不是胡吹，他的甚麼金烏刀法，果然是我雪山劍法的剋星。那個史婆婆莫非是我爹爹的大仇人？她如此處心積慮的創了這套刀法出來，顯是要打得我雪山派一敗塗地。」

拆到三十餘招時，石破天柴刀斫落，劈向白萬劍左肩。白萬劍本可飛腿踢他手腕，以解此招，但他右腳一提，傷處突然奇痛徹骨，右膝竟爾不由自主的跪倒，急忙右掌按地。石破天這刀砍下，他已無法抗禦，眼見便要將他左臂齊肩斫落。雪山羣弟子大聲驚呼。不料石破天提起柴刀，說道：「這一下不算。」

白萬劍左腳使勁，奮力躍起，心中如閃電般轉過了無數念頭：「這小子早就可以勝我，何以每一招都使不足？倒似他沒好好學過雪山劍法似的。此刻他明明已經勝我了，何以又故意讓我？石中玉這小子向來陰狠，他只消一刀殺了我，其餘眾師弟那一個是他對手？他忽發善心，那是甚麼緣故？難道……難道……他當真不是石中玉？」

一轉到這個念頭，左手長劍輕送，一招「朝天勢」向前刺出。雪山諸弟子都是「咦」的一聲。這「朝天勢」不屬雪山劍法七十二招，是每個弟子初入門時鍛鍊筋骨、打熬氣力的十二式基本功夫之一，招式尋常，簡便易記，雖於練功大有好處，卻不能用以臨敵。眾人見他突然使出這一招來，都吃了一驚，只道白師哥傷重，已無力使劍。

不料石破天也是一呆，這一招「朝天勢」他從未見過，史婆婆也沒教過破法，不知如何拆解才是。可是在「氣寒西北」的長劍之前，又有誰能呆上一呆？石破天只這麼稍一遲疑，白萬劍長劍猶似電閃，中宮直進，劍尖已指住了他心口，喝道：「怎麼樣？」

石破天道：「你這一招是甚麼劍法？我沒見過。」

白萬劍見他此刻生死繫於一線，居然還問及劍法，倒也佩服他的膽氣，說道：「你當眞沒學過？」石破天搖了搖頭。白萬劍道：「我此時取你性命，易如反掌，只是適才我受丁氏兄弟圍攻，閣下有解圍大德，咱們一命換一命，誰也不虧負誰。從今而後，你可不許再說金烏刀法是雪山劍法剋星的話。」

石破天點頭道：「我原說打你不過。你叫我不可再說，我聽你的話就是，以後不說了。白師傅，我想明白了，剛才你這一招劍法，好像也可破解。」陡然間胸口一縮，凹入數寸，手中柴刀橫掠，啪的一聲，刀劍相交，內力到處，白萬劍手中長劍斷爲兩截。

白萬劍臉色大變，左足一挑，地下的一柄長劍又躍入他手中，唰唰唰三劍，都是本派練功的入門招式，快速無倫。石破天只瞧得眼花繚亂，手忙足亂之際，突然間手腕中劍，柴刀再也抓揑不住，噹的一聲，掉在地下。便在那時，對方長劍又已指住了他心口。

白萬劍手腕輕抖，石破天叫聲「哎喲」，低頭看時，只見自己胸口已整整齊齊的給刺了六點，鮮血從衣衫中滲將出來，但著劍不深，並不如何疼痛。

雪山羣弟子齊聲喝采：「好一招『雪花六出』！」

白萬劍道：「相煩閣下回去告知令師，雪山派多有得罪。」他見石破天不會雪山派這幾路最粗淺的入門功夫，顯非作僞，該當從未在雪山派中學過武功，而神情舉止、性情脾氣，和石中玉更是大異，一個仁厚謙和，一個狡詐陰狠，截然相反；又想：「他於我有救命之恩，適才一刀又沒斫我肩膀，明著是手下留情。此人自然不是石中玉。就算當眞是他，今日也總不能殺他、拿他。他雖曾對花師妹言語輕薄，但今日雪山弟子的性命，總都是他救的。這一招『雪花六出』，不過懲戒他金烏派口出大言，在他身上留個記認。」

他抛下長劍，抱起一名師弟的屍身，既傷同門之誼，又愧自身無能，致令這五個師弟死於丁氏兄弟之手，忍不住熱淚長流，其餘雪山弟子將另外四具屍身也抱了起來。白萬劍恨恨的道：「不三、不四兩個老賊別死得太早。」向衆師弟道：「咱們走！」一夥人快步走入樹林，有人回頭望石破天一眼，眼光中也充滿了大惑不解之意。

石破天已聽到二人先前說話，便道：「這裏野豬肉甚多，便十個人也吃不完，兩位儘管大吃便了。」

那胖子笑道：「如此我們便不客氣了。」

十一

毒酒和義兄

石破天見地下血跡殷然，歪歪斜斜的躺著幾柄斷劍，幾隻烏鴉啊啊啊的叫著從頭頂飛過，忙拾起柴刀，叫道：「阿綉，阿綉！」奔到大樹之後，阿綉卻已不在。

石破天心道：「她先回去了？」心中掛念，忙快步跑回山洞，叫道：「阿綉，阿綉！」非但阿綉不在，連史婆婆也不在了。他驚惶起來，見地下用焦炭橫七豎八的畫了幾十個圖形，他不知寫的是字，更不知是甚麼意思，料想史婆婆和阿綉都已走了。原來史婆婆和阿綉留字告別，約他去雪山凌霄城相會，言詞甚為親厚，卻沒料到他竟一字不識。

初時只覺好生寂寞，但他從小孤單慣了的，只過得大半個時辰，便已泰然。這時胸口劍傷已然不再流血，心道：「大家都走了，我也走了罷，還是去尋媽媽和阿黃去。」這時不再有人沒來由的向他糾纏，心中倒有一陣輕鬆快慰之感，只是想到史婆婆和阿綉，卻又頗為戀戀不捨，將柴刀插在腰間，走到江邊。

但見波濤洶湧，岸旁更沒一艘船隻，於是沿岸尋去。那紫煙島並不甚大，他快步而行，只一個多時辰，已環行小島一周，不見有船隻的蹤影，舉目向江中望去，連帆影也沒見到一片。他還盼史婆婆和阿綉去而復回，又到山洞中去探視，卻那裏再見二人的蹤跡？好生悵惘，只得又去摘些柿子充饑。到得天黑，便在洞中睡了。

睡到中夜，忽聽得江邊豁啦一聲大響，似是撕裂了一幅大布一般，縱起身來，循聲奔到江邊，稀淡星光下見有一艘大船靠在岸旁，不住的晃動。他生怕是丁不三或是丁不四的坐船，不敢貿然上前，縮身躲在樹後，只聽得又豁啦一下巨響，原來船上張的風帆纏在一起，給強風吹動，撕了開來，但船上竟沒人理會。

眼見那船搖搖晃晃的又要離島而去，他發足奔近，叫道：「船上有人麼？」不聞應聲。一個箭步躍上船頭，向艙內望去，黑沉沉地甚麼也看不見。

走進艙去，腳下一絆，碰到一人，有人躺在艙板之上。石破天忙道：「對不起！」伸手要扶他起來，那知觸手冰冷，竟是一具死屍。他大吃一驚，「啊」的一聲，叫了出來，左手揮出，又碰到一人的手臂，冷冰冰的，也早死了。

他心中怦怦亂跳，摸索著走向後艙，腳下踏到的是死屍，伸手出去碰到的也是死屍。他大聲驚叫：「船……船中有人嗎？」驚惶過甚，只聽得自己聲音也全變了。跌跌撞撞的來到後梢，星光下只見甲板上橫七豎八的躺著十來人，個個僵伏，顯然也都是死屍。

這時江上秋風甚勁，幾張破帆在風中獵獵作響，疾風吹過船上的破竹管，其聲嘘嘘，似是鬼嘯。石破天雖孤寂慣了，素來大膽，但靜夜之中，滿船都是死屍，竟沒一個活人，耳聽得異聲雜作，便似死屍都已活轉，要撲上來扼他咽喉。他記起侯監集上那殭屍要剖開他肚子找燒餅的情景，登時滿身寒毛直豎，便欲躍上岸去。但一足踏上船舷，只叫得一聲苦，那船離岸已遠，正順著江水飄下。原來這艘大船順流飄到紫煙島來，在島旁江底狹峽的岩石上擱住了，團團轉了幾個圈子，又順流沿江飄下。

這一晚他不敢在船艙、後梢停留，躍上船篷，抱住桅桿，坐待天明。

次晨太陽出來，四下裏一片明亮，這才怖意大減，躍下後梢，只見艙裏艙外少說也有五六十具屍首，當眞觸目驚心，但每具死屍身上均無血跡，也無刀劍創傷，不知因何而死。

繞到船首，只見艙門正中釘著兩塊閃閃發光的白銅牌子，約有巴掌大小，一塊牌上刻有一張笑臉，和藹慈祥，另一牌上刻的卻是一張猙獰的煞神兇臉。兩塊銅牌上均有小孔，各有一根鐵釘穿過，釘在艙門頂上，顯得十分詭異。他向兩塊銅牌上注視片刻，見牌上人臉似乎活的一般，不敢多看，轉過臉去，見衆屍有的手握兵刃，有的腰插刀劍，顯然都是武林中人。再細看時，見每人肩頭衣衫上都用白絲線繡著一條生翅膀的小魚。他猜想船上這一羣人都是同夥，只不知如何猝遇強敵，盡數畢命。

那船順著滔滔江水，向下游流去，到得晌午，迎面兩艘船並排著溯江而上。來船梢公見到那船斜斜淌下，大叫：「扳梢，扳梢！」可是那船無人把舵，江中急渦一旋，轉得那船打橫衝了過去，砰的一聲巨響，撞在兩艘來船之上。只聽得人聲喧嘩，夾著不少粗語穢罵。石破天心下驚惶，尋思：「撞壞了來船，他們勢必跟我爲難，追究起來，定要怪我害死了船上這許多人，那便如何是好？」情急之下，忙縮入艙中，揭開艙板，躲入艙底。

這時三艘船已糾纏在一起，過不多時，便聽得有人躍上船來，驚呼之聲，響成一片。有人尖聲大叫：「是飛魚幫的人！怎……怎麼都死了。」又有人叫道：「連幫主……幫主成大洋也死在這裏。」突然間船頭有人叫道：「是……是賞善……罰惡令……令……令……」這人聲音並不甚響，但語聲顫抖，充滿著恐懼。他一言未畢，船中人聲登歇，霎時間一片寂靜。石破天在艙底雖見不到各人神色，但衆人驚懼已達極點，卻可想而知。

過了良久，才有人道：「算來原該是賞善罰惡令復出的時候了，料想是賞善罰惡兩使出巡。這飛魚幫嘛，過往劣跡太多……唉！」長長嘆了口氣，不再往下說。另一人問道：「胡大哥，聽說這賞善罰惡令，乃是召人前往……前往俠客島，到了島上再加處份，並不是當場殺害的。」先說話的那人道：「若乖乖的聽命前去，原是如此。然而去也是死，不去也是死，早死遲死，也沒甚麼分別。成大洋成幫主定是不肯奉令，率衆抗拒，以致……以致落得這下場。」一個嗓音尖細的人道：「那兩位賞善罰惡使者，當眞如此神通廣大，武林中誰也抵敵不過？」那胡大哥反問：「你說呢？」那人默然，過了一會，低低的道：「賞善罰惡使者重入江湖，各幫各派都難逃大劫。唉！」

石破天突然想到：「這船上的死屍都是甚麼飛魚幫的，又有一個幫主。啊喲不好，這兩個甚麼賞善罰惡使者，會不會去找我們長樂幫？」

他想到此事，不由得心急如焚，尋思：「該當儘快趕回總舵，告知貝先生他們，也好先有防備。」他給人誤認爲長樂幫石幫主，引來了不少麻煩，且數度危及性命，但長樂幫中上下人等個個對他恭謹有禮，雖有個展飛起心殺害，卻也顯然是認錯了人，這時聽到「各幫各派都難逃大劫」，對幫中各人的安危不由得大爲關切，更加凝神傾聽艙中各人談論。

只聽得一人說道：「胡大哥，你說此事會不會牽連到咱們。那兩個使者，會不會找上咱們鐵叉會？」那胡大哥道：「賞善罰惡二使既已出巡，江湖上任何幫會門派都難逍遙……這個逍遙事外，且看大夥兒的運氣如何了。」他沉吟半晌，又道：「這樣罷，你悄悄傳下號令，派人即刻去稟報總舵主知曉。兩艘船上的兄弟們，都集到這兒來。這船上的東西，甚麼都不要動，咱們駛到紅柳港外的小漁村中去。善惡二使既已來過此船，將飛魚幫中的首腦人物都誅殺了，第二次決計不會再來。」

那人喜道：「對，對，胡大哥此計大妙。善惡二使再見到此船，定然以為這是飛魚幫的死屍船，說甚麼也不會上來。我這便去傳令。」

過不多時，又有許多人擁上船來。石破天伏在艙底，聽著各人低聲紛紛議論，語音中都充滿了惶恐之情，便如大禍臨頭一般。

有人道：「咱們鐵叉會又沒得罪俠客島，賞善罰惡二使未必便找到咱們頭上來。」

另有一人道：「難道飛魚幫就膽敢得罪俠客島了？我看江湖上的這十年一劫，恐怕這一次……這一次……」

又有人道：「老李，要是總舵主奉令而去，那便如何？」那老李哼了一聲，道：「自然是有去無回。過去三十年中奉令而去俠客島的那些幫主、總舵主、掌門人，又有那一個回來過了？總舵主向來待大夥兒不薄，咱們難道貪生怕死，讓他老人家孤身去涉險送命？」

又有人道：「是啊，那也只有避上一避。咱們幸虧發覺得早，看來陰差陽錯，老天爺保佑，教咱們鐵叉會得以逃過這一劫。紅柳港外那小漁村何等隱蔽，大夥兒去躲在那裏，善惡二使耳目再靈，也難發見。」那胡大哥道：「當年總舵主經營這個小漁村，正是爲了今日之用。這本是個避難的世外……那個世外桃源。」

一個嗓子粗亮的聲音突然說道：「咱們鐵叉會橫行長江邊上，天不怕，地不怕，連皇帝老兒都不賣他帳，可是一聽到他媽的俠客島甚麼賞善罰惡使者，大夥兒便嚇得夾起尾巴，躲到紅柳港漁村中去做縮頭烏龜，那算甚麼話？就算這次躲過了，日後他媽的有人問起來，大夥兒這張臉往那裏擱去？不如跟他們拚上一拚，他媽的也未必都送了老命。」他說了這番心雄膽壯的話，船艙中卻誰也沒接口。

過了半晌，那胡大哥道：「不錯，咱們吃這一口江湖飯，幹的本來就是刀頭上舐血的勾當，他媽的，你幾時見癩頭黿王老六怕過誰來……」

「啊，啊——」突然那粗嗓子的人長聲慘呼。霎時之間，船艙中鴉雀無聲。嗒的一聲輕響，石破天忽覺得有水滴落到手背之上，抬手到鼻邊一聞，腥氣直沖，果然是血。鮮血還是一滴一滴的落下來。他知道衆人就在頭頂，不敢稍有移動出聲，只得任由鮮血不絕的落在身上。

只聽那胡大哥厲聲道：「你怪我不該殺了癩頭黿嗎？」一人顫聲道：「沒有，不……不是！王老六說話果然莽撞，也難怪胡大哥生氣。不過……不過他對本會……這個……這個，倒一向是挺忠心的。」胡大哥道：「那麼你是不服我的處置了？」那人忙道：「不，不是……」一言未畢，又是一聲慘叫，顯然又讓那姓胡的殺了。但聽得血水又一滴一滴的從船板縫中掉入艙底，幸好這一次那人不在石破天頭頂，血水沒落在他身上。

那胡大哥連殺兩人，隨即說道：「不是我心狠手辣，不顧同道義氣，實因這件事牽連到本會數百名兄弟的性命，只要漏了半點風聲出去，大夥兒人人都跟這裏飛魚幫的朋友們一模一樣。癩頭黿王老六自逞英雄好漢，大叫大嚷的，他自己性命不要，那好得很啊，卻難道要總舵主和大夥兒都陪他一塊兒送命？」衆人都道：「是，是！」

那胡大哥道：「不想死的，就在艙裏獃著。小宋，你去把舵，身上蓋一塊破帆，可別讓人瞧見了。」

石破天伏在艙底，耳聽得船旁水聲汩汩，艙中各人卻誰也沒再說話。他更加不敢發出半點聲息，心中只是想：「那俠客島是甚麼地方？島上派出來的賞善罰惡使者，爲甚麼又這樣兇狠，將滿船人衆殺得乾乾淨淨？難怪鐵叉會這干人要怕得這麼厲害。」

過了良久，他矇矇矓矓的大有倦意，只想合眼睡覺，但想睡夢中如打鼾甚麼的發出聲響，給上面的人發覺了，勢必性命難保，只得睜大了眼睛，說甚麼也不敢合上。又過一會，忽聽得噹啷啷鐵鍊聲響，船身不再晃動，料來已拋錨停泊。

只聽那胡大哥道：「大家進屋之後，誰也不許出來，靜候總舵主駕到，聽他老人家號令。」各人低聲答應，放輕了腳步上岸，片刻之間，盡行離船。

石破天又等了半天，船中更無絲毫聲息，料想衆人均已離去，這才揭開艙板，探頭向外張望，不見有人，於是躡手躡足的從艙底上來，見艙中仍躺滿了死屍，當下撿起一柄單刀，換去了腰裏的爛柴刀，伸手到死屍袋裏摸了幾塊碎銀子，以便到前邊買飯吃，心想死屍不能給人銀子，拿他的銀子，不算是小賊。走到後梢，輕輕跳上岸，彎了腰沿著河灘疾走，俯身江邊，喝了幾大口水，再胡亂洗去臉上及衣上血跡，直奔出一里有餘，方從河灘走到岸上道路。

他想此時未脫險境，離得越遠越好，當下發足快跑，幸好這漁村果然隱僻之極，左近十餘里內竟沒一家人家，始終沒遇到一個行人。他心下暗暗慶幸。卻不知附近本來有些零碎農戶，都給鐵叉會暗中放毒害死了。有人遷居而來，過不多時也必中毒而死。四周鄉民只道紅柳港厲鬼為患，易染瘟疫，七八年來，人人避道而行，因而成為鐵叉會極隱秘的巢穴。

又走數里，離那漁村已遠，他實在餓得狠了，走入樹林之中想找些野味。說也湊巧，行不數步，忽喇聲響，長草中鑽出一頭大野豬，低頭向他急衝過來。他身子略側，右手拔出單刀，順勢一招金烏刀法中的「長者折枝」，喇的一聲，將野豬一個大頭砍了下來。那野豬極是兇猛，頭雖落地，仍向前衝出十餘步，這才倒地而死。

他心下甚喜：「以前我沒學過金烏刀法之時，見了野豬只有拚命逃走，那敢去殺牠？」在山邊覓到一塊黑色燧石，用刀背打出火星，生了個火。將野豬的四條腿割了下來，到溪邊洗去血跡，回到火旁，將單刀在火中燒紅，炙去豬腿上的豬毛，將豬腿串在一根樹枝之上，便燒烤起來。過不多時，濃香四溢。

正燒炙之間，忽聽得十餘丈外有人說道：「好香，好香，當眞令人食指大動矣！」

另一人道：「那邊有人燒烤野味，不妨過去情商，讓些來吃吃，有何不可？」先前那人道：「正是！」兩個人說著緩步走來。

但見一人身材魁梧，圓臉大耳，穿一襲古銅色綢袍，笑嘻嘻地和藹可親；另一個身形也是甚高，但甚為瘦削，身穿天藍色長衫，身闊還不及先前那人一半，留一撇鼠尾鬚，臉色卻頗為陰沉。那胖子哈哈一笑，說道：「小兄弟，你這個……」

石破天已聽到二人先前說話，便道：「我這裏野豬肉甚多，便十個人也吃不完，兩位儘管大吃便了。」

那胖子笑道：「如此我們便不客氣了。」兩人便即圍坐在火堆之旁，火光下見石破天服飾華貴，但衣衫污穢，滿是縐紋，更有不少沒洗去的血跡，兩人臉上閃過一絲訝異的神色，隨即四隻眼都注視於火堆上的豬腿，不再理他。野豬腿上的油脂大滴大滴落入火中，混著松柴的清香，雖未入口，已料到滋味佳美。

那瘦子從腰間取下了一個藍色葫蘆，拔開塞子，喝了一口，說道：「好酒！」那胖子也從腰間取下一個朱紅色葫蘆，搖晃了幾下，拔開塞子喝了一口，說道：「好酒！」

石破天跟隨謝煙客時常和他一起喝酒，此刻聞到酒香，也想喝個痛快，見這二人各喝各的，並無邀請自己喝上一兩口之意，他生平決不向人求懇索討，只有乾咽饞涎。再過得一會，四條豬腿俱已烤熟，他說道：「熟了，請吃吧！」

一胖一瘦二人同時伸手，各搶了一條肥大豬腿，送到口邊，張嘴正要咬去，石破天笑道：「這兩條野豬腿雖大，卻都是後腿，滋味不及前腿的美。」那胖子笑道：「你這娃娃良心倒好。」換了一條前腿，吃了起來。那瘦子已在後腿上咬了一口，略一遲疑，便不再換。兩人吃了一會，又各喝一口酒，讚道：「好酒！」塞上木塞，將葫蘆掛回腰間。

石破天心想：「這二人恁地小氣，只喝兩口酒便不再喝，難道那酒當眞名貴之極嗎？」便向那胖子道：「大爺，你這葫蘆中的酒，滋味很好嗎？我倒也想喝幾口。」他這話雖非求人，但討酒之意已再也明白不過。

那胖子搖頭道：「不行，不行，這不是酒，喝不得的。我們吃了你的野豬腿，少停自有禮物相贈。」石破天笑道：「你騙人，你剛才明明說『好酒』，我又聞到酒香。」轉頭向瘦子道：「這位大爺，你葫蘆中的總是酒罷？」

那瘦子雙眼翻白，道：「這是毒藥，你有膽子便喝罷。」說著解下葫蘆，放在地下。石破天笑道：「若是毒藥，怎地又毒不死你？」拿起葫蘆拔開塞子，撲鼻便聞到一陣酒香。

那胖子臉色微變，說道：「好端端地，誰來騙你？快放下了！」伸出五指抓他右腕，要奪下他手中葫蘆，那知手指剛碰他手腕，登時感到一股大力一震，將他手指彈了開去。

那胖子吃了一驚，「咦」的一聲，道：「原來如此，我們倒失眼了。那你請喝罷！」

石破天端起葫蘆，骨嘟嘟的喝了一大口，心想這瘦子愛惜此酒，不敢多喝，便塞上了木塞，說道：「多謝！」霎時之間，一股冰冷的寒氣直從丹田中升了上來。這股寒氣猶如一條冰線，頃刻間好似全身都要凍僵了，他全身劇震幾下，牙關格格相撞，實是寒冷難當，忙運起內力相抗，那條冰線才漸漸融化。一經消融，登時四肢百骸說不出的舒適受用，非但不再感到有絲毫寒冷，反而暖洋洋地飄飄欲仙，大聲讚道：「好酒！」忍不住拿起葫蘆，拔開木塞，又喝了一口，待得內力將冰線融去，醺醺之意更加濃了，嘆道：「當眞是我從來沒喝過的美酒，可惜這酒太也貴重，否則我眞要喝他個乾淨。」

胖瘦二人臉上都現出十分詫異的神情。那胖子道：「小兄弟若眞量大，便將一葫蘆酒都喝光了，卻也不妨。」石破天喜道：「當眞？這位大爺就算捨得，我也不好意思。」那瘦子冷冷的道：「那位大爺紅葫蘆裏的毒酒滋味更好，你要不要試試？」

石破天眼望胖子，大有一試美酒之意。那胖子嘆道：「小小年紀，一身內功，如此無端端送命，可惜啊，可惜。」一面說，一面解下那朱漆葫蘆來，放在地下。

石破天心想：「這兩人都愛說笑，若說眞是毒酒，怎麼他們自己又喝？」拿過那朱紅葫蘆來，一拔開塞子，撲鼻奇香，兩口喝將下去，這一次卻是有如一團烈火立時在小腹中燒將起來。他「啊」的一聲大叫，跳起身來，催動內力，才把這團烈火撲熄，叫道：「好厲害的酒。」說也奇怪，肚腹中熱氣一消，全身便舒暢無比。

那胖子道：「你內力如此強勁，便把這兩葫蘆酒一齊喝乾了，卻又如何？」

石破天笑道：「只我一個人喝，可不敢當。咱三人今日相會，結成了朋友，大家喝一口酒，吃一塊肉，豈不有趣？大爺，你請。」說著將葫蘆遞將過去。

那胖子笑道：「小兄弟既要伸量於我，那只有捨命陪君子了！」接過葫蘆喝了一口，將葫蘆遞給石破天，道：「你再喝罷！」石破天喝了一口，將葫蘆遞給瘦子，道：「這位大爺請喝！」

那瘦子臉色一變，說道：「我喝我自己的。」拿起藍漆葫蘆來喝了一口，遞給石破天。

石破天接過，喝了一大口，只覺喝一口烈酒後再喝一口冰酒，冷熱交替，滋味更佳。他見胖瘦二人四目瞪著自己，登時會意，歉然笑道：「對不起，這口喝得太大了。」

那瘦子冷冷的道：「你要逞好漢，越大口越好。」

石破天笑道：「倘若喝不盡興，咱們同到那邊市鎮去，我這裏有銀子，買他一大罎來喝個痛快。只是這般好的美酒，那多半就買不到了。」說著在紅葫蘆中喝了一口，將葫蘆遞給胖子。

那胖子盤膝而坐，暗運功力，這才喝了一口。他見石破天若無其事的又是一大口喝將下去，越來越驚異。

胖瘦二人面面相覷，臉上都現出大爲驚異之色。他二人都是身負絕頂武功的高手，只二人所練武功，家數截然相反。胖子練的是陽剛一路，瘦子則是陰柔一路。兩人葫蘆中所盛，均是輔助內功的藥酒。朱紅葫蘆中是大燥大熱的烈性藥酒，以「烈火丹」投入烈酒而化成；藍色葫蘆中是大涼大寒的涼性藥酒，以「九九丸」混入酒中而成。那烈火丹與九九丸中各含有不少靈丹妙藥，九九丸內有九九八十一種毒草，烈火丹中毒物較少，卻有鶴頂紅、孔雀膽等劇毒，乃兩人累年採集製煉而成。藥性奇猛，常人只須舌尖上舐得數滴，便能致命。他二人內功既高，又服有鎮毒的藥物，才能連飲數口不致中毒。但若胖子誤飲寒酒，瘦子誤飲烈酒，當場便即斃命。二人眼見石破天如此飲法，仍行若無事，寧不駭然？

他二人雖見多識廣，於天下武學十知七八，卻萬萬想不到石破天身得奇緣，先練純陰內功，再練純陽內功，這一陰一陽兩門內功本來互相沖剋，勢須令得他走火而死，不料機緣巧合，反而相生相濟，竟令他功力大進，待得他練了從大悲老人處得來的「羅漢伏魔功」，更得丁不三的藥酒之助，將陰陽兩門內功合而爲一，體內陰陽交泰，已能抵擋任何大燥大熱、或是大涼大寒的毒藥。

石破天喝了二人攜來的美酒，心下過意不去，又再燒烤野豬肉，將最好的燒肉布給他二人，不住勸二人飲酒。

那二人只道他是要以喝毒酒來比拚內力，不肯當場認輸，只得勉爲其難，和他一口一口的對飲，偷偷將鎮制酒毒的藥丸塞入口中。二人目不轉睛的注視著石破天，見他確未另服化解藥物，如此神功，實屬罕見，眞不知從何處鑽出來這樣一位少年英雄？

那胖子見石破天喝了一口酒後，又將朱紅葫蘆遞將過來，伸手接住，說道：「小兄弟內力如此了得，在下好生佩服。請問小兄弟尊姓大名？」石破天皺起眉頭，說道：「這件事最教我頭痛，人家一見，不是硬指我姓石，便來問我姓名。其實我既不是姓石，又無名無姓，因此哪，你這句話我可眞的答不上來了。」那胖子心道：「這小子裝傻，不肯吐露姓名。」又問：「然則小兄弟尊師是那一位？是那一家那一派的門下？」

石破天道：「我師父姓史，是位老婆婆，你見到過她沒有？她老人家是金烏派的開山師祖，我是她的第二代大弟子。」

胖瘦二人均想：「胡說八道，天下門派我們無一不知。那裏有甚麼金烏派，甚麼史婆婆了？這小子信口搪塞。」

那胖子乘著說這番話，並不喝酒，便將葫蘆遞了回去，說道：「原來小兄弟是金烏派的開山大弟子，怪不得如此了得，請喝酒罷。」

石破天見到他沒有喝酒，心想：「他說話說得忘記了。」說道：「你還沒喝酒呢。」

那胖子臉上微微一紅，道：「是嗎？」自己想佔少喝一口的便宜，卻讓對方識破機關，心下微感惱怒，又不禁有些慚愧，那知道石破天卻純是一番好意，生怕他少喝了美酒吃虧。那胖子連著先前喝的兩口，一共已喝了八口藥酒，早已逾量，再喝下去，縱有藥物鎮制，也必有大害，當下提葫蘆就在口邊，仰脖子作個喝酒之勢，卻閉緊了牙齒，待放下葫蘆，藥酒又流回葫蘆之中。那胖子這番做作，如何逃得過那瘦子的眼去？他當眞依樣葫蘆，也這樣葫蘆就口，酒不入喉。

這樣你一口，我一口，每隻葫蘆中本來都裝滿了八成藥酒，十之七八都傾入了石破天的肚中。他酒量原不甚宏，仗著內力深厚，儘還支持得住，毒藥雖害他不死，卻不免有些酒力不勝，說話漸漸多了起來，甚麼阿繡，甚麼叮叮噹噹的，胖瘦二人聽了全不知所云。

那瘦子尋思：「這少年定是練就了奇功，專門對付我二人而來。他不動聲色，儘只胡言亂語，當眞陰毒之極。待會動手，只怕我二人要命送他手。」

那胖子心道：「今日我二人以二敵一，尚自不勝，此人內力如此了得，委實罕見罕聞。待我加重藥力，瞧他是否仍能抵擋？」便向那瘦子使了個眼色。

那瘦子會意，探手入懷，揑開一顆臘丸，將一枚「九九丸」藏在掌心，待石破天將藍漆葫蘆又遞過來時，假裝喝了一口，伸手拭去葫蘆口的唾沫，輕輕巧巧的將一枚九九丸投入其中，慢慢搖晃，讚道：「好酒啊，好酒！」當瘦子做手腳時，那胖子也已將懷中的一枚「烈火丹」取出，偷偷融入酒中。

石破天只道是遇上了兩個慷慨豪爽的朋友，只管自己飲酒吃肉，他閱歷既淺，此刻酒意又濃，於二人投藥入酒全未察覺。

那瘦子道：「小兄弟，葫蘆中酒已不多，你酒量好，就一口喝乾了罷！」

石破天笑道：「好！你兩位這等豪爽，我也不客氣了。」拿起葫蘆來正要喝酒，忽然想起一事，說道：「在長江船上，我曾聽叮叮噹噹說過，男人和女人若情投意合，就結爲夫婦，男人和男人交情好，就結拜爲兄弟。難得兩位大爺瞧得起，咱們三人喝乾了這兩葫蘆酒之後，索性便結義爲兄弟，以後時時一同喝酒，兩位說可好？」胖瘦二人氣派儼然，結拜爲兄弟云云，石破天平時既不會心生此意，就算想到了，也不敢出口，此刻酒意有九分了，便順口說了出來。

那胖子聽他越說越親熱，自然句句都是反話，料得他頃刻之間便要發難動手，以他如此內力，勢必難以抗禦，只有以猛烈之極的藥物，先行將他內力摧破，雖此舉委實頗不光明正大，但看來這少年用心險惡，那也不得不以辣手對付，生怕他不喝藥酒，忙道：「甚好，甚好，那再好也沒有了。你先喝乾了這葫蘆的酒罷。」

石破天向那瘦子道：「這位大爺意下如何？」那瘦子道：「恭敬不如從命，小兄弟有此美意，咳，咳！我是求之不得。」

石破天酒意上湧，頭腦中迷迷糊糊地，仰起頭來，將藍漆葫蘆中的酒盡數喝乾，入口反不如先前的寒冷難當。

那胖子拍手道：「好酒量，好酒量！我這葫蘆裏也還剩得一兩口酒，小兄弟索性便也乾了，咱們這就結拜。」

石破天興致甚高，接過朱漆葫蘆，想也不想，一口氣便喝了下去。

兩人對望了一眼，均想：「我們製這藥酒，每一枚九九丸或烈火丹，都要對六葫蘆酒，一葫蘆酒得喝上一個月，每日依照師傳妙法運功，以內力緩緩化去，方能有益無害。這一枚九九丸再加一枚烈火丹，足足開得十二大葫蘆藥酒，我二人分別須得喝上半年。他將我們的一年之量於頃刻之間飲盡，倘若仍能抵受得住，天下決無此理。」

果然便聽石破天大聲叫道：「啊喲，不……不好了，肚子痛得厲害。」抱著肚子彎下腰去。胖瘦二人相視一笑。那胖子微笑道：「怎麼？肚子痛麼？想必野豬肉吃得太多了。」

石破天道：「不是，啊喲，不好了！」大叫一聲，突然間高躍丈許。

胖瘦二人同時站起，只道他臨死之時要奮力一擊，各人凝力待發，均想以他功力，來勢定然凌厲無匹，兩人須得同時出手抵擋。

不料石破天呼的一掌向一株大樹拍了過去，叫道：「哎唷，這……這可痛死我了！」他腹痛如絞，當下運起內力，要將肚中這團害人之物化去，那知這九九丸和烈火丹的毒性非同小可，這一發作出來，他只痛得立時便欲暈去，全身抽搐，手足痙攣。

他奇痛難忍之際，左手一拳又向那大樹擊去，擊了這一拳後，腹痛略減，當下右手又一掌拍出，只震得那株大樹枝葉亂舞。他擊過一拳一掌，腹內疼痛略覺和緩，但頃刻間肚中立時又如萬把鋼刀同時剜割一般。他口中哇哇大叫，手腳亂舞，自然而然將以前學過、見過的諸般武功施展出來。他學得本未到家，此時腹中如千萬把鋼刀亂絞，頭腦中一片混亂，那裏還去思索甚麼招數，不住手的亂打亂拍，雖然亂七八糟，不成規矩，但挾以深厚內力，威勢卻十分厲害。他越打越快，只覺每發出一拳一掌，腹中的疼痛便隨內力的行走而帶了一些出來。

胖瘦二人只瞧得面面相覷，一步一步的向後退開。他二人知道如石破天這等武學高手，身中劇毒，臨死之時散去全身功力，猶如發了瘋的猛虎一般，只要給他雙手抱住了，那就萬難得脫。但聽得他拳腳發出虎虎風聲，招式又如雪山劍法，又如丁家的拳掌功夫，又夾了些上清觀劍法中的零碎招數。但盡是似是而非，生平從所未見，心想此人莫非眞的是甚麼金烏派門徒。以他二人武功之高，石破天這些招數縱怪，可也沒放在眼裏，只是他拳腿上發出的勁風，卻令二人暗暗稱異。

但見他越打越快，勁風居然也越來越加凌厲，二人不約而同的又是對望了一眼，微微一笑，均想：「這小子內力雖強，武功卻不值一哂，就算九九丸和烈火丹毒他不死，此人也非我二人敵手。先前看了他內力了得，可將他的武功估得高了。」這麼一想，不由得都可惜自己那一壺藥酒和那一枚藥丸起來，早知如此，他若要動武，一出手便能殺了他，實不須耗費這等珍貴之極的藥物。

凝聚陰陽兩股相反的猛烈藥性，使之互相中和融化，原是石破天所練「羅漢伏魔功」最擅長的本事。倘若他只飲那胖子的熱性藥酒，或是只飲那瘦子的寒性藥酒，以如此劇毒，他內功雖了得，終究非送命不可。那知道胖瘦二人同時下手，兩股相反的毒藥又同樣猛烈，誤打誤撞，陰陽二毒反相互剋制。胖瘦二人萬想不到謝煙客先前曾以此法加諸這少年身上，意欲傷他性命，而他已習得了抵禦之法。

石破天使了一陣拳腳，肚中的劇毒藥物隨著內力漸漸逼到了手掌之上，腹內疼痛也隨之而減，直到劇毒盡數逼離肚腹，也就不再疼痛。他踉踉蹌蹌的走回火堆，笑道：「啊喲，剛才這一陣肚痛，我還怕是肚腸斷了，眞嚇得我要命。」

胖瘦二人心下駭異，均想：「此人內功之怪，當眞匪夷所思。」

那胖子道：「現今你肚子還痛不痛？」

石破天道：「不痛了！」伸手去火堆上取了一塊烤得已成焦炭的野豬肉，火光下見右掌心有一塊銅錢大小的紅斑，紅斑旁圍繞著無數藍色細點，「咦」的一聲，道：「這……這是甚麼？」再看左掌心時，也是如此。他自不知已將腹內劇毒逼到掌上，只是不會運使內力，未能將毒質逼出體外，以致盡數凝聚在掌心之中。

胖瘦二人自然明白其中原因，不禁又放了一層心，均想：「原來這小子連內力也還不大會運使，那更加不足畏了。他若不是天賦異稟，便是無意中服食了甚麼仙草靈芝，無怪內力如此強勁。」本來料定他心懷惡念，必要出手加害，那知他只是以拳掌拍擊大樹，雖腹痛大作之時，瞧過來的眼色中也仍無絲毫敵意，二人早已明白只是一場誤會，均覺以如此手段對付這傻小子，既感內疚於心，又不免大失武林高手身分。

石破天道：「剛才咱們說義結金蘭，卻不知那位年紀大些？又不知兩位尊姓大名。」

胖瘦二人本來只道石破天服了毒藥後立時斃命，是以隨口答允和他結拜，萬沒想到居然毒他不死。這二人素來十分自負，言出必踐，自從武功大成之後，更從沒說過一句不算數的話，雖眞不願跟這傻小子結拜，卻更不願食言而肥。

那胖子咳嗽一聲，道：「我叫張三，年紀比這位李四兄弟大著點兒。小兄弟，你無名無姓，怎能跟我們結拜？」

石破天道：「我原來的名字不大好聽，我師父給我取過一個名兒，叫做史億刀。你們就叫我這個名字，那也不妨。」

那胖子笑道：「那麼咱們三人今日就結拜爲兄弟了。」他單膝一跪，朗聲說道：「張三和李四、史億刀結拜爲兄弟，此後有福共享，有難同當，若違此言，他日張三就如同這頭野豬一般，給人殺了烤來吃了，哈哈，哈哈！」這「張三」兩字當然是他假名。他口口聲聲只說張三，不提一個「我」字，自是毫沒半分誠意。

那瘦子跟著跪下，笑道：「李四和張三、史億刀二位今日結義爲兄弟，此後情同骨肉，禍福與共。李四和兩位不能同年同月同日生，但願同年同月同日死，若違此誓，教李四亂刀分屍，萬箭穿身。嘿嘿，嘿嘿。」冷笑連聲，也是一片虛假。

石破天既不知「張三、李四」人人都可叫得，乃是泛稱，又渾沒覺察到二人神情中的虛僞，雙膝跪地，誠誠懇懇的說道：「我和張三、李四二位哥哥結爲兄弟，有好酒好肉，讓兩位哥哥先吃，有人要殺兩位哥哥，我先上去抵擋。好的讓兩位哥哥先享，壞的由我先來遭殃。我如說過了話不算數，老天爺罰我天天像剛才這樣肚痛。」

胖瘦二人聽他說得十分至誠，不由得微感內愧。

那胖子站起身來，說道：「三弟，我二人身有要事，咱們這就分手了。」

石破天道：「兩位哥哥卻要到那裏去？適才大哥言道，咱們結成兄弟之後，有難同當，有福共享。反正我也沒事，不如便隨兩位哥哥同去。」

那胖子張三哈哈一笑，說道：「咱們是去請客，那也沒甚麼好玩，你不必同去了。」說著揚長便行。

石破天乍結好友，一生之中，從來沒一個朋友，今日終於得到兩個結義哥哥，實不勝之喜，見他們即要離去，大感不捨，拔足跟隨在後，說道：「那麼我陪兩位哥哥多走一段路也是好的。這番別過，不知何日再能見兩位哥哥的面，再來一同喝酒吃肉。」

那瘦子李四陰沉著臉，不去睬他。張三卻有一句沒一句的撩他說笑，說道：「兄弟，你說你師父給你取名爲史億刀。那麼在你師父取名之前，你的眞名字叫作甚麼？咱們已結義金蘭，難道還有甚麼要瞞著兩個哥哥不成？」石破天尷尬一笑，說道：「倒不是瞞著哥哥，只是這名字人人都說太也難聽。我娘叫我狗雜種。」張三哈哈大笑，道：「狗雜種，狗雜種，這名字果然古怪！」張三、李四二人起步似不甚快，但足底已暗暗使開輕功，兩旁樹木飛快的從身邊掠過。

石破天一怔之間，已落後了丈餘，忙飛步追了上去。三人兩個在前，一個在後，相距也只三步。張三、李四急欲擺脫這傻小子，但全力展開輕功，石破天仍緊跟在後。只聽石破天讚道：「兩位哥哥好功夫，毫不費力的便走得這麼快。我拚命奔跑，才勉強跟上。」

說到那行走的姿勢，三人功夫的高下確然相差極遠。張三、李四瀟洒而行，毫無急促之態。石破天卻邁開大步，雙臂狂擺，弓身疾衝，直如是逃命一般。但兩人聽得他雖在狂奔之際說話，仍吐氣舒暢，一如平時，不由得也佩服他內力之強。

石破天見二人沿著自己行過的來路，正走向鐵叉會衆隱匿的那個小漁村，越行越近，大聲道：「兩位哥哥，前面是險地，可去不得了。咱們改道而行罷，沒的送了性命。」

張三、李四同時停步，轉過身來。李四問道：「怎說前面是險地？」

石破天也即停步，說道：「前面是紅柳港外的一個漁村，有許多江湖漢子避在那裏，不願給旁人知道他們的蹤跡。他們如見到咱三人，說不定就會行兇殺人。」李四寒著臉又問：「你怎知道？」石破天將如何誤入死屍船、如何在艙底聽到鐵叉會諸人商議、如何隨船來到漁村之事簡略說了。

李四道：「他們躲在漁村之中，只是害怕賞善罰惡二使，這跟咱們並不相干，又怎會來殺咱們三個？」石破天搖手道：「不，不！這些人窮兇極惡，動不動就殺人。他們怕洩漏秘密，連自己人也殺。你瞧，我一身血跡，就是他們殺了兩個自己人，鮮血滴在我衣衫上，那時我躲在艙底下，一動也不敢動。」李四道：「你既害怕，別跟著我們就是！」石破天道：「兩位哥哥還是別去的爲是，這……這……可不是鬧著玩的。」

張三、李四轉過身來，逕自前行，心想：「這小子空有一些內力，武功既差，更加膽小如鼠。」那知只行出數丈，石破天又快步跟了上來。

張三道：「你怕鐵叉會殺人，又跟來幹甚麼？」石破天道：「咱們不是起過誓麼？有難同當，有福共享。兩位哥哥定要前去，我只有和你們同年同月同日死了。男子漢大丈夫，說過了的話不能不算數。」李四陰森森的道：「嘿嘿，鐵叉會的漢子幾十柄鐵叉一齊刺來，插在你的身上，將你插得好似一隻大刺蝟，你不害怕？」

石破天想起在船艙底聽到鐵叉會中被殺二人的慘呼之聲，此刻兀自不寒而慄，眼下這小漁村中少說也有一二百人匿居在內，兩位結義哥哥武功再高，三個人定是寡不敵衆。

李四見他臉上變色，冷笑道：「咱二人自願送死，也不希罕多一人陪伴。你乖乖回家去罷。咱們這次若是不死，十年之後，當再相見。」石破天搖手道：「兩位哥哥多一個幫手，也是好的。咱們人少打不過人多，危急之時，不妨逃命，那也不一定便死。」

李四皺眉道：「打不過便逃，那算甚麼英雄好漢？你還是別跟咱們去丟人現眼了。」石破天道：「好，我不逃就是。」

張三、李四無法將他擺脫，相視苦笑，拔步便行，心下均想：「原來這傻小子倒也挺有義氣，銳身赴難，義無反顧，當真了不起。遠勝於武林中無數成名的英雄豪傑。」雖覺石破天顚顚蠢蠢，莫名奇妙，但人品高尙，挺有義氣，不禁都大爲尊重欽佩。均覺跟這樣的人義結兄弟，倒也值得。

過不多時，三人到了小漁村中。

眾人聽那人話聲中氣充沛，都是一驚，
一齊回過頭來，
只見數丈外站著個漢子，
其時東方漸明，
瞧他臉容，似乎年紀甚輕。

十二
兩塊銅牌

石破天見那艘死屍船已影蹤不見，村中靜悄悄地竟無一人，走一步，心中便怦的一跳，臉色早已慘白，自言自語：「幸好他們都已躲了起來，瞧不見咱們。」

張三、李四端相地形，走到一座小茅舍前，張三伸手推開板門，逕自走到灶邊，四面看了一下，略一沉吟，抱起一口盛滿了水的大石缸，放在一旁，缸底露出一個大鐵環來。李四抓住鐵環，往上一提，忽喇一聲響，一塊鐵板應手而起，現出一個大洞。

張三當先躍下，李四跟著跳落。石破天只看得嘖嘖稱奇，料得必是鐵叉會中那干兇人的藏身之所，忙勸道：「兩位哥哥，這可下去不得……」話未說完，張三、李四早已不見，心想：「有難同當。」只得硬起頭皮，也跳了下去。

前面是條通道，石破天跟在二人身後惴惴而行，只走出數步，便聽得有人大喝：「那一個？」勁風起處，兩柄明晃晃的鐵叉向張三刺來。張三雙手揮出，在鐵叉桿上一拍，內力震盪之下，那二人翻身倒地而死。

甬道牆上點著牛油巨燭，走出數丈，便即轉彎，每個轉角處必有兩名漢子把守。張三每次只一揮手間，便將手持鐵叉的漢子震死，出手既快且準，乾淨利落，決不使到第二招。

石破天張大了口合不攏來，心想：「張大哥使的是甚麼法術？倘若這竟是武功，那可比丁不三、丁不四爺爺、白師傅他們厲害得多了。」

他心神恍惚之間，只聽得人聲喧嘩，許多人從甬道中迎面衝來。張三、李四仍這麼緩步前進，對面衝來的衆人卻陡然站定，臉色都驚恐異常。

張三問道：「總舵主在這兒嗎？」

一名身材高大的壯漢抱拳道：「在下尤得勝，是小小鐵叉會的頭腦。兩位大駕降臨，失迎之至。請到廳上喝一杯酒。啊，還有一位貴客，請三位賞光。」

張三、李四點了點頭。石破天見周遭情景詭異之極，在這甬道之中，張三已一口氣殺了十二名鐵叉會的會眾，料想對方決不肯罷休，只想轉身逃命，然見張三、李四毫不在乎的邁步而前，勢不能獨自退出，只得跟隨在後，卻忍不住全身簌簌發抖。

鐵叉會總舵主尤得勝在前恭恭敬敬的領路，甬道旁排滿了鐵叉會會眾，都手執鐵叉，叉頭鋒銳，閃閃發光。張三、李四和石破天在兩排會眾之間經過，只轉了個彎，眼前突然大亮，竟到了一間大廳之中，牆上插著無數火把，照耀如同白晝，四周也站滿了手持鐵叉的會眾。石破天偶爾和這些人惡毒兇狠的目光相觸，急忙轉頭，不敢再看。

尤得勝肅請張三、李四上座。張李二人也不推讓，逕自坐了。張三笑指身旁的座位，道：「小兄弟，你就坐在這裏罷。」石破天就座後，尤得勝在主位相陪。

片刻間幾名身穿青袍、不帶兵刃的會眾捧上杯筷酒菜。張三、李四左手各是一抖，袍袖中同時飛出一物，啪的一聲，並排落在尤得勝面前，卻是兩塊銅牌，平平整整的嵌入桌子，恰與桌面相齊，便似是細工鑲嵌一般。每塊牌上均刻有一張人臉，一笑一怒，與飛魚幫死屍船艙門上所釘兩塊銅牌一模一樣。

尤得勝臉色立變，站起身來，嗆啷啷之聲大響，四周百餘名漢子一齊抖動鐵叉，叉上鐵環發出震耳之聲，各人踏上了一步。

石破天叫聲：「啊喲！」忙即站起，便欲奔逃，暗想：「在這地底下的廳堂之中，可不易脫身。」斜眼瞧張三、李四時，只見一個仍笑嘻嘻地，另一個陰陽怪氣，絲毫不動聲色，石破天不敢自行行動，無可奈何，只得又再坐下。

尤得勝慘然道：「既然如此，那還有甚麼話可說。」張三笑道：「尤總舵主，你是山西『伏虎門』的惟一傳人，雙短叉神功，當世只你一人會使。而且你別出心裁，對前人所傳叉法，更作了不少精妙變化，算得上並世無雙，令人佩服。我們是來邀請你到俠客島去喝碗臘八粥，別無他意，不用多疑。」尤得勝遲疑了片刻，伸手在桌上一拍，兩塊銅牌跳了起來，他伸手接住，放入懷中，說道：「姓尤的臘八準到。」張三右手大拇指一豎，說道：「多謝尤總舵主，令我哥兒倆不致空手而回。」

人叢中忽有一人大聲說道：「尤總舵主雖是咱們頭腦，但鐵叉會衆兄弟義同生死，可不能讓總舵主獨自爲衆兄弟送命。」石破天一聽聲音，便認出他是在船艙中連殺二人的那個胡大哥，知道此人兇悍異常，不由得一顆心又怦怦亂跳。

尤得勝苦笑道：「徒然多送性命，又有何益？我意已決，胡兄弟不必多言。」提起酒壺，去給張三斟酒，但右手忍不住發抖，在桌面上濺出了不少酒水。

張三笑道：「素聞尤總舵主英雄了得，殺人不眨眼，怎麼今天有點害怕了嗎？」端起酒杯放到嘴邊，突然間乒乓一聲，酒杯摔在地下，跌得粉碎，跟著身子歪斜，側在椅上。石破天驚道：「大哥，怎麼了？」側頭問李四道：「二哥，他……他……」一言未畢，見李四慢慢向桌底溜了下去。石破天更加驚惶，一時手足無措。

尤得勝初時還道張三、李四故意做作，但見張三臉上血紅，呼吸喘急，李四兩眼翻白，臉上隱隱現出紫黑之色，顯是身中劇毒之象。他心下大喜，卻不敢便有所行動，假意問道：「兩位怎麼了？」只見李四在桌底縮成一團，不住抽搐。

石破天驚惶無已，忙將李四扶起，問道：「二哥，你……你……身子不舒服麼？」他那知適才張三、李四和他鬥酒，飲的是劇毒藥酒，每個都飲了八九口之多。以他二人功力，若連飲三口，急運內力與抗，尚無大礙，這八九口不停的喝下，卻大大逾量了，當時勉強支持，又自喜近來功力大進，喝了這許多毒酒，居然並沒覺得腹痛。二人已都服了解藥，這解藥旨在令酒中毒質暫不發作，留待稍後以內力將藥酒融吸化解，增強內力，但這解藥惟有鎮毒之功，卻無解毒之效，否則如此珍貴難得的藥酒，若服解藥而消去藥性，豈不可惜？他二人雖知解藥的作用，但以往從未如此大份量服過，待得二人一陣急行，酒中劇毒竟在這時突然同時發作，實大出二人意料之外。

其時張三、李四腹中劇痛，全身痲木。兩人知情勢危急，忙引丹田眞氣，裹住肚中毒酒，盼望緩緩的任其一點一滴的化去，否則劇毒陡發，只怕心臟便會立時停跳。但遲不遲，早不早，偏在這時毒發，當眞命懸他人之手，就算抵擋得住肚中毒酒，卻也難逃鐵叉會的毒手。兩人均想：「我二人縱橫天下，今日卻死在這裏。」

鐵叉會的尤總舵主、那姓胡的及一干會衆見張三、李四二人突然間歪在椅上，滿頭大汗，臉上肌肉抽搐，神情痛苦，都大爲驚詫。各人震於二人的威名，雖見這是千載難逢的良機，一時卻也不敢有何異動。

石破天只問：「大哥、二哥，你們是喝醉了，還是忽然生病？」張三、李四均不置答，就這麼半臥半坐，急運內力與腹中毒質相抵，過不多時，頭頂都冒出了絲絲白氣。

尤得勝見到二人頭頂冒出白氣，已明就裏，低聲道：「胡兄弟，這二人不是走火入魔，便是惡疾突發，正在急運內力，大夥兒快上啊！」那姓胡的大喜，卻不敢逼近動手，提起一柄鐵叉，一運勁，呼的一聲向張三擲去。張三無力招架，只略略斜身，噗的一聲，鐵叉插入他肩頭，鮮血四濺。石破天大驚，叫道：「你……你幹麼？竟敢傷我大哥？」

鐵叉會會衆見他年輕，又慌慌張張的手足無措，誰也沒將他放在心上。待見那姓胡的飛叉刺中張三，對方別說招架，連閃避也有所不能，無不精神大振，呼呼呼一陣聲響，三柄鐵叉同時向石破天飛擲而至。

石破天左臂橫格，震開兩柄鐵叉，右手伸出去接住第三柄鐵叉，閃身擋在張三、李四二人身前，混亂之中，又有五柄鐵叉擲將過來。石破天舉起手中鐵叉手忙腳亂的一一擊飛，兩柄鐵叉回震出去，擊破了一名會衆的腦袋，刺入了另一名會衆的肚腹。

尤得勝見地方狹窄，鐵叉施展不開，這麼混戰，反多傷自己兄弟，叫道：「大家且住，讓我先收拾了這小賊再說。」一彎腰，雙手向裏腿中摸去，再行站直時，手中各已多了一柄明晃晃的短柄小鋼叉。

鐵叉會會衆紛紛退後，靠牆而立，齊聲呼叫：「瞧總舵主收拾這賊小子。」地下密室之中，聲音傳不出去，聽來甚爲鬱悶。

尤得勝身子稍弓，迅速異常的欺到石破天身側，兩把小鋼叉一上一下，分向他臉頰和腰眼中插去。石破天萬沒料到對方攻勢之來竟如此快法，「啊」的一聲呼叫，向前衝出一步，但腰間和右臂已同時中刃，噹的一聲，手中抓著的鐵叉落在地下。尤得勝見他武功不高，已放了一大半心，連聲吆喝，跟著又如旋風般撲到。

石破天右臂受傷甚輕，腰間受刺這一下卻著實疼痛，見他又惡狠狠的衝上，當下斜身閃開，反掌向他背心擊落，使的是丁不四所教一招。尤得勝最擅長的是小巧騰挪，近身肉搏，見石破天出招時姿式難看，但舉手投足之際風聲隱隱，內力厲害，心下也頗忌憚，施展平生所學，兩柄小鋼叉招招向石破天要害刺去。

張三和李四一面運氣裹住腹中毒質，一面瞧著石破天和尤總舵主相鬥，知道今日二人生死，全繫於石破天能否獲勝，眼見他錯過了無數良機，既感可惜，又甚焦急，卻又不敢過於分神旁騖，以致岔了內息。

又鬥一陣，石破天右腿又給小鋼叉掃中，「啊喲」一聲，右掌急拍。尤得勝突然聞到一股濃冽甜香，頭腦暈眩，登時昏倒。石破天一呆，向後躍開。

那姓胡的搶將上去，見尤得勝臉上全是紫黑之色，顯是中了劇毒，探他鼻息，已然斃命。他驚怒交集，嘶聲叫道：「賊小……小子，你使毒害人，咱們跟他拚了！大夥兒上啊，總舵主給賊小子害死了。」鐵叉會會衆吶喊擁上，紛舉鐵叉向石破天亂刺亂戳。

石破天擋在張三、李四二人身前，不敢閃避，只怕自己稍一移身，兩位義兄便命喪於十餘柄鐵叉之下，情急之際，搶過一柄鐵叉，奮力折斷，使開金烏刀法，橫掃擋架。

他雄渾之極的內力運到了叉上，當者披靡，霎時間十餘柄鐵叉都給他震飛脫手。一人站得最近，鐵叉脫手，隨即和身撲上，雙手成爪，向石破天臉上抓去。石破天見他勢頭來得兇悍，左手橫掠出去，啪的一聲，打在他的十根手指之上，只聽得喀喀數聲，腕骨連指折斷，那人跟著委頓在地，一動也不動了。

混戰之中，誰也無暇留意那人死活，七八人逼近石破天進攻，有的使叉，有的空手。石破天不敢後退一步，見有人撲近，便伸掌拍去。他發掌擊出，也不知是甚麼緣故，對方定然立即摔倒，其效如神。

這麼一連擊倒了六人，好幾人大叫：「這小子毒掌厲害，大夥兒小心些。」又有人叫道：「王三哥也給這小子毒掌擊死了，小……小……心……」這人話未說完，咕咚一聲，摔倒在地，一根鐵叉重重擊在自己臉上。這人並沒給石破天手掌擊中，居然也中毒而死。

鐵叉會會眾神色惶怖，一步步退後，但聽得嗆啷啷、砰嘭、喀喇、啊啊之聲不絕，一個個摔倒，有的轉身欲逃，但跑不了兩步，也即滾倒。

轉眼之間，大廳中百餘名壯漢橫七豎八的摔滿了一地，只剩下四個功力最高之人，伸手掩住口鼻，奪路外闖，但只奔到廳門口，四人便擠成一團，同時倒斃。

石破天見了這等情景，只嚇得目瞪口呆，比之那日在紫煙島上誤闖死屍船更加驚恐多了。在死屍船中所見的飛魚幫幫眾都已斃命，而此刻鐵叉會會眾卻一個個在自己眼前死去，不知是中邪著魔，還是為惡鬼所迷。

他想起那些人說自己毒掌厲害，提起手掌來看時，只見雙掌之中都有一團殷紅如血的紅雲，紅雲之旁又有無數青藍色的條紋，顏色鮮豔之極。在和張三李四結拜之前，雙掌掌心中已有紅斑和藍點，但其時甚為細小，不知在甚麼時候竟已變成這般模樣。再看了一陣，忍不住感到噁心，只覺得兩隻手掌心變得如同毒蛇之口、蜈蚣之背，鼻中又隱隱聞到一些似香非香、又帶腥臭的濃冽氣息。

他轉頭去看張三、李四時，見二人神色平和，頭頂白氣愈濃，張三的肩頭上兀自釘著那柄鐵叉。他想：「得給大哥拔出鐵叉。」抓住叉柄輕輕一拔，鐵叉應手而起，一股鮮血從張三肩頭創口中噴出。石破天忙即按住，撕下一角衣襟，為他裹住了創口。

只聽得張三深深吸了口氣，低聲道：「你……聽……我……說……照……我……的……話……做……」一個字一個字說來，聲音既低，語調又極緩慢。他所中之毒本與李四不相上下，但肩頭創口中放了許多血出來，令他所受毒質的侵襲為之一緩。

石破天忙點頭道：「是，是，請大哥吩咐。」張三說：「你……左……手……按……我……背……心……靈……台……穴……」接著吸一口氣，說一句話，費了好半天功夫，才教會石破天如何運用內力，助他催逼出體內所中的毒藥，待得說完，已滿頭大汗，臉色更紅得猶似要滴出血來。石破天不敢怠慢，當即依他囑咐，解開他上衣，左手按住他靈台穴，右手按住他膻中穴，左手以內息送入，右手運氣外吸，果然過不多時，便有一股炙熱之氣，細如遊絲，從右掌心中鑽了進去。

正自一掌送氣、一掌吸氣的全力運用之際，忽聽得腳步聲響，十餘人奔了進來，手中都持鐵叉。這些人奉命在外把守，過了良久，不聽得有何聲息，當下進來探視，萬料不到同夥首領和兄弟盡數屍橫就地，驚駭之下，見石破天和張三、李四坐在地下，顯然也受了重傷，各人發一聲喊，挺叉向三人刺來。石破天正待起身抵禦，不料這十餘人奔到離他身前丈餘之處，突然身子搖晃，一個個軟癱下來，一聲不出，就此死去。

石破天嚇得一顆心幾乎要從胸中跳將出來，顫聲道：「大……大哥，這屋裏有惡鬼。咱們還是快走……」張三搖了搖頭，這時他體內毒質已去了一小半，腹痛已不如先前劇烈，說道：「你就……用這法子……給……給二哥……也……這麼……搞搞……」

石破天道：「是，是。」依著張三所授之法，爲李四吸毒，這時進入他手掌的卻是一絲絲的涼氣了。約莫過了一頓飯時分，李四體內毒質減輕，要他再給張三吸毒。

如此周而復始，石破天爲每人都吸了三次。二人體內雖餘毒未淨，但已全然無礙。他二人本就要以這些毒藥助長本身功力，只須慢慢加以融煉便是。

兩人環顧四周死屍，想起適才情景之險，忍不住心有餘悸，心想石破天適才爲二人解毒，手掌中又吸了不少毒質進去，只怕有礙，須得設法爲他解毒，卻見他臉上雖大有懼色，但舉止如常，全無中毒之象，均想這小子不知服食過甚麼靈芝仙草，這般厲害的劇毒竟也奈何他不得，既爲他慶幸，又暗暗感激。他二人自然知道，鐵叉會會眾所以遇到他的掌風立即斃命，是因他體內的劇毒散發出來之故，到得後來，廳內氤氤氳氳，毒霧瀰漫，吸入口鼻，便即致命。但此事不易解釋，他既不問，也就不提。

張三道：「二弟、三弟，咱們走罷！」當先走了出去，李四和石破天跟隨在後。

三人走出地道，只見外面空地上站著數十人，手持鐵叉，正在探頭探腦的張望。

衆人見三人出來，發一聲喊，都圍了上來。有人喝問：「總舵主呢？怎麼還不出來？」張三笑道：「總舵主在裏面！」當先那人又問：「怎麼你們先出來了？」

張三笑道：「這可連我也不明白了，你們自己進去瞧瞧罷。」雙手探出，一手抓住一人胸口，便向地道中擲了進去。餘人大聲驚呼，紛挺鐵叉向他刺去。張三不閃不避，雙手一探，便抓住兩人，向後擲出。

石破天站在一旁，但見張三隨手抓出，手到擒來，不論對方如何抵禦躲閃，總難逃脫他的一抓一擲。他越看越驚訝，心想原來大哥武功如此了得，以往所見到的高手，實沒一個比得上他。

李四雙手負在背後，並不上前相助。張三擲出十餘人後，兜向各人背後，專抓離得最遠之人，逐步將衆人逼到地道口前。有人大叫：「逃啊！」搶先向地道中奔入，餘人也都跟了進去。石破天叫道：「裏面危險，別進去！」卻又有誰來聽他的話？

他心下充滿了無數疑團：何以鐵叉會會衆一個個突然倒斃？大哥、二哥何以突然中毒肚痛？大哥又爲甚麼將這許多人趕入地道？一時也不知該先問那一件事，只叫了聲：「大哥，二哥！」便聽張三道：「咦！那邊是誰來了？」

石破天回頭一看，不見人影，問道：「甚麼人來了？」卻不聽得張三回答，再回過頭來時，不由得吃了一驚，張三、李四二人已然不見，便如隱身遁去一般。石破天驚叫：「大哥，二哥！你們去了那裏？」連叫幾聲，竟沒一人答應。

他六神無主，忙到四下房舍中去找尋。漁村中都是土屋茅舍，他連闖了七八家人家，竟一個人影也無。

其時紅日初升，遍地陽光，一個大村莊之中，空蕩蕩地便只剩下他一人。

他想起地道中、大廳上各人慘死的情狀，不由得打個寒噤，大叫一聲，發足便奔。直奔出十餘里地，這才放緩腳步，再提起手掌看時，掌心的紅雲藍紋已隱沒了一小半，不似初見時的噁心，心下稍慰。他自不知手掌不使內力，劇毒順著經脈逐漸回歸體內。嗣後每日行功練氣，劇毒便緩緩消滅，功力也隨之而增，至快要到七七四十九日後，毒性才能化去。

他信步而行，走了半天，又到了長江邊上，沿著江邊大路，向下游行去。

中午時分在一處小鎮上買些麵條吃了，又向東行。他無牽無掛，任意漫遊，走到傍晚，前面樹林中露出一角黃牆，行到近處，見是一所寺觀，屋宇宏偉，門前鋪著一條寬闊平正的青石板路，山門中走出兩個身負長劍的黃冠道人來。

兩名道人見到石破天，便即快步走近。一名中年道人問道：「幹甚麼的？」他見石破天衣衫污穢，年紀既輕，笨頭笨腦的東張西望，言語中便不客氣。

石破天也不以為忤，笑道：「我隨便走走，不幹甚麼。這是和尚廟嗎？我有銀子，跟你們買些甚麼吃的，行不行？」那道人怒道：「混小子胡說八道，你瞧我是不是和尚？我們又不是開飯店的，賣甚麼吃的給你？快走，快走！再到上清觀來胡鬧，小心打斷了你的腿。」另一個年輕道人手按劍柄，臉上惡狠狠地，作出便要拔劍殺人的模樣。

石破天道：「我肚子餓了，問你們買些吃的，又不是來打架。好端端地，我又何必再打死你們？」說著便轉身走開。那年輕道人怒道：「你說甚麼？」拔步趕上。

石破天這話實出眞心，他在鐵叉會大廳上手一揚便殺一人，心下老大後悔，實不願再跟人動手，見那年輕道人要上來打架，生怕莫名其妙的又殺了他，當即發足便奔，逃入樹林。只聽得兩個道人哈哈大笑，那中年道人道：「是個渾小子，只一嚇，夾了尾巴就逃。」

石破天見兩個道士不再追來，眼見天色已晚，想找些野果之類充饑，林中卻都是松樹、杉樹、柏樹之屬，不生野果。他奔上一個小山坡，四下瞭望，見那道士廟依山而建，前後左右一共數十間屋宇，後進屋子的煙囪中不斷升起白煙，顯是在煮菜燒飯。除這座道士廟外，極目四望，左近更無其他屋舍。

他見到炊煙，肚中更咕咕亂響，心想：「這些道人好兇，一開口便要打架，我且到後邊瞧瞧，若有甚麼吃的，拿了便走。只須放下銀子，便不是小賊。」當即從林中繞到道觀之後，看準了炊煙所在，挨牆而行，見一扇後門半開半掩，閃身走進。

這時天色已然全黑，進去是個天井，但聽得人聲嘈雜，鍋鏟在鐵鍋中敲得噹噹直響，菜肴在熱油中發出吱吱聲音，陣陣香氣飄入天井，正是廚房的所在。石破天咽了口唾沫，從走廊悄悄掩到廚房門口，躲在一條黑沉沉的甬道之中，尋思：「且看這些飯菜煮好了送到那裏去？若飯堂中一時無人，我買了一碗肉便走，就不會打架殺人了。」

果然過不多時，便有三人從廚房中出來。三個都是小道士，當先一人提著一盞燈籠，後面兩人各端一隻托盤，盤中熱香四溢，顯是放滿了美肴。石破天大咽饞涎，放輕腳步，悄悄跟在後面。三名小道士穿過甬道，又經過一處走廊，來到一座廳堂，在桌上放下菜肴，兩名小道士轉身走出，餘下一人留下來端整坐椅，擺齊杯筷，共設了三席。

石破天躲在長窗之外，探眼向廳堂中凝望。好容易等到這小道士轉到後堂，他快步搶進堂中，抓起碗中一塊紅燒牛肉便往口中塞去，雙手又去撕一隻清蒸雞的雞腿。

第一口牛肉剛吞入肚，便聽得長窗外有人道：「師弟、師妹這邊請。」腳步聲響，有好幾人走到廳前。

石破天暗叫：「不好！」將那隻清蒸肥雞抓在手中，百忙中還從懷裏掏出一錠銀子，放在桌上，便要向後堂闖去，卻聽得腳步聲響，後堂也有人來。四下一瞥，見廳堂中空蕩蕩地無處可躲，不由得暗暗叫苦：「又要打架不成？」

耳聽得那幾人已走到長窗之前，他想起鐵叉會地道中諸人的死狀，雖說或許暗中有妖魔鬼怪作祟，一干會眾未必是自己打死的，究竟心中凜凜，不敢再試，情急之下，瞥眼見橫樑上懸著一塊大匾，當下無暇多想，縱身躍上橫樑，鑽入了匾後。他平身而臥，恰可容身。這時相去當真只一瞬之間，他剛在匾後藏好，長窗便即推開，好幾人走了進來。

只聽得一人說道：「自己師兄弟，師哥卻恁地客氣，設下這等豐盛的酒饌。」

石破天聽這口音甚熟，從木匾與橫樑之間的隙縫中向下窺視，只見十幾人陪著男女二人相偕入座，這二人便是玄素莊的石莊主夫婦。他對這二人一直甚是感激，尤其石夫人閔柔當年既有贈銀之惠，日前又曾教他劍法，一見之下，心中便感到一陣溫暖。

一個白鬚白髮的老道說道：「師弟、師妹遠道而來，愚兄喜之不盡，一杯水酒，如何說得上豐盛二字？」見到桌上汁水淋漓，一隻大碗中只剩下一些殘湯，碗中的主肴不知是蒸雞還是蹄子，卻已不翼而飛，碗旁還放著一錠銀子，更不知所云。

那老道眉頭一皺，心想小道士們如何這等疏忽，沒人看守，給貓子來偷了食去，只遠客在座，不便爲這些小事斥責下屬。這時又有小道士端上菜來，各人見了那碗殘湯，神色都感尷尬，忙收拾了去，誰也不提。那老道肅請石清夫婦坐了首席，自己打橫相陪，袍袖輕拂，罩在銀錠之上，待得袍袖移開，桌上的銀錠已然不見。中間這一席上又坐了另外三名中年道人，其餘十二名道人則分坐了另外兩席。

酒過三巡，那老道喟然說道：「八年不見，師弟、師妹丰采尤勝昔日，愚兄卻老朽不堪了。」石清道：「師哥頭髮稍白了些，精神卻仍十分健旺。」

那老道道：「甚麼白了些？我是憂心如搗，一夜頭白。師弟、師妹若於三天之前到來，我的鬍子、頭髮也不過是半黑半白而已。」石清道：「師哥所掛懷的，是爲了賞善罰惡二使麼？」那老道嘆了口氣，說道：「除了此事，天下恐怕也沒第二件事，能叫上清觀天虛道人數日之間老了二十歲。」

石清道：「我和師妹在巢湖邊上聽到訊息，賞善罰惡二使復出，武林中正面臨大劫，是以星夜趕來，想跟掌門師哥以及諸位師兄弟商個善策。我上清觀近十年來在武林中名頭越來越響，樹大招風，善惡二使說不定會光顧到咱們頭上。小弟夫婦意欲在觀中逗留一兩月，他們若眞欺上門來，小弟夫婦雖然不濟，也得爲師門捨命效力。」

天虛輕輕一聲嘆息，從懷中摸出兩塊銅牌，啪啪兩聲，放在桌上。

石破天正在他們頭頂，瞧得清楚，兩塊牌上一張笑臉，一張怒臉，正和他已見過兩次的銅牌一模一樣，不禁心中打了個突：「這老道士也有這兩塊牌子？」

石清「咦」了一聲，道：「原來善惡二使已來過了，小弟夫婦馬不停蹄的趕來，畢竟還是晚了一步。是那一天的事？師哥你……你如何應付？」

天虛心神不定，一時未答，坐在他身邊的一個中年道人說道：「那是三天前的事。掌門師哥大仁大義，一力擔當，已答應上俠客島去喝臘八粥。」

石清見到兩塊銅牌，又見觀中諸人無恙，原已猜到了九成，當下霍地站起，向天虛深深一揖，說道：「師哥一肩挑起重擔，保全上清觀全觀平安，小弟既感且愧，這裏先行申謝。但小弟有個不情之請，師哥莫怪。」天虛道人微笑還禮，說道：「天下事物，此刻於愚兄皆如浮雲。賢弟但有所命，無不遵依。」石清道：「如此說來，師哥是答允了？」天虛道：「自然答允了。但不知賢弟有何吩咐？」石清道：「小弟厚顏大膽，要請師哥將這上清觀一派的掌門人，讓給小弟夫婦共同執掌。」

他此言一出，廳上羣道盡皆聳然動容。天虛沉吟未答，石清又道：「小弟夫婦執掌本門之後，這碗臘八粥，便由我們二人上俠客島去嚐一嚐。」

天虛哈哈大笑，但笑聲之中卻充滿了苦澀之意，眼中淚光瑩然，說道：「賢弟美意，愚兄心領了。但愚兄忝為上清觀一派之長已有十餘年，武林中眾所周知。今日面臨危難，就此畏避退縮，天虛這張老臉今後往那裏擱去？」他說到這裏，伸手抓住了石清的右掌，說道：「賢弟，你我年紀相差遠了，你又是俗家，以往少在一塊。但你我向來交厚，何況你武功人品，確為本門的第一等人物，愚兄素所欽佩。若不是為了這臘八之約，你要做本派掌門，愚兄自當欣然奉讓。今日情勢大異，愚兄卻萬萬不能應命了，哈哈，哈哈！」笑得甚是蒼涼。

石破天心想那俠客島上的「臘八粥」不知是甚麼東西，在鐵叉會中曾聽大哥說起過，現今這天虛道人一提到臘八粥的約會，神色便是大異，難道是甚麼致命的劇毒不成？

只聽天虛又道：「賢弟，愚兄一夜頭白，決不是貪生怕死。我行年已六十四歲，今年再死，也算得是壽終。只是我反覆思量，如何方能除去這場武林中每十年便出現一次的大劫？如何方能維持本派威名於不墮？那才是真正的難事。過去三十年之中，俠客島已約過三次臘八之宴。各門各派、各幫各會中應約赴會的英雄豪傑，沒一個得能回來。愚兄一死，毫不足惜，這善後之事，咱們卻須想個妥法才是。」

石清也哈哈一笑，端起面前的酒杯，一口喝乾，說道：「師哥，小弟夫婦不自量力，要請師哥讓位，並非去代師哥送上兩條性命，卻是要去探個明白。說不定老天爺保佑，竟能查悉其中真相。雖不敢說能為武林中除去這個大害，但只要將其中秘奧漏了出來，天下武人羣策羣力，難道當眞便敵不過俠客島這一干人？」

天虛緩緩搖頭，說道：「不是我長他人志氣，小覷了賢弟。像少林寺妙諦方丈、武當派愚茶道長、崆峒派清空道長這等的高手，也都一去不返。唉，賢弟武功雖高，終究……終究尚非妙諦方丈、愚茶道長這些前輩高人之可比。」

石清道：「這一節小弟倒也有自知之明。但事功之成，一半靠本事，一半靠運氣。要誅滅大害固有所不能，設法查探一些隱秘，諒來也不見得全然無望。」

天虛仍然搖頭，說道：「上清觀的掌門，百年來總是由道流執掌。愚兄死後，已定下由沖虛師弟接任。此後賢弟伉儷盡力匡助，令本派不致衰敗湮沒，愚兄已感激不盡了。」

石清說之再三，天虛終是不允。各人停杯不飲，也忘了吃菜。石破天將一塊塊雞肉輕輕撕下，塞入口中，生怕咀嚼出聲，就此囫圇入肚，但一雙眼睛仍從隙縫中向下凝神窺看。

只見石夫人閔柔聽著丈夫和天虛道人分說，並不插嘴，卻緩緩伸出手去，拿起了兩塊銅牌，看了一會，順手便往懷中揣去。天虛叫道：「師妹，請放下！」閔柔微微一笑，說道：「我代師哥收著，也是一樣。」天虛道人見話聲阻她不得，伸手便奪。恰在此時，石清伸出筷去向一碗紅燒鱔段夾菜，右臂正好阻住了天虛的手掌。坐在石夫人下首的沖虛手臂一縮，伸手去抓銅牌，說道：「還是由我收著罷！」

石夫人左手抬起，四根手指像彈琵琶一般往他手腕上拂去。沖虛左手也即出指，點向石夫人右腕。石夫人右腕輕揚，左手中指彈出，一股勁風射向沖虛胸口。

沖虛已受天虛道人之命接任上清觀觀主，也即是他們這一派道俗眾弟子的掌門。他知石清夫婦急難赴義，原是一番美意，但這兩塊銅牌關及全觀道侶的性命，天虛道人既已接下，若再落入旁人之手，全觀道侶俱有性命之憂，是以不顧一切的來和石夫人爭奪，見對方手指點到，當即揮掌擋開。

兩人身不離座，霎時間交手了七八招，兩人一師所授，所使俱是本門擒拿手法，雖無傷害對方之意，但出手明快利落，在尺許方圓的範圍之中全力以搏。兩人當年同窗學藝時曾一起切磋武功，分手二十餘年來，其間雖曾數度相晤，一直未見對方出手。此刻突然交手，心下於對方的精湛武功都暗暗喝采。圍坐在三張飯桌旁的其餘一十六人，也都目不轉睛的瞧著二人較藝，坐得較遠的人還都站起身來觀看。這些人都是本門高手，均知石清夫婦近十多年來江湖上闖下了極響亮的名頭，眼見她和沖虛不動聲色的搶奪銅牌，將本門武功的妙詣發揮到了淋漓盡致，無不讚嘆。又均知石清夫婦意欲代替天虛去赴俠客島之約，那是捨命赴難的大仁大義行逕，心下盡皆感佩。

起初十餘招中，二人勢均力敵，但石夫人右手抓著兩塊銅牌，右手只能使拳，無法勾、拿、彈、抓，本門的擒拿法絕技便打了個大大折扣。又拆得數招，沖虛左手運力將石夫人左臂壓落，右手五指已碰上了銅牌。石夫人心知這一下非給他抓到不可，兩人若各運內力搶奪，一來觀之不雅，二來自己究是女流，氣力恐不及沖虛師哥渾厚，當下鬆手任由兩塊銅牌落下，那自是交給了丈夫。

石清伸手正要去拿，突然兩股勁風撲面而至，正是天虛道人向他雙掌推出。這兩股勁風雖無霸道之氣，但蓄勢甚厚，若不抵擋，必受重傷，那時縱然將銅牌取在手中，也必跌落，只得伸掌一抵。就這麼緩得一緩，坐在天虛下首的照虛道人已伸手取過銅牌。

銅牌一入照虛之手，石清夫婦和天虛、沖虛四人同時哈哈一笑，一齊罷手。沖虛和照虛躬身行禮，說道：「師弟、師妹，得罪莫怪。」

石清夫婦忙也站起還禮。石清說道：「兩位師哥何出此言，卻是小弟夫婦魯莽了。

掌門師兄內功如此深厚，勝於小弟十倍，此行雖然凶險，若求全身而退，也未始無望。」適才和天虛對了一掌，石清已知這位掌門師兄的內功實比自己深厚得多。

天虛苦笑道：「但願得如師弟金口，請，請！」端起酒杯，一飲而盡。

石破天見閔柔奪牌不成，他不知這兩塊銅牌有何重大干係，只念著石夫人對自己的好處，尋思：「這道士把銅牌搶了去，待會我去搶了過來，送給石夫人。」

只見石清站起身來，說道：「但願師哥此行，平安而歸。小弟的犬子爲人所擄，急於要去搭救，此番難以多和衆位師兄師弟敘舊。這就告辭。」

羣道心中都是一凜。天虛問道：「聽說賢弟的令郎是在雪山派門下學藝，以賢夫婦的威名，雪山派的聲勢，如何竟有大膽妄爲之徒將令郎劫持而去？」

石清嘆了口氣，道：「此事說來話長，大半皆由小弟無德，失於管教，犬子胡作非爲，須怪不得旁人。」他是非分明，雖然玄素莊偌大的家宅爲白萬劍一把火燒得乾乾淨淨，仍知禍由己起，對雪山派並不怨恨。

沖虛道人朗聲說道：「師弟、師妹，對頭擄你們愛子，便是瞧不起上清觀了。不管他是多大來頭，愚兄縱然不濟，也要助你一臂之力。」頓了一頓，又道：「你愛子落於人手，卻趕著來赴師門之難，足見師兄弟間情義深重。難道我們這些牛鼻子老道，便是毫無心肝之人嗎？」他想對頭不怕石清夫婦，不怕人多勢衆的雪山派師徒，定是十分厲害的人物，上清觀羣道爲了同門義氣，自當出手，與這勁敵去鬥上一鬥，那想得到擒去石清之子的竟便是雪山派人士。

石清既不願自揚家醜，更不願上清觀於大難臨頭之際，又去另樹強敵，和雪山派結怨成仇，說道：「各位師兄盛情厚意，小弟夫婦感激不盡。這件事現下尚未查訪明白，待有頭緒之後，倘若小弟夫婦人孤勢單，自會回觀求救，請師兄弟們援手。」沖虛道：「這就是了。賢弟賢妹那時也不須親至，只教送個訊來，上清觀自當全觀盡出。」

石清夫婦拱手道謝，心下卻黯自神傷：「雪山派縱將我兒千刀萬剮的處死，我夫婦也只有認命，決不能來向上清觀討一名救兵。」兩人辭了出去，天虛、沖虛等都送將出去。

石破天見衆人走遠，當即從匾後躍出，翻身上屋，跳到牆外，尋思：「石莊主、石夫人說他們的兒子給人擄了去，卻不知是誰下的手。那銅牌只是個玩意兒，搶不搶到無關緊要，看來他們師兄妹之間情誼甚好，搶銅牌多半是鬧著玩的。石夫人待我甚好，我要助她找尋兒子。我先去問她，她兒子多大年紀，怎生模樣，是給誰擄了去。」躍到一株樹上，眼見東北方十餘盞燈籠排成兩列，上清觀羣道正送石清夫婦出觀。

石破天心想：「石莊主夫婦胯下坐騎奔行甚快，我還是儘速趕上前去的爲是。」看明了石清夫婦的去路，躍下樹來，從山坡旁追將上去。

還沒奔過上清觀的觀門，只聽得有人喝道：「是誰？站住了！」他躲在匾中之時，屏氣凝息，沒發出半點聲息，廳堂中衆人均未知覺，這一發足奔跑，上清觀羣道武功了得，立時便察知來了外人，初時不動聲色，待石清夫婦上馬行遠，當即分頭兜截過來。

黑暗之中，石破天猛覺劍氣森森，兩名道人挺劍擋在面前，劍刃反映星月微光，朦朦朧朧中瞧出左首一人正是照虛。他心中一喜，問道：「是照虛道長嗎？」照虛一怔，說道：「正是，閣下是誰？」石破天右手伸出，說道：「請你把銅牌給我。」

照虛大怒，喝道：「給你這個。」挺劍便向他腿上刺去。上清觀戒律精嚴，不得濫殺無辜，這時未明對方來歷，雖石破天出口便要銅牌，犯了大忌，但照虛這一劍仍然並非刺向要害。石破天斜身避開，右手去抓他肩頭。照虛見他身手敏捷，長劍圈轉，指向他右肩。石破天忙低頭從劍下鑽過，生怕他劍鋒削到自己腦袋，右手自然而然的向上托去。照虛只覺一股腥氣刺鼻，頭腦一陣暈眩，登時翻身倒地。

石破天一怔之際，第二名道人的長劍已從後心刺到。他知自己掌上大有古怪，一出手便即殺人，再也不敢出掌還擊，急忙向前縱出，嗤的一聲響，長袍後背已爲劍尖劃破了一道口子。那道人見照虛給敵人不知用甚麼邪法迷倒，急於救人，長劍唰唰唰的疾向石破天刺來。

石破天斜身逃開，百忙中拾起照虛拋下的長劍，見對方劍法凌厲，當下以劍作刀，使動金烏刀法，噹的一聲，架開來劍。他手上內力奇勁，這道人手中長劍把捏不住，脫手飛出。但他上清觀武功不單以劍法取勝，擒拿手法也是武林中一絕，這道人兵刃脫手，竟絲毫不懼，猱身而上，直撲進石破天懷中，雙手成抓，抓向他胸口和小腹要穴。他手中無劍而敵人有劍，就利於近身肉搏，要令敵人的兵刃施展不出。

石破天叫道：「使不得！」左手掠過，將那道人推開，這時他內力發動，劇毒湧至掌心，一推之下，那道人應手倒地，縮成了一團。石破天連連頓足，嘆道：「唉！我眞的不想害你！」耳聽得四下裏都是呼嘯之聲，羣道漸漸逼近，忙到照虛身上一摸，那兩塊銅牌尚在懷中。他伸手取過，放入袋裏，拔步向石清夫婦的去路急追。

他一口氣直追出十餘里，始終沒聽到馬蹄之聲，尋思：「這兩匹馬難道跑得當眞如此之快，再也追他們不上？又莫非我走錯了方向，石莊主和石夫人不是順著這條大道走？」又奔行數里，猛聽得一聲馬嘶，向聲音來處望去，見一株柳樹下繫著兩匹馬，一黑一白，正是石清夫婦的坐騎。

石破天大喜，從袋中取出銅牌，拿在手裏，正待張口叫喚，忽聽得石清的聲音在遠處說道：「師妹，這小賊鬼鬼祟祟的跟著咱們，不懷好意，便將他打發了罷。」石破天吃了一驚：「他們不喜歡我跟來？」雖聽到石清話聲，但不見二人，生怕石夫人向自己動手，倘若被迫還招，一個不小心又害死了她，那便如何是好？忙縮身伏入長草，只等閔柔趕來，將銅牌擲了給她，轉身便逃。

忽聽得呼的一聲，一條人影疾從左側大槐樹後飛出，手挺長劍，劍尖指著草叢，喝道：「朋友，你跟著我們幹甚麼？快給我出來。」正是閔柔。石破天一個「我」字剛到口邊，忽聽得草叢中嗤嗤嗤三聲連響，有人向閔柔發射暗器。閔柔長劍顫處，剛將暗器拍落，草叢中便躍出一個青衣漢子，揮單刀向閔柔砍去。這一下大出石破天意料之外，萬萬想不到這草叢中居然伏得有人。但見這漢子身手矯捷，單刀舞得呼呼風響。閔柔隨手招架，並不還擊。

石清也從槐樹後走了出來，長劍懸在腰間，負手旁觀，看了幾招，說道：「喂，老兄，你是泰山盧十八門下，是不是？」那人喝道：「是便怎樣？」手中單刀絲毫不緩。石清笑道：「盧十八跟我們雖沒交情，也沒樑子，你跟了我們夫婦六七里路，是甚麼用意？」那漢子道：「沒空跟你說……」原來閔柔雖輕描淡寫的出招，卻已迫得他手忙腳亂。

石清笑道：「盧十八的刀法比我們高明，你卻還沒學到師父本事的三成，這就撤刀住手了罷！」石清此言一出，閔柔長劍應聲刺中他手腕，飄身轉到他背後，倒轉劍柄撞出，已封住了他穴道。噹的一聲響，那漢子手中單刀落地，他後心大穴被封，動彈不得了。

石清微笑道：「朋友，你貴姓？」那漢子甚是倔強，惡狠狠的道：「你要殺便殺，多問作甚？」石清笑道：「朋友不說，那也不要緊。你加盟了那一家幫會，你師父只怕還不知道罷？」那漢子臉上露出詫異之色，似乎是說：「你怎知道？」石清又道：「在下和尊師盧十八師傅素來沒嫌隙，他就眞要派人跟蹤我夫婦，嘿嘿，不瞞老兄說，尊師總算還瞧得起我們，決不會派你老兄。」言下之意，顯是說你武功差得太遠，著實不配，你師父不會不知。那漢子一張臉脹成了紫醬色，幸好黑夜之中，旁人也看不到。

石清伸手在他肩頭拍了兩下，說道：「在下夫婦光明磊落，事事不怕人知，你要知我二人行蹤，不妨明白奉告。我們適才從上清觀來，探訪了觀主天虛道長。你回去問你師父，便知石清、閔柔少年時在上清觀學藝，天虛道長是我們師哥。現下我們要赴雪山，到凌霄城去拜訪雪山派掌門人威德先生。朋友倘若沒別的要問，這就請罷！」

那漢子只覺四肢痲痺已失，顯是石清隨手這麼兩拍，已解開了他穴道，心下好生佩服，便拱了拱手，說道：「石莊主仁義待人，名不虛傳，晚輩冒犯了。」石清道：「好說！」那漢子也不敢拾起在地下的單刀，向石夫人一抱拳，說道：「石夫人，得罪了！」轉身便走。石夫人斂衽還禮。

那漢子走出數步，石清忽然問道：「朋友，貴幫石幫主可有下落了嗎？」那漢子身子一震，轉身道：「你……你……都……都知道了？」石清輕嘆一聲，說道：「我不知道。沒有訊息，是不是？」那漢子搖了搖頭，說道：「沒訊息。」石清道：「我們夫婦，也正想找他。」三個人相對半晌，那漢子才轉身又行。

待那漢子走遠，閔柔道：「師哥，他是長樂幫的？」石破天聽到「長樂幫」三字，心中又是一震。石清道：「他剛才轉身走開，揚起袍襟，我依稀見到袍角上繡有一朵黃花，黑暗中看不清楚，隨口一問，居然不錯。他……他跟蹤我們，原來是爲了……爲了玉兒，早知如此，也不用難爲他了。」閔柔道：「他們……他們幫中對玉兒倒很忠心。」石清道：「玉兒爲白萬劍擒去，長樂幫定要四出派人，全力兜截。他們人多勢大，耳目衆多，想不到仍然音訊全無。」閔柔淒然道：「你怎知仍然……仍然音訊全無？」

石清挽著妻子的手，拉著她並肩坐在柳樹之下，溫言道：「他們倘若已查到玉兒的訊息，便不會這般派人到處跟蹤江湖人物。這個盧十八的弟子無緣無故的釘著咱們，除了打探他們幫主下落，不會更有別情。」

石清夫婦所坐之處，和石破天藏身的草叢，相距不過兩丈。石清說話雖輕，石破天卻聽得清清楚楚。本來以石清夫婦的武功修爲，石破天從遠處奔來之時便當發覺，只是當時二人全神留意著一直跟蹤在後的那使刀漢子，石破天又內功甚高，腳步著地極輕，是以二人打發了那漢子之後，沒想到草叢中竟另藏得有人。石破天聽著二人的言語，甚麼長樂幫主，甚麼給白萬劍擒去，說的似乎便是自己，但「玉兒」甚麼的，卻又不是自己了。他本來對自己的身世存著滿腹疑團，這時躲在草中，倘若出人不意的突然現身，未免十分尷尬，索性便躲著想聽個明白。

四野蟲聲唧唧，清風動樹，石清夫婦卻不再說話。石破天生怕自己蹤跡給二人發見，連大氣也不敢喘一口，過了良久，才聽得石夫人嘆了口氣，跟著輕輕啜泣。

只聽石清緩緩道：「你我二人行俠江湖，生平沒做過虧心之事。這幾年來爲了要保玉兒平安，更竭力多行善舉，倘若老天爺眞要我二人無後，那也是人力不可勝天。何況像玉兒這樣的不肖孩兒，無子勝於有子。咱們算是沒生這個孩兒，也就是了。」

閔柔低聲道：「玉兒雖從小頑皮淘氣，他……他還是我們的心肝寶貝。總是爲了堅兒慘死人手，咱們對玉兒特別寵愛了些，才成今日之累，可是……可是我也始終不怨。那日在那小廟之中，我瞧他也決不是壞到了透頂，倘若不是我失手刺了他一劍，也不會……也不會……」說到這裏，語音嗚咽，自傷自艾，痛不自勝。

石清道：「我一直勸你不必爲此自己難受，就算那日咱們將他救了出來，也難保不再給他們搶去。這件事也眞奇怪，雪山派這些人怎麼突然間個個不知去向，中原武林之中再也沒半點訊息。明日咱們就動程往凌霄城去，到了那邊，好歹也有個水落石出。」閔柔道：「咱們若不找幾個得力幫手，怎能到凌霄城這龍潭虎穴之中，將玉兒救出來？」石清嘆道：「救人之事，談何容易？倘若不在中途截劫，玉兒一到凌霄城，那是羊入虎口，再難生還了。」

閔柔不語，取帕拭淚，過了一會，說道：「師哥，咱們便請上清觀的師兄弟們拔劍相助罷！我看此事也不會全是玉兒的過錯。你看玉兒的雪山劍法如此生疏，雪山派定是沒好好傳他武功，玉兒又是個心高氣傲、要強好勝之人，定是和不少人結下了怨。這些年中，可將他折磨得苦了。」說著聲音又有些嗚咽。

石清道：「天虛師兄已接了賞善罰惡銅牌，在這當口，我們又怎忍說得出『求助』兩字？都是我打算錯了，對你實在好生抱憾。當日我一力主張送他赴雪山派學藝，你雖不說甚麼，我知你心中實在萬分捨不得。想不到風火神龍封萬里如此響噹噹的男兒，跟咱夫婦又這般交情，竟會虧待玉兒。」

閔柔道：「這事又怎怪得你？你送玉兒上凌霄城，一番心思全是為了我，你雖不言，我豈有不知？要報堅兒之仇，我獨力難成，到得要緊關頭，你又不便如何出手，再加對頭於本門武功知之甚稔，定有破解之法。倘若玉兒學成了雪山劍法，我娘兒兩個聯手，便可制敵死命，那知道……那知道……唉！」

石破天聽著二人說話，倒有一大半難以索解，只想：「石夫人這般想念她孩兒。聽來好像她兒子是給雪山派擒去啦，我不如便跟他們同上凌霄城去，助他們救人。她不是說想找幾個幫手麼？」正尋思間，忽聽得遠處蹄聲隱隱，有十餘匹馬疾馳而來。

石清夫婦跟著也聽到了，兩人不再談論兒子，默然而坐。

過不多時，馬蹄聲漸近，有人叫道：「在這裏了！」跟著有人叫道：「石師弟、閔師妹，我們有幾句話說。」

石清、閔柔聽得是沖虛的呼聲，略感詫異，雙雙縱出。石清問道：「沖虛師哥，觀中有甚麼事麼？」只見天虛、沖虛以及其他十餘個師兄弟都騎在馬上，其中兩個道人懷中又都抱著一人。其時天色未明，看不清那二人是誰。

沖虛氣急敗壞的大聲說道：「石……石師弟、閔師妹，你們在觀中搶不到那賞善罰惡兩塊銅牌，怎地另使詭計，又搶了去？要搶銅牌，那也罷了，怎地竟下毒手打死了照虛、通虛兩個師弟，那……那……實在太不成話了！」

石清和閔柔聽他這麼說，都大吃一驚。石清道：「照虛、通虛兩位師哥遭了人家毒手，這……這……這是從何說起？兩位師哥給……給人打死了？」他關切兩位師兄的安危，一時之間，也不及為自己分辯洗刷。

沖虛怒氣沖沖的說道：「也不知你去勾結了甚麼下三濫的匪類，竟敢使用最為人所不齒的劇毒。兩個師弟雖尚未斷氣，這時恐怕也差不多了。」石清道：「我瞧瞧。」說著走近身去，要去瞧照虛、通虛二人。唰唰幾聲，幾名道人拔出劍來，擋住了石清去路。天虛嘆道：「讓路！石師弟豈是那樣的人。」那幾名道人哼的一聲，撤劍讓道。

石清從懷中取出火摺打亮了，照向照虛、通虛臉上，見二道臉上一片紫黑，確是中了劇毒，一探二人鼻息，呼吸微弱，性命已在頃刻之間。上清觀的武功原有過人之長，照虛、通虛二道內力深厚，又均非直中石破天的毒掌，只聞到他掌上逼出來的毒氣，因而暈眩栽倒，但饒是如此，看來也已挨不了一時三刻。石清回頭問道：「師妹，你瞧這是那一派人下的毒手？」這一回頭，只見七八名師兄弟各挺長劍，已將他夫婦二人圍在垓心。

閔柔對羣道的敵意只作視而不見，接過石清手中火摺，挨近去瞧二人臉色，微微聞到二道口鼻中呼出來的毒氣，便覺頭暈，不由得退了一步，沉吟道：「江湖上沒見過這般毒藥。請問沖虛師哥，這兩位師哥是怎生中的毒？是誤服了毒藥呢？還是中了敵人餵毒暗器？身上可有傷痕？」

沖虛怒道：「我怎知道？我們正是來問你呢？你這婆娘鬼鬼祟祟的不是好人，多半是適才吃飯之時，你爭銅牌不得，便在酒中下了毒藥。否則為甚麼旁人不中毒，偏偏銅牌在照虛師弟身上，他就中了毒，而……而……懷中的銅牌，又給你們盜了去？」

閔柔只氣得臉容失色，但她天性溫柔，自幼對諸位師兄謙和有禮，不願和他們作口舌之爭，眼眶中淚水卻已滾來滾去，險些便要奪眶而出。石清知道這中間必有重大誤會，自己夫婦二人在上清觀中搶奪銅牌未得，照虛便身中劇毒而失了銅牌，自己夫婦確是身處重大嫌疑之地。他伸出左手握住妻子右掌，意示安慰，一時也徬徨無計。閔柔道：「我……我……」只說得兩個「我」字，已哭了出來，別瞧她是劍術通神、威震江湖的女傑，在受到這般重大委屈之時，卻也和尋常女子一般的柔弱。

沖虛怒沖沖的道：「你再哭多幾聲，能把我兩個師弟哭活來嗎？貓哭耗子……」一句話沒說完，忽聽身後有人大聲道：「你們怎地不分青紅皂白，胡亂冤枉好人？」

衆人聽那人話聲中氣充沛，都是一驚，一齊回過頭來，只見數丈外站著一個衣衫不整的漢子，其時東方漸明，瞧他臉容，似乎年紀甚輕。

石清、閔柔見到那少年，都不禁喜出望外。閔柔更「啊」的一聲叫了出來，道：「你……你……」總算她江湖閱歷甚富，那「玉兒」兩字才沒叫出口來。

這少年正是石破天，他躲在草叢之中，聽到羣道責問石清夫婦，心想自己倘若出頭，不免要和羣道動手，自己一雙毒掌，殺人必多，實在十分不願。但聽沖虛越說越兇，石夫人更給他罵得哭了起來，再也忍耐不住，當即挺身而出。

沖虛大聲喝道：「你是甚麼人？怎知我們是冤枉人了？」石破天道：「石莊主和石夫人沒拿你們的銅牌，你們卻硬說他們拿了，那不是冤枉好人麼？」沖虛挺劍踏上一步，喝道：「你這小孩子又知道甚麼了，卻在這裏胡說八道！」

石破天道：「我自然知道。」他本想實說是自己拿了，但想只要一說出口，對方定要搶奪，自己倘若不還，勢必動手，那麼又要殺人，是以忍住不說。

沖虛心中一動：「說不定這少年得悉其中情由。」便問：「那麼是誰拿的？」

石破天道：「總而言之，決不是石莊主、石夫人拿的。你們得罪了他們，又惹得石夫人哭了，大是不該，快快向石夫人賠禮罷。」

閔柔陡然間見到自己朝思暮想、牽肚掛腸的孩兒安然無恙，已是不勝之喜，這時聽得他叫沖虛向自己賠禮，全是維護母親之意。她生了兩個兒子，花了無數心血，流了無數眼淚，直到此刻，才聽到兒子說一句迴護母親的言語，登時情懷大慰，只覺過去二十年來為他而受的諸般辛勞、傷心、焦慮、屈辱，那是全都不枉了。

石清見妻子喜動顏色，眼淚卻涔涔而下，明白她心意，一直揑著她手掌的手又緊了一緊，心中也想：「玉兒雖有種種不肖，對母親倒極有孝心。」

沖虛聽他出言挺撞，心下大怒，高聲道：「你是誰？憑甚麼來叫我向石夫人賠禮？」

閔柔心中一歡喜，對沖虛的枉責已絲毫不以為意，生怕兒子和他衝突起來，傷了師門和氣，忙道：「沖虛師哥是一時誤會，大家自己人，說明白了就是，又賠甚麼禮了。」轉頭向石破天柔聲道：「這裏的都是師伯、師叔，你磕頭行禮罷。」

石破天對閔柔本就大有好感，這時見她臉色溫和，淚眼盈盈的瞧著自己，充滿了愛憐之情，一生之中，從未有誰對自己如此的眞心憐愛，不由得熱血上湧，但覺不論她叫自己去做甚麼都萬死不辭，磕幾個頭又算得甚麼？當下不加思索，雙膝跪地，向沖虛磕頭，說道：「石夫人叫我向你們磕頭，我就磕了！」

天虛、沖虛等都是一呆，眼見石破天對閔柔如此順服，心想石清有兩個兒子，一個給仇家殺了，一個給人擄去，這少年多半是他夫婦的弟子。

沖虛脾氣雖然暴躁，究是玄門練氣有道之士，見石破天行此大禮，胸中怒氣登平，當即翻身下馬，伸手扶起，道：「不須如此客氣！」那知石破天心想石夫人叫自己磕頭，總須磕完才行，沖虛伸手來扶，卻不即行起身。沖虛一扶之下，只覺對方的身子端凝如山，竟紋風不動，不禁又怒氣上衝，心道：「你當我長輩，卻自恃內功了得，在我面前顯本事來了！」當下吸一口氣，將內力運到雙臂之上，用力向上一抬，要將他掀個觔斗。

石清夫婦眼見沖虛的姿式，他們同門學藝，練的是一般功夫，如何不知他臂上已使上了眞力？石清哼的一聲，微感氣惱，但想他是師兄，也只好讓兒子吃一點虧了。閔柔卻叫道：「師哥手下留情！」

卻聽得呼的一聲，沖虛的身子騰空而起，向後飛出，正好重重撞上了他自己的坐騎。沖虛腳下踉蹌，連使「千斤墜」功夫，這才定住，那匹馬給他這麼一撞，卻長嘶一聲，前腿跪倒。原來石破天內力充沛，沖虛大力掀他，沒能掀動，若不是撞在馬上，便會摔一個大觔斗。

這一下人人都瞧得清楚，自都大吃一驚。石清夫婦在揚州城外土地廟中曾和石破天交劍，知他內力渾厚，但決計想不到他內力修爲竟已到了這等地步，單藉反擊之力，便將上清觀中一位一等一的高手如此憑空摔出。

沖虛站定身子，左手在腰間一搭，已拔出長劍，氣極反笑，說道：「好，好，好！」連說了三個「好」，才調勻了氣息，說道：「師弟、師妹調教出來的弟子果然不同凡響，我這可要領教領教。」說著長劍一挺，指向石破天胸口。

石破天退了一步，連連搖手，道：「不，不，我不跟你打架。」

天虛瞧出石破天的武功修爲非同小可，心想沖虛師弟和他相鬥，以師伯的身分，勝了沒甚麼光采，如若不勝，更成了大大笑柄，見石破天退讓，正中下懷，便道：「都是自己人，又較量甚麼？便要切磋武藝，也不忙在這一時三刻。」

石破天道：「是啊，你們是石莊主、石夫人的師兄，我一出手又打死了你們，就大大不好了。」他全然不通人情世故，只怕自己毒掌出手，又殺死了對方，隨口便說了出來。

上清觀羣道素以武功自負，那想到他實是一番好意，一聽之下，無不勃然大怒。十多名道人中，倒有七八個鬍子氣得不住顫動。石清也喝：「你說甚麼？不得胡言亂語。」

沖虛遵從掌門師兄的囑咐，已收劍退開，聽石破天這句凌辱藐視之言，那裏還再忍耐得住？大踏步上前，喝道：「好，我倒想瞧瞧你如何將我們都打死了，出招罷！」石破天不住搖手，道：「我不和你動手。」沖虛愈益惱怒，道：「哼，你連和我動手也不屑！」嗤的一劍，刺向他肩頭。他見石破天手中並無兵刃，這一劍劍尖所指之處並非要害，他是上清觀中的劍術高手，臨敵的經歷雖比不上石清夫婦，出招之快卻絲毫不遜。

石破天一閃身沒能避開，只聽得噗的一聲輕響，肩頭已然中劍，立時鮮血冒出。閔柔驚叫：「哎喲！」沖虛喝道：「快取劍出來！」

石破天尋思：「你是石夫人的師兄，適才我已誤殺了她兩個師兄，若再殺你，一來對不起石夫人，二來我也成爲大壞人了。」當沖虛一劍刺來之時，他若出掌劈擊，便能擋開，但他怕極了自己掌上劇毒，雙手負在背後，用力互握，說甚麼也不肯出手。

上清觀羣道見了他這般模樣，都道他有心藐視，即連修養再好的道人也都大爲生氣。有人便道：「沖虛師兄，這小子狂妄得緊，不妨教訓教訓他！」

沖虛道：「你眞不屑和我動手？」唰唰又是兩劍。他出招實在太快，石破天對劍法又沒多大造詣，身子雖然急閃，仍沒能避開，左臂右胸又中了一劍。幸好沖虛劍下留情，只求逼他出手，並非要取他性命，這兩劍一刺中他皮肉，立即縮回，所傷極輕。

閔柔見愛子連中三處劍傷，心疼無比，見沖虛又一劍刺出，噹的一聲，立時揮劍架開，只聽得噹噹噹噹，便如爆豆般接連響了一十三下，瞬息間已拆了一十三招。沖虛連攻一十三劍，閔柔擋了一十三劍，兩人都是本派好手，這「上清快劍」施展出來，直如星丸跳擲，火光飛濺，迅捷無倫。這一十三劍一過，羣道和石清都忍不住大叫一聲：「好！」

場上這些人，除石破天外，個個是上清觀一派的劍術好手，眼見沖虛這一十三劍攻得凌厲剽悍，鋒銳之極，而閔柔連擋一十三劍，卻也是綿綿密密，嚴謹穩實，兩人在彈指之間一攻一守，都施展了本門劍術的巔峯之作，自是人人瞧得心曠神怡。

天虛知道再鬥下去，兩人也不易分出勝敗，問道：「閔師妹，你是護定這少年了？」閔柔不答，眼望丈夫，要他拿個主意。

石清道：「這孩子目無尊長，大膽妄爲，原該好好教訓才是。他連中沖虛師兄三劍，幸蒙師兄劍下留情，這才沒送了他小命。這孩子功夫粗淺，怎配跟沖虛師兄過招？孩子，快向衆位師伯磕頭賠罪。」

沖虛大聲道：「他明明瞧不起人，不屑動手。否則怎麼說一出手便將我們都打死了？」

石破天攤開手掌，見掌心中隱隱又現紅雲藍線，嘆了口氣，說道：「我這一雙手老是會闖禍，動不動便打死人。」

上清觀羣道又人人變色。石清聽他兀自狂氣逼人，討那嘴頭上便宜，心下也不禁生氣，喝道：「你這小子當眞不知天高地厚，適才沖虛師伯手下留情，才沒將你殺死，你難道不知麼？」石破天道：「我知道他手下留情，那很好啊！我……我……我也不想殺死他，因此也是手下留情。」石清大怒，登時便想搶上去揮拳便打。他身形稍動，閔柔立知其意，當即拉住了他左臂，這一拉雖然使力不大，石清卻也不動了。

沖虛適才向石破天連刺三劍，見他閃避之際，顯然全未明白本門劍法的精要所在，而內力卻又如此強勁，以武功而論，頗不像是石清夫婦的弟子，心下已然起疑，而當石破天舉掌察看之時，又聞到了一股淡淡的腥臭，更疑竇叢生，喝問：「小子，你是誰的徒弟，卻學得這般貧嘴滑舌？」

石破天道：「我……我……我是金烏派的開山大弟子。」

沖虛一怔，心想：「甚麼金烏派，銀烏派？武林中可沒這門派，這小子多半又在胡說八道。」便冷笑道：「我還道閣下是石師弟的高足呢。原來不是自己人，那便無礙了。」向站在身旁的兩名師弟使個眼色。

兩名道人會意，倒轉長劍，各使一招「朝拜金頂」，一個對著石清，一個對著閔柔。這「朝拜金頂」是上清劍法中禮敬對方的招數，通常是和尊長或是武林名宿動手時所用，這一招劍尖向地，左手劍訣搭在劍柄之上，純是守勢，看似行禮，卻已將身前五尺之地守禦得十分嚴密，敵未動，己不動，敵如搶攻，立遇反擊。

石清夫婦如何不明兩道的用意，那是監視住了自己，若再出劍迴護兒子，這二道手中的長劍立時便彈起應戰，但只要自己不出招，這二道卻永遠不會有敵對的舉動，那是不傷同門義氣之意。閔柔向身前的師兄靈虛瞧了一眼，心想：「當年在上清觀學藝之時，靈虛師兄笨手笨腳，劍術遠不如我，但瞧他這一招『朝拜金頂』似拙實穩，已非吳下阿蒙，眞要動手，只怕非三四十招間能將他打敗。」

她心念略轉之間，只見沖虛手中長劍連續抖動，已將石破天圈住，聽他喝道：「你再不還手，我將你這金烏派的惡徒立斃於當場。」他叫明「金烏派」，顯是要石清夫婦事後無法爲此翻臉。石清當機立斷，知道兒子再不還手，沖虛眞的會將他刺得重傷，但若還手相鬥，沖虛既知自己夫婦有迴護之意，下手決不會過份，只點到爲止，殺殺他的狂氣，於少年人反有益處，當即叫道：「孩子，師伯要點撥你功夫，於你大有好處。師伯決不會傷你，不用害怕，快取兵刃招架罷！」

石破天只見前後左右都是沖虛長劍的劍光，逼得自己臉上寒氣森森，不由得大是害怕，適才爲他接連刺中三劍，躲閃不得，知這道人劍法十分厲害，聽石清命他取兵刃還手，心頭一喜：「是了，我用兵刃招架，手上的毒藥便不會害死了他。」瞥眼見到地下一柄單刀，正是那個盧十八的弟子所遺，忙叫道：「好，好！我還手就是，你……你可別用劍刺我。等我拾起地下這柄刀再說。你如乘機在我背心刺上一劍，那可不成，你不許賴皮。」

沖虛見他說得氣急敗壞，又好氣，又好笑，「呸」的一聲，退開了兩步，跟著噗的一響，將長劍插在地上，說道：「你當我沖虛是甚麼人，難道還會偷襲你這小子？」雙手插在腰間，等他拾刀，心想：「這小子原來使刀，那麼絕非石師弟夫婦的弟子了。只不知石師弟如何又叫他稱我師伯？」

石破天俯身正要去拾單刀，突然心念一動：「待會打得兇了，說不定我一個不小心，左手又隨手出掌打他，豈不是又要打死人，還是把左手綁在身上，那就太平無事。」當下又站直身子，向沖虛道：「師伯，對不起，請你等一等。」隨即解開腰帶，左手垂在身旁，右手用腰帶將左臂縛在身上，各人眼睁睁的瞧著，均不知他古裏古怪的玩甚麼花樣。石破天收緊腰帶，牢牢打了個結，這才俯身抓起單刀，說道：「好了，咱們比罷，那就不會打死你了。」

這一下沖虛險些給他氣得當場暈去，眼見他縛住了左手和自己比武，對自己的藐視實已達於極點。上清觀羣道固然齊聲喝罵，石清和閔柔也都斥道：「孩子無禮，快解開腰帶！」

石破天微一遲疑，沖虛唰的一劍已疾刺而至。石破天來不及遵照閔柔吩咐，只得舉刀擋格。沖虛知他內力強勁，不讓他單刀和自己長劍相交，立即變招，唰唰唰唰六七劍，只刺得石破天手忙腳亂，別說招架，連對方劍勢來路也瞧不清楚。他心中暗叫：「我命休矣！」提起單刀亂劈亂砍，全然不成章法，將所學的七十三路金烏刀法，盡數拋到了天上的金烏玉兔之間。幸好沖虛領略過他的厲害內力，雖見他刀法中破綻百出，但當他揮刀砍來之時，卻也不得不迴劍以避，生怕長劍給他砸飛，那就顏面掃地了。

石破天亂劈了一陣，見沖虛反而退後，定一定神，那七十三招金烏刀法漸漸來到腦中。只沖虛雖然退後，出招仍然極快，石破天想以史婆婆所授刀法拆解，說甚麼也辦不到。何況金烏刀法專爲剋制雪山派劍法而創，遇上了渾不相同的上清劍法，全然格格不入。他心下慌亂，只得隨興所至，隨手揮舞。使了一會，忽然想起，那日在紫煙島上最後給白萬劍殺得大敗，只因自己不識對方劍法，此刻這道士的劍法自己更加不識，既然不識，索性就不看，於是揮刀自己使自己的，將那七十三路金烏刀法顛三倒四的亂使，渾厚的內力激盪之下，自然而然的構成了一個守禦圈子，沖虛再也攻不進去。

羣道和石清夫婦都暗暗訝異，沖虛更又驚又怒，又加上幾分膽怯。他於武林中各大門派的刀法大致均了然於胸，眼見石破天的刀法既稚拙，又雜亂，大違武學的根本道理，本當一擊即潰，偏偏自己連遇險著，實在是不通情理之至。

又拆得十餘招，沖虛焦躁起來，呼的一劍，進中宮搶攻，恰在此時，石破天揮刀迴轉，兩人出手均快，噹的一聲，刀劍相交。沖虛早有預防，將長劍抓得甚緊，但石破天內力實在太強，衆人驚呼聲中，沖虛見手中長劍已彎成一把曲尺，劍上鮮血淋漓，卻原來虎口已遭震裂。他心中一涼，暗想一世英名付於流水，還練甚麼劍？做甚麼上清觀一派掌門？急怒之下，揮手將彎劍向石破天擲出，隨即雙手成抓，和身撲去。石破天一刀將彎劍砸飛，不知此後該當如何，心中遲疑，胸口門戶大開。沖虛雙手已抓住了他前心的兩處要穴。

沖虛這一招勢同拚命，上清觀一派的擒拿法原也是武學一絕，那知他雙手剛碰到石破天的穴道，便給他內力迴彈，反衝出去，身子仰後便倒。這一次他使的力道更強，反彈之力也就愈大，眼見站立不住，倘若一屁股坐倒，這個醜可就丟得大了。

天虛道人飛身上前，伸掌在他左肩向旁推出，卸去了反彈的勁力。沖虛縱身躍起，這才站定，臉上已沒半點血色。

天虛拔出長劍，說道：「果然是英雄出在少年，佩服，佩服！待貧道來領教幾招，只怕年老力衰，也不是閣下對手了。」說著挺劍緩緩刺出。石破天舉刀一格，突覺刀鋒所觸，有如憑虛，刀上勁力竟消失得無影無蹤，不禁叫道：「咦，奇怪！」

原來天虛知他內力厲害，這一劍使的是個「卸」字訣，卻已震得右臂酸麻，胸口隱隱生疼。他暗吃一驚，生怕已受內傷，待第二劍刺出，石破天又舉單刀擋架時，便不敢再卸他內勁，立時斜劍擊刺。

天虛雖已年逾六旬，身手之矯捷卻不減少年，出招更穩健狠辣。石破天卻仍不與他拆招，對他劍招視而不見，便如是閉上了眼睛自己練刀，不管對方劍招是虛中套實也好，實中帶虛也好，刺向胸口也罷，削來肩頭也罷，自己只管「梅雪逢夏」、「鮑魚之肆」、「漢將當關」、「千鈞壓駝」。這場比試，的的確確是文不對題，答非所問，天虛所出的題目再難，石破天也只管自己練自己的。

兩人這一搭上手，頃刻間也鬥了二十餘招，刀風劍氣不住向外伸展，旁觀眾人所圍的圈子也愈來愈大。靈虛等二人本來監視著石清夫婦，防他們出手相助石破天，但見天虛和石破天鬥得激烈，石清夫婦既轉頭凝視，二道的四隻眼睛也不由自主的都轉到相鬥的二人身上。

石破天懼怕之心既去，金烏刀法漸漸使得似模似樣，顯得招數也頗爲精妙，內力更隨之增長。天虛初時儘還抵敵得住，但每拆一招，對方的勁力便強了一分，眞似無窮無盡、永無枯竭一般。他只覺雙腿漸酸，手臂漸痛，多拆一招，便多一分艱難。這時石清夫婦都已瞧出再鬥下去，天虛必吃大虧，但若出聲喝止兒子，擺明了要他全然相讓，實大削天虛的臉面，不由得甚是焦急。

石破天鬥得興起，刀刀進逼，驀地裏只見天虛右膝一軟，險些跪倒，強自撐住，臉色卻已大變。石破天心念一動，記起阿綉在紫煙島上說過的話來：「你和人家動手之時，要處處手下留情，記著得饒人處且饒人，那就是了。」一想到她那款款叮囑的言語，眼前便出現她溫雅靦覥的容顏，立時橫刀推出。

天虛見他這一刀推來，勁風逼得自己呼吸為艱，忙退了兩步，這兩步腳下蹣跚，身子搖晃，暗暗叫苦：「他再逼前兩步，我要再退也沒力氣了。」卻見他向左虛掠一刀，拖過刀來，又向右空斫，然後迴刀在自己臉前砍落，只激得地下塵土飛揚。

天虛氣喘吁吁，正驚異間，只見他單刀迴收，退後兩步，豎刀而立，又聽他說道：「閣下劍法精妙，在下佩服得緊，今日難分勝敗，就此罷手，大家交個朋友如何？」天虛幾乎不相信自己的耳朵，怔怔而立，說不出話來。

石清微微一笑，如釋重負。閔柔更樂得眉花眼笑。他夫婦見兒子武功高強，那倒還罷了，最歡喜的是他在勝定之後反能退讓，正合他夫婦處處為人留有餘地的性情。閔柔笑喝：「傻孩子瞎說八道，甚麼『閣下』、『在下』的，怎不稱師伯、小姪？」這一句笑喝，其辭若有憾焉，其實乃深喜之，慈母情懷，欣慰不可言喻。

天虛吁了口氣，搖搖頭，嘆道：「長江後浪推前浪，我們老了，不中用啦。」

閔柔笑道：「孩子，你得罪了師伯，快上前謝過。」石破天應道：「是！」拋下單刀，解開綁住左臂的腰帶，恭恭敬敬的上前躬身行禮。閔柔甚是得意，柔聲道：「掌門師哥，這是你師弟、師妹的頑皮孩子，從小少了家教，得罪莫怪。」

天虛微微一驚，說道：「原來是令郎，怪不得，怪不得！師弟先前說令郎為人擄去，原來那是假的。」石清道：「小弟豈敢欺騙師兄？小兒原是為人擄去，不知如何脫險，匆忙間還沒問過他呢。」天虛點頭道：「這就是了，以他本事，脫身原亦不難。只是賢郎的武功既非師弟、師妹親傳，刀法中也沒多少雪山派的招數，內力卻又如此強勁，實令人莫測高深。最後這一招，更加少見。」

石破天道：「是啊，這招是阿綉教我的，她說人家打不過你，你要處處手下留情，得饒人處且饒人，這一招叫『旁敲側擊』，既讓了對方，又不致爲對方所傷。」他毫無機心，滔滔說來。天虛臉上登時紅一陣，白一陣，羞愧得無地自容。

石清喝道：「住嘴，瞎說甚麼？」石破天道：「是，我不說啦。要是我早想到將這兩隻掌心有毒的手綁了起來，只用單刀跟人動手，也不會……也不會……」說到這裏，心想若是自承打死了照虛、通虛，定要大起糾紛，當即住口。

但天虛等都已心中一凜，紛紛喝問：「你手掌上有毒？」「兩位師兄是你害死的？」「那兩塊銅牌是不是你偷去的？」羣道手中長劍本已入鞘，當下嗆嗆聲響，又都拔將出來。

石破天嘆了口氣，道：「我本來不想害死他們，不料我手掌只是這麼一揚，他們就倒在地下不動了。」

沖虛怒極，向著石清大聲道：「石師弟，這事怎麼辦，你拿一句話來罷！」

石清心中亂極，一轉頭，但見妻子淚眼盈盈，神情惶恐，當下硬著心腸說道：「師門義氣爲重。這小畜生到處闖禍，我夫婦也已迴護不得，但憑掌門師哥處治便是。」

沖虛道：「很好！」長劍一挺，便欲上前夾攻。

閔柔道：「且慢！」沖虛冷眼相睨，說道：「師妹更有甚麼話說？」閔柔顫聲道：

「照虛、通虛兩位師哥此刻未死，說不定……說不定……也……尚可有救。」沖虛仰天嘿嘿一聲冷笑，說道：「兩個師弟中了這等劇毒，那裏還有生望？師妹這句話，可不是消遣人麼？」

閔柔也知無望，向石破天道：「孩兒，你手掌上到底是甚麼毒藥？可有解藥沒有？」一面問，一面走到他身邊，道：「我瞧瞧你衣袋中可有解藥。」假裝伸手去搜他衣袋，卻在他耳邊低聲道：「快逃，快逃！爹爹、媽媽可救你不得！」

石破天大吃一驚，叫道：「爹爹，媽媽？誰是爹爹、媽媽？」適才天虛滿口「令郎」甚麼，「賢郎」如何，石破天卻不知道「令郎、賢郎」就是「兒子」，石清夫婦稱他為「孩兒」，他也只道是對少年人的通稱，萬萬料不到他夫婦竟是將自己錯認為他們的兒子。

便在這時，只覺背心上微有所感，卻是石清將劍尖抵住了他後心，說道：「師妹，咱們不能為這畜生壞了師門義氣。他不能逃！」語音中充滿了苦澀之意。

閔柔顫聲道：「孩兒，這兩位師伯中了劇毒，你當眞……當眞沒藥可救麼？」

靈虛站在她身旁，見她神情大變，心想女娘們甚麼事都做得出，既怕她動手阻擋，更怕她橫劍自盡，伸五指搭上她手腕，便將她手中長劍奪了下來。這時閔柔全副心神都貫注在石破天身上，於身周事物全不理會，靈虛道人輕輕易易的便將她長劍奪過。

石破天見他欺侮閔柔，叫道：「你幹甚麼？」右手探出，要去奪還閔柔長劍。靈虛揮劍橫削，劍鋒將及他手掌，石破天手掌一沉，反手勾他手腕，那是丁璫所教十八擒拿手的一招「九連環」，式中套式，共有九變。這招擒拿手雖然精妙，但怎奈何得了靈虛這樣的上清觀高手。他喝一聲：「好！」迴劍以擋，突然間身子搖晃，咕咚摔倒。原來石破天掌上劇毒已因使用擒拿手而散發出來，靈虛喝了一聲「好」，隨著自然要吸一口氣，當即中毒。

羣道大駭之下，不由自主的都退了幾步。人人臉色大變，如見鬼魅。

石破天知道這個禍闖得更加大了，眼見羣道雖然退開，各人仍手持長劍，四周團團圍住，若要衝出，非多傷人命不可，瞥眼見靈虛雙手抱住小腹，不住揉擦，顯是肚痛難當。上清觀羣道內力修為深厚，不似鐵叉會會衆那麼一遇他掌上劇毒便即斃命，尚有幾個時辰好挨。石破天猛地想起張三、李四兩個義兄在地下大廳中毒之後，也是這般劇烈肚痛的情狀，後來張三教他救治的方法，將二人身上的劇毒解了，當即將靈虛扶起坐好。

四周羣道劍光閃閃，作勢要往他身上刺去。他急於救人，一時也無暇理會，左手按住靈虛後心靈台穴，右手按住他胸口膻中穴，依照張三所授的法門，左手送氣，右手吸氣。果然不到一盞茶時分，靈虛便長長吁了口氣，罵道：「他媽的，你這賊小子！」

衆人一聽之下，登時歡聲雷動。靈虛破口大罵，未免和他玄門清修的出家人風度不符，但只這一句話，人人都知他的性命是撿回來了。

閔柔喜極流淚，道：「孩子，照虛、通虛兩位師伯中毒在先，快替他們救治。」

早有兩名道人將氣息奄奄的照虛、通虛抱了過來，放在石破天身前。他依法施為。

這兩道中毒時刻較長，每個人都花了一炷香功夫，體內毒性方得吸出。照虛醒轉後大罵：「你奶奶個雄！」通虛則罵：「狗娘養的王八蛋，膽敢使毒害你道爺。」

石清夫婦喜之不盡，這三個師兄的罵人言語雖都牽扯上自己，卻也不以爲意，只暗暗好笑：「三位師哥枉自修爲多年，平時一臉正氣，似是有道高士，情急之時，出言卻也這般粗俗。」

閔柔又道：「孩子，照虛師伯的銅牌倘若是你取的，你還了師伯，娘不要啦！」

石破天心下駭然，道：「娘？娘？」取出懷中銅牌，茫然交還給照虛，自言自語的道：「你……你是我娘？」

天虛道人嘆了口氣，向石清、閔柔道：「師弟、師妹，就此別過。」他知道此後更無相見之日，連「後會有期」也不說，率領羣道，告辭而去。

石破天激動之下，

撲上前去，摟住了她身子，

叫道：「媽媽！媽媽！你真是我的媽媽。」

閔柔回手也抱住了他，

叫道：「我的苦命孩兒！」

十三 變得忠厚老實了

石破天一直怔怔的瞧著閔柔，滿腹都是疑團。閔柔雙目含淚，微笑道：「傻孩子，你……你不認得爹爹、媽媽了嗎？」張開雙臂，一把將他摟在懷裏。石破天自識人事以來，從未有人如此憐愛過他，心中激情充溢，不知說甚麼好，隔了半晌，才道：「他……石莊主是我爹爹嗎？我可不知道。不過……不過……你不是我媽媽，我正在找我媽媽。」

閔柔聽他不認自己，心頭一酸，險些又要掉下淚來，說道：「可憐的孩子，這也難怪得你……隔了這許多年，你連爹爹、媽媽也不認得了。你離開玄素莊時，頭頂只到媽心口，現今可長得比你爹爹還高了。你相貌模樣，果然也變了不少。那晚在土地廟中，若不是你爹娘先已得知你給白萬劍擒了去，乍見之下，說甚麼也不會認得你。」

石破天越聽越奇，但自己的母親臉孔黃腫，身裁又比閔柔矮小得多，怎麼會認錯？囁嚅道：「石夫人，你認錯了人，我……我……我不是你們的兒子！」

閔柔轉頭向著石清，忍不住淚水奪眶而出，顫聲道：「師哥，你瞧這孩子……」

石清一聽石破天不認父母，便自盤算：「這孩子甚工心計，他不認父母，定有深意。莫非他在淩霄城中闖下了大禍，在長樂幫中爲非作歹，聲名狼藉，沒面目和父母相認？還是怕我們責罰？怕牽累了父母？」便問：「那麼你是不是長樂幫的石幫主？」

石破天道：「大家都說我是石幫主，其實我不是的，大家可都把我認錯了。」石清道：「那你叫甚麼名字？」石破天臉色迷惘，道：「我眞不知道啊。我娘叫我『狗雜種』。」

石清夫婦對望一眼，見石破天說得誠摯，實不似故意欺瞞。石清向妻子使個眼色，兩人走出了十餘步。石清低聲道：「這孩子到底是不是玉兒？咱們只打聽到玉兒做了長樂幫幫主，但一幫之主，那能如此痴痴呆呆？」閔柔哽咽道：「玉兒離開爹娘身邊，已有十多年，孩子年紀一大，身材相貌千變萬化，可是……可是……我認定他是我的兒子。」石清沉吟道：「你心中毫無懷疑？」閔柔道：「懷疑是有的，但不知怎麼，我相信他……他是我們的孩兒。甚麼道理，我卻說不上來。」

石清突然想到一事，說道：「啊，有了，師妹，當日那賤人動手害你那天……」

這是他夫婦倆的畢生恨事，兩人時刻不忘，卻誰也不願提到，石清只說了個頭，便不再往下說。閔柔立時醒悟，道：「不錯，我跟他說去。」走到一塊大石之旁，坐了下來，向石破天招招手，道：「孩子，你過來，我有話說。」

石破天走到她跟前，閔柔手指大石，要他坐在身側，說道：「孩子，那年你剛滿週歲不久，有個女賊來害你媽媽。你爹爹不在家，你媽剛生你弟弟還沒滿月，沒力氣跟那女賊對打。那女賊惡得很，不但要殺你媽媽，還要殺你，殺你弟弟。」

石破天驚道：「殺到我沒有？」隨即失笑，說道：「我真胡塗，當然沒殺到我了。」

閔柔卻沒笑，繼續道：「媽媽左手抱著你，右手使劍拚命支持。那女賊武功很了得，正在危急關頭，你爹爹恰好趕回來了。那女賊發出三枚金鏢，兩枚給媽砸飛了，第三枚卻打在你的小屁股上，媽媽又急又疲，暈了過去。那女賊見到你爹爹，也就逃走，不料她心也真狠，逃走之時卻順手將你弟弟抱了去。你爹爹忙著救我，又怕她暗中伏下幫手，乘機害我，不敢遠追，再想那女賊……那女賊也不會眞的害他兒子，不過將嬰兒抱去，嚇他一嚇。那知道到得第三天上，那女賊竟將你弟弟的屍首送了回來，心窩中插了兩柄短劍。一柄是黑劍，一柄白劍，劍上還刻著你爹爹、媽媽的名字……」說到此處，已淚如雨下。

石破天聽得也義憤塡膺，怒道：「這女賊當眞可惡，小小孩子懂得甚麼，卻也下毒手將他害死。否則我有個弟弟，豈不是好？石夫人，這件事我媽從來沒跟我說過。」

閔柔垂淚道：「孩子，難道你眞將你親生的娘忘記了？我……我就是你娘啊。」

石破天凝視她的臉，緩緩搖頭，說道：「不是的。你認錯了人。」

閔柔道：「那日這女賊用金鏢在你左股上打了一鏢，你年紀雖然長大，這鏢痕決不會褪去，你解下小衣來瞧瞧罷。」石破天道：「我……我……」想起自己肩頭有丁璫所咬的牙印，腿上有雪山派「廖師叔」所刺的六朵雪花劍印，自己早忘得乾乾淨淨了，一旦解衣檢視，卻清清楚楚的留在肌膚，此中情由，實百思不得其解。石夫人說自己屁股上有金鏢的傷痕，只怕眞有這鏢印也未可知。他伸手隔衣摸自己左臀，似摸不到甚麼傷痕，只是有過兩次先例在，不免大有驚弓之意，臉上神色不定。

閔柔微笑道：「我是你親生的娘，不知給你換過多少屎布尿片，還怕甚麼醜？好罷，你給你爹爹瞧瞧。」說著轉過身子，走開幾步。石清道：「孩子，你解下褲子來自己瞧瞧。」

石破天伸手又隔衣摸了一下，覺得確沒傷疤，這才解開褲帶，褪下褲子，回頭瞧了一下，只見左臀之上果有一條一寸來長的傷痕。只淡淡的極不明顯。一時之間，他心中驚駭無限，只覺天地都在旋轉，似乎自己突然變成了另一個人，可是自己卻又一點也不知道，極度害怕之際，忍不住放聲大哭。

閔柔急忙轉身。石清向她點了點頭，意思說：「他確是玉兒。」閔柔又歡喜，又難過，搶到他身邊，將他摟在懷裏，流淚道：「玉兒，玉兒，不用害怕，便有天大的事，也有爹爹、媽媽給你作主。」

石破天哭道：「從前的事，我甚麼都記不起來了。我不知道你是我媽媽，不知道他是我爹爹，不知道我屁股上有這麼一條傷疤。我不知道，甚麼都不知道……」

石清道：「你這深厚的內力，是那裏學來的？」石破天搖頭道：「我不知道。」石清又問：「你這毒掌功夫，是這幾天中學到的，又是誰教你的？」石破天駭道：「沒人教我……我怎麼啦？甚麼都胡塗了。難道我眞的便是石破天？石幫主？石……石……我姓石，是你們的兒子？」他嚇得臉無人色，雙手抓著褲頭，只怕褲子掉下去，卻忘了繫上褲帶。

石清夫婦眼見他嚇成這個模樣，閔柔自是充滿了憐惜之情，不住輕撫他頭頂，柔聲道：「玉兒，別怕，別怕！」石清也將這幾年的惱恨之心抛在一邊，尋思：「我曾見有人腦袋上受了重擊，或身染大病之後，將前事忘得乾乾淨淨，聽說叫做甚麼『離魂症』，極難治愈復原。難道……難道玉兒也患上了這病症？」他心中的盤算一時不敢對妻子提起，不料閔柔卻也在這般思量。夫妻倆你瞧著我，我瞧著你，不約而同的衝口而出：

「離魂症！」

石清知道患上了這種病症的人，若加催逼，反致加深他疾患，只有引逗誘導，慢慢助他回復記心，和顏悅色的道：「今日咱們骨肉重逢，實不勝之喜，孩子，你肚子想必餓了，咱們到前面去買些酒飯吃。」

石破天卻仍魂不守舍，問道：「我……我到底是誰？」

閔柔伸手去替他將褲腰摺好，繫上了褲帶，柔聲道：「孩兒，你有沒重重摔過一交，撞痛了腦袋？有沒和人動手，頭上給人打傷了？」石破天搖頭道：「沒有，沒有！」閔柔又問：「那麼這些年中，有沒生過重病？發過高燒？」

石破天道：「有啊！早幾個月前，我全身發燒，好似給人放在大火爐中燒烤一般，後來又全身發冷，那天……那天，在荒山中暈了過去，從此就甚麼都不知道了。」

石清和閔柔探明了他的病源，心頭一喜，同時舒了口氣。閔柔緩緩的道：「孩兒，你不用害怕，你那次發燒挺厲害，把從前的事都燒得忘記啦，慢慢的就會記起來。」

石破天將信將疑，問道：「那麼你眞是我娘，石……石莊主是我爹爹？」閔柔道：「是啊，孩兒，你爹爹和我到處找你，天可憐見，讓我們一家三口，骨肉團圓。你……你怎不叫爹爹？」石破天深信閔柔決不會騙他，自己本來又無父親，略一遲疑，便向石清叫道：「爹爹！」石清微笑答應，道：「你叫媽媽。」

要他叫閔柔作娘，那可難得多了，他記得清清楚楚，自己的媽媽相貌和閔柔完全不同，數年前媽媽一去不返之時，她頭髮已經灰白，絕非閔柔這般一頭烏絲，他媽媽性情暴戾，動不動張口便罵，伸手便打，那有閔柔這麼溫柔慈祥？但見閔柔滿臉企盼之色，等了一會，不聽他叫出聲來，眼眶已自紅了，不由得心中不忍，低聲叫道：「媽媽！」

閔柔大喜，伸臂將他摟在懷裏，叫道：「好孩兒，乖兒子！」珠淚滾滾而下。

石清的眼睛也有些濕潤，心想：憑這孩子在凌霄城和長樂幫中的作為，實是死有餘辜，怎說得上是「好孩兒，乖兒子」？只是念著他身上有病，一時也不便發作，又想「浪子回頭金不換」，日後好好教訓，說不定有悔改之機，又想從小便讓他遠離父母，自己有疏教誨，未始不是沒過失，只玄素雙劍行俠仗義，一世英名，卻生下這樣一個兒子貽羞江湖。霎時間思如潮湧，既感歡喜，又覺懊恨。

閔柔見到丈夫臉色，便明白他心事，生怕他追問兒子過失，說道：「清哥，玉兒，我餓得很，咱們快些去找些東西來吃。」一聲唿哨，黑白雙駒奔了過來。閔柔微笑道：「孩兒，你跟媽一起騎這白馬。」石清見妻子十餘年來極少有今日這般歡喜，微微一笑，縱身上了黑馬。石破天和閔柔共乘白馬，沿大路向前馳去。

石破天滿腹疑團：「她眞是我媽媽？那麼從小養大我的媽媽，難道不是我媽媽？」

三人二騎，行了數里，見道旁有所小廟。閔柔道：「咱們到廟裏去拜拜菩薩。」下馬走進廟門。石清和石破天也跟著進廟。石清素知妻子向來不信神佛，卻見她走進佛殿，在一尊如來佛像之前不住磕頭。他回頭向石破天瞧了一眼，心中突然湧起感激之情：「這孩兒雖然不肖，胡作非為，其實我愛他勝過自己性命。若有人要傷害於他，我寧可性命不在，也要護他周全。今日咱們父子團聚，老天菩薩，待我石清實是恩重。」

雙膝一曲，也磕下頭去。

石破天站在一旁，只聽得閔柔低聲祝告：「如來佛保祐，祐護我兒疾病早愈。他小時無知，幹下的罪孽，都由為娘的一身抵擋，一切責罰，都由為娘的來承受。千刀萬剮，甘受不辭，只求我兒今後重新做人，一生無災無難，平安喜樂。」

閔柔的祝禱聲音極低，只口唇微動，但石破天內力既強，目明耳聰，自然而然的大勝常人，閔柔這些祝告之辭，每一個字都聽入了耳裏，胸中登時熱血上湧，心想：「她若不是親生我的媽媽，怎會對我如此好法？我一直不肯叫她『媽媽』，當眞胡塗透頂。」激動之下，撲上前去摟住了她身子，叫道：「媽媽！媽媽！你眞是我的媽媽。」

他先前的稱呼出於勉強，閔柔如何聽不出來？這時才聽到他出自內心的叫喚，回手也抱住了他，叫道：「我的苦命孩兒！」

石破天想起在荒山中和自己共處十多年的那個媽媽，雖待自己不好，但母子倆相依為命了這許多年，總是割捨不下，忍不住又問：「那麼我從前那個媽媽呢？難道……難道她是騙我的麼？」閔柔輕撫他頭髮，道：「從前那個媽媽是怎樣的，你說給娘聽。」石破天道：「她……她頭髮有些白了。她不會武功，常常自己生氣，有時候向我乾瞪眼，常常打我罵我。」閔柔道：「她說是你媽媽，也叫你『孩兒』？」石破天道：「不，她叫我『狗雜種』！」

石清和閔柔心中都是一動：「這女人叫玉兒『狗雜種』，自是心中恨極了咱夫婦，莫非……莫非是那個女人？」閔柔忙道：「那女子瓜子臉兒，皮膚很白，相貌很美，笑起來臉上有個酒窩兒，是不是？」石破天搖搖頭道：「不是，我那個媽媽臉蛋胖胖的，有些黃，有些黑，難看得很，整天板起了臉，很少笑的。酒窩兒是甚麼？」

閔柔吁了口氣，說道：「原來不是她。孩兒，那晚在土地廟中，媽的劍尖不小心刺中了你，傷得怎樣？」石破天道：「傷勢很輕，過得幾天就好了。」閔柔又問：「你又怎樣逃脫白萬劍的手？咱們孩兒當眞了不起，連『氣寒西北』也拿他不住。」最後這兩句話是向石清說的，言下頗爲得意。石清和白萬劍在土地廟中酣鬥千餘招，對他劍法之精，委實好生欽佩，聽妻子這麼說，內心也自贊同，只道：「別太誇獎孩子，小心寵壞了他。」

石破天道：「不是我自己逃走的，是丁不三爺爺和叮叮噹噹救我的。」石清夫婦聽到丁不三名字，都是一凜，忙問究竟。這件事說來話長，石破天當下源源本本將丁不三和丁璫怎麼相救，丁不三怎麼要殺他，丁璫又怎麼教他擒拿手、怎麼將他拋出船去等事情說了。

閔柔反問前事，石破天只得又述說如何和丁璫拜天地，如何在長樂幫總舵中爲白萬劍所擒，回過來再說怎麼在長江中遇到史婆婆和阿綉，怎麼和丁不四比武，史婆婆怎麼在紫煙島上收他爲金烏派的大弟子，怎麼見到飛魚幫的死屍船，怎麼和張三李四結拜，直說到大鬧鐵叉會、誤入上清觀爲止。他當時遇到這些江湖奇士之時，一直便迷迷糊糊，不明其中原因，此時說來，自不免顚三倒四，但石清、閔柔逐項盤問，終於明白了十之八九。夫婦倆越來越訝異，心頭也越來越沉重。

石清問到他怎會來到長樂幫。石破天便述說如何在摩天崖上練捉麻雀的功夫，又回述當年如何在燒餅鋪外蒙閔柔贈銀，如何見到謝煙客搶他夫婦的黑白雙劍，如何爲謝煙客帶上高山。夫婦倆萬萬料想不到，當年侯監集上所見那個污穢小丐竟便是自己兒子，閔柔回想當年這小丐的淪落之狀，又是一陣心酸。

石清尋思：「按時日推算，咱們在侯監集相遇之時，正是這孩子從凌霄城中逃出不久。耿萬鍾他們怎會不認得？」想到此處，細細又看石中玉的面貌，當年侯監集上所見小丐形貌如何，記憶中已甚模糊，只記得他其時衣衫襤褸，滿臉泥污，又想：「他自凌霄城中逃出來之後，一路乞食，面目污穢，說不定又故意塗上些泥污，以致耿萬鍾他們對面不識。我夫婦和他分別多年，小孩兒變得好快，自更加認不出了。」問道：「那日在燒餅鋪外你見到耿萬鍾師叔他們，心裏怕不怕？」

閔柔本不願丈夫即提雪山派之事，但既已提到，也已阻止不來，只秀眉微蹙，生恐石清嚴辭盤詰愛兒，卻聽石破天道：「耿萬鍾？他們當眞是我師叔嗎？那時我不知他們要捉我，我自然不怕。」石清道：「那時你不知他們要捉你？你……你不知耿萬鍾是你師叔？」石破天搖頭道：「不知！」

閔柔見丈夫臉上掠過一層暗雲，知他甚爲惱怒，只強自克制，便道：「孩兒，人孰無過？知過能改，善莫大焉。從前的事既已做了下來，只有設法補過，爹爹媽媽愛你勝於性命，你不須隱瞞，將各種情由都對爹媽說好了。封師父待你怎樣？」石破天問道：「封師父，那個封師父？」他記得在那土地廟中曾聽父母和白萬劍提過封萬里的名字，便道：「是風火神龍封萬里麼？我聽你們說起過，但我沒見過他。」石清夫婦對瞧了一眼，石清又問：「白爺爺呢？他老人家脾氣挺暴躁，是不是？」石破天搖頭道：「我不識得甚麼白爺爺，從來沒見過。」石清、閔柔跟著問起凌霄城雪山派中的事物，石破天竟也全然不知。

閔柔道：「師哥，這病是從那時起的。」石清點了點頭，默不作聲。二人已了然於胸：「他從凌霄城中逃出來，若不是在雪山下撞傷了頭腦，便是害怕過度，嚇得將舊事忘了個乾乾淨淨。他說在摩天崖和長樂幫中發冷發熱，眞正的病根卻在幾年前便種下了。」

閔柔再問他年幼時的事情，石破天說來說去，只是在荒山如何打獵捕雀，如何帶了阿黃漫遊，再也問不出甚麼所以然來，似乎從他出生到十幾歲之間，便只一片空白。

石清道：「玉兒，有一件事很要緊，跟你生死有重大干係。雪山派的武功，你到底學了多少？」石破天一呆，說道：「我便是在土地廟中，見到他們練劍，心中記了一些。他們很生氣麼？是不是因此要殺我？爹爹，那個白師父硬說我是雪山派弟子，不知是甚麼道理。但我腿上卻當眞又有雪山劍法留下的疤痕，唉！」

石清向妻子道：「師妹，我再試試他的劍法。」拔出長劍，道：「你用學到的雪山劍法和爹爹過招，不可隱瞞。」

閔柔將自己長劍交在石破天手中，向他微微一笑，意示激勵。石清緩緩挺劍刺去，石破天舉劍一擋，使的是雪山劍法中一招「朔風忽起」，劍招似是而非，破綻百出。

石清眉頭微皺，不與他長劍相交，隨即變招，說道：「你只管還招好了！」石破天道：「是！」斜劈一劍，卻是以劍作刀，更似金烏刀法，顯然不是劍法。石清長劍疾刺，漸漸緊迫，心想：「這孩子再機靈，也休想在武功上瞞得過我，一個人面臨生死關頭之際，決不能以劍法作僞。」當下每一招都刺向他要害。石破天心下微慌，自然而然的又和沖虛、天虛相鬥時那般，以劍作刀，自管自的使動金烏刀法。石清出劍如風，越使越快。

石破天知道這是跟爹爹試招，使動金烏刀法時劍上全無內力狠勁，單有招數，自是威力全失。倘若石清的對手不是自己兒子，眞要制他死命，在第十一招時已可一劍貫胸而入，到第二十三招時更可橫劍將他腦袋削去半邊。在第二十八招上，石破天更門戶洞開，前胸、小腹、左肩、右腿，四處同時露出破綻。石清向妻子望了一眼，搖了搖頭，長劍中宮直進，指向石破天小腹。

石破天手忙腳亂之下，揮刀亂擋，噹的一聲響，石清手中長劍立時震飛，胸口塞悶，氣也透不過來，登時向後連退四五步，險些站立不定。石破天驚呼：「爹爹！你……你怎麼？」拋下長劍，搶上前去攙扶。石清腦中一陣暈眩，急忙閉氣，揮手命他不可走近。原來石破天和人動手過招，體內劇毒自然而然受內力之逼而散發出來。幸好石清事前得知內情，凝氣不吸，才未中毒昏倒，但受到毒氣侵襲，也已頭昏腦脹。

閔柔關心丈夫，忙上前扶住，轉頭向石破天道：「爹爹試你武功，怎地出手如此沒輕沒重？」石破天甚是惶恐，道：「爹爹，是……是我不好！你……你沒受傷麼？」

石清見他關切之情甚為真切，甚感喜慰，微微一笑，調勻了一下氣息，道：「沒甚麼。師妹，你不須怪玉兒，他確沒學到雪山派劍法，倘若他真的能發能收，決不會對我無禮。這孩子內力真強，武林中能及上他的可還沒幾個。」

閔柔知丈夫素來對一般武學之士少所許可，聽得他如此稱讚愛兒，不由得滿臉春風，道：「但他武功太也生疏，便請做爹爹的調教一番。」石清笑道：「你在那土地廟中早就教過他了，看來教誨頑皮兒子，嚴父不如慈母。」閔柔嫣然一笑，道：「爺兒兩個一定都餓啦，咱們吃飯去罷。」

三人到了一處鎮甸吃飯。閔柔歡喜之餘，竟破例多吃了一碗。

飯後來到荒僻的山坳之中。石清便將劍法的精義所在說給兒子聽。石破天數月來親炙高手，於武學之道已領悟了不少，此刻經石清這大行家一加指點，登時豁然貫通。史婆婆雖收他為徒，但相處時日無多，教得七十三招金烏刀法後便即分手，沒來得及如石清這般詳加指點。何況史婆婆似乎只是志在剋制雪山派劍法，別無所求，教刀之時，說來說去，總不離如何打敗雪山劍法。並不似石清那樣，所教的是兵刃拳腳中的武學道理。

石清夫婦輪流和他過招，見到他招數中的破綻，隨時指點，比之當日閔柔在土地廟中默不作聲的教招，自然簡明快捷得多。石破天遇有疑難，立即詢問。石清夫婦聽他所問，竟連武學中最粗淺的道理也全不懂，細加解釋之後，於雪山派如此小氣藏私，虧待愛兒，都忍不住極爲惱怒。

石破天內力悠長，自午迄晚，專心致志的學劍，竟絲毫不見疲累，練了半天，面不紅，氣不喘。石清夫婦輪流給他餵招，各人反都累出了一身大汗。如此教了七八日，石破天進步神速，對父母所授上清觀一派的劍法，領會甚多。石氏夫婦腹笥甚廣，於武林中各大門派的武功所知淵博，隨口指點，石破天學得的著實不少，於待人待物之道，不知不覺中也學到一些。

這六七天中，石清夫婦每當飲食或休息之際，總引逗他述說往事，盼能助他恢復記憶。但石破天只對在長樂幫總舵大病醒轉之後的事跡記得清清楚楚，雖小事細節，亦能敘述明白，一說到幼時在玄素莊的往事，在凌霄城中學藝的經過，便瞠目不知所對。

這日午後，三人吃過飯後，又來到每日練劍的柳樹之下，坐著閒談。閔柔拾起一根小樹枝，在地下寫了「黑白分明」四字，問道：「玉兒，你記得這四個字嗎？」

石破天搖頭道：「我不識字。」石清夫婦都是一驚，當這孩子離家之時，閔柔已教他識字逾千，「三字經」、唐詩等都已朗朗上口。此刻怎會說出「我不識字」這句話來？

那「黑白分明」四字，寫於玄素莊大廳正中的大匾之上，出於一位武林名宿之手，既合黑白雙劍的身分，又譽他夫婦主持公道、伸張正義。當年石中玉四歲之時，閔柔將他抱在懷裏，指點大匾，教了他這四個字，石中玉當時便認得了，石清夫妻倆都讚他聰明。此刻她寫此四字，盼他能由此而記起往事，那知他竟連四歲時便已識得的字也都忘了，當下又用樹枝在地下劃了個「一」字，笑問：「這個字你還記得麼？」石破天道：

「我甚麼字都不識，沒人教過我。」閔柔心下淒楚，淚水已在眼眶中滾來滾去。

石清道：「玉兒，你到那邊歇歇去。」石破天答應了，卻提起長劍，自去練習劍招。

石清勸妻子道：「師妹，玉兒染疾不輕，非朝夕之間所能痊可。」他頓了一頓，又道：「再說，就算他把前事全忘了，也未始不是美事。這孩子從前輕浮跳脫，此刻雖然有點……有點神不守舍，卻穩重厚實得多，而且學武很快，悟性也高。他是大大的長進了。」閔柔一想丈夫之言不錯，登時轉悲爲喜，心想：「不識字有甚麼打緊？最多我再重頭教起，也就是了。」想起當年調兒教子之樂，不由得心下柔情盪漾，雖此刻孩兒已然長大，但在她心中，兒子還是一般的天眞幼稚，越胡塗不懂事，反而更加可喜可愛。

石清忽道：「有一件事我好生不解，這孩子的離魂病，顯是在離開凌霄城之時就得下了的，後來一場熱病，只不過令他疾患加深而已。可是……可是……」

閔柔聽丈夫言語之中似含深憂，不禁擔心，問道：「你想到了甚麼？」

石清道：「玉兒論文才是一字不識，論武功也毫不高明，徒然內力深厚而已，說到閱歷資望、計謀手腕，更不足一哂。長樂幫是近年來江湖上崛起的一個大幫，八九年間闖下了好大的萬兒，怎能……」閔柔點頭道：「是啊，怎能奉他這樣一個孩子做幫主？」

石清沉吟道：「那日咱們在徐州聽魯東三雄說起，長樂幫始創幫主名叫『快馬』司徒橫，本是遼東的馬賊頭兒，也不是怎麼了不起的腳色，倒是做他副手的那『著手成春』貝海石甚是了得。不知怎樣，幫主換作了個少年石破天。魯東三雄說道長樂幫這少年幫主貪花好色，行事詭詐，武功頗爲高強。本來誰也不知他來歷，後來卻給雪山派的女弟子花萬紫認了出來，竟然是該派的棄徒石中玉，說雪山派正在上門去和他理論。此刻看來，甚麼『行事詭詐、武功高強』，這八個字評語，實在安不到他身上呢。」

閔柔雙眉緊鎖，道：「當時咱們想玉兒年紀雖輕，心計卻很厲害，倘若武功眞強，做個甚麼幫主也非奇事，是以當時毫不懷疑，只計議如何相救，免遭雪山派的毒手。可是他這個模樣……」凝思片刻，突然提高嗓子說道：「師哥，其中定有重大陰謀。你想『著手成春』貝大夫是何等精明能幹的腳色……」說到這裏，心中害怕起來，話聲也顫抖了。

石清雙手負在背後，在柳樹下踱步轉圈，嘴裏不住叨念：「叫他做幫主，爲了甚麼？爲了甚麼？」他轉到第五個圈子時，心下已自雪亮，種種事情，全合符節，只是這件事實在太過可怕，卻不敢說出口來。他轉到第七個圈子上，向閔柔瞥了一眼，只見她目光也正向自己射來。兩人四目交投，目光中都露出驚怖之極的神色。夫婦倆怔怔的對望片刻，突然同聲說道：「賞善罰惡！」

兩人這四字說得甚響，石破天在遠處也聽到了，走近身來，問道：「爹，媽，那『賞善罰惡』到底是甚麼名堂？我聽鐵叉會的人提到過，上清觀的道長們也說起過幾次。」

石清不即答他的問話，反問道：「張三、李四二人和你結拜之時，知不知道你是長樂幫的幫主？」石破天道：「他們沒提，多半不知。」石清又道：「他們和你賭喝毒酒之時，情狀如何？你再詳細說給我聽。」石破天奇道：「那是毒酒麼？怎麼我卻沒中毒？」當下將如何遇見張三、李四，如何吃肉喝酒等情，從頭詳述了一遍。

石清待他說完後，沉吟半晌，才道：「玉兒，有一件事須得跟你說明白，好在此刻尚可挽回，你也不用驚慌。」頓了一頓，續道：「三十年之前，武林中許多大門派、大幫會的首腦，忽然先後接到請柬，邀他們於十二月初八那日，到南海的俠客島去喝臘八粥。」

石破天點頭道：「是了，大家一聽得『到俠客島去喝臘八粥』就非常害怕，不知是甚麼道理？臘八粥有毒麼？」

石清道：「那就誰也不知了。這些大門派、大幫會的首腦接到銅牌請柬……」石破天插嘴問道：「銅牌請柬？就是那兩塊銅牌麼？」石清道：「不錯，就是你曾從照虛師伯身上拿來的那兩塊銅牌。一塊牌上刻著一張笑臉，那是『賞善』之意；另一塊牌上有發怒的面容，那是『罰惡』。投送銅牌的是一胖一瘦兩個少年。」

石破天道：「少年？」他已猜到那是張三、李四，但說少年，卻又不是。

石清道：「那是三十年前的事了，他二人那時尚是少年。各門派幫會的首腦接到銅牌請柬，便問請客的主人是誰，那兩個使者說道，嘉賓到得俠客島上，自然知曉；又道，倘若接到請柬之人依約前往，自然無事，否則他這一門派或幫會免不了大禍臨頭，當時便問：『到底去是不去？』最先接到銅牌請柬的，是涼州崆峒派掌門人旭山道長。他長笑之下，將兩塊銅牌抓在手中，運用內力，將兩塊銅牌鎔成了兩團廢銅。這原是震爍當時的獨步內功，原盼這兩個狂妄少年知難而退。豈知他剛捏毀銅牌，這兩個少年突然四掌齊出，擊在他前胸，登時將這位西涼武林的領袖生生擊死！」

石破天「啊」的一聲，說道：「下手如此狠毒！」

石清道：「崆峒派羣雄自然羣起而攻，當時這兩少年的武功，還未到後來這般登峯造極的地步，當下搶過兩柄長劍，殺了三名好手，便即逃走。崆峒派是何等聲勢，旭山道長又是何等名望，竟給兩個無名少年上門殺死，全身而退，這件事半月之內便已轟傳武林。二十天後，渝州巴旺鏢局的刁老鏢頭正在大張筵席，慶祝六十大壽，到賀的賓客甚衆，這兩個少年不速而至，遞上銅牌。一衆賀客本就正在談論此事，一見之下，動了公憤，大家上前圍攻，不料竟給這兩個少年從容逸去。

「三天之後，巴旺鏢局自刁老鏢頭以下，鏢師、趟子手，三十餘人個個死於非命，只餘下老弱婦孺不殺。鏢局大門上，赫然便釘著那兩塊銅牌，還有一張大字書寫的告示，聲稱刁老鏢頭一年之前假冒盜賊殺害保家，吞沒五十萬鏢銀的劣跡，又說一干鏢師、趟子手均有參與惡行，因此予以『罰惡』，此事也不知眞假。後來崆峒派由旭山道長的師弟清空道長接任掌門，他要報師兄之仇，便自行找到那一胖一瘦兩個少年，討了銅牌，到俠客島去喝臘八粥，可是一去之後，始終就沒回來，多半是仇沒報成，反將性命送在俠客島了。」

石破天嘆口氣，道：「我最先看到兩塊銅牌，是在飛魚幫死屍船的艙門上，想不到……想不到這竟是閻羅王送來的請客帖子。」

石清道：「這件事一傳開，大夥兒便想去請少林派掌門人妙諦大師領頭對付。那知到得少林寺，寺中僧人說道方丈大師出外雲遊未歸，言語支吾，說來不盡不實。大夥兒便去武當山，找武當派掌門愚茶道長，不料眞武觀的道人個個愁眉苦臉，也說掌門人出觀去了。衆人一琢磨，料想這兩位當世武林中頂兒尖兒的高人忽然同時失蹤，若不是中了俠客島使者的毒手，便是躲了起來避禍。當下由五台山善本長老和崑崙派苦柏道長共同出面，邀請武林中各大門派的掌門人，商議對付之策，同時偵騎四出，探查這兩個使者的下落。但這兩個使者神出鬼沒，對方有備之時，到處找不到他二人蹤影，一旦戒備稍疏，便不知從那裏鑽了出來，傳遞這兩塊拘魂牌。這二人又善於用毒。善本長老和苦柏道長接到銅牌後立即毀去，當時也沒甚麼，隔了月餘，卻先後染上惡疾而死。衆人事後思量，才想到善本長老和苦柏道長武功太高，賞善罰惡二使自知單憑武功鬥他們不過，更動搖不了五台、崑崙這兩個大派，便在銅牌上下了劇毒，善本長老和苦柏道長沾手後劇毒上身，終於毒發身死。」

石破天只聽得毛骨悚然，道：「我那張三、李四兩位義兄，難道竟是……竟是這等狠毒之人？他們和這許多門派幫會爲難，到底是爲了甚麼？」

石清搖頭道：「三十年來，這件大事始終沒人索解得透。少林派妙諦方丈、武當派愚茶道長失蹤，事隔多年後終於消息先後洩漏，這兩位高手果然是給俠客島強請去的。這在少林寺外曾激鬥了七日七夜，武當山上卻沒動手，多半愚茶道長一拔劍便即失手。這一僧一道，武功之高，江湖上罕有匹敵，再加上崆峒旭山道人、渝州刁老鏢頭、五台派善本大師、崑崙派苦柏道人四位先後遭了毒手，其餘武林人物自忖武功跟這六大高手差得甚遠，待得再接到那銅牌請柬，便有人答允去喝臘八粥。兩個使者說道：『閣下惠允光臨俠客島，實不勝榮幸，某月某日請在某地相候，屆時有人來迎接上船。』這一年中，遭他二人明打暗襲、行刺下毒而害死的掌門人、幫會幫主，已有一十四人，此外有三十七人應邀赴宴。可是三十七人一去無蹤，三十年來更沒半點消息。」

石破天道：「俠客島在南海甚麼地方？何不邀集人手，去救那三十七人出來？」

石清道：「這俠客島三字，問遍了老於航海的舵工海師，竟沒一人聽見過，看來多半並無此島，不過是那兩個少年信口胡謅。如此一年又一年的過去，除了那數十家身受其禍的子弟親人，大家也就漸漸淡忘了。不料過得十年，這兩塊銅牌請柬又再出現。

「這時那兩名使者武功已然大進，只在十餘天之內，便將不肯赴宴的三個門派、兩個大幫，上下數百人丁殺得乾乾淨淨。江湖上自然羣相聳動，於是由峨嵋派的三長老出面，邀集三十餘名高手，埋伏在河南紅槍會總舵之中，靜候這兩名兇手到來。那知這兩名使者竟便避開了紅槍會，甚至不踏進河南省境，銅牌卻仍到處分送。只要接到銅牌的首腦答應赴會，他這門派幫會便太平無事，否則不論如何防備周密，終究先後遭了毒手。

「那一年黑龍幫的沙幫主也接到了銅牌，他當時一口答允，暗中卻將上船的時間地點通知了紅槍會。那三十餘名高手屆時趕往，不知如何走漏了風聲，到時竟沒人迎接。

「衆人守候數日，卻一個接一個的中毒而死。餘人害怕起來，登時一鬨而散，還沒回到家中，道上便已聽得訊息，這些人不是途中遭害，便是全幫已遭人誅滅。這一來，誰也不敢抗拒，接到銅牌，便即依命前往。這一年中共有四十八人乘船前赴俠客島，卻也都一去無蹤，從此更沒半點音訊。那眞是武林中的浩劫，思之可怖可嘆！」

石破天欲待不信，但飛魚幫幫衆死屍盈船，鐵叉會會衆盡數就殲，自己卻親眼目睹，而誅滅鐵叉會會衆之時，自己無意中還作了張三、李四二人幫兇，想來兀自不寒而慄。

石清又道：「十年之前，江西無極門首先接到銅牌請柬。早一年之前，各大門派幫會的首腦已經商議定當，大夥兒抱著『不入虎穴，焉得虎子』的打算，決意到俠客島上去瞧個究竟，人人齊心合力，好歹也要除去這武林中的公敵。是以這一年中銅牌所到之處，竟沒傷到一條人命，共五十三人接到請柬，便有五十三人赴會。這五十三位英雄好漢有的武功卓絕，有的智謀過人，可是一去之後，卻又無影無蹤，從此沒了音訊。俠客島這般爲禍江湖，令得武林中的菁英爲之一空。普天下武人竟束手無策，只有十年一度的聽任宰割。我上清觀深自隱晦，從來不在江湖招搖，你爹爹媽媽武功出自上清觀，在外行道，卻只用玄素莊的名頭。你衆位師伯、師叔武功雖高，但極少與人動手，旁人只道上清觀中只是一批修眞養性、不會武功的道人罷了……」

石破天問道：「那是怕了俠客島嗎？」

石清臉上掠過一絲尷尬之色，略一遲疑，道：「衆位師伯師叔都是與世無爭，出家清修的道士，原本也不慕這武林的虛名。但若說是怕了俠客島，那也不錯。武林之中，任你是多麼人多勢衆、武藝高強的大派大幫，一提起『俠客島』三字，又有誰不眉頭深皺？想不到上清觀如此韜光養晦，仍然難逃這一劫。」說著長嘆一聲。

石破天又問：「爹爹媽媽要共做上清觀的掌門，想去探查俠客島的虛實。過去那三批大有本領之人沒一個能回來，這件事只怕難辦得很罷？」石清道：「難當然是極難。但我們素以扶危解困為己任，何況事情臨到自己師門，豈有袖手之理？我和你娘都想，難道老天爺當眞這般沒眼，任由惡人橫行？你爹娘的武功，比之妙諦、愚茶那些高人，當然頗有不及，但自來邪不勝正，也說不定老天爺要假手於你爹娘，將誅滅俠客島的關鍵洩露出來。」

他說到這裏，與妻子對望了一眼，兩人均想：「我們所以甘願捨命去幹這件大事，其實都是為了你。你奸邪淫佚，犯上欺師，實已不容於武林，我夫妻亦已無面目見江湖朋友，我二人上俠客島去，如所謀不成，自是送了性命，倘能為武林同道立一大功，人人便能見諒，不再追究你的罪愆。」但這番為子拚命的苦心，卻也不必對石破天明言。

石破天沉吟半晌，忽道：「張三、李四我那兩個義兄，就是俠客島派出來分送銅牌的使者？」石清道：「確然無疑。」石破天道：「他們既是惡人，為甚麼肯和我結拜為兄弟？」石清啞然失笑，道：「當時你獃頭獃腦的一番言語，纏得他們無可推託。何況他們發的都是假誓，當不得眞的。」

石破天奇道：「怎麼是假誓？」石清道：「張三、李四本是假名，他們說我張三如何如何，我李四怎樣怎樣，名字都是假的，自然不論說甚麼都是假的了。」石破天道：「原來如此！」想起兩個義兄竟會相欺，不禁愀然不樂；但想爹爹所料未必眞是如此，說不定他們眞的便叫張三、李四呢，說道：「下次見到他們，倒要問個淸楚。」

閔柔一直默不作聲，這時忙插嘴道：「玉兒，下次再見到這二人可千萬要小心了。這二人殺人不眨眼，明鬥不勝，就行暗算，偷襲不得，便使毒藥，實是兇狠陰毒到了極處。」

石淸道：「玉兒，你要記住娘的話。別說你如此忠厚老實，就是比你機靈百倍之人，遇上了這兩個使者也難逃毒手。說到防範，那是防不勝防的，下次一見到他二人，立刻便使殺招，先下手爲強，縱使只殺得一人，那也爲武林中除去一個大害，造無窮之福。」石破天遲疑道：「我們是拜把子兄弟，他們是我大哥、二哥，可殺不得的。」

石淸嘆了口氣，回思兒子與張三、李四結義，以及在鐵叉會中的經歷，只覺他輕生重義，實是豪傑行逕，又想他對義兄重情重義，頗合俠義之道，雖然用在張三、李四身上，未免迂腐，但寧可人負我、不可我負人，正是英雄本色，若非如此，不免是無恥小人了，便微笑點頭，意示讚許。

閔柔笑道：「師哥，連你也說玉兒忠厚老實。咱們的孩兒當眞變乖了，是不是？」

石淸點了點頭，道：「他確是變得忠厚老實了，正因如此，便有人利用他來擋災解難。玉兒，你可知長樂幫羣雄奉你爲幫主，到底是甚麼用意？」

石破天原非蠢笨，只幼時和母親僻處荒山，少年時又和謝煙客共居摩天崖，兩人均極少和他說話，是以於世務人情一竅不通。此刻聽石淸一番講述，登時省悟，失聲道：「他們奉我爲幫主，莫非……莫非要我做替死鬼？」

石清嘆了口氣，道：「本來嘛，眞相尙未大明之前，無憑無據，原不該以小人之心，妄自度測江湖上的英雄好漢。但若非如此，長樂幫中英才濟濟，怎能奉你這不通世務的少年爲幫主？推想起來，長樂幫近年好生興旺，幫中首腦算來俠客島的銅牌請柬又屆重現之期，這一次長樂幫定會接到請柬，他們事先便物色好一個和他們沒甚淵源之人來做幫主，事到臨頭之際，便由這個人來擋過這一劫。」

石破天心下茫然，實難相信人心竟如此險惡。但父親的推想合情合理，卻不由得不信。

閔柔也道：「孩子，長樂幫在江湖上名聲甚壞，雖非無惡不作，但行兇傷人，恃強搶劫之事，著實做了不少，尤其不禁淫戒，更爲武林中所不齒。幫中的舵主香主大多不是好人，他們安排了一個圈套給你鑽，那半點也不希奇。」

石清哼了一聲，道：「要找個外人來做幫主，玉兒原是挺合適的人選。他忘了往事，於江湖上的風波險惡又渾渾噩噩，全然不解。不過他們萬萬沒料想到，這個小幫主竟是玄素莊石清、閔柔的兒子。這個如意算盤，打起來也未必如意得很呢。」說到這裏，手按劍柄，遙望東方，那正是長樂幫總舵的所在。

閔柔道：「咱們既識穿了他們的奸謀，那就不用躭心，好在玉兒尙未接到銅牌請柬。師哥，眼下該當怎麼辦？」石清微一沉吟，道：「咱三人自須到長樂幫去，將這件事揭穿了。這些人老羞成怒，難免動武，咱三人寡不敵衆；再則也得有幾位武林中知名之士在旁作個見證，以免他們日後再對玉兒糾纏不清。」閔柔道：「江南松江府銀戟楊光楊大哥交遊廣闊，又是咱們至交，不妨由他出面，廣邀同道，同到長樂幫去拜山。」

石清喜道：「此計大佳。江南一帶武林朋友，總還得買我夫妻這個小小面子。」

他夫婦在武林中人緣極好，二十年來仗義疏財，扶難解困，只有他夫婦去幫人家的忙，從來不求人做過甚麼事，一旦需人相助，自必登高一呼，從者雲集。

高三娘子彎腰避開軟鞭，
只聽得眾人大聲驚呼，
跟著便是頭頂一緊，
身不由主的向上空飛去，
原來丁不四軟鞭的鞭梢已捲住了她髮髻，
將她提向半空。

十四

關東四大門派

石清一家三口取道向東南松江府行去。在道上走了三日，這一晚到了雙鳳鎮。三人在一家客店中借宿。石清夫婦住了間上房，石破天在院子的另一端住了間小房。閔柔愛惜兒子，本想在隔房找間寬大上房給他住宿，但上房都住滿了，只索罷了。

當晚石破天在床上盤膝而坐，運轉內息，只覺全身真氣流動，神清氣暢，再在燈下看雙掌時，掌心中的紅雲藍筋已若有若無，褪得甚淡。他不知那兩葫蘆毒酒大半已化作了內力，還道連日用功，已將毒質驅出了十之八九，甚感欣慰，便即就枕。

睡到中夜，忽聽得窗上剝啄有聲。石破天翻身而起，低問：「是誰？」只聽得窗上又是得得得輕擊三下，這敲窗之聲甚是熟悉，他心中怦的一跳，問道：「是叮噹嚒？」窗外丁璫的聲音低聲道：「自然是我，你盼望是誰？」

石破天聽到丁璫說話之聲，又歡喜，又著慌，一時說不出話來。嗤的一聲，窗紙穿破，一隻手從窗格中伸了進來，扭住他耳朵重重一擰，聽得丁璫說道：「還不開窗？」

石破天吃痛，生怕驚動了父母，不敢出聲，忙輕輕推開窗格。丁璫跳進房來，格的一笑，道：「天哥，你想不想我？」石破天道：「我……我……我……」

丁璫嗔道：「好啊，你不想我，是不是？你只想著那個新和你拜天地的新娘子。」石破天道：「我幾時又和人拜天地了？」丁璫笑道：「我親眼瞧見的，還想賴？好罷，我也不怪你，這原是你風流成性，我反歡喜。那個小姑娘呢？」

石破天道：「不見啦，我回到山洞去，再也找不到她了。」想到阿綉的嬌羞溫雅，瞧著自己時那含情脈脈的眼色，想到她說把自己「也當做心肝寶貝」，此後卻再也見不到她，心下惘然若失。這些日子來，他確是思念阿綉的時候遠比想到丁璫爲多，但他人雖忠誠，也知此事決不能向丁璫坦然直陳。

丁璫嘻嘻一笑，道：「菩薩保佑，但願你永生永世再也找不著她。」

石破天心想：「我定要再找到阿綉。」但這話可不能對丁璫說，只得岔開話題，問道：「你爺爺呢？他老人家好不好？」丁璫伸手到他手臂上一扭，嗔道：「你也不問我好不好？唉唷！死鬼！」原來石破天體內眞氣發動，將她兩根手指猛力向外彈開。

石破天道：「叮叮噹噹，你好不好？那天我給你拋到江中，幸好掉在一艘船上，才沒淹死。」隨即想到和阿綉同衾共枕的情景，只想：「阿綉到那裏去了？她爲甚麼不等我？」這些日來他雖勤於學武，阿綉的面貌身形在心中仍時時出現，此刻見到丁璫，不知如何，更念念不忘的想起了阿綉。

丁璫道：「甚麼幸好掉在一艘船上？是我故意拋你上去的，難道你不知道？」石破天忸怩道：「我心中自然知道你待我好，只不過……只不過說起來有些不好意思。」丁璫噗哧一笑，說道：「我和你是夫妻，有甚麼好不好意思？」

兩人並肩坐在床沿，身側相接。石破天聞到丁璫身上微微的蘭馨之氣，不禁有些心猿意馬，但想：「阿綉要是見到我跟叮叮噹噹親熱，一定會生氣的。」伸出右臂本想去摟丁璫肩頭，只輕輕碰了碰，又縮回了手。

丁璫道：「天哥，你老實跟我說，是我好看呢？還是你那個新的老婆好看？」

石破天嘆道：「我那裏有甚麼新的老婆？就只有你……只有你一個老婆。」說著又嘆了口氣，心想：「要是阿綉肯做我老婆，那我就開心死了。只不知能不能再見到她？又不知她肯不肯做我老婆？」他本來無心無事，但一想到阿綉，心中不由得千迴百轉，當眞是牽肚掛腸，情難自已。

丁璫伸臂抱住他頭頸，在他嘴上親了一吻，隨即伸手在他額頭鑿了一下，說道：「只有我一個老婆，嫌太少麼？又爲甚麼嘆氣？」石破天只道給她識破了自己心事，窘得滿臉通紅，給她抱住了，不知如何是好，想要推拒，又捨不得這溫柔滋味，想伸臂反抱，卻又不敢。

丁璫雖行事大膽任性，究竟是個黃花閨女，情不自禁的吻了石破天一下，好生羞慚，一縮身便躲入床角，抓過被來裹住了身子。

石破天猶豫半晌，低聲喚道：「叮叮噹噹，叮叮噹噹！」丁璫卻不理睬。石破天心中只想著阿綉，突然之間，明白了那日在紫煙島樹林中她瞧著自己的眼色，明白了她叫自己作「心肝寶貝」的含意，心中大喜若狂：「阿綉肯做我老婆的，阿綉肯做我老婆的。」隨即又想：「卻到那裏找她去呢？」嘆了口氣，坐到椅上，伏案竟自睡了。

丁璫見他不上床來，既感寬慰，又有些失望，心想：「我終於找著他啦！」連日奔波，這時心中甜甜地，只覺嬌慵無限，過不多時便即沉沉睡去。

睡到天明，只聽得有人輕輕打門，閔柔在門外叫道：「玉兒，起來了嗎？」石破天應了聲，道：「媽！」站起身來，向丁璫望了一眼，不由得手足無措。閔柔道：「你開門，我有話說！」石破天道：「是！」略一猶豫，便要去拔門閂。

丁璫大羞，心想自己和石破天深宵同處一室，雖以禮自持，旁人見了這等情景卻焉能相信？何況進來的是婆婆，自必爲她大爲輕賤，忙從床上躍起，推開窗格，便想縱身逃出，但斜眼見到石破天，心想好容易才找到石郎，這番分手，不知何日又再會面，連打手勢，要他別去開門。石破天低聲道：「是我媽媽，不要緊的。」雙手已碰到了門閂。

丁璫大急，心想：「是旁人還不要緊，是你媽媽卻最要緊。」再要躍窗而逃，其勢已然不及。她本是個天不怕地不怕的姑娘，但想到要和婆婆見面，且是在如此尷尬的情景下給她撞見，不由得全身發熱，見石破天便要拔門開門，情急之下，右手使出「虎爪手」抓住他背心「靈台穴」，左手使「玉女拈針」揑住他「懸樞穴」。石破天只覺兩處要穴上微微一陣酸麻，丁璫已將他身子抱起，鑽入了床底。

閔柔江湖上閱歷甚富，只聽得兒子輕噫一聲，料知已出了事，她護子心切，肩頭撞去，門閂早斷，踏進門便見窗戶大開，房中卻已不見了愛子所在。她縱聲叫道：「師哥快來！」石清提劍趕到。

閔柔顫聲道：「玉兒……玉兒給人劫走啦！」說著向窗口一指。兩人更不打話，同時右足一蹬，雙雙從窗口穿出，一黑一白，猶如兩頭大鳥一般，姿式甚爲美妙。丁璫躲在床底見了，不由得暗暗喝一聲采。

以石清夫婦這般江湖上的大行家，原不易如此輕易上當，只關心則亂，閔柔一見愛子失了蹤影，心神便即大亂，心中先入爲主，料想不是雪山派、便是長樂幫來擄了去。她破門而入之時，距石破天那聲驚噫只頃刻間事，算來定可趕上，是以再沒在室中多瞧上一眼，以免延擱了時刻。

石破天爲丁璫拿住了要穴，他內力渾厚，立時便衝開給閉住的穴道，但他身子爲丁璫抱著，卻也不願出聲呼喚父母，微一遲疑之際，石清夫婦已雙雙越窗而出。床底下盡是灰土，微塵入鼻，石破天連打了三個噴嚏，拉著丁璫的手腕，從床底下鑽出，只見她兀自滿臉通紅，嬌羞無限。

石破天道：「那是我爹爹媽媽。」丁璫道：「我早知道啦！昨日下午我聽到你叫他們的。」石破天道：「等我爹爹媽媽回來，你見見他們好不好？」丁璫微微側頭，道：「我不見。你爹娘瞧不起我爺爺，自然也瞧不起我。」

石破天這幾日中和父母在一起，多聽了二人談吐，覺得父母俠義爲懷，光明磊落，坦率正大，和丁不三動不動殺人的行逕確然大不相同。石破天雖跟丁璫拜了天地，但當時爲丁不三所迫，近月來多明世事，雖覺丁璫明艷可愛，總不願她就此做了自己老婆，何況心中又多了個阿綉，而這阿綉，才眞正是自己的「心肝寶貝」，只有這阿綉，自己才肯爲她而死，丁璫卻不成。沉吟道：「那怎麼辦？」

丁璫心想石清夫婦不久定然復回，便道：「你到我房裏去，我跟你說一件事。」石破天奇道：「你也宿在這客店？」丁璫笑道：「是啊，我要半夜裏來捉老公，怎不宿在這裏？」向石破天一招手，穿窗而出，經過院子，眼看四下無人，推門走進一間小房。

石破天跟了進去，不見丁不三，大爲寬慰，問道：「你爺爺呢？」丁璫道：「我一個兒溜啦，沒跟爺爺在一起。」石破天問道：「爲甚麼？」丁璫哼的一聲，說道：「我要來找你，爺爺不許，我只好獨自走。」石破天心下感動，老實說出心裏話：「叮叮噹噹，你待我眞好。」丁璫笑道：「昨兒晚上不好意思說，怎麼今天好意思了？」石破天笑道：「你說咱們是夫妻，沒甚麼不好意思的。」丁璫臉上又是一紅。

只聽得院子中人聲響動，石清朗聲道：「這是房飯錢！」馬蹄聲響，夫婦倆牽馬出店。石破天追出兩步，又即停步，回頭問丁璫道：「你可知松江府在那裏？」丁璫笑道：「松江府偌大地方，怎會不知？」石破天道：「爹爹媽媽要去松江府，找一個叫做銀戟楊光的人，待會咱們趕上去便是。」他乍與丁璫相遇，雖然心裏念著阿綉，卻也不捨得就此和她分手。

丁璫心念一動：「這獃郎不識得路，此去松江府是向東南，我引他往東北走，他和爹娘越離越遠，道上便不怕碰面了。」心下得意，不由得笑靨如花，明艷不可方物。石破天目不轉睛的瞧著她。丁璫笑道：「你沒見過麼？這般瞧我幹麼？」石破天道：「叮噹噹，你……你眞好看，比我媽媽還好看。」又想：「她跟阿綉相比，不知是誰更好看些？不過阿綉比她好，我只要阿綉做老婆！」丁璫嘻嘻而笑，道：「天哥，你也很好看，比我爺爺還好看。」說著哈哈大笑。

兩人說了一會閒話，石破天終究記掛父母，道：「我爹娘找我不見，一定好生記掛，咱們這就追上去罷。」丁璫道：「好，眞是孝順兒子。」當下算了房飯錢，出店而去。

客店中掌櫃和店小二見石破天和石清夫婦同來投店，卻和這個單身美貌姑娘在房中同住一夜，相偕而出，無不嘖嘖稱奇，自此一直口沫橫飛的談論了十餘日，言詞中自然猥褻者有之，香艷者有之，衆議紛紜，猜測多端。

石破天和丁璫出得雙鳳鎮來，即向東行，走了三里，便到了一處三岔路口。丁璫想也不想，逕向東北方走去。

石破天料想她識得道路，便和她並肩而行，說道：「我爹爹媽媽騎著快馬，他們若不在打尖處等我，就追不上了。」丁璫抿嘴笑道：「到了松江府楊家，自然遇上。你爹娘這麼大的人，還怕不認得路麼？」石破天道：「我爹爹媽媽走遍天下，那有不認得路之理？」

兩人一路談笑。石破天自和父母相聚數日，頗得指點教導，於世務已懂了許多。丁璫見他獃氣大減，芳心竊喜，尋思：「石郎大病一場之後，許多事情都忘記了，但只須提他一次，他便不再忘。」一路上將諸般江湖規矩、人情好惡，說了許多給他聽。

眼見日中，兩人來到一處小鎮打尖。丁璫尋著了一家飯店，走進大堂，見三張大白木桌旁都坐滿了人。兩人便在屋角裏一張小桌旁坐下。那飯店本不甚大，店小二忙著給三張大桌的客人張羅飯菜，沒空來理會二人。

丁璫見大桌旁坐著十八九人，內有三個女子，年紀均已不輕，姿色也自平庸，一干人身上各帶兵刃，說的是遼東口音，大碗飲酒，大塊吃肉，神情豪邁，心想：「這些江湖朋友，不是鏢局子的，便是綠林豪客。」看了幾眼，沒再理會，心想：「我和天哥這般並肩行路，同桌吃飯，就這麼過一輩子，也快活得很了。」店小二不過來招呼，她也不著惱。

忽聽得門口有人說道：「好啊，有酒有肉，爺爺正餓得很了。」

石破天一聽聲音好熟，見一個老者大踏步走進店來，卻是丁不四。石破天吃了一驚，暗叫：「糟糕！」回過頭來，不敢和他相對。丁璫低聲道：「是我叔公，你別瞧他，我去打扮打扮。」也不等石破天回答，便向後堂溜了進去。

丁不四見四張桌旁都坐滿了人，石破天的桌旁雖有空位，桌上卻既無碗筷，更沒菜餚，當即向中間白木桌旁的一張長凳上坐落，左肩一挨，將身旁一條大漢擠了開去。

那大漢大怒，用力回擠，心想這一擠之下，非將這糟老頭摔出門外不可。那知剛撞到丁不四身上，立時便有一股剛猛之極的力道反逼出來，登時沒法坐穩，臀部離凳，便要斜身摔跌。丁不四左手一拉，道：「別客氣，大家一塊兒坐！」那大漢給他這麼一拉，才不摔跌，登時紫脹了臉皮，不知如何是好。

丁不四道：「請，請！大家別客氣。」端起酒碗，仰脖子便即喝乾，提起別人用過的筷子，夾了一大塊牛肉，吃得津津有味。

三張桌上的人都不識得他是誰，但均知那大漢武功不弱，給他這麼一擠之下，險些摔跌，這老兒自是本領非小。丁不四自管飲酒吃肉，搖頭晃腦的十分高興。三桌上的十八九人卻個個停箸不食，眼睜睜的瞧著他。

丁不四道：「你怎麼不喝酒？」搶過一名矮瘦老者面前的一碗酒，骨嘟骨嘟的喝了一大半碗，一抹鬍子，說道：「這酒有些酸，不好。」

那瘦老者強忍怒氣，問道：「尊駕貴姓大名？」丁不四哈哈笑道：「你不知我姓名，本事也好不到那裏去了。」那老者道：「我們向在關東營生，少識關內英雄好漢的名號。在下遼東鶴范一飛。」丁不四笑道：「瞧你這麼黑不溜秋的，不像白鶴像烏鴉，倒是改稱『遼東鴉』爲妙。」范一飛大怒，拍案而起，大聲喝道：「咱們素不相識，我敬你一把白鬍子，不來跟你計較，卻恁地消遣爺爺！」

另一桌上一名高身材的中年漢子忽道：「這老兒莫非是長樂幫的？」

石破天聽到「長樂幫」三字，心中一凜，只見丁璫頭戴氈帽，身穿灰布直裰，打扮成個飯店中店小二的模樣，回到桌旁。石破天好生奇怪，不知倉卒之間，她從何處尋來這一身衣服。丁璫微微一笑，在他耳邊輕聲道：「我點倒了店小二，跟他借了衣裳，別讓四爺爺認出我來。天哥，我跟你抹抹臉兒。」說著雙手在石破天臉上塗抹一遍。她掌心塗滿了煤灰，登時將石破天臉蛋抹得污黑不堪，跟著又在自己臉上抹了一陣。飯店中雖然人衆，人人都正瞧著丁不四，誰也沒去留意他兩人搗鬼。

丁不四向那高身材的漢子側目斜視，微微冷笑，道：「你是錦州青龍門的，是不是？好小子，纏了一條九節軟鞭，大模大樣的來到中原，當眞活得不耐煩了。」

這漢子正是錦州青龍門的掌門人風良，九節軟鞭是他家祖傳武功。他聽得丁不四報出自己門戶來歷，倒微微一喜：「這老兒單憑我腰中一條九節軟鞭，便知我的門派。原來我青龍門的名頭，在中原倒也著實有人知道。」當下說道：「在下錦州風良，忝掌青龍門的門戶。老爺子貴姓？」言語中便頗客氣。

丁不四將桌子拍得震天價響，大聲道：「氣死我了！氣死我了！氣死我了！」他連說三句「氣死我了」，舉碗又自喝酒，臉上卻笑嘻嘻地，殊無生氣之狀，旁人誰也不知這「氣死我了」四字意何所指。只聽他大聲自言自語：「九節鞭矯矢靈動，向稱『兵中之龍』，最是難學難使、難用難精。甚麼長槍大戟，雙刀單劍，當之無不披靡。氣死我了！氣死我了！氣死我了！」

風良心中又是一喜：「這老兒說出九節鞭的道理來，看來對本門功夫倒是個知音。」聽他接下去連說三句「氣死我了」，便道：「不知老爺子因何生氣？」

丁不四對他全不理睬，仰頭瞧著屋樑，仍然自言自語：「你爺爺見到人家舞刀弄棍，都不生氣，單是見到有人提一根九節鞭，便怒不可遏。你奶奶的，長沙彭氏兄弟使九節鞭，去年爺爺將他兩兄弟雙雙宰了。四川有個姓章的武官使九節鞭，爺爺把他的腦殼子打了個稀巴爛。安徽鳳陽有個女子使九節鞭，爺爺不愛殺女人，只斬去了她的雙手，叫她從此不能去碰那兵中之龍。」

眾人越聽越駭異，看來這老兒乃衝著風良而來，聽他說話雖瘋瘋顛顛，卻又不似假話。長沙彭氏兄弟彭鎮江、彭鎖湖都使九節鞭，去年為人所害，他們在遼東也曾有所聞。

風良面色鐵青，手按九節鞭的柄子，說道：「尊駕何以對使九節鞭之人如此痛恨？」

丁不四呵呵大笑，說道：「胡說八道！爺爺怎會痛恨使九節鞭之人？」探手入懷，豁喇一聲響，手中已多了一條軟鞭。這條軟鞭金光閃閃，共分九節，顯是黃金打成，鞭首是個龍頭，鞭身上鑲嵌各色寶石，閃閃發光，燦爛輝煌，一展動間，既威猛，又華麗，端的好看。

衆人心中一凜：「原來他自己也使九節鞭。」

丁不四道：「小娃娃武功沒學到兩三成，居然便膽敢動九節軟鞭，跟人家動上手，打到後來，不是爬著，便是躺著，很少有站著走回家的，那豈不讓人將使九節鞭之人小覷了？爺爺早就聽得關東錦州有你這麼一個青龍門，他媽的祖傳七八代都使九節鞭。我早就想來把你全家殺得乾乾淨淨。只不過關東太冷，爺爺懶得千里迢迢的趕去殺人，碰巧你這小子腰纏九節鞭，大搖大擺的來到中原，好極，好極！還不快快自己上吊，更等甚麼？」

風良這才明白，原來這老兒自己使九節鞭，便不許別人使同樣的兵刃，當眞橫蠻之至。他尙未答話，卻聽西首桌上一個響亮的聲音說道：「哼！幸好你這老小子不使單刀。」

丁不四向說話之人瞧去，只見他一張西字臉，腮上一部虬髯，將大半臉都遮沒了，臉上直是毛多肉少，便問：「我使單刀便怎樣？」那虬髯漢子道：「你爺爺也使單刀，照你老小子這般橫法，豈不是要將爺爺殺了？你就算殺得了爺爺，天下使單刀的成千成萬，你又怎殺得乾淨？」說著唰的一聲，從腰間拔出單刀，插在桌上。

這口單刀刀身紫金，刀口鋒利純鋼，厚背薄刃，刀柄上掛著一塊紫綢，一插到桌上，全桌震動，碗碟撞擊作響，良久不絕，足見刀既沉重，這一插之力也是極大。

這漢子是長白山畔快刀門掌門人紫金刀呂正平。

只聽得豁啦一響，丁不四收回九節鞭，揣入懷中，左手一彎，已將身旁那漢子腰間的單刀拔在手中，說道：「就算爺爺使單刀，卻又怎地？啊喲，不對！氣死我了！氣死我了！」

單刀是武林中最尋常的兵器，這一十九人中倒有十一人身上帶刀，眼見丁不四搶刀手法奇快，心頭都是一驚，不由自主的人人都手按刀把。

只聽他又道：「爺爺外號叫做『一日不過四』，這裏倒有一十一個賊小子使單刀，再加上這個使九節鞭的，爺爺倒要分開三日來殺……」

衆人聽他自稱「一日不過四」，便有幾人脫口而出：「他……他是丁不四！」

丁不四哈哈大笑，道：「爺爺今兒還沒殺過人，還有四個小賊好殺。是那四個？自己報上名來！要不然，除了這個使九節鞭的小子，別的只要乖乖的向我磕十個響頭，叫我三聲好爺爺，我也可饒了不殺。」

但聽得嘿嘿冷笑，四個人霍然站起，大踏步走出店門，在門外一字排開，除了風良、范一飛、呂正平三人外，第四人是個中年女子。

這女子不持兵刃，一到門外便將兩幅羅裙往上一翻，繫上腰帶，腰間明晃晃地露出兩排短刀，每把刀半尺來長，少說也有三十幾把，整整齊齊的插在腰間一條繡花鸞帶之上。

范一飛左手倒持判官雙筆，朗聲說道：「在下遼東鶴范一飛，忝居鶴筆門掌門，會同青龍門掌門人風良風兄弟、快刀門掌門人呂正平呂兄弟、萬馬莊女莊主飛鳳刀高三娘子，和人有約，率領本派門人自關東來到中原。我關東四門和丁老爺子往日無仇、近日無怨，如此一再戲侮，到底為了甚麼？」

丁不四對他的話宛如全然不聞，側頭向高三娘子瞧了半晌，說道：「不美，不好看！」他說這五個字時眼光對著高三娘子，連連搖頭，似是鑒賞字畫，看得大大不合意一般。這神情自人人都知，他在說高三娘子相貌不佳。

那高三娘子性如烈火，平素自高自大，一來她本人確有驚人藝業，二來她父親、公公、師父三人在關東武林中都極有權勢，三來萬馬莊良田萬頃，馬場、參場、山林不計其數，是以她雖是個寡婦，在關東卻大大有名，不論白道黑道，官府百姓，人人都讓她三尺，敬她幾分。丁不四如此放肆胡言，實是她生平從未受過的羞辱，何況高三娘子年輕之時，在關東武林中頗有艷名，此時年近四旬，風華亦未老去。關東風俗淳厚，女子大都穩重，旁人當面讚美尚且不可，何況大肆譏彈？她氣得臉都白了，叫道：「丁不四，你出來！」

丁不四慢慢踱步出店，道：「就是你們四人？四個人？那挺合式！」突然間白光耀眼，五柄飛刀分從上下左右激射而至。這五柄飛刀來得好快，刀身雖短，劈風之聲卻渾似長劍大刀發出來一般。

丁不四喝道：「人不美，刀美！」右手在懷中一探，抽出九節軟鞭，黃光抖動，將四柄飛刀擊落，眼見第五柄飛刀射到面門，索性賣弄本領，口一張，咬住了刀頭。

范一飛、風良、呂正平一怔之下，各展兵刃，左右攻上。

丁不四斜身閃開呂正平砍來的一刀，飛足踢向范一飛手腕，教他不得不縮回判官筆，手中黃金軟鞭纏向風良的軟鞭。

風良一出店門，便已打疊起十二分精神，心知這老兒其實只衝著自己一人而來，餘人都不過陪襯，眼見丁不四軟鞭捲到，手腕抖處，鞭身挺直，便如一枝長槍般刺向對方胸口。這一招「四夷賓服」本來是長槍的槍法，他以眞力貫到軟鞭之上，再加上一股巧勁，竟然運鞭如槍。錦州青龍門的鞭法原也著實了得，他知對方實是勁敵，一上來便施展平生絕技。

丁不四吐下飛刀，讚道：「這一下挺好。賊小子倒有幾下子！」伸出右手，硬去抓他鞭頭。風良吃了一驚，忙收臂迴鞭，丁不四的手臂卻跟著過來，幸好呂正平恰好揮刀往他臂彎砍去，丁不四才縮回手掌。嗤的一聲急響，高三娘子又發出一柄飛刀。

四人這一交上手，丁不四登時收起了嘻皮笑臉，凝神接戰，九節軟鞭舞成一團黃光，護住了全身，心下暗自嘀咕：「想不到遼東武功半點也不含糊，爺爺倒小覷他們了。這四個傢伙倘若一個一個上來，爺爺殺來毫不費力，一起擁上來打羣架，倒有點扎手。」

這次關東四大門派齊赴中原，四個掌門人事先曾在萬馬莊切磋了一月有餘，研討四派武功的得失，臨敵之時如何互相救援。這番事先操練的功夫果沒白費，一到江南，便四人併肩禦敵。這時呂正平和范一飛貼身近攻，風良的軟鞭尋瑕抵隙，圈打丁不四中盤，高三娘子站在遠處，每發出一把飛刀，都教丁不四不得不分心閃避。這四人招數以范一飛最爲老辣，呂正平則膂力沉雄，每一刀砍出都有八九十斤的力道。

石破天和丁璫站在衆人身後觀戰。石破天自跟父母學了十多日武功後，見識已然大進。看到三四十招後，見呂正平和范一飛同時搶攻，丁不四揮鞭將兩人擋開，風良的軟鞭正好往他頭上掃去。丁不四頭一低，嗤的一聲，兩柄飛刀從他咽喉邊掠過，相去不過數寸。丁不四雖然避過，頦下的花白鬍子已給飛刀削下了數十根，條條銀絲，在他臉前飛舞。

站在飯店門邊觀戰的關東四派門人齊聲喝采：「高三娘子好飛刀！」

丁不四暗暗心驚：「這婆娘好生了得，若不再下殺手，只怕丁不四今日要吃大虧！」陡然間一聲長嘯，九節鞭展了開來，鞭影之中，左手施展擒拿手法，軟鞭遠打，左手近攻，單是一隻左手，竟將呂正平和范一飛二人逼得遮攔多，進擊少。

關東四大派的門人喝采之聲甫畢，臉上便均現憂色。

石破天在一旁卻瞧得眉飛色舞。這些手法丁不四在長江船上都曾傳授過他，只當時他於武學的道理所知太也有限，囫圇吞棗的記在心裏，全不知如何運用。這些日子來跟著父母學劍，劍術固然大進，拳腳上的門道也學到了不少，眼見丁不四一抓一拿，一勾一打，無不巧妙狠辣，而所使手法他大都熟知，只看得又驚又喜，原來這一招竟可如此使用，而對方只好縮身閃避。

眼見五人鬥到酣處，丁不四突然間左臂一探，手掌已搭向呂正平肩頭。呂正平揮刀便削他手臂。石破天大吃一驚，知道這一刀削出，丁不四乘勢反掌，必定擊中他臉面，以他凌厲的掌力，呂正平性命難保，忍不住脫口呼叫：「要打你臉哪！」

他內力充沛，一聲叫出，雖在諸般兵刃呼呼風響之中，各人仍聽得清清楚楚。呂正平武藝了得，聽得這一聲呼喝，立時省悟，百忙中脫手擲刀，臥地急滾，饒是變招迅速，臉上已著了丁不四的掌風，登時氣也喘不過來，臉上如受刀削，甚是疼痛。他滾出數丈後這才躍起，心中怦怦亂跳，情知適才生死只相去一線，若非有人提醒，這一掌非給打實了不可。

呂正平滾出戰圈，范一飛隨即連遇險著。呂正平吸了口氣，叫道：「刀來！」他的大弟子立時拋上單刀，呂正平伸手抄住，又攻了上去。卻見丁不四的金鞭已和風良的軟鞭纏住，一拉之下，竟提起風良身子，向呂正平的刀鋒上衝來。呂正平迴刀急讓。

石破天叫道：「遼東鶴小心，抓你咽喉！」范一飛一怔，不及細想，判官雙筆先護住咽喉再說，果然丁不四左手五根手指同時抓到，嚓的一聲，在他咽喉邊掠過，抓出了五條血痕，當眞只一瞬之差。

石破天連叫兩聲，先後救了二人性命。關東羣豪無不心存感激，回頭瞧他，見他臉上搽了煤黑，顯不願以眞面目示人。

丁不四破口大罵：「你奶奶的，是那一個狗雜種在這裏多嘴多舌？有本事便出來跟爺爺鬥上一鬥！」石破天伸了伸舌頭，向丁璫道：「他……他認出來啦！」丁璫道：「誰叫你多口？不過他說『那一個狗雜種』，未必便知是你。」

這時呂正平和范一飛連續急攻數招，高三娘子連發飛刀相助，風良也已解脫了鞭上的糾纏，五人又鬥在一起。丁不四急於要知出言相救對手的人是誰，出手越來越快。石破天不忍見關東四豪無辜喪命，又少年好事，每逢四人遇到危難，總事先及時叫破。不到一頓飯之間，救了呂正平三次、范一飛四次、風良三次。

丁不四狂怒之下，忽使險著，金鞭高揮，身子躍起，撲向高三娘子，左掌斗然揮落。這招「天馬行空」的落手處甚是怪異，石破天急忙叫破，高三娘子才得躲過，但右肩還是爲丁不四手指掃中，右臂再也提不起來。她右手乏勁，立時左手拔刀，嗤嗤嗤三聲，三柄飛刀向丁不四射去。丁不四軟鞭斜捲，裹住兩柄飛刀，張口咬住了第三柄，隨即抖鞭，將兩柄飛刀分射風良與呂正平，同時身子縱起，軟鞭從半空中掠將下來。

高三娘子彎腰避開軟鞭，只聽得衆人大聲驚呼，跟著便是頭頂一緊，身不由主的向上空飛去，原來丁不四軟鞭的鞭梢已捲住了她髮髻，將她提向半空。風良等三人大驚，四人聯手，已讓敵人逼得驚險萬狀，高三娘子倘再遭難，餘下三人也絕難倖免，當下三人奮不顧身的向丁不四撲去。

丁不四運一口眞氣，噗的一聲，將口中啣著的那柄飛刀噴向高三娘子肚腹，左手拿、打、勾、掠，瞬時間連使殺著，將撲來的三人擋了開去。高三娘子身在半空，這一刀之厄萬難躲過，她雙目一閉，腦海中掠過一個念頭：「死在我飛刀之下的鬍匪馬賊，少說也已有七八十人。今日報應不爽，竟還是畢命於自己刀下。」

說來也眞巧，丁不四軟鞭上甩出的兩柄飛刀分別給風良與呂正平砸開，正好激射而過石破天身旁。他眼見情勢危急，便出聲提醒也已無用，當即右手抄出，抓住了兩柄飛刀，甩了出去。他從未練過暗器，接飛刀時毛手毛腳，擲出時也亂七八糟，全沒準頭，只內力雄渾之極，飛刀去勢勁急，噹的一聲響，一刀撞開射向高三娘子肚腹的飛刀，另一刀卻割斷了她頭髮。

高三娘子從數丈高處落下，足尖點地，倒縱數丈，已嚇得臉無人色。

這一下連丁不四也大出意料之外，當即轉過身來，喝道：「是那一位朋友在這裏礙我的事？有種的便出來鬥三百回合，藏頭露尾的不是好漢。」雙目瞪著石破天，只因他臉上塗滿了煤灰，一時沒認他出來。他聽石破天連番叫破自己殺著，似乎自己每一招、每一式功夫全在對方意料之中，而適才這兩柄飛刀將自己發出的飛刀撞開之時，勁道更大得異乎尋常，飛刀竟爾飛出數丈，轉眼便無影無蹤，他心下雖惱，卻也知這股內勁遠非自己所及，說出話來畢竟乾淨了些，甚麼「爺爺」、「小子」的，居然盡數收起。

石破天當救人之際，甚麼都不及細想，雙刀擲出，居然奏功，自己也又驚又喜，只是接刀擲刀之際，飛刀的刀鋒將手掌割出了兩道口子，鮮血淋漓，一時也還不覺如何疼痛，眼見丁不四如此聲勢洶洶的向自己說話，早忘了丁璫已將自己臉蛋塗黑，戰戰兢兢的道：「四爺爺，是……是我……是大粽子！」

丁不四一怔，隨即哈哈大笑，笑道：「哈哈！我道是誰，卻原來是你大粽子！」心想：「這小子學過我的武功，難怪他能出言點破，那當眞半點也不希奇了。」怯意一去，怒氣陡生，喝道：「臭粽子來多管爺爺的閒事！」呼的一鞭，向他當頭擊去。

石破天順著軟鞭的勁風，向後縱開，避得雖遠，身法卻難看之極。

丁不四一擊不中，怒氣更盛，呼呼呼連環三鞭，招數極盡巧妙，卻都給石破天閃躍避開。石破天的內功修爲既到此境界，身隨心轉，無所不可，左右高下，盡皆如意，但在丁不四積威之下，餘悸尙在，只管閃避，卻不還手。

丁不四暗暗奇怪：「這軟鞭功夫我又沒教過這小子，他怎麼也知道招數？」一條軟鞭越使越急，霎時間幻成一團金光閃閃的黃雲，將石破天裹在其中。眼看始終奈何他不得，突然想起：「這臭粽子在紫煙島上和白萬劍聯手，居然將我和老三打得狼狽而逃……不，老三固然敗得挺不光采，我丁老四卻是不願跟後輩多所計較，瀟瀟洒洒的飄然引退，揚長而去。這小子怕了爺爺，不敢追趕，可是這小子總有點古怪……」

旁人見石破天在軟鞭的橫掃直打之間東閃西避，迭遭奇險，往往間不容髮，手心中都爲他捏一把冷汗。石破天心中卻想：「四爺爺爲甚麼不眞的打我？他在跟我鬧著玩，故意將軟鞭在我身旁掠過？」他那知丁不四已施出了十成功夫，只因自己內功了得，閃避神速，軟鞭始終差了少些，掃不到他身上。

丁璫素知這位叔祖父的厲害，眼見他大展神威，似乎每一鞭揮出，都能將石破天打得筋折骨斷，越看越躭心，叫道：「天哥，快還手啊！你不還手，那就糟啦！」

眾人聽得這幾句清脆的女子呼聲發自一個店小二口中，當眞奇事迭生，層出不窮，但眼看丁不四和石破天一個狂揮金鞭，一個亂閃急避，對於店小二的忽發嬌聲，那也來不及去驚詫了。

石破天卻想：「爲甚麼要糟？是了，那日我縛起左臂和上清觀道長們動手，他們十分生氣，說我瞧他們不起。我娘說倘若和人動手過招，最忌的就是輕視對手。你打勝了他，倒也罷了，但若言語舉止之時稍露輕視之意，對方必當奇恥大辱，從此結爲死仇。我只閃避而不還手，那是輕視四爺爺了。」當即雙手齊伸，抓向丁不四胸膛，所使的正是丁璫所授的一十八路擒拿手。除此之外，他手上功夫別的就沒有了。

這是丁家的祖傳武功，丁不四如何不識？立即便避開了。可是這一十八路擒拿手在石破天雄渾的內力運使之下，勾、帶、鎖、拿、戳、擊、劈、拗，每一招全挾著嗤嗤勁風，威猛之極。

丁璫見他所使全是自己所授，芳心大喜，連聲喝采。丁不四大駭，叫道：「見了鬼啦，見了鬼啦！」拆到第十二招上，石破天反手抓去，使出「鳳尾手」的第五變招，將金鞭鞭梢抓住。丁不四運力回奪，竟紋絲不動。他大喝一聲，奮起平生之力急拉，心想自己不許人家使九節鞭，但若自己的九節鞭卻教一個後生小子奪了去，那還了得？回奪之時，全身骨節格格作響，將功力發揮到了極致。

石破天心想：「你要拉回兵刃，我放手便是了。」手指鬆開，只聽得砰嘭、喀喇幾聲大響，丁不四身子向後撞去，將飯店的土牆撞坍了半堵，磚坭跌進店中，桌子板櫈、碗碟傢生也不知壓壞了多少。

跟著聽得四聲慘呼，兩名關東子弟、兩名閒人俯身撲倒，背心湧出鮮血。

石破天搶過看時，只見四人背上或中破碗，或中竹筷，丁不四已不知去向。卻是他自知不敵，急怒而去，一口惡氣無處發洩，隨手抓起破碗竹筷，打中了四人。

范一飛等忙將四人扶起，只見每人都給打中了要害，已然氣絕，眼見丁不四如此兇橫，無不駭然，又想若不是石破天仗義出手，此刻屍橫就地的不是這四人，而是四個掌門人了，當即齊向石破天拜倒，說道：「少俠高義，恩德難忘，請問少俠高姓大名。」石破天已得母親指點江湖上的儀節，當下也即拜倒還禮，說道：「不敢，不敢！小事微勞，何足掛齒？在下姓石，賤名中玉。」他得母親告知，自己眞名石中玉，便不再自稱石破天了。四人的姓名門派他早聽他們說過，也稱呼爲禮。范一飛等又問起丁璫姓名。石破天道：「她叫叮叮噹噹，是我的……我的……我的……」連說三個「我的」，脹紅了臉，卻說不下去了。

范一飛等閱歷廣博，心想一對青年男女化了裝結伴同行，自不免有些尷尷尬尬的難言之隱，見石破天神色忸怩，當下便不再問。

丁璫道：「咱們走罷！」石破天道：「是，是！」拱手和衆人作別。

范一飛等不住道謝，直送出鎭外。各人想再請教石破天的師承門派，但見丁璫不住向石破天使眼色，顯是不願旁人多所打擾，只得說道：「石少俠大恩大德，此生難報，日後但有所命，我關東衆兄弟赴湯蹈火，在所不辭。」

石破天記起母親教過他的對答，便道：「大家是武林一脈，義當互助。各位再這般客氣，倒令小可汗顏了。今日結成了朋友，小可實不勝之喜。」

范一飛等承他救了性命，本已十分感激，見他年紀輕輕，武功高強，偏生又如此謙和，更加欽佩，雅不願就此和他分手。

丁璫聽他談吐得體，芳心竊喜：「誰說我那石郎是白痴？他武功已強過了四爺爺，只怕比爺爺也已高了些。連腦筋也越來越清楚了。」心中高興，臉上登時露出笑靨。她雖臉上煤灰塗得一塌胡塗，但衆人留心細看之下，都瞧出是個明艷少女，只頭戴破氈帽，穿著一件胸前油膩如鏡的市儈直裰，人人不免暗暗好笑。

高三娘子伸手挽住了她手臂，笑道：「這樣一個美貌的店小二，耳上又戴了一副明珠耳環。江南果然是繁華風雅之地，連店小二也跟我們關東的大不相同。」衆人聽了，無不哈哈大笑。丁璫也噗哧一聲，笑了出來，心想：「適才一見四爺爺，便慌了手腳，忙著改裝，卻忘了除下耳環。」

高三娘子見數百名鎮上百姓遠遠站著觀看，不敢過來，知道剛才這一場惡戰鬥得甚兇，丁不四又殺了兩名鎮人，當地百姓定當自己這干人是打家劫舍的綠林豪客了，說道：「此地不可久留，咱們也都走罷。」向丁璫道：「小妹子，你這一改裝，只怕將裏衣也弄髒了，我帶的替換衣服甚多，你若不嫌棄，咱們就找家客店，你洗個澡，換上幾件。小妹子，像你這樣的江南小美人兒，老姊姊可從來沒見過，你改了女裝之後，這副畫兒上美女般的相貌，老姊姊眞想瞧瞧，日後回到關東，也好向沒見過世面的親戚朋友們誇誇口。」高三娘子這般甜嘴蜜舌的稱讚，丁璫聽在耳中，實是說不出的受用，抿了嘴笑了笑，道：「我不會打扮，姊姊你可別笑話我。」

高三娘子聽她這麼說，知已允諾，左手一揮，道：「大夥兒走罷！」衆人轟然答應，牽過馬來，先請石破天和丁璫上馬，然後各人紛紛上馬，帶了那兩個關東弟子的屍體，疾馳出鎭。這一行人論年紀和武功，均以范一飛居首，但此次來到中原，一應使費都由萬馬莊出貲，高三娘子生性豪闊，使錢如流水一般，便成了這行人的首領。

各人所乘的都是遼東健馬，頃刻間便馳出數十里。石破天悄悄問丁璫道：「這是去松江府的道路麼？」丁璫笑著點點頭。其實松江府是在東南，各人卻馳向西北，和石清夫婦越離越遠了。

傍晚時分，到得一城市常熟，衆人逕投當地最大的客店。那死了的兩名漢子都是快刀門的，呂正平自和羣弟子去料理喪事，拜祭後火化了，收了骨灰。

高三娘子卻在房中助丁璫改換女裝。她見丁璫雖作少婦裝束，但體態舉止，卻顯是個黃花閨女，不由得暗暗納罕。

當晚關東羣豪在客店中殺豬屠羊，大張筵席，推石破天坐了首席。丁璫不願述說丁不四和自己的干連，當高三娘子和范一飛兜圈子探詢石破天和她的師承門派之時，總支吾以應。羣豪見他們不肯說，也就不敢多問。

高三娘子見石破天和丁璫神情親密，丁璫向他凝睇之時，更含情脈脈，心想：「恩公和這小妹子多半是私奔離家的一對小情人，我們可不能不識趣，阻了他倆的好事。」

范一飛等在關東素來氣燄不可一世，這次來到中原，與丁不四一戰，險些兒鬧了個全軍覆沒，心中均感老大不是味兒，呂正平死了兩個得力門人，更加心中鬱鬱，但在石破天、丁璫面前，只得強打精神，吃了個酒醉飯飽。

筵席散後，高三娘子向范一飛使個眼色，二人分別挽著丁璫和石破天的手臂，送入一間店房。范一飛一笑退開。高三娘子笑道：「恩公，你說咱們這個新娘子美不美？」石破天紅著臉向丁璫瞧了一眼，只見她滿臉紅暈，眼波欲流，不由得心中怦的一跳。兩人同時轉開了頭，各自退後兩步，倚牆而立。

高三娘子格格笑道：「兩位今晚洞房花燭，卻怕醜麼？這般離得遠遠的，是不是相敬如賓？」左手去關房門，右手一揮，嗤的一聲響，一柄飛刀飛出，將一枝點得明晃晃的蠟燭斬去了半截。那飛刀餘勢不衰，破窗而出，房中已黑漆一團。高三娘子笑道：「恭祝兩位百年好合，白頭偕老！」砰的一聲，關上了房門。

石破天和丁璫臉上發燒，心中情意盪漾。突然之間，石破天又想起了阿綉：「阿綉見到我此刻這副情景，定要生氣，只怕她從此不肯做我老婆了。那怎麼辦？」

忽聽得院子中一個男子聲音喝道：「是英雄好漢，咱們就明刀明槍的來打上一架，偷偷的放一柄飛刀，算是甚麼狗熊？」

丁璫「嚶」的一聲，奔到石破天身前，兩人四手相握，都忍不住暗暗好笑：「高三娘子這一刀是給咱們滅燭，卻叫人誤會了。」石破天開口待欲分說，只覺一隻溫軟嫩滑的手掌按上了自己嘴巴。

只聽院子中那人繼續罵道：「這飛刀陰狠毒辣，多半還是關東那不要臉的姓高賤人所使。聽說遼東有個甚麼千狗莊、萬馬莊，姓高的寡婦學不好武功，就用這種飛刀暗算人。咱們中原的江湖同道，還眞沒這麼差勁的暗器。」

高三娘子這一刀給人誤會了，本想多一事不如少一事，由得他罵幾句算了，那知他竟然罵到自己頭上來，心想：「不知他是認得我的飛刀呢，還是只不過隨口說說？」

只聽那人越罵越起勁：「關東地方窮得到了家，鬍匪馬賊到處都是，他媽的有個叫甚麼慢刀門的，刀子使得不快，就專用蒙汗藥害人。還有個甚麼叫青蛇門的，拿幾條毒蛇兒沿門討飯。又有個姓范的叫甚麼『遼東小麻雀』，使兩橛掏糞短棍兒，眞叫人笑歪了嘴。」

聽這人這般大聲叫嚷，關東羣豪無不變色，自知此人是衝著自己這夥人而來。

呂正平手提紫金刀，衝進院子，只見一個矮小的漢子指手劃腳的正罵得高興。呂正平喝道：「朋友，你在這裏胡言亂語，是何用意？」那人道：「有甚麼用意？老子一見到關東的扁腦殼，心中就生氣，就想一個個都砍將下來，掛在樑上。」

呂正平道：「很好，扁腦殼在這裏，你來砍罷！」身形一晃，已欺到他的身側，橫過紫金刀，一刀揮出，登時將他攔腰斬爲兩截，上半截飛出丈餘，滿院子都是鮮血。

這時范一飛、風良、高三娘子等都已站在院子中觀看，不論這矮小漢子使出如何神奇的武功，甚至將呂正平斬為兩截，各人的驚訝都沒如此之甚。呂正平更驚得呆了。這漢子大言炎炎，將關東四大門派的武功說得一錢不值，身上就算沒驚人藝業，至少也能跟呂正平拆上幾招，那想得到竟絲毫不會武功。

羣豪正在面面相覷之際，忽聽得屋頂有人冷冷的道：「好功夫啊好功夫，關東快刀門呂大俠，一刀將一個端茶送飯的店小二斬為兩截！」羣豪仰頭向聲音來處瞧去，只見一人身穿灰袍，雙手叉腰，站在屋頂。羣豪立時省悟，呂正平所殺的乃這家客店中的店小二，他定是受了此人銀子，到院子中來胡罵一番，豈知竟爾送了性命。

高三娘子右手揮處，嗤嗤聲響，三柄飛刀勢挾勁風，向他射去。

那人左手抄處，抓住了一柄飛刀的刀柄，跟著向左一躍，避開了餘下兩柄，長笑說道：「關東四大門派大駕光臨，咱們在鎮北十二里的松林相會，倘若不願來，也就罷了！」不等范一飛等回答，一躍落屋，飛奔而去。

高三娘子問道：「去不去？」范一飛道：「不管對方是誰，既來叫了陣，咱們非得赴約不可。」高三娘子道：「不錯，總不能教咱們把關東武林的臉面丟得乾乾淨淨。」

她走到石破天窗下，朗聲說道：「石恩公，小妹子，我們跟人家定了約會，須得先行一步，明日在前面鎮上再一同喝酒罷。」她頓了一頓，不聽石破天回答，又道：「此處鬧出了人命，不免有些麻煩，兩位也請及早動身為是，免受無謂牽累。」她並不邀石丁二人同去赴約，心想日間惡戰丁不四，石破天救了他四人性命，倘再邀他同去，變成求他保護一般，顯得關東四派太也膿包了。

這時客店中發現店小二被殺，已然大呼小叫，亂成一團。有的叫嚷：「強盜殺了人哪，救命，救命！」有的叫道：「快去報官！」有的低聲道：「別作聲，強盜還沒走！」

石破天低聲問道：「怎麼辦？」丁璫嘆了口氣，道：「反正這裏是不能住了，跟在他們後面去瞧瞧熱鬧罷。」石破天道：「卻不知對方是誰，會不會是你四爺爺？」丁璫道：「我也不知。咱二人可別露面，說不定是我爺爺。」石破天「啊」的一聲，驚道：「那可糟糕，我……我還是不去了。」丁璫道：「傻子，倘若是我爺爺，咱們不會溜嗎？你現下武功這麼強，爺爺也殺不了你啦。他是聰明白痴，你不是白痴，你是聰明天哥。」

說話之間，馬蹄聲響，關東羣豪陸續出店。只聽高三娘子大聲道：「這裏二百一十兩銀子，十兩是房飯錢，二百兩是那店小二的喪葬和安家費用。殺人的是山東響馬王大虎，可別連累了旁人。」

石破天低聲問道：「怎麼出了個山東響馬王大虎？」丁璫道：「那是假的。報起官來，有個推搪就是了。」

兩人出了店門，只見門前馬樁上繫著兩匹坐騎，料想是關東羣豪留給他們的，當即上馬，向北而去。

【金庸簡介】

本名查良鏞（1924-2018），浙江海寧人。英國劍橋大學哲學碩士、博士。曾任報社記者、翻譯、編輯、電影公司編劇、導演等；一九五九年創辦《明報》機構，出版報紙、雜誌及書籍；一九九三年退休。先後撰寫武俠小說十五部，廣受當代讀者歡迎，至今已蔚為全球華人的共同語言，並興起海內外金學研究風氣。《金庸作品集》有英、法、意、德、希臘、波蘭、芬蘭、西班牙、日、韓、泰、越、馬來、印尼等多種譯文。

曾獲頒眾多榮銜，包括：英國政府 OBE 勳銜，法國「榮譽軍團騎士」勳銜，香港特別行政區最高榮譽「大紫荊勳章」；香港大學、香港科技大學、香港理工大學、澳門大學、臺灣政治大學、加拿大英屬哥倫比亞大學、日本創價大學和英國劍橋大學的榮譽博士學位；香港大學、香港中文大學、加拿大英屬哥倫比亞大學、北京大學、浙江大學、中山大學、南開大學、華東師範大學、吉林大學、遼寧師範大學、蘇州大學和臺灣清華大學的名譽教授，以及當選英國牛津大學、劍橋大學、澳洲墨爾本大學和新加坡東亞研究院的榮譽院士。

曾任浙江大學文學院院長、教授、博士生導師，英國牛津大學漢學研究院高級研究員，加拿大英屬哥倫比亞大學文學院兼任教授，香港報業公會名譽會長，中國作家協會名譽副主席。

趙之琛「二十餘年成一夢，此生雖在堪驚」「回首舊游何在，柳煙花霧迷春」。

趙之琛（1780-1860），字次閒，浙江錢塘人，西泠八家之一。治印章法純整，刀法挺捷，集浙派之大成，嘉慶、道光以後稱浙派第一；兼擅書畫，平生閉門誦讀佛經，多寫佛像。此兩印為同一印之兩面印。

全世界華人的共同語言

金庸作品集

從台北到紐約，從香港到倫敦，從東京到上海，中國人在不同的地方，可能說不同的方言，可能吃不同的菜式，也可能有不同的政治立場，但他們都讀——金庸作品集。

【精裝映象新修版，共十二部三十六冊】

1. 書劍恩仇錄（全二冊）
2. 碧血劍（全二冊）
3. 射鵰英雄傳（全四冊）
4. 神鵰俠侶（全四冊）
5. 雪山飛狐（含「白馬嘯西風」及「鴛鴦刀」，全一冊）
6. 飛狐外傳（全二冊）
7. 倚天屠龍記（全四冊）
8. 連城訣（全一冊）
9. 天龍八部（全五冊）
10. 俠客行（含「越女劍」，全二冊）
11. 笑傲江湖（全四冊）
12. 鹿鼎記（全五冊）

俠客行＝ Ode to the gallantry ／金庸作 . -- 二版 . --
臺北市：遠流 , 2024.07
冊；　公分 . --（新修版金庸作品集：26-27）
公元 2004 年金庸新修版
ISBN 978-626-361-611-0（全套：精裝）

857.9　　　113003982

新修版金庸作品集 ㉖

俠客行（一）〔公元 2004 年金庸新修版〕

Ode to the Gallantry, Vol. 1

作者／金庸

副總編輯／鄭祥琳
封面設計／林秦華
內頁美術／霍榮齡設計工作室
內頁插畫／王司馬
行銷企劃／廖宏霖
出版一部總編輯暨總監／王明雪

發 行 人／王榮文
出版發行／遠流出版事業股份有限公司
地　　址／臺北市中山北路一段 11 號 13 樓
電　　話／（02）2571-0297
傳　　真／（02）2571-0197
郵　　撥／0189456-1
著作權顧問／蕭雄淋律師

2004 年 7 月 1 日　初版一刷
2024 年 7 月 1 日　二版一刷
新修版 每冊 450 元（本作品全二冊，共 900 元）

ISBN 978-626-361-611-0（套：精裝）
ISBN 978-626-361-609-7（第一冊：精裝）
Printed in Taiwan

YLib 遠流博識網 http://www.ylib.com E-mail: ylib@ylib.com
金庸茶館粉絲團 https://www.facebook.com/jinyongteahouse